ESTEBAN NAVARRO (Murcia, 1965) vive en Huesca, lugar al que se siente muy vinculado. Su currículum incluye numerosos premios literarios de relato corto. También ha recibido el I Premio de Novela Corta Katharsis por *El Reactor de Bering* y el I Premio del Certamen de Novela San Bartolomé - José Saramago, con *El buen padre*. Su novela *La casa de enfrente* se ha situado desde su publicación en los primeros puestos de las listas de más vendidos de Amazon.

1.ª edición: noviembre 2012

© Esteban Navarro, 2012
© Ediciones B, S. A., 2012
    para el sello B de Bolsillo
    Consell de Cent, 425-427 - 08009 Barcelona (España)
    www.edicionesb.com

Printed in Spain
ISBN: 978-84-9872-669-5
Depósito legal: B. 8.242-2012

Impreso por NOVOPRINT
    Energía, 53
    08740 Sant Andreu de la Barca - Barcelona

La casa de enfrente

ESTEBAN NAVARRO

A Ester y a Raúl, como siempre

... en el fondo lo odiaba, y lo odiaba porque lo envidiaba. Y la envidia es lo que saca lo peor de cada uno de nosotros...

En ese momento...

1

El viejo Hermann Baier está sentado en su mecedora de madera restallada, en la casa que adquirió en la calle Gibraltar, cerca de la plaza Roquesas. Reside ahí desde que llegó al pueblo. Hace tanto tiempo de eso que ya no hay nadie vivo de los que le vieron aparecer en la estación de ferrocarril aquella fría mañana del invierno de 1945. El ruidoso tren se asomó al apeadero de Roquesas de Mar de forma tímida. No eran buenos tiempos para nadie y una nutrida muchedumbre llegaba de todas partes de Europa en busca de refugio. Las ciudades se saturaron de inmigrantes que vagaban por sus calles en busca de una paz olvidada. Reducidos grupos de militares patrullaban los andenes; el aún desorganizado Régimen no quería que a través de los pasos fronterizos se colaran agentes extranjeros que pretendieran desestabilizarlo. Hermann Baier bajó del expreso venido directamente de Alemania. Antes pasó dos severos controles fronterizos, pero en el año cuarenta y cinco los alemanes tenían salvoconducto para entrar en España sin impedimentos. Esa mañana la pareja de la Guardia Civil patrullaba los andenes ondeando al viento las embalsamadas capas de sus trajes y apresando los mosquetones, por las bocachas, con las dos manos juntas. Los agentes no pedían papeles ni documentación a todos los viajeros, porque los aventureros que bajaban de ese tren no tenían identidad. Seres anónimos que cruzaban una Europa en llamas, llena de cráteres a causa de las bombas, llenas de odio a causa de la ira. El veterano guardia civil se acicaló el bigote y miró directamente a los ojos del alemán, y tuvo que bajar los suyos; aquella mirada irradiaba tal incandescencia que diríase que de un momento a otro arrojaría una columna de fuego sobre él.

—Documentación —pidió.

El alemán alargó la mano sosteniendo con firmeza un papel doblado, que abrió ante la mirada censuradora del agente.

El guardia civil lo cogió y retiró la mano lo suficiente como para leer lo que ponía. No lo entendía, pero había un sello de la Gestapo y eso era suficiente para no preguntar nada más. Se limitó a anotar el nombre de aquel viajero en una libreta, por si sus jefes le solicitaban algún nombre de la gente que llegaba al pueblo.

—¿Miramos su macuto? —preguntó el otro guardia, más joven.

—No es necesario —dijo el mayor y a continuación le preguntó al viajero—: ¿De dónde viene?

—De Berlín —le respondió quedamente—. Del infierno.

El alemán volvió a doblar el salvoconducto y lo introdujo con cautela en un bolsillo de su gabardina. Con el codo se cercioró de que la Luger aún seguía ahí. Los guardias civiles no se dieron cuenta, ni siquiera lo cachearon para comprobar si llevaba armas. Luego se escabulló de la mirada de los agentes y se marchó de la estación.

Hermann Baier se estableció en Roquesas de Mar. Allí fijó su hogar. Enseguida fue uno más de sus vecinos, uno de tantos. En tiempos se dijo que lo buscaba el servicio secreto israelí, que lo habría matado de haber sabido dónde estaba, pero nunca vino nadie al pueblo preguntando por él. El demacrado alemán había llegado de Berlín, eso dijo a los guardias civiles que le preguntaron cuando bajó del tren. Era la respuesta más cabal. Para los agentes de entonces Berlín era una ciudad derruida, una ciudad situada en el epicentro de una guerra. La capital del infierno. Un documento escrito en alemán atestiguaba que huía. La Guardia Civil observó sus ojos. En ellos no había miedo. Era una mirada desafiante, casi arrogante. Pero Hermann Baier había llegado desde los campos de exterminio de Majdanek, a las afueras de Lublin, en Polonia. Allí fue comandante de la Gestapo y huyó antes de que los rusos le capturaran. Era el comandante más joven que los nazis tuvieron en sus filas. Y también el más cruel y despiadado.

Ahora, el decrépito alemán se balancea en su destartalada mecedora. Las lágrimas de sus pequeños ojos resbalan por su agrietado rostro y se canalizan por una hendidura junto a la nariz, donde una pizca de sollozo se ha estancado como si quisiera curar la herida que le produjo una joven polaca en el campo de Majdanek. El flamante comandante nazi abusó de la chiquilla, lo hizo todas las veces que quiso. «¿Quién me va a decir nada?», pensaba entonces el engreído oficial. La chica gritaba, pero a su demanda de auxilio solo respondían las risas de los demás oficiales. Sus emblemas dorados brillaban en la oscuridad del campo de exterminio. En una ocasión, ella quiso defenderse y clavó sus uñas rotas en el rostro de Hermann. Quería arrancarle los ojos, pero un acto reflejo del comandante hizo que las uñas de aquella chiquilla resbalaran por la comisura de su nariz.

Y ahora Hermann se limpia el lloro estancado en esa hendidura. Durante los años posteriores a la guerra le salieron muchas arrugas, como si hubieran querido tapar la marca del horror. Pero el viejo alemán sabe que esa huella no se borrará nunca.

Se queda dormido en la mecedora. Los fantasmas del pasado llenan su habitación y lo rodean, le susurran al oído para no dejarle dormir, para que no descanse, para que sea un muerto en vida. Pero un ruido conocido le despereza. Son las bisagras de la puerta de entrada. Alguien está accediendo al comedor de la casa. La mecedora se detiene poco a poco hasta quedar del todo inmóvil. Con su firme y esquelética mano derecha empuña la Luger. Y se hace el dormido...

Unas semanas antes....

2

Esa noche el calor aplastaba con fulgurante entusiasmo el enlosado alquitrán de la calle Reverendo Lewis Sinise. Álvaro Alsina Clavero sentía el chasquido de las suelas de sus zapatos mientras se despegaban del suelo. Crujían los granos sueltos de las obras y desplazaban humeantes gotas de polvo que se desvanecían antes de llegar a la altura de sus rodillas. Un bochorno enardecido por la brisa del mar se le metía en los huesos y pegaba, irritante, la camisa a su espalda, empapándola de sudor.

Como cada día, se detuvo delante de la casa. El ridículo cercado que la custodiaba no le permitió adentrarse más. Dos cigarros cayeron al suelo cuando sacó el paquete del bolsillo de la chaquetilla.

—Torpe —se dijo en voz baja. Ni siquiera se molestó en recogerlos, supuso que la humedad los habría estropeado, y mojados no le servían.

Se cobijó a la sombra del olivo centenario que presidía la glorieta donde terminaba la calle y que hacía las veces de dique entre el bosque y la urbanización. Un olivo que ya estaba allí antes de que emergieran las casas que poblaban ese pequeño reducto de la costa y que resistía impávido los embistes de la modernidad. Su tronco conservaba las marcas de los enamorados del pueblo que, a golpe de cuchillo, grababan sus nombres. Retales de corazones atravesados por flechas toscamente talladas. Trozos de momentos bajo su penumbra. Y aunque Álvaro no quiso verlo, sus ojos le traicionaron y leyó, como había hecho otras tantas veces, las iniciales de unos nombres. Eran dos letras separadas por un corazón: A y S. Apenas se distinguían entre los machetazos que habían intentado, sin conseguirlo, borrarlas.

Por su mente pasaron los recuerdos de las noches en el salón de su casa en compañía de la sirvienta argentina. Rememoró con sonrojo la primera vez que hicieron el amor. Era verano y el calor aporreaba sin compasión la oscuridad de Roquesas de Mar. Aquella noche bajó despacio para no despertar a su mujer, Rosa, ni a los niños, Javier e Irene. Las escaleras separaban la habitación de arriba de la cocina de abajo, que estaba justo al lado de la puerta de entrada. Nada le satisfacía más a Álvaro en verano que beber un buen vaso de agua fría. Y Sonia la argentina estaba allí, sentada en la silla de aluminio y refrescándose con la leche que bebía directamente de la botella. La imagen no podía ser más sugerente.

—¿Qué haces? —le preguntó nada más verla.

La puerta de la nevera estaba abierta y el reflejo de la chica era el único aliento de luminosidad que alumbraba la cocina. La penumbra arrancaba destellos de las piernas de Sonia y sus pechos surgían tentadores por encima de aquella camiseta que la mujer de Álvaro siempre había censurado.

—No aguantaba tanto calor y necesitaba beber —respondió.

Álvaro quiso coger el vaso de agua y salir huyendo de allí. Pero su masculinidad le traicionó y entabló una conversación insulsa con la sirvienta.

Sonia llevaba casi dos años con ellos. La empresa de trabajo temporal la había recomendado encarecidamente, asegurándoles que era una empleada de hogar excepcional. Realmente aquella argentina de tez morena y piernas interminables hacía su trabajo con corrección impoluta.

—Es cierto —dijo Álvaro—. Aquí el bochorno es insoportable.

Cogió el vaso de agua y con los nervios de la situación derramó parte en el suelo. Un chorreo inacabable goteó por el cristal y se desparramó en el gres.

—Ya lo recojo —dijo ella.

La chica se puso en pie y sus pechos se balancearon ante Álvaro como si quisieran salirse de aquella camiseta con la que tanto soñaba. Una camiseta blanca que desprendía un olor almizcleño entre naftalina y perfume, resaltando el moreno espléndido de la argentina.

—Quita —dijo él—. Ya lo hago yo —insistió visiblemente nervioso.

Álvaro abrió el armario donde guardaban los útiles de limpieza y extrajo, con escasa pericia, una fregona. Sonia se rio de él cuando la pasó por encima del agua vertida. Sus resplandecientes dientes blancos iluminaron la oscura cocina.

—¿Qué te hace tanta gracia?

—Deja, deja —le dijo ella—, ya me ocupo yo, de veras. Qué poco salero tienen ustedes los hombres para las cosas del hogar.

Sonia le quitó la fregona de las manos y estuvieron tan cerca que Álvaro se sintió embriagado por aquel perfume amelocotonado que siempre se ponía la argentina. Su rastro era fácilmente detectable en cualquier rincón de la casa. Él podía saber, sin dudarlo, cuándo ella había estado en el cuarto de baño o en las habitaciones de los niños o en cualquier otro lugar. El melocotón empapaba cada rincón, cada esquina, e impregnaba de concupiscencia la sigilosa noche...

—¿Qué tal, Álvaro? —oyó a su espalda.

La voz ronca del jefe de la policía local le distrajo de sus pensamientos. Trató de no mirar el corazón esculpido en el olivo temiendo que él se diera cuenta.

—¿Tomando el fresco? —preguntó.

—He salido a fumar un pitillo antes de irme a dormir —replicó.

Y entonces tuvo aquella descorazonadora sensación de otras veces. Sintió como si la casa de enfrente los mirara. Como si estuviera viva y entendiera cada una de las palabras que decían ante ella.

—Un poco lejos de tu casa, ¿no? —le dijo César, y lo miró con aquellos ojos de inquisidor que siempre esgrimía.

Álvaro Alsina no se sintió intimidado; lo conocía de sobras. César Salamanca era el jefe de la policía local desde hacía infinidad de años y, al igual que el propio Álvaro, se había criado en el pueblo. Los dos compartieron la infancia en una Roquesas de Mar que aún no había sido descubierta por los turistas. Y ya de adultos sus vidas se bifurcaron y cada uno encontró su futuro de desigual manera.

—He salido a dar un paseo —dijo César—. Tengo que vigilar de cerca a la gente de esta urbanización.

Y se rio jocosamente, dejando que en su boca se distinguieran los agujeros de las muelas que le faltaban.

Álvaro no se sintió aludido, ya que lo conocía de sobras y sabía que bromeaba constantemente. Sus bromas se le llegaban a hacer pesadas en ocasiones. Eran grotescas, caricaturescas, y hurgaban sin compasión en los defectos de los demás.

—Pues bien harías en vigilar a la gente de tu calle —replicó Álvaro, siguiéndole la broma.

—Sí —protestó—, pero fue aquí donde desapareció Sandra López y es aquí precisamente donde he de empezar a investigar.

Álvaro encendió otro cigarrillo y supo que César ya no bromeaba.

Sandra López era una chiquilla de dieciséis años, amiga de la hija de los Alsina, desaparecida desde hacía una semana en el bosque que rodeaba la urbanización, lugar donde, según los testigos, fue vista por última vez. No dijo nada a nadie, por lo que se sospechaba que podía haber sido secuestrada, aunque sus padres no eran precisamente una familia pudiente a la que poder pedir un rescate. La pequeña Sandra se salía de lo normal, y eso orientó la investigación a una fuga voluntaria. El pueblo no estaba preparado para esos sucesos y cualquier predicción era fácilmente creíble.

—¿Supongo que sabes el rollo lésbico de la chiquilla? —preguntó César.

Su mirada lo delató y Álvaro supo a qué se refería sin necesidad de más explicaciones. Todo el pueblo comentaba la orientación sexual de Sandra López, pero Álvaro intentó no hacerse eco de eso, ya que Irene, su hija, era buena amiga de la chavala, y ellos preferían no hablar del tema.

—¿Crees que sus padres lo saben? —le preguntó César.

—Por favor —refunfuñó Álvaro.

Esa misma conversación la habían reproducido Rosa y Álvaro muchas veces. A su mujer le preocupaba la homosexualidad de Sandra y continuamente le repetía lo mismo:

«Álvaro, no me gusta que la niña se junte con ella.»

—Pues yo creo que se ha liado con alguna chiquilla de Santa Susana y como sus padres no le dejan, pues se ha fugado con ella —dijo riendo César.

El jefe de policía hablaba tan rápido que no le dejaba tiempo a Álvaro para ordenar sus pensamientos. En la casa de la glorieta crujió uno de los tablones que la apuntalaban, y Álvaro se sobresaltó.

—¿Has oído eso? —le preguntó a César.

El jefe omitió su pregunta y siguió hablando.

—Los López están chapados a la antigua, seguramente han recriminado tanto la actitud de la chiquilla que ha terminado por fugarse de su casa. Conozco cientos de casos iguales —afirmó—. La presión familiar puede convertir a una niña en lo opuesto a lo que sus padres desean para ella.

—Pues yo no creo que Lucía —dijo Álvaro refiriéndose a la madre de Sandra— sea una mujer tradicional. Al contrario, más bien pienso que es moderna y de miras amplias.

César volvió a reír y esta vez no pareció tan gracioso. Sus ojos se clavaron en Álvaro y este no pudo evitar ruborizarse.

La madre de Sandra, Lucía Ramírez, era una mujer esplendorosa y de rostro aniñado. Unas pecas moteadas en su cara le conferían aspecto de pícara y era, por lo menos, diez años más joven que su marido, el bueno de Marcos López, un oficinista de la caja de ahorros de Santa Susana, la ciudad de la que dependía Roquesas de Mar. El oficinista de voz titubeante y mirada extraviada era la antípoda de su mujer en lo que a carácter se refería.

—Puede que Marcos sí que cuestione la sexualidad de Sandra —sugirió Álvaro—, pero yo creo que la que manda ahí es Lucía. ¿Has averiguado algo? —se interesó por la investigación.

—Este caso me está desbordando —dijo César—. Tengo que encontrarla antes de que el alcalde sufra un infarto. ¿Sabes qué me ha dicho el muy cornudo?

Álvaro negó con la cabeza.

—«Prioridad absoluta, César. Encuentra a la niña o los turistas dejarán de venir al pueblo.» ¿Qué te parece?

—Es normal, César, el alcalde vela por los intereses de Roquesas y la desaparición de Sandra ahuyenta a cualquiera.

—¿El qué? ¿El que una niña se haya ido con su amante?

—Pero eso es una suposición tuya —replicó Álvaro—. Has de ponerte en el lugar de los residentes que vienen aquí a invertir en estas casas —dijo señalando con el dedo todo lo que se veía de la urbanización—. Es normal que se preocupen por sus hijas y piensen en la posibilidad de que desaparezcan.

—¿Tu hija ha dicho algo más? —le preguntó César, esta vez más como policía que como amigo.

Álvaro se molestó y pensó que el otro pretendía relacionar a su hija con la desaparición de Sandra.

—Ya hemos hablado del asunto con mi hija —respondió a la defensiva—. Aunque la que más contacto ha tenido con ella ha sido Luisa, para eso es su madre, y entre mujeres se entienden mejor. Pero no creo que oculte nada, estoy convencido de que te dijo todo lo que sabía del asunto.

César torció el rostro visiblemente receloso.

—¿Tú crees? —cuestionó.

Al jefe de policía no debió de gustarle la expresión de Álvaro, ya que cambió de tema.

—¿Qué tal tu empresa?

—Bien —respondió Álvaro con indiferencia—. Estamos inmersos en un proyecto nuevo.

—El tema ese de los chips, ¿no? —preguntó.

—Así es. Estamos trabajando en la fabricación de la tarjeta de red de que te hablé. ¿Y tú? —dijo Álvaro para cambiar a su vez de tema—. ¿Qué es lo que te trae por mi barrio?

A Álvaro no le apetecía adentrarse en explicaciones superfluas acerca de los negocios de su empresa. Como siempre, supuso, César no le entendería.

—He salido a pasear, como tú, hace una noche espléndida y quería darme un garbeo por la urbanización. No puedo dejar de pensar en la niña desaparecida y busco alguna prueba que me permita averiguar dónde está.

Hubo un silencio incómodo. César clavó sus ojos enrojecidos en Álvaro.

—¿Crees que la han matado? —preguntó este.

—Ya te he dicho que no —replicó César Salamanca—. La chiquilla se ha fugado con alguien, no necesariamente con otra mujer, se puede haber marchado con otro chico del pueblo, o incluso —dedujo— puede que se encuentre en casa de una amiga. ¿Sabes algo de esa tal Natalia?

César estaba tan chapado a la antigua que cuando intuía una pista nada le hacía cambiar de parecer. Era algo característico de los policías de pueblo: saberse seguros de algo y no cambiar de opinión pese a que las evidencias demostraran lo contrario.

—¿También sospechas de ella?

—Puede. Esa Natalia no es de aquí y a Sandra le gustaba mucho juntarse con ella. ¿Sabes dónde vive?

—En Santa Susana —respondió dudando Álvaro.

—Eso ya lo sé yo —repuso molesto César—. Me refiero a si sabes su domicilio exacto.

—Pregúntaselo a la policía de allí —dijo Álvaro con desdén.

—Eso sería fácil, pero no quiero inmiscuirlos en esto.

Una mirada de Álvaro lo conminó a explicarse mejor.

—Son órdenes del alcalde, ¿sabes? —lamentó—. Cuanta menos gente lo sepa, mejor.

—Pero a estas alturas ya estarán advertidas todas las policías de la comarca —observó Álvaro—. ¿O no?

—Más o menos. De momento, y como hace poco de su desaparición, hemos preferido no emitir un comunicado alarmante. En la nota oficial hemos puesto que ha desaparecido una menor, nada más. No hemos querido insinuar nada sobre ningún asesinato.

—¿Asesinato?

—Bueno, Álvaro, no saques las cosas de quicio. Quiero decir que de momento no hay que alarmar innecesariamente a los vecinos. Además...

—¿Además qué? —preguntó Álvaro, interrumpiéndolo.

—Pues eso, que además, si no damos con ella, la jefatura de Santa Susana se hará cargo del asunto y enviarán investigadores al pueblo.

—Eso no es malo, ¿verdad? —preguntó Álvaro, sin saber adónde quería ir a parar el jefe.

—Depende. A nadie le gusta que husmeen por Roquesas de Mar policías que no son de aquí. Ya conoces a la gente del pueblo —afirmó.

Álvaro entendió que a quien no le gustaba era al propio César Salamanca. Supuso que su imagen se vería afectada si tenía que hacerse cargo de la investigación alguien de fuera. Y pese a sus diferencias comprendió su postura.

—¿Otro cigarro? —ofreció César, que no fumaba, pero el ofrecimiento de otro cigarro llevaba implícito que se quedaran hablando un rato más.

—No, gracias —rehusó Álvaro—. Ya es tarde y tengo que volver a casa, Rosa y los niños me esperan para cenar.

—Tienes una familia estupenda. Consérvala.

Aquellas palabras molestaron a Álvaro. ¿Qué quería decir con que la conservara? Posiblemente era solo una frase hecha, pero viniendo de César Salamanca contendría algún mensaje subliminal de doble filo, tan habitual en él.

—¿Y esta casa? —preguntó Álvaro, señalando con la barbilla hacia ella.

—No sé. ¿Qué tiene de especial?

—¿De quién es?

—Supongo que de algún ricachón de Santa Susana que quiere fijar su domicilio aquí. ¿Por qué ese interés?

—Nada —dijo Álvaro—. Me gusta conocer a los nuevos vecinos.

—Vete acostumbrando a ver caras nuevas por la urbanización —le previno—. Roquesas de Mar está creciendo y dentro de unos años ya no será el idílico pueblecito de la costa donde todo el mundo se conoce.

—Más trabajo para ti —apuntó Álvaro.

—Más trabajo para todos. Ya no se dormirá con las puertas abiertas, como hasta hace unos años. Con la gente vendrá más delincuencia. Más delincuencia, menos seguridad... Y la inseguridad nos hace infelices.

—No pintas un futuro muy halagüeño.

—Es el precio de la prosperidad. Más trabajo, más dinero, pero también más dolores de cabeza.

—En eso estriba la planificación —sugirió Álvaro—. Hay que crear buenos cimientos para que el progreso no nos engulla.

—Así es. Nos vemos otro rato.

El jefe de policía desenvolvió un chicle de un arrugado paquete que sacó de su bolsillo y, arrojando el envoltorio al suelo sin preocuparse por la limpieza de la calle, se lo metió en la boca mascándolo ruidosamente.

Álvaro Alsina siguió el papel con la vista y aunque César lo advirtió, fingió no darse por aludido. Estuvo a punto de recriminarle su acción, pero era tarde y no tenía ganas de enzarzarse en una discusión dialéctica acerca de la limpieza de la urbanización.

—¿Con azúcar? —preguntó Álvaro entornando los ojos.

—Sí —dijo—, es la única marca que aún los hace. Chelfire, los mejores que hay.

Por la mente de Álvaro pasó el recuerdo de los engolosinados anuncios donde unos jóvenes mascaban chicles de esos sin parar e hinchaban enormes globos que rápidamente eclosionaban para volver a engullirlos de nuevo.

Como no podía ser de otra forma, el antisocial César Salamanca pasaba de las modas y seguía mascando chicles con azúcar, a pesar de la advertencia de los odontólogos acerca de la caries.

—Me voy —dijo finalmente el policía—. Ya es tarde.

Álvaro saludó con la cabeza y César escupió sobre la hierba que rodeaba el olivo. Y sin decir nada más se marchó silbando por el camino que cruzaba el bosque.

3

Al día siguiente y a pesar de que tenía muchas cosas en la cabeza, Álvaro Alsina quiso acompañar a su hijo Javier, de quince años de edad, al colegio de Santa Susana. Le venía de camino hacia su empresa y solamente tenían que cuadrar las horas para hacer coincidir sus ocupaciones. Su hijo tendría que levantarse un poco antes y Álvaro llegaría unos minutos más tarde a su despacho, pero así le ahorraba tener que coger el autobús.

—Estás muy callado —le dijo al ver la inquietud en su mirada.

Tampoco es que Javier fuese muy hablador, pero su padre quería sonsacarle los motivos de sus recientes devaneos.

—Es muy temprano para hablar —se excusó.

El colegio estaba a la entrada de la ciudad y Álvaro no tenía que desviarse demasiado del centro, así que aprovechaba, cuando el trabajo se lo permitía, para acompañar tanto a Javier como a Irene.

—¿Es por los estudios? —insistió su padre.

—No —dijo tajante.

—¿Una chica?

—Tampoco.

Ese «tampoco» le dio una pista de que iba por buen camino en su interrogatorio. Si no, su hijo simplemente hubiera respondido: no. Álvaro sabía que las notas del colegio, puesto que las tenía que firmar, eran buenas. Aceptables. Por lo que suponía que su hijo no tendría problemas para pasar el curso, como cada año.

—¿Qué dicen tus amigos de la desaparición de Sandra López? —le preguntó como si se tratara de un policía y sin andarse con rodeos.

—Poca cosa. Irene te podría responder mejor a esa pregunta.

—¿Tú no tienes nada que decir?

El chico negó con la cabeza.

—Podrías aprovechar el mes de julio para venir algún día a la empresa conmigo —dijo Álvaro cambiando de tema.

—¡Uf, papá!

Era sabido por Álvaro que su hijo no mostraba interés alguno por los asuntos de la empresa familiar, la poderosa Safertine.

—Pasa algún día y te enseñaré la nueva cadena de montaje. Podrías llamarme antes y comeríamos en algún restaurante del centro.

Javier asintió con la barbilla y se bajó del coche en la rotonda donde paró su padre. Álvaro lo siguió con la vista mientras se perdía, cabizbajo, en los Porches de la calle Mistral.

Cuando dejó de verlo, encendió un cigarro y continuó el trayecto hasta la empresa, muy cerca de allí.

4

La chica se despertó con la boca pastosa. Necesitaba beber un poco de agua. Tenía los párpados enganchados. El calor era asfixiante y desnuda como estaba se sentía ridícula. Probó, como había hecho los días anteriores, a soltarse las amarras. Fue del todo inútil. El dolor de las muñecas se incrementó. Esta vez no quiso gritar, la mordaza de la boca la ahogaría en su propia saliva. Parpadeó varias veces y distinguió en la penumbra el sótano donde se hallaba recluida. Su captor no tardaría en regresar y le entraron ganas de vomitar al pensar en las cosas que le haría. Lo importante era seguir con vida. Aquello tenía que acabar un día u otro. Quiso ponerse en pie. Quería encontrar una posición en la oscuridad donde pudiera sorprenderle la próxima vez que volviera a entrar. Cualquier objeto contundente le vendría de perlas para aturdirlo. Era un hombre fuerte, pero un golpe en la cabeza con una barra de hierro le dejaría mareado al menos el tiempo suficiente para escapar por la puerta. Pensó que fuera quizás habría algún cómplice. Pero él siempre entraba solo y si hubiese otra persona con él también participaría en las violaciones. Se dijo que lo mejor era negociar, tratar de llegar a un acuerdo. De otra forma nunca saldría de allí con vida.

5

—Silvia, tráeme una taza de café, por favor —pidió Álvaro Alsina a la eficiente y guapa secretaria, mientras abría con llave el primer cajón de la mesa de su despacho.

Allí guardaba la agenda azul con los asuntos pendientes de la semana, junto a un paquete de tabaco rubio, empezado el viernes, y un par de cajas de clips de diversos colores. Al abrir el cajón, los pocos objetos que contenía se bambolearon de un lado para otro, chocando entre ellos y produciendo un característico ruido metálico.

—Ahora mismo, Álvaro —replicó la simpática joven, apostada en la antesala que había antes de entrar a la oficina del presidente de la próspera Safertine.

Álvaro levantó la vista un momento. Sonrió a Silvia. Y le pidió disculpas con la mirada por su ya característica misantropía de los lunes por la mañana.

—Ha llamado Juan de Expert Consulting —anunció la chica.

Y acto seguido se levantó de la silla de su escritorio y anduvo hacia la zona de las máquinas de refrescos.

—¡Tan pronto! —exclamó Álvaro extrañado—. ¿A qué hora ha telefoneado?

Mientras se alejaba, Silvia respondió alzando la voz:

—Sobre las siete y cinco, más o menos.

La bella Silvia se contoneaba de esa forma que solo saben hacer las mujeres sensuales, sin mirar atrás en ningún momento, y sabiendo que estaba siendo observada por cuantos frecuentaban el largo pasillo de despachos. En unos segundos había recorrido los seis metros que separaban la sala del presidente, Álvaro Alsina, de la zona de fumadores, donde estaban las bebidas, cafés, papeleras y tentempiés. Lo hizo como si fuese un pase de modelos de alta costura. Las entreabiertas puertas de los despachos que poblaban el trayecto se abrieron lo suficiente como para que se oyeran anhelantes suspiros surgidos de su interior. Allí se encontraba Antonio Álamo, el reservado contable y solterón incorregible; Margarita, la de personal, que siempre le estaba tirando los tejos a Álvaro, y Matías Arbones, el incorregible informático al que se le empañaban las gafas cada vez que pasaba por su lado alguna de las oficinistas de la sección de ventas.

Silvia se detuvo delante de una de las máquinas expendedoras. Sonriente, como era habitual en ella. Y no tardaron en aparecer dos moscones de la oficina de estadística, aprovechando que ella estaba allí sola, para acompañarla, a pesar de que tenían máquina propia en su planta. Álvaro Alsina los censuró con la mirada.

—¡Acuérdate de mi café! —le gritó para que todos lo oyeran.

Silvia asintió con la barbilla.

Álvaro conocía de sobras a su socio Juan y sabía que nunca solía llamar antes de las ocho. «Debió de confundirse con la hora —meditó—, o es que verdaderamente le corría mucha prisa hablar conmigo y no ha podido esperar a que llegara al despacho.»

Mientras pensaba en ello aprovechó para revisar la abultada cantidad de papeles que había encima de la mesa y ordenó, cronológicamente, los asuntos del día en su azulada agenda. Y es que a pesar de vivir en la era de la informática y disponer de un ordenador de bolsillo donde anotar sus citas, Álvaro prefería utilizar el eterno cuadernillo de ejecutivo, herencia de su padre, y apuntar en él todas sus anotaciones, citas y quehaceres diarios. Incluso Rosa, su mujer, le regaló una agenda de bolsillo tipo PDA (Personal Digital Assistant, o sea, ayudante personal digital), con un lápiz óptico para hacer las anotaciones cómodamente, pero el presidente de Safertine era fiel a sus orígenes. «Mi padre lo anotaba todo en una agenda de papel con anillas y nunca tuvo problemas de memoria», solía decir en una de sus frases más manidas.

Un fuerte carpetazo sobre la mesa hizo que los moscones de estadística cejaran en su acecho a Silvia.

—Luego almorzamos juntos —dijo uno de ellos.

Silvia ni siquiera respondió.

—Gracias —contestó Álvaro, al mismo tiempo que cogía el vaso caliente que le entregaba su secretaria.

—Luego le llamaré yo —dijo casi para sí mismo, refiriéndose a Juan.

Silvia le sonrió y se retiró a su mesa.

La eficaz secretaria de dirección debía comenzar su labor a las ocho de la mañana, como el resto del personal de Safertine y como estaba estipulado en el contrato de trabajo, pero, y Álvaro aún no sabía por qué, a las siete estaba en la empresa, puntual como un reloj suizo. No hacía mucho tiempo que formaba parte de la plantilla de Safertine y todavía tenía un contrato temporal. Ese era, posiblemente, el motivo de que la chica viniera tan pronto y fuese tan eficaz. «Miedo a perder el puesto de trabajo», pensó en una ocasión Álvaro, acostumbrado a tener empleados eficaces mientras ejercían su puesto a través de contratos basura de unos pocos meses, para después pasar a convertirse en subalternos deslucidos, rancios y poco vigorosos, cuando franqueaban la temporalidad para transformarse en empleados fijos. Algo de influencia psicológica debía de haber en todo eso. Él había observado, en más de una ocasión, que los trabajadores con contratos de prueba ejercían su actividad con desmedida fiereza, algo así como una leona que defiende el alimento de sus crías. Pero esos mismos empleados se relajaban, incluso sucumbiendo a la desidia, cuando sus contratos pasaban de temporales a indefinidos.

El sonido del teléfono le distrajo de sus pensamientos. Miró a Silvia mientras contestaba la llamada, y luego, haciéndose el desinteresado, se adentró de nuevo en los papeles que desordenaban su mesa.

Los lunes era el peor día, sin duda alguna. Álvaro aún no había terminado de sentarse en la silla de su despacho y ya estaba llamando el director de Expert Consulting, y con prisas. La otra empresa era la filial más fuerte de la que dependían para realizar los informes de estado de los componentes informáticos. Álvaro Alsina era el presidente de Safertine, una compañía fundada por su padre, don Enrique Alsina Martínez, y relanzada por él, su único hijo. Al principio, en sus orígenes, manufacturaba componentes electrónicos para transistores, pero con el tiempo se fue centrando en la industria del chip, más rentable. En la actualidad se encargaba de fabricar periféricos de ordenador, como tarjetas de sonido, vídeos, redes, discos duros de gran capacidad, memoria RAM, procesadores de última generación o impresoras, por las que una vez llegó a tener una fuerte discusión con su socio. Aunque el negocio pasó épocas bajas, actualmente, después de la fusión con Expert Consulting, las ventas se habían incrementado notablemente gracias a la ampliación de clientes, y estaban a punto de abrir una oficina nueva en Madrid.

Sangre joven, sangre nueva, rezaba el dicho. Lo primero que hizo Álvaro Alsina al hacerse cargo de la presidencia de la empresa fue limpiar de delincuentes los talleres de producción. El bueno de su padre consiguió nutrir la factoría, en sus orígenes, de mano de obra barata, pero desleal. Con Álvaro las cosas cambiaron y todo aquel que tuviera antecedentes penales o estuviera inmerso en un proceso judicial no tenía cabida en la empresa; los estatutos de la compañía eran muy estrictos respecto a eso. El modelo lo copió del ejército, cuando se prohibió acceder a la Legión a todos aquellos que tuvieran asuntos pendientes con la justicia. Le pareció una buena idea aplicarlo a su empresa y además fue un sistema económico de regularización de plantilla. El enorme salto de la manufacturación a la industria del chip dejó numerosos puestos de trabajo sin razón de ser y un tercio de la plantilla fue puesto de patitas en la calle, lo que le granjeó más de un enemigo. Pero Álvaro ya sabía que nunca llueve a gusto de todos. Aun así hizo lo imposible para contentar a todos los trabajadores, recurriendo al ya legendario incremento de las pensiones, para que estos pudieran sobrevivir con la paga que les quedó.

—¡Silvia, llama a Juan de Expert! —dijo—. Quiero hablar con él.

Acababa de leer los informes de las tareas pendientes de ese lunes y quería saber qué es lo que tanto le preocupaba al director de la filial, para molestarse en llamar tan pronto. Era de los mayores defectos que podía tener Álvaro: que cuando algo le corroía por dentro no cejaba en su empeño hasta subsanarlo.

La secretaria asintió con la cabeza y casi de inmediato marcó el número memorizado de Juan. Álvaro se quedó mirándola, paseando sus ojos por su cintura, algo de lo que ella se percató y la hizo sentirse incómoda.

Ella era la secretaria con la que soñaba todo directivo: voluptuosa, sensual, lasciva y eficiente. Tenía veintiocho años recién cumplidos; la semana anterior habían brindado por ella en la oficina. Para semejante evento se juntaron todos los departamentos y los moscardones de la empresa no pararon de rodearla, mientras las otras mujeres ponían cara de circunstancia. Y es que una mujer, por mucho que lo intente, no puede disimular la envidia. Delgada, aunque con unos enormes pechos que cuando llevaba el vestido rojo de tirantes era imposible dejar de mirar, poseía unos pies perfectos, unas uñas preciosas y pulcramente arregladas, que incitaban a mirarlas cuando calzaba los zapatos de esparto y tacón alto, con unos lazos atados a sus insinuantes tobillos, de sobra conocidos entre los hombres de la empresa. Era habitual que las visitas masculinas de Álvaro Alsina se entretuvieran en el acceso a la oficina hablando con ella antes de entrevistarse con él, algo que no gustaba al presidente, y no por descortesía hacia su persona, sino, y eso siempre se decía en los corrillos y comidillas, por celos.

—¡Juan! ¿Qué pasa? Soy yo —dijo Álvaro mientras hablaba con el teléfono en la mano izquierda y el vaso de plástico con café hirviendo en la derecha—. Me ha dicho mi secretaria que has llamado esta mañana a primera hora y ya sabes que no llego hasta las ocho en punto.

Miró de reojo a Silvia y ella entendió que debía ausentarse para no escuchar la conversación. Se levantó y salió al pasillo.

Álvaro percibió un movimiento ajetreado de papeles al otro lado del hilo telefónico, y lejos de apresurar en sus explicaciones a Juan, optó por sorber el café que sostenía. Mientras tanto pensó lo importante que debía de ser la llamada de su socio a esas horas, según le dijo su secretaria, cuando Juan sabía muy bien que él nunca llegaba a la oficina antes de las ocho, y en caso de que el asunto en cuestión fuese urgente, siempre podía recurrir al teléfono móvil.

—Hola, Álvaro —respondió Juan finalmente, con la voz grave que le caracterizaba—. Oye, necesito hablar contigo.

Hizo una pausa, seguramente para ordenar las ideas.

—Sí, te he llamado esta mañana —afirmó gritando, como si pensara que no le estaba escuchando—. Lo he intentado varias veces a tu móvil, pero lo tenías apagado —añadió mientras carraspeaba para aclararse la voz.

—Ya lo sé —aseveró Álvaro—. Ya me ha dicho Silvia que has llamado. El teléfono móvil lo desconecté ayer por la noche y esta mañana no recordé encenderlo. Podrías haber probado en el fijo de mi casa —sugirió mientras alargaba la mano para encender el ordenador de sobremesa que tenía bajo el escritorio y que aún no había puesto en marcha.

Juan Hidalgo Santamaría era un *yuppie*, es decir, un ejecutivo agresivo y liberal, o como indican sus siglas: Young Urban Professional, profesional joven y urbano. Con treinta años recién cumplidos ya dirigía una empresa de las más importantes de la ciudad y posiblemente de la provincia. Fumador empedernido, había probado tantas marcas de tabaco que al final se decantó por una, que solo fumaba él o por lo menos lo hacía muy poca gente, unos cigarrillos turcos de tabaco negro, con un olor muy característico y boquilla lila. Era guapo, según decían las mujeres. Alto y moreno de solárium, esto es, de todo el año. Pupilas negras con la esclerótica muy blanca, lo que hacía que aún resaltara más el oscuro de su iris. Cuando la fusión de Safertine con Expert Consulting, él y Álvaro habían conectado enseguida y sabido que estaban condenados a llevarse bien. Se puede decir que los dos eran, además de socios, buenos amigos. Aunque no siempre fue así; al principio tuvieron algunos roces. La disciplina y organización de Álvaro Alsina contrastaba con la anarquía rebelde e insubordinada de Juan Hidalgo. Empezaron juntos en el edificio nuevo, donde se ubicaron las oficinas resultado de la unificación. Inicialmente la compañía se denominó Safertine Consulting, para conservar el nombre de la primera, fundada por el padre de Álvaro, y el adjetivo de la segunda, constituida por el propio Juan Hidalgo cuando apenas contaba veintitrés años, lo que le otorgó el título de empresario más joven de la comarca. Por aquel entonces fue portada de una revista de moda de tirada mensual, donde salían personalidades destacadas de la provincia. Sin embargo, tras establecerse en los nuevos despachos y distribuir tareas equitativas entre los socios, asignar ocupaciones a los ejecutivos y promover el negocio desde el enfoque de la multinacional en que se había convertido, surgieron encontronazos de más o menos calado entre los dos que desestabilizaron su ya mermada confianza. El punto álgido de la ruptura llegó el día en que un visceral Juanito, como gustaba llamarle Diego, el jefe de producción, y el flamante presidente de la recién creada Safertine Consulting, casi llegan a las manos por una venta de impresoras láser a un país musulmán presuntamente implicado en dar apoyo a terroristas árabes. El negocio lo cerró Juan sin consultar a Álvaro, y nunca se supo si a sabiendas o por un error de protocolo. El caso es que los gritos de los dos socios se escucharon por todo el bloque de oficinas y los insultos y desprecios retumbaron por los largos pasillos. E incluso las puertas por donde pasaba la lujuriosa secretaria de Álvaro, que siempre estaban entreabiertas para oír el aleteo del vestido de esta cuando se dirigía a la máquina de café, se cerraron aquel día para vergüenza de los recién estrenados copartícipes. Juan mantenía que era igual el uso que le dieran los árabes a las impresoras, mientras que Álvaro afirmaba que su empresa nunca vendería material informático a gobiernos que apoyaban el terrorismo. El primero abanderaba una cuestión comercial; el segundo abogaba por unos principios éticos. Finalmente zanjaron el asunto a favor de Álvaro, aunque acordaron separar las dos compañías y así evitar futuros conflictos. Álvaro Alsina Clavero se quedó como presidente de Safertine, en el edificio de la calle Mistral, y Juan Hidalgo Santamaría se fue como director de Expert Consulting, ubicada en el bloque de la plaza Andalucía. De este modo, cada uno gestionaba la empresa respectiva a su manera. Tras la separación aumentaron las ventas de material informático, así que determinaron que cualquier conflicto posterior lo solventarían sometiéndolo al dictamen de la junta de accionistas. Desde entonces y a pesar de no verse con regularidad, Álvaro no podía dejar de censurar el carácter bohemio del director de Expert Consulting y su soltería recalcitrante, ya que no se le conocía ninguna relación estable, pese a que las casadas de la empresa le relacionaban o querían hacerlo con Silvia Corral Díaz, la atractiva secretaria de dirección. Las habladurías acerca de las tareas de gigoló sobre mujeres casadas e insatisfechas, a las que Juan dedicaba algunas horas a la semana, no tenía que corresponderse, necesariamente, con la realidad, pero sí acaloraban a más de un marido cuando lo veían tamborilear la barandilla de las escaleras a modo de reclamo y garbear su escultural cuerpo riendo cínicamente.

—Quiero hablarte sobre la última partida de tarjetas de red —comentó el *yuppie* de Expert Consulting.

—Tosió un par de veces para aclararse la garganta, a esas horas probablemente ya se habría fumado tres o cuatro cigarrillos turcos.

—He leído el informe de producción —prosiguió con voz seria— y hay un defecto en el chip de transferencia de comunicación. Todo apunta a que tiene un fallo de emisión y no coinciden las especificaciones. —Carraspeó—. Sale más información que entra —precisó como si estuviera leyendo un papel—. La transmisión de datos es desigual. Es como un garaje donde entran dos coches y salen tres. Al principio no nos damos cuenta, pero pasado un tiempo nos planteamos de dónde salen esos automóviles extra. ¿Entiendes?

Juan se esforzaba en poner ejemplos para que le comprendieran mejor, algo muy propio de él a la hora de explicar cualquier proyecto que tuviese en mente, lo que no siempre gustaba a sus interlocutores. Álvaro se sintió molesto.

«Se debe de creer que soy tonto», pensó.

Ciertamente, en ocasiones Juan ponía ejemplos estúpidos para dar explicaciones sencillas, lo que embrollaba más sus razonamientos.

—Haré que las revisen de inmediato —replicó para tranquilizar a su socio—. Este asunto es tan importante para ti como para mí.

—Hay que saber qué ocurre con la información que se pierde —insistió Juan—. Los datos no se desvanecen, creo, sino que se filtran por otro conducto.

Esta última explicación no fue entendida por Álvaro, pero se abstuvo de comentarlo. Mientras hablaba su socio, aprovechó para ojear los papeles que Silvia le había dejado encima de su mesa. No se detenía ni un instante. Era un auténtico hombre multitarea, capaz de realizar varias labores al mismo tiempo. Podía conversar por teléfono y leer informes con la misma capacidad de concentración en ambas cosas.

—Estamos a lunes —dijo mirando su reloj de pulsera—. El jueves, a más tardar el viernes, te informaré de los fallos que se hayan podido encontrar en la tarjeta —aseguró.

Álvaro necesitaba unos días para que los técnicos averiguaran qué ocurría con esas dichosas tarjetas de red. No hacía mucho que el encargado del taller, Diego, le había hecho llegar un informe exhaustivo respecto a una serie de fallos en los cálculos de frecuencia, pero que según dicho dosier no supondría mucho problema corregirlos eficientemente. La transferencia de datos no era uniforme, la entrada y salida de bits no era la misma, eso ya lo sabía Álvaro, y después de leer el informe estuvo seguro de ello. Lo que le restaba por saber era adónde iban a parar esos datos sobrantes, algo que también inquietaba a su socio, como ahora comprobaba. Pero Álvaro estaba molesto porque Juan le mencionase ese pequeño detalle en la fabricación de las tarjetas, ya que era a él, personalmente, a quien le correspondía subsanar el problema.

Lo oyó carraspear de nuevo.

—¿Cómo estás? —le preguntó Álvaro intentando desviar su atención.

Desde el encontronazo con las impresoras vendidas a los árabes, su relación se había ido helando hasta convertirse ambos en dos témpanos.

Juan no contestó, y Álvaro supuso que estaría atendiendo otra llamada.

Juan no quería que su socio se preocupara por las tarjetas, ya que sabía de su perfeccionismo enfermizo, y cuando algo salía mal Álvaro no dormía hasta que se arreglaba.

—Tenemos que quedar un día para tomar café —sugirió Álvaro cuando creyó oír el aliento de Juan al otro lado de la línea—. Desde que estamos pendientes de cerrar el contrato con el gobierno apenas nos vemos, ¿verdad?

Mientras hablaba, Álvaro aprovechó para escribir en su agenda azul la necesidad de hablar con Diego Sánchez Pascual, el jefe de producción de la empresa. Él era quien más sabía de los aspectos técnicos de las tarjetas. En sus manos estaba la resolución técnica del problema.

—Bien, estoy bien —respondió Juan—. Un poco cansado estos días.

—Sí, te entiendo, todos estamos cansados.

—Vaya palo lo de la hija de los López —comentó Juan cambiando de tema.

Álvaro esperó unos segundos creyendo que su socio iba a hacer algún comentario más, pero, viendo que no era así, dijo:

—Todo el pueblo está en ascuas con eso. Figúrate, una vecina de Roquesas, donde nunca pasa nada, y va y desaparece misteriosamente...

Álvaro oyó cómo Juan exhalaba una bocanada de humo.

—Espero que todo se resuelva pronto y la encuentren antes de que sus padres hagan una locura.

—¿La encuentren? —repitió Juan en medio de un torbellino de bocanadas de humo.

Álvaro se dio cuenta de lo poco apropiado de su comentario, así que se corrigió:

—Quiero decir cuando la chica vuelva.

Silvia entró de nuevo en el despacho, presumiblemente a coger unos papeles. Álvaro la alejó con la mano y siguió hablando.

—Aún no se sabe qué ha pasado —puntualizó—. Si se ha ido con un chico, si la han raptado, si la han...

—Casi no duermo cuando me acuerdo de la pobre familia. Cada vez que pienso en el bueno de Marcos y la buena de Lucía me estremezco.

Juanito siempre hacía chistes con esas expresiones. El padre de Sandra, Marcos López, era una buena persona: honrada y honesta. Su mujer, Lucía Ramírez, era también agradable, pero pícara, siempre según los comentarios de Juan. La verdad es que parecía que se estuviera insinuando constantemente, aunque era más una apreciación de las personas que la conocían que una realidad. Era de aquellas mujeres que todo hombre que las conoce tiene la sensación de haberlas conquistado.

—También nosotros —replicó Álvaro—. Mi mujer no pega ojo desde hace días. ¿Sabías que la chica es amiga de Irene?

—Ya me lo comentó Rosa —aseveró Juan, mientras se oía el chasquido del Zippo prendiendo otro cigarrillo—. En Roquesas debéis de estar alerta.

Su socio siempre encendía los cigarrillos con un Zippo de plata esterlina, regalo de una mujer casada con la que había mantenido un tórrido romance; aunque él nunca dijo de quién se trataba, las comidillas de la empresa señalaban a la mujer del alcalde de Roquesas, Elisenda Nieto Manrique, una cincuentona de buen ver y que no hacía buena pareja con su marido, Bruno Marín Escarmeta, primera autoridad gubernativa del ayuntamiento y conocido cornudo.

—Pues un poco —respondió Álvaro, encendiendo un cigarrillo rubio probablemente contagiado por el ímpetu fumador de Juan.

La conversación se estaba alargando más de lo momentáneamente soportable. Era tal la frialdad que demostraban los dos, que apenas pronunciaban palabras banales con el único fin de buscar la forma de terminar de hablar.

—El jefe de la policía local le quita hierro al asunto y opina que es un tema de chiquillas —dijo Álvaro—. Veremos a ver qué pasa —afirmó, mientras observaba la luz roja en los botones del teléfono, que indicaba la entrada de otra llamada.

—Pues seguramente será eso. Lo mejor es que todo se resuelva de la mejor manera posible. ¿Se sospecha de alguien?

Álvaro se sonrojó, suerte que Juan no pudo verlo a través del teléfono. Y no porque se sintiera culpable, sino porque le chocó que su socio le hiciera esa pregunta, ya que él no tenía la respuesta. Antes de plantearse qué responder, Juan añadió:

—Te dejo, Álvaro. Llámame sin falta el fin de semana, el

viernes a más tardar. Los clientes de Madrid me están azuzando con las dichosas tarjetas de red.

—No te preocupes, así lo haré. Yo también estoy interesado en que todo esto salga bien.

Por un momento Juan se sintió como si su frase sirviera para englobar el asunto de la empresa y la desaparición de la niña. Quiso corregirse puntualizando, pero optó por no decir nada, era lo mejor.

—Da recuerdos a Rosa y los niños —dijo Juan—. A ver si encuentro tiempo y me acerco un día a verlos. Respecto al tema de esa tarjeta de red...

—Y venga con lo mismo —lo interrumpió Álvaro visiblemente molesto—. Tengo a todos los técnicos trabajando a destajo para subsanar el problema. Déjalo en mis manos. Antes de una semana seremos ricos. Estamos centrándonos en el chip nuevo de transmisión de datos. Me hago cargo de lo importante que es la corrección del problema —aseveró—; el viernes te llamo. No te preocupes, Juan.

Álvaro dijo unas cuantas frases «clave» para que Juan se tranquilizara y dejara de espolearlo. Frases del tipo: «seremos ricos», «estamos centrándonos» o «el viernes te llamo». Aún recordaba algo de su socio de la época en que eran amigos y sabía cómo apaciguarlo.

—Vale —dijo Juan—, igual hay incompatibilidad con el mecanismo de transmisión, pero eso no se puede tocar, toda la velocidad de la tarjeta se basa en él. Lo que me preocupa es que a cambio de subsanar el problema las tarjetas pierdan velocidad. Recuerda que el negocio se basa en eso precisamente: en la rapidez de los datos.

—Ok —dijo Álvaro, y colgó para no alargar innecesariamente la conversación.

Sabía que Juan era un neurasténico y que mientras no consiguiera solventar el problema de la tarjeta seguramente no dormiría ni le dejaría dormir a él. Quedaron en que le llamaría el fin de semana, pero estaba seguro de que él lo haría cada día, Juan era así.

Tras colgar apretó el botón rojo de la línea tres, para aceptar la llamada entrante mientras apagaba el cigarrillo a medio fumar que aún sostenía.

Silvia, que se había dado cuenta de la finalización de la llamada de Álvaro a Juan, entró en el despacho y ocupó su asiento. Acto seguido desplegó todas las carpetas del día sobre la mesa.

6

—¿Sí? —dijo Álvaro.

—Buenos días, señor Alsina —dijo una vocecilla que Álvaro reconoció en el acto.

Era Sofía, la ex canguro de su hijo Javier.

—Hola, Sofía. ¿Qué tal estás?

Era la primera vez que la chica llamaba a su despacho para hablar con él. Cualquier gestión con la familia la realizaba a través de su mujer Silvia, por lo que Álvaro se sintió contrariado en un primer momento. «¿Qué querrá esta ahora?», pensó.

—¿Cuándo puedo hablar con usted? —preguntó Sofía en tono suplicante.

Se la notaba muy nerviosa, y Álvaro pudo oír el chasquido de una uña al rompérsela con los dientes.

—Ahora mismo estoy muy ocupado —dijo con cautela—. Déjame tu número de móvil y en cuanto pueda te llamo para quedar y hablamos de lo que sea. ¿Te parece? —propuso apresurado. En su tono se notó que quería quitársela de encima cuanto antes.

No le prestó demasiada atención, ya que la Cíngara, como era conocida en el pueblo por su indumentaria estrafalaria, no le inspiraba confianza. Siguió removiendo con la mano libre los papeles que había sobre su mesa, e intentó, sin conseguirlo, agruparlos por orden cronológico.

—Me gustaría hablar con usted ahora —insistió la chica.

A pesar de ejercer con esmero su labor de canguro y ostentar una callada belleza a sus veinte años, que no ocultaba tras unos enormes ojos negros, Álvaro no creía que la muchacha tuviera algo importante que decirle, así que no le dio ninguna oportunidad de poder quedar para hablar. «¿Qué podría hacer que una chiquilla estrambótica desatendiera sus quehaceres diarios para reunirse con un portentoso empresario?», se preguntó.

—Si lo prefieres, y es breve lo que tienes que decirme...

Mejor que la cíngara le dijera por teléfono lo que fuera y así no perdería su valioso tiempo en lo que seguramente sería una fruslería.

—¿Va a regresar a Roquesas al mediodía? —preguntó ella.

Su voz se tornaba afónica por momentos.

—Pues no lo tengo previsto. Me quedo a comer aquí, en Santa Susana...

—Vale —lo interrumpió—, ya le llamaré en otro momento —dijo no demasiado convencida—, y hablaremos con más calma. ¿Me puede dar su número de móvil?

—Mejor dame el tuyo y en cuanto tenga un momento te llamo yo.

Hubo unos segundos de silencio, tantos que incluso Álvaro pensó que la chica había colgado. «¿Para qué querrá mi número de teléfono?», se dijo.

Silvia hacía aspavientos desde su mesa para llamarle la atención. Con frenéticos movimientos se pasaba el pulgar por el cuello, sugiriendo que podía interrumpir la llamada. Percibía la contrariedad en el rostro de su jefe y, como fiel secretaria, quería ayudarlo. Un «le llaman por la otra línea» hubiera sido suficiente para salvar a Álvaro de aquel calvario.

—Tome nota de mi teléfono —dijo la muchacha con voz temblorosa.

Álvaro le hizo un gesto a su secretaria dándole a entender que no necesitaba su ayuda y anotó en un bloc amarillo el número que le dio la cíngara, con la clara intención de no llamarla. Miró el reloj de pulsera: las diez menos diez.

—¿Lo ha cogido bien? —preguntó la chica.

Álvaro arrugó el entrecejo. Un veterano empresario nunca podría anotar mal un número de teléfono.

—Sí, ya te tengo en mi agenda —respondió.

La chica colgó sin decir nada más.

7

—Está aquí su hija, don Álvaro —dijo sonriente la secretaria, apostada en el marco de la puerta.

Solo le daba el tratamiento de «don» cuando había alguien delante, si no, lo llamaba por su nombre. Era una forma de encumbrar al presidente de Safertine.

—Pasa, Irene —dijo Álvaro sin levantar la cabeza de los papeles de la mesa, algo que sabía molestaba a su hija.

—¿Se sabe algo? —le preguntó ella entre preocupada y expectante.

—Aún no.

Los dos sabían de qué hablaban. Era el tema estrella de la última semana: la desaparición de la hija de los López, la pequeña Sandra.

—¿Y tú te has enterado de algo? —replicó Álvaro, no sin malicia.

—No.

Álvaro sospechaba que su hija sabía más de la desaparición de Sandra que la policía de Roquesas de Mar. Pero por algún extraño motivo que no llegaba a comprender, ella no decía nada.

—Ah, las adolescentes —murmuró—, siempre llenas de secretos.

—Fue un comentario en voz baja, pero su hija lo oyó y no le sentó nada bien, cosa que Álvaro ya sabía.

—Piensa lo que quieras, papá.

—Ayudarías mucho a los López y a tu amiga si nos dijeras a todos dónde está.

—Ya te he dicho que no lo sé.

Álvaro asintió con la cabeza e Irene se marchó, sin siquiera despedirse. La secretaria hizo una mueca de connivencia; aunque no quedó claro si hacia Álvaro o hacia Irene.

8

Lo primero que hizo su captor, nada más entrar, fue quitarle la mordaza de la boca. La chica respiró hondo y notó que en el sótano no había suficiente aire como para saciar sus pulmones. Evitó mirarle directamente a los ojos. Entonces él apretó sus labios contra los de ella y resbaló la mano por su cintura desnuda deteniéndose en su sexo.

—Tengo hambre —le dijo ella antes de que siguiera.

Al punto se dio cuenta de lo desafortunado de su frase. Él aprovecharía para hacer un chiste fácil e introducirle su miembro en la boca para obligarla a hacerle una felación.

—Ya sé de qué tienes hambre —repuso él, riendo.

De un macuto que llevaba extrajo un sándwich de queso y jamón dulce.

—Ten —le dijo—. Luego ya te daré el postre.

Y se quedó de pie allí, mientras ella devoraba el bocadillo lo más lentamente posible, sabía que cuando lo acabara la violaría otra vez.

9

—Me marcho a desayunar —le dijo Álvaro Alsina a su secretaria, mientras esta ordenaba un montón de ficheros de la estantería de la pared.

La chica le devolvió la mirada sin girarse del todo y asintió con la cabeza con un sonido gutural, como una carraspera intencionada.

Álvaro salió apresurado de su despacho. Los problemas de una adolescente extravagante no podían trastocar su agenda, y mucho menos un lunes.

Sofía Escudero Magán, la provechosa ex canguro de Javier, era una devota aficionada a los temas relacionados con fantasmas, espíritus y brujería. En el pueblo se comentaba que las noches de luna llena frecuentaba el abandonado cementerio de Roquesas de Mar, junto con un puñado de amigos de semejante excentricidad, y se paseaban por el interior del camposanto con una grabadora vieja de cinta y un micrófono que registraba cualquier sonido, susurro o resonancia, que les permitiera contactar con entes del más allá. Sofía y sus extraños amigos sostenían, como muchas viejas de la villa, que en el cementerio de Roquesas pervivía el alma del arquitecto Rodolfo Lázaro Fábregas, fallecido a la edad de sesenta y tres años, cuando aún no era su hora, según aseguraba en unas manifestaciones recogidas un día en el camposanto por los amigos de la cíngara. Afirmaban que las noches del 7 de junio aún se podía oler el humo de la pipa del emblemático arquitecto, y contaban que se le oía decir que no se marcharía al cielo hasta que su asesino pagara por su crimen. Esos rumores podían obedecer al hecho de que Rodolfo Lázaro había dejado este mundo, y Roquesas de Mar, un 7 de junio, ahogado en el pozo medieval del Huerto de la Pólvora, llamado así porque en la guerra civil se utilizó como santabárbara. Como siempre, las investigaciones del sempiterno jefe César Salamanca no dieron frutos, y al final se cerró el caso como accidente fortuito, como si fortuito fuese morir ahogado en un pozo medieval.

El reloj daba las diez de la mañana cuando, y con todavía un montón de informes por leer, Álvaro Alsina se marchó a desayunar con Cándido Fernández, un amigo que trabajaba en el banco donde ingresaban la nómina de los trabajadores de Safertine. Quedaron, como ya era costumbre, en Chef Adolfo, un restaurante de los más típicos del centro de Santa Susana. No era un almuerzo de trabajo, ya que Cándido y él se conocían desde hacía tiempo y compartían muchas aficiones. Los dos se habían caído bien nada más conocerse. A pesar de la diferencia de edad y de *hobbies* bien distintos, de vez en cuando, cuando podían, quedaban y hablaban de cosas sin importancia. Temas frugales que a los dos les reconfortaban. Para Álvaro, el contacto con Cándido era una estupenda terapia para aliviarse de sus quehaceres diarios. Era conveniente, y recomendable, para alguien que se atolondra con su trabajo, conversar, aunque fuese un día a la semana, con alguna persona ajena a su entorno. Alguien que pudiera ver el bosque, cuando ellos solamente veían los árboles. Cándido era para Álvaro una especie de sacerdote al que poder confesar sus pecados más atroces.

De camino al restaurante, el presidente de Safertine anduvo unos instantes cabizbajo para evitar encontrarse con alguien que lo hiciera retrasarse con su cita, casi semanal, con el director del banco. Cuando llegó aún era pronto y el bar estaba medio vacío. Percibió el olor a lejía de la pila del mostrador.

—Buenos días. ¿Qué tal estás? —saludó Álvaro a su amigo Cándido, que ya se encontraba de pie en la barra.

Cándido Fernández Romero era la persona más puntual que existía. Si quedaban a las diez, seguro que a menos cuarto ya estaba en el lugar acordado. Álvaro se fijó en que justo detrás del mostrador, donde esperaba el director del banco, había un enorme vivero lleno de marisco vivo. Bogavantes, centollos, percebes y langostas esperaban resignados a que alguien los sacara para ser servidos en la mesa. Pegado al lado izquierdo, presidía el decorado un mueble con varias botellas de vino blanco de aguja. Justo encima un cuadro lleno de nudos marineros; muy propio de los restaurantes costeros.

—Bien, Álvaro —respondió sonriendo el director del banco—. ¿Mucho trabajo? —se interesó mientras encendía un cigarrillo rubio; luego colocó el servilletero plateado que había sobre la barra formando un ángulo perfecto con los cantos de la madera.

—La verdad es que, para qué nos vamos a engañar, tengo bastante trajín en la empresa —dijo mientras hizo un gesto al camarero para que le sirviera lo mismo que estaba bebiendo su amigo.

—¿Un tubo de cerveza, señor? —preguntó el camarero cortésmente.

Álvaro asintió con la cabeza.

—¡Y que dure! —afirmó el director del banco, mientras con una señal apenas perceptible de su barbilla le indicó al joven que preparara una mesa para los dos.

Se sentaron en un rincón del impresionante restaurante Chef Adolfo. De lo mejor de la ciudad. Cándido lo hizo de espaldas a la ventana, ya que no le gustaba la luz en la cara. Por eso siempre utilizaba unas anticuadas gafas de sol, que llevaba puestas incluso por la tarde, cuando anochecía. Decía que era por culpa de los ordenadores y por pasarse todo el día encerrado en el banco.

Detrás de él, un ventanal enorme ofrecía una amplia vista de la calle Mistral, arteria principal de Santa Susana y centro comercial de la ciudad. Al fondo, la plaza Andalucía. La mayoría de los jóvenes profesionales que trabajaban en Santa Susana se pirraba por tener su domicilio en esa calle. Álvaro no pudo evitar recordar que cerca de allí vivía la hermosa Silvia Corral Díaz, la secretaria de Safertine.

—Te perderás la vista de las sensacionales mujeres que pasan por aquí —dijo Álvaro mientras abría la carta del menú.

Todas las tiendas de moda para jovencitas estaban ubicadas en ese barrio y, como no podía ser de otra forma, mujeres enjoyadas y bellas abundaban por la avenida.

—No importa —aseveró Cándido, sin dejar de toquetear el palillero que había sobre la mesa—. Prefiero poseer una mujer fea que ver pasar mil guapas —dijo, parafraseando un dicho típico de personas pragmáticas.

Era normal que el maduro director bancario se abstrayera de forma intermitente en el transcurso de una conversación y que utilizara frases ingeniosas para replicar a su interlocutor. Su veteranía le conformaba como un avezado en temas dialécticos.

—También es cierto —confirmó Álvaro—. Más vale pájaro en mano que ciento volando —dijo reforzando así la frase de Cándido.

Cándido era el director del banco más emblemático de Santa Susana. Conocido por su sensatez en los negocios, rondaba los sesenta años y ya era director de banco cuando vivía el padre de Álvaro. Por aquel entonces estaba en otra entidad, pero ejercía el mismo cargo. Felizmente casado, padre de dos hijas de cuarenta y veintitrés años, llevaba una vida organizada. Era un metódico enfermizo, incluso cuando hablaba se dedicaba a ordenar el palillero, el cenicero, los cubiertos, el mantel. No soportaba que nada estuviera desordenado o caótico, como solía decir él mismo. Alguna vez sus allegados habían podido verlo bajarse del coche hasta tres veces en su empeño de dejar el vehículo perfectamente alineado con la acera. No toleraba bajo ningún concepto que la rueda delantera estuviera más próxima al bordillo que la trasera.

—¿Qué te apetece tomar? —preguntó colocando el cuadrado cenicero de cristal paralelo a los bordes de la mesa y mirando al director de Safertine por encima de sus gafas de sol.

—Lo de siempre —respondió Álvaro cerrando la carta y colocándola sobre la otra.

Cándido ni siquiera llegó a mirarla. Era tan habitual de ese restaurante que se conocía los platos del menú mejor que el propio cocinero.

Con una leve señal de la mano llamó al camarero, que se acercó rápidamente.

—¿Han escogido ya los señores? —preguntó mientras recogía las cartas del menú.

—Sí —dijo el director de banco—, a mí me traes lo de siempre, Pablo. ¿Y tú? —preguntó mirando a su compañero de mesa.

—Yo quiero... —Álvaro se detuvo un momento, pensando lo que iba a pedir—. Una ensalada —se decidió finalmente, mientras señalaba la mesa de al lado, donde había una chica comiendo el mismo plato que le apetecía a él—. Con eso me bastará.

Las ensaladas del Chef Adolfo no eran las típicas de lechuga, tomate y cuatro pepinillos. Llevaban lo mismo que todas, pero además le añadían queso, embutido, jamón dulce, pan tostado, rábanos, cogollos y anchoas. Era un auténtico plato que podía satisfacer al más hambriento.

El camarero se marchó, no sin antes recoger cuatro palillos rotos que Cándido había dejado en la mesa, perfectamente alineados alrededor del palillero. Sonrió mientras lo hacía.

A Álvaro siempre le había gustado la gente que llamaba a los otros por su nombre. Su amigo había nombrado al camarero, Pablo, y eso era un gesto que daba prestancia a quien lo hacía y a quien lo recibía. Imaginó lo a gusto que debían de sentirse los clientes de la sucursal, cuando llegaban hasta el director para pedir un préstamo y este les llamaba por su nombre.

—¿Cómo está Rosa? —preguntó Cándido mientras cogía con los dedos dos aceitunas rellenas del platito de madera que había dejado el servicial camarero.

—Bien, está bien, solo un poco preocupada por el tema de la hija de los López. Ya sabes...

—Sí, menudo notición. Por Roquesas debéis de andar preocupados los padres de quinceañeras —añadió—. Es el suceso más lamentable ocurrido en los últimos años, ¿verdad?

—Pues para ser sincero, sí, los vecinos se hallan bastante alarmados con ese asunto.

Álvaro no quiso responder al comentario, poco amable, sobre la lógica preocupación de los padres de quinceañeras, como si los demás vecinos no tuvieran que estar intranquilos. La desaparición de Sandra era un hecho que alarmaba por igual a todos los residentes del pueblo, tuvieran o no hijas de la misma edad que Sandra. Una desaparición, mientras no se resolviera, podía provocar una alarmante congoja en toda una población, máxime cuando esta era pequeña. Hasta que no apareciera la chiquilla no se podía hablar de fuga o asesinato, algo que mantenía en vilo a todo el pueblo.

—El jefe de la policía local le resta importancia al asunto —dijo Álvaro—. Opina que se trata de una chiquillería, pero yo no creo que...

—Ya me han hablado de ese tal César Salamanca —lo interrumpió Cándido—. No muy bien por cierto —puntualizó—; según dicen, prefiere quitarle relevancia a todos los casos que le llegan, antes que iniciar una investigación en serio para esclarecerlos.

—Como te iba diciendo, no creo que sea así. Lo conozco desde hace mucho tiempo y es más un acomodamiento producido por los años de trabajo, que otra cosa. Piensa —argumentó Álvaro— que Roquesas de Mar es una villa tranquila, donde apenas ocurren cosas importantes, al menos desde el punto de vista policial. Es normal que el jefe de la policía se oxide y pierda la práctica en resolver asuntos de ese tipo. De todas formas no anda desencaminado, es posible que la hija de los López se haya fugado voluntariamente y que dentro de unos días reaparezca como si no hubiera pasado nada. La experiencia de César, aunque desgastada por los años, creo que le sirve en lo que respecta a conocer a los vecinos del pueblo.

—Hablando de eso —interrumpió Cándido—, ¿vas a tener vecinos nuevos? —preguntó tras sorber un trago de cerveza.

—Eso parece. Están haciendo una casa delante de la nuestra, justo al final del bosque de pinos, pegada a la rotonda inacabada. Las obras avanzan con una rapidez espantosa —respondió, sin volver a mencionar al jefe de policía, al percibir que Cándido había evitado, deliberadamente, seguir diciendo cosas de él—. Es increíble el poco tiempo que cuesta hoy en día levantar una casa.

—¿Los conoces? —preguntó el director de banco, refiriéndose a los nuevos vecinos.

—No, ni siquiera sé quién es el constructor. No me he fijado en el rótulo de la empresa —respondió mientras hacía el gesto de alisar el tapete de la mesa y limpiar unas porciones del pan que había desmigajado mientras esperaban el almuerzo.

—Ya es curioso —exclamó Cándido—, con lo cotillas que sois en Roquesas y no saber quiénes son los nuevos vecinos —aseveró sin estar falto de razón—. ¿Cómo es posible que no se haya enterado Rosa de quiénes son los propietarios de la casa de enfrente? —profirió, doblando por la mitad una servilleta de papel.

—No creas —se defendió Álvaro—, Rosa es discreta y poco amiga de inmiscuirse en la vida de los demás. Además, no comparte mi recelo acerca de saber quiénes vendrán a vivir a esa casa. En ese sentido es menos inquieta que yo.

—Que no, hombre —insistió Cándido—. Pregúntaselo esta noche y verás como seguro lo sabe. Las mujeres son todas iguales y es imposible que no haya indagado sobre los nuevos vecinos.

El camarero irrumpió en la conversación con una bandeja llena de comida a rebosar. Empezó a dejar los platos sobre la mesa: dos cuencos de huevos con jamón y chorizo, dos jarras de cerveza, una bandeja con pescado frito, unos tacos de queso y la exuberante ensalada de Álvaro.

—¿Está todo? —preguntó con un acento cubano que no podía ocultar.

—Sí, gracias —contestó Cándido sin mirar al eficiente chico.

Huevos con jamón, chorizo y una jarra de cerveza de medio litro, observó Álvaro. Ese era el menú preferido de Cándido, por lo que no era de extrañar que ostentara esa prominente barriga, disimulada con la chaqueta del traje cuando estaba en la sucursal, pero allí, en el restaurante, en mangas de camisa, no había manera de ocultarla.

—¿No han hecho la hipoteca en tu banco? —preguntó Álvaro en un intento de cotilleo, sabiendo de sobra que Cándido nunca facilitaría datos confidenciales de sus clientes, ni siquiera a un buen amigo como se supone era él.

—Perdona, estoy distraído —respondió Cándido—. ¿Quiénes han hecho la hipoteca en mi banco?

—¡Pues los de la casa! Mis nuevos vecinos —aclaró—. Has vuelto a *inadvertirme* —afirmó con una palabra inventada por él para definir la aptitud de su amigo cuando se evadía mentalmente.

Álvaro se molestaba, al principio de conocer a Cándido, por sus continuos lapsus, pero con el tiempo se había ido acostumbrando, y ahora incluso le resultaban graciosas esas distracciones. Cándido debía de pensar tantas cosas al mismo tiempo, que de vez en cuando asociaba comentarios de una conversación con pasajes de otra, lo que provocaba más de un simpático equívoco.

—Pues que yo sepa no —respondió terminando de cortar el jamón y empezando a trocear el pan para mojarlo en la yema de los huevos—. Bueno —se corrigió—, si hubieran constituido la hipoteca en mi sucursal... —pensó unos instantes— me acordaría. De todas formas, viendo que tienes tanto interés en ello, ya me informaré de quiénes son...

—No te molestes —le interrumpió Álvaro—. Tampoco es que me interese demasiado, es más por curiosidad que por otra cosa. Las obras se encuentran bastante avanzadas, a este paso la casa estará terminada para el verano que viene y entonces conoceré a los ocupantes.

—Ya —corroboró Cándido, mojando un trozo de pan en una de las apetecibles yemas—. Es importante saber a quiénes tenemos de vecinos. Igual son ruidosos y te hacen la vida imposible. Recuerdo que yo tuve que cambiarme de piso en Madrid por culpa de unos que vivían arriba. Era una pareja joven y no paraban de discutir todo el día, pero sobre todo por las noches; las discusiones alcanzaban cotas insufribles. Al final me tuve que marchar a un apartamento más pequeño, pero tranquilo.

Álvaro hizo una mueca de disgusto.

—En cuanto sepa la identidad de tus enigmáticos vecinos te lo digo —continuó Cándido—. El jefe de la policía local debe de conocerlos también, ¿no? —advirtió, sabiendo que Álvaro y César eran buenos amigos, al menos en apariencia.

—Para serte franco, no hemos hablado de ello. Pero ya se lo preguntaré, si viene a tema, cuando lo vea.

De hecho, Álvaro pensó que no le faltaba razón a Cándido. César Salamanca debía de conocer a todos los habitantes de Roquesas de Mar; formaba parte de su profesión el saber quiénes eran y dónde vivían. La seguridad del municipio se basaba, entre otras cosas, en eso precisamente.

—¿Está todo a su gusto? —preguntó el camarero, viendo los platos de la mesa prácticamente vacíos.

Los dos comensales asintieron con la cabeza pues tenían la boca llena. Cándido hizo un gesto con la mano para indicarle al chico que le trajera la cuenta. El cubano se dirigió a la barra y repitió la misma señal a la persona que había detrás del mostrador. La máquina electrónica repiqueteó unos segundos y en un momento el camarero dejó el tique sobre la mesa. Álvaro se apresuró a cogerlo antes que su amigo.

—¡Por favor, Álvaro! —saltó este—, ya te dije que invitaba yo.

—Siempre lo haces. Esta vez me toca a mí. Ya pagarás otro día —añadió Álvaro con la nota en la mano y extrayendo el billetero del bolsillo trasero del pantalón.

Finalmente dejó el dinero en el plato de madera donde el camarero había traído el tique y una buena propina que demostró la satisfacción por el servicio prestado.

—Hasta otra, Pablo —se despidió Cándido del cubano que tan bien les había atendido. Saludó con la mano al *chef*, que asomaba la cabeza por encima del hueco de la puerta de la cocina, y este le respondió moviendo la barbilla y con la cara manchada de grasa.

—Hasta luego, Cándido —replicó Pablo mientras terminaba de recoger los platos de la mesa—. Deseo que hayan comido bien —agregó en tono servicial, mirando a los dos comensales y forzando una sonrisa.

—Gracias, muy bien —respondió el presidente de Safertine, poniéndose la chaquetilla de verano que había dejado en el respaldo de su silla al sentarse. Luego se llevó un cigarrillo a los labios y el atento camarero se lo encendió con un mechero de gas con un galante movimiento.

Cándido permaneció callado. Su silencio se percibía incómodo. Álvaro pensó que la confianza del camarero, a la hora de tutearlo, posiblemente no le gustaba demasiado. Sin embargo, notó como si se conocieran de algo más que del restaurante. No pudo evitar recordar que años atrás se rumoreaba en el pueblo los vicios ocultos del serio director del banco Santa Susana. Las comidillas de Roquesas, siempre crueles, siempre implacables, comentaban que al viejo le gustaban los chicos jóvenes y hablaban de sus extraños viajes, presuntamente de negocios, a países de Latinoamérica, cuando en realidad sus actividades en la banca no le obligaban a ello. Álvaro ya se había percatado, en otras ocasiones, que las gafas de sol que siempre llevaba puestas le impedían ver sus ojos y saber dónde estaba mirando en cada momento, aunque esta vez se había dado cuenta de que Cándido no dejaba de examinar los firmes glúteos del camarero y que este, lejos de escandalizarse, sonreía cada vez que lo advertía. Cada vez que Pablo acercaba un plato a la mesa y se alejaba en dirección a la cocina, Cándido bajaba la barbilla hasta la altura de las nalgas del cubano. Su vista resbalaba por el fornido cuerpo del joven, como si sus ojos quisieran salirse de las órbitas. Álvaro pensó que la glotonería de su amigo se debía más a imaginarse devorando el cuerpo del cubano y asociarlo a los platos que este servía. De todas formas, el presidente de Safertine pensó que Cándido era una buena persona, y que de ser cierto todo eso que se decía de él, ¡qué caramba!: si no hace daño a nadie, uno tiene derecho a permitirse los caprichos que pueda. «Después de todo, yo soy el menos indicado para criticar», recapacitó Álvaro Alsina al darse cuenta de que estaba censurando el comportamiento de su amigo, precisamente él, que se había tirado a la bella sirvienta argentina durante un verano entero.

—Apenas si hemos hablado de la chiquilla desaparecida —mencionó Cándido, llevándose un cigarrillo rubio a la boca y ofreciendo otro a Álvaro, que lo rechazó mostrándole la mano en que sujetaba un pitillo—. ¿Qué tal está tu mujer con eso? —preguntó mientras hurgaba en los bolsillos en busca del mechero.

—Ya te puedes figurar —respondió Álvaro alargándole

el encendedor—. Como bien has dicho antes, las madres de quinceañeras se preocupan más por ese asunto que las demás. Rosa no puede dejar de comparar a las dos niñas. Piensa que no solo son de la misma edad, sino que además comparten actividades comunes y son buenas amigas.

—¿Sabe algo tu hija?

—Nos ha dicho que no —respondió Álvaro.

—Pues no te extrañe que sepa más de lo que dice.

—¿Por qué?

—Porque las chicas jóvenes, cuando son tan amigas, seguramente se cuentan todo lo que les preocupa, y es probable que tu hija sepa más de lo que dice, porque tiene que saber si Sandra salía con algún chico... o chica —aseguró.

—¿Y Ana? —preguntó Álvaro por la mujer de Cándido, tratando de desviar el tema. No quería enzarzarse en una dialéctica insulsa acerca de la ya consabida orientación sexual de la chica desaparecida—. Supongo que también les habrá afectado el tema de Sandra a tu mujer y a tus hijas. No creo que nadie en Roquesas sea ajeno a eso —vaticinó.

—Nuestro caso es diferente —replicó el director acabando de encender el cigarrillo y devolviendo el mechero a Álvaro—. Mis hijas ya son mayores. Tengo otras preocupaciones con ellas.

Álvaro se dio cuenta de que el camarero del restaurante seguía al lado de ellos como si quisiera participar en la conversación.

—He hablado del tema con mi mujer y bueno, ya sabes, Ana pasa un poco de esas cosas. Es más partidaria de educar mejor a los hijos y no darles tanta rienda suelta —comentó con poco tacto, pues Álvaro era un padre muy liberal.

Ana Ventura Romero era la mujer de Cándido. Tenía su edad, sesenta años. Casados desde hacía cuarenta, contaban solo diecinueve años cuando ella se quedó embarazada de

Inma, la mayor de sus dos hijas; una feminista que vivía y trabajaba en Madrid. A los treinta y siete años tuvieron a Consuelo, su segunda hija. Las malas lenguas de Roquesas aseguraban que la segunda no era hija de Cándido. Llegaron a decir que este se había hecho la vasectomía nada más cumplir los treinta. Rosa, la mujer de Álvaro, le dijo una vez a este que el doctor Montero le había comentado de forma fidedigna que conocía al cirujano que intervino a Cándido y que era verdad, que no podía tener hijos desde hacía treinta años. De todas formas, el matrimonio llevaba bien esa situación y además había informes médicos que indicaban que la operación de vasectomía no estaba garantizada al cien por cien.

Justo al salir del restaurante, prácticamente en la puerta y cuando se disponían a despedirse hasta otro día, se toparon con un amigo de Cándido que Álvaro no conocía hasta que el director del banco los presentó.

—¡Luis! —exclamó Cándido— ¿Qué tal estás, campeón? Hace tiempo que no te veo —manifestó efusivamente.

Álvaro los observó mientras los dos se abrazaban.

10

Cuando la chica terminó de comer, él sacó de un macuto, que portaba en bandolera a la espalda, una botella de agua de plástico pequeña y se la puso en la boca. Ella sorbió lentamente unas cuantas veces. Después él le pasó la lengua por la comisura de sus labios y le quitó los restos de miga de pan que le quedaban. Luego escupió dentro de la boca de ella. La chica tuvo que evitar una arcada que la hubiera hecho vomitar. No sabía qué era peor en esos casos: si ser violada o los fuertes golpes que le propinaba en la espalda cuando algo le desagradaba.

—Y ahora el postre —le dijo.

Se bajó la cremallera de los pantalones y le introdujo su miembro erguido en la boca. Ella sabía que aquella situación excitaba sobremanera a su captor. Y también sabía que cuanto antes eyaculara, antes pasaría ese mal rato.

Durante todo el día estuvo planeando arrancárselo de cuajo de un mordisco, pero concluyó que él se enfurecería y la mataría de un disparo. Pese a lo oscuro del habitáculo ella se había percatado de que en la entrada del sótano dejaba una pistola sobre una especie de puf de mimbre. Fue precisamente en ese puf donde la sodomizó el segundo día de estar allí encerrada, y por nada del mundo quería volver a pasar por aquello, así que lo mejor era terminar rápido. Rogó que ojalá se fuese de allí tan distraído que no se acordara de recoger la pistola, ella seguro daría buen uso del arma cuando regresara de nuevo.

11

—Hola —saludó Luis a Cándido en la puerta del restaurante—. Quería verte hace días para hablar contigo, pero no encuentro tiempo para llamarte —dijo mientras se ajustaba el nudo de la corbata, color amarillo chillón, con un movimiento repetitivo.

—Siempre tan ocupado —contestó Cándido, y le pasó la mano por el hombro en señal de camaradería y sin terminar de soltarle la mano—. Oh, disculpa —exclamó de pronto— ¿Conoces a Álvaro Alsina?

El amigo de Cándido se giró hacia el presidente de Safertine y los tres se quedaron en un círculo perfecto delante de la puerta del restaurante.

—No tengo el gusto —dijo en un tono que sonó a cursi. Sonrió. Y seguidamente le guiñó el ojo a Cándido—. Hola... ¿qué tal? —saludó al mismo tiempo que alargaba la mano derecha para estrechar la de Álvaro, produciendo una situación de incomodidad—. Encantado de conocerte; aunque ya había oído hablar de ti. Quién no conoce a la próspera Safertine, ¿verdad?

El tal Luis estrechó la mano de Álvaro mientras miraba a Cándido en lo que pareció una ojeada de complicidad, como si los dos supieran algo que él ignoraba. Esa fue la sensación que tuvo Álvaro, la misma que había tenido en el restaurante con el camarero cubano.

No le dio más importancia de la que posiblemente tendría. Pensó que precisamente ese día debía de estar más sensible con las percepciones que otros. Le solía ocurrir cuando estaba nervioso por algo, perfectamente normal en él. Esa semana se le había juntado la firma del contrato con el gobierno, el asunto de la niña desaparecida, los problemas que despuntaba su hija Irene y el distanciamiento de su hijo Javier. Así que estaba más receptivo a cualquier tipo de devaneo que ocurriera a su alrededor. Pensó que Cándido y el atractivo camarero cubano habían galanteado. Y ahora sospechó que el organizado director de banco estaba haciendo lo mismo con su amigo Luis. Se sintió incómodo, exasperado por la complicidad demostrada por aquellos dos. La desconfianza acerca del personal de su empresa le sumía en un precipicio de escepticismo respecto a todos quienes le rodeaban. Tenía, y sabía que solo era una sensación, la percepción de que todos quienes lo trataban esos días callaban algo a su paso.

—Hola, Luis —dijo aparentando normalidad—. Es un placer. Los amigos de Cándido son mis amigos —añadió para estar a la altura de la cortesía mostrada por el desconocido, con una frase hecha que le hizo sentirse remilgado.

Luis Aguilar Cervantes aparentaba ser una persona enérgica, fuerte y decidida. No muy alto, vestía un traje azul oscuro, que ni hecho a medida, lo que realzaba su físico atlético. Llevaba el pelo untado de gomina, reflejando un brillo resplandeciente. Un pendiente de nácar en la oreja derecha demostraba que era una persona de gran personalidad.

Antes, no hacía mucho tiempo, se decía que solo lo lle-

vaban ahí los gais, sin embargo el tal Luis no daba la sensación de serlo.

«Cada cual que haga lo que quiera con su sexualidad
—pensó Álvaro, sin dejar de estrecharle la mano—. A mí no
me han de importar esas cosas.»

Entonces notó que Luis le apretujaba la mano más de lo
que correspondía a un saludo entre dos personas recién pre-
sentadas. Los dos se quedaron con las manos juntas, acorra-
ladas. Luis posó su mano izquierda sobre el apiñado dorso
de la derecha de Álvaro, mirándolo en una situación exacer-
bada e incómoda para el presidente de Safertine. Por suerte,
Cándido salvó el trance interrumpiendo el extenso cumplido
de su amigo.

—¿No os conocíais de verdad? —terció Cándido el pro-
longado y engorroso saludo de Luis.

—Pues no —contestó Álvaro—. ¿Eres de Santa Susana?
—preguntó a Luis mientras se soltaban las manos—. No te
he visto por aquí... —Se quedó pensativo un instante—. O
no lo recuerdo.

—Sí, soy de aquí —respondió—. Nací en el hospital San
Ignacio —aclaró—, pero he estado viviendo mucho tiempo
fuera, en Madrid, quizá por eso no me habías visto antes,
aunque yo a ti sí, tu cara me suena bastante...

—Mira, Álvaro —intervino Cándido—, Luis te puede
ayudar en el tema de la casa que están construyendo enfrente de la tuya.

—¿Qué casa? —preguntó Luis.

Álvaro se sonrojó. No esperaba una mediación así por
parte del director del banco.

—A mi amigo Álvaro —explicó Cándido— le están construyendo una casa justo delante de la suya, en una glorieta
inacabada de Roquesas de Mar, y tiene curiosidad por saber
quién es el constructor y los propietarios de la misma.

—¿En la calle Reverendo Lewis Sinise, no? —preguntó Luis.

Álvaro asintió con la cabeza.

—Bueno —dijo—, no es que sea un fisgón, pero no sé quiénes vendrán a venir a vivir delante de nosotros, y le he comentado a Cándido que, bueno, ya sabes...

—Entiendo —contestó Luis, percibiendo sus intenciones—. Yo soy el arquitecto del ayuntamiento de Santa Susana y, como sabrás, todos los planos de las viviendas que se construyen en Roquesas de Mar son supervisados por mi departamento. ¿Qué número de casa es?

—Aún no se lo han puesto, pero no tiene pérdida, es la que está pegada al bosque de pinos que rodea la urbanización.

Luis arrugó la frente.

—Déjame unos días y ya te diré algo. ¿Ocurre algo con esa casa? —preguntó—. ¿Quizás está enclavada en algún sitio que te moleste?

—No —respondió Álvaro—, nada de eso. Es solo curiosidad, simplemente. Como sabrás, Roquesas de Mar es un pueblo muy pequeño y me extraña no conocer a los nuevos vecinos.

—Pues tienes que empezar a acostumbrarte a ver caras nuevas por la villa —afirmó Luis—. Es un pueblo precioso y no ha de sorprender que muchos habitantes de Santa Susana, o de ciudades más lejanas, quieran tener una segunda vivienda allí. No hace mucho conocí a un matrimonio de Madrid que casualmente me estuvieron comentando la posibilidad de irse a vivir a tu pueblo. La gente empieza a estar cansada de las grandes ciudades, del tráfico, de la contaminación ambiental y acústica... Vaya, que Roquesas de Mar es un paraíso idílico y lleno de buenas vibraciones. Aunque —añadió— está en nuestras manos hacer que ese crecimiento sea coherente y acorde al sentir de la población. No permitiremos la construcción de viviendas sin ton ni son.

Los tres hicieron un momento de silencio, sin saber qué más decir.

—Os dejo —dijo finalmente Luis—. Tengo bastante trabajo.

—De acuerdo —murmuró Cándido—. Otro día nos vemos con más calma.

—¿Me dejas tú número de teléfono, Álvaro? En cuanto sepa algo te llamo —dijo Luis, volviéndose a colocar bien el nudo de la corbata con su peculiar tic.

—Ok —afirmó el presidente de Safertine—. De paso me apunto el tuyo.

Sacó el móvil del bolsillo y, dispuesto a insertar los datos del recién conocido, preguntó:

—Luis... ¿qué más?

—Luis Aguilar Cervantes —respondió el otro, y luego apuntó el número de Álvaro en su agenda.

—Hasta luego, majo, ya quedaremos algún día para tomar algo —se despidió Cándido, y Álvaro lo saludó levantando la mano hasta la altura del hombro.

El amigo de Cándido se marchó por la acera del Chef Adolfo, en dirección a la calle Cuatro Esquinas. Álvaro cayó en la cuenta de que cuando ellos salían del restaurante, él se disponía a entrar. La conversación había durado entre cuatro y seis minutos. Sin embargo, al acabar de hablar Luis no entró en el local, sino que se marchaba, como si hubiera cambiado de planes después de charlar con ellos. No le dio más importancia y ni siquiera se lo comentó al director del banco. Probablemente Luis se disponía a tomar un café, y la conversación con ellos había agotado su tiempo, teniéndose que marchar de nuevo al trabajo.

—¿Te llevo a algún sitio? —le preguntó Cándido—. Tengo el coche cerca de aquí.

—No es necesario, gracias. Me acercaré a la empresa a terminar unos asuntos pendientes. Estoy cerca.

—Otro día quedamos.

—Eso —dijo Álvaro.

Los dos se despidieron con un apretón de manos.

12

Pese a llevar varios días encerrada, ella no había notado ningún atisbo de decaimiento por parte de su captor. Suponía que aquella situación no podía prolongarse mucho más en el tiempo. ¿O es que acaso pensaba tenerla encerrada de por vida y violarla a diario?, se preguntó. Él la trataba con la misma dureza del primer día, pero había notado una alternancia entre las relaciones forzadas: un día tocaba felación, al otro coito y al siguiente la sodomizaba. Por suerte para ella, la resistencia física de su captor era pésima y prefería que se la chupara a penetrarla. Y, dada la situación, eso era una ventaja para ella.

Durante la semana que llevaba allí, él solamente había acudido una vez al día, siempre de noche; aunque había perdido la noción de las horas. Entraba en el sótano, dejaba la pistola encima del puf de mimbre y encendía una linterna de bolsillo, que ponía de pie en un rincón, alumbrando tenuemente la estancia. Se acercaba a ella y la ayudaba a ponerse de pie. Siempre se entretenía en tocarle el sexo y le lamía los pezones dejándolos llenos de saliva. Aquello era lo que más asco le daba: ver su cara de perverso. El olor era nauseabundo, se mezclaba el moho del encierro con el sudor de ella y el almizcle de orín y heces que se extendían por la estancia.

—Esto parece una pocilga —le dijo él una vez, como si ella tuviera la culpa.

—Podrías dejar que me lavara.

—¡Calla! —le gritó, y acto seguido le escupió en la cara—. ¿Quieres lavarte? Yo te limpiaré bien.

De un empujón la tiró al suelo, maniatada a la espalda como estaba. Se colocó encima, sentándose sobre su estómago, y le amordazó la boca para que no gritara. Luego se puso de pie sobre ella y orinó en sus piernas. Ella las recogió todo lo que pudo, pero aun así la mojó entera. Vio cómo su miembro se endurecía y se dio cuenta de que aquello lo excitaba. Tanto que en apenas unos segundos eyaculó.

13

De regreso a la sede de Safertine, Álvaro Alsina pasó primero por la fábrica donde se forjaban los componentes informáticos. Esta no se encontraba en el mismo edificio que las oficinas, sino en los bajos de lo que era la antigua empresa del padre de Álvaro, muy cerca del lujoso bloque donde se emplazaban los despachos de los directivos y el del propio presidente.

Le gustaba entrar y ver trajinando a los operarios, y no lo hacía como el jefe que quiere comprobar que los empleados trabajan, sino como una persona respetuosa con la labor de los demás, a los que valoraba por su afán de superación en la cadena de montaje y la aportación que hacían de sí mismos al proyecto de la empresa.

Al llegar le recibió, como siempre, Diego Sánchez Pascual, un eficiente jefe de producción y un enorme pelota.

—¡Buenos días, don Álvaro! —exclamó con los brazos abiertos y mirando por encima de unas gafas de concha ridículamente anticuadas.

—Hola, Diego. ¿Cómo va todo? —preguntó él en tono menos efusivo. No quería que el jefe de producción pensara que le satisfacían los halagos innecesarios.

—¡De maravilla, va de maravilla! —exclamó, como era habitual en él, sin dejar de hacer aspavientos con las manos—. Hemos duplicado prácticamente la producción de tarjetas de sonido —dijo atropellándose al hablar—, los recién montados ventiladores para los procesadores funcionan de forma portentosa, la nueva consola es asombrosa, va a una velocidad alarmante, alarmante...

A Diego Sánchez lo conocían como el Dos Veces, y eso era porque solía repetir las frases dos veces. Una charla larga con él podía llegar a ser agotadora. Contaba sesenta y tres años y ya era jefe de producción cuando vivía el padre de Álvaro. Bajo y rechoncho, tapaba su calva con un mechón sacado de la parte posterior de la cabeza y embadurnado con laca. Siempre que hablaba lo hacía mirando por encima de la montura de sus arcaicas gafas. Y aunque le quedaban solo dos años para jubilarse, Álvaro intuía que le solicitaría quedarse en la fábrica hasta que pudiera o hasta que falleciera. Diego era de los que morían con las botas puestas, como se solía decir.

—¿Y la tarjeta de red? —insistió Álvaro—. Es lo que más me interesa por ahora. Ya sabes que es en lo que están interesados los futuros nuevos socios de la empresa.

—Estamos en ello, en ello —contestó—. Los muchachos se están empleando a fondo, pero parece que no logran corregir la desviación de datos, la transmisión sigue desigual y esporádica. Desigual y esporádica —repitió.

—El plazo se acaba —dijo Álvaro mientras ojeaba un informe que acababa de entregarle Diego—. Ya sabes que no hay problema a la hora de pagar horas extra, pero es importante corregir el tema de los datos a través de la tarjeta. Es lo que más urge de momento.

Álvaro pasó las hojas del informe sin entretenerse en leerlo.

—De todas formas —opinó Diego—, en el caso de no rectificar el chip, la tarjeta saldrá al mercado de todas formas. ¿Verdad, verdad? La única contrariedad es la baja velocidad que haría ajustar las especificaciones, pero por lo demás todo funciona bien. Todo funciona bien.

—No —contradijo Álvaro al repetitivo jefe de producción—, este componente no es para el mercado, es para instalarlo en los ordenadores de la Administración. El gobierno quiere utilizar esta tarjeta de red —dijo señalando una que había encima de una mesa metálica—, y para ello debemos cerciorarnos de que es segura y rápida. ¿Entiendes? Creo que ya hablamos de ello en las múltiples reuniones de departamentos que celebramos antes de iniciar el proyecto —levantó la voz al ver que Diego no acababa de entender las directrices de la empresa.

La subida de tono del presidente de la compañía hizo que Camilo Matutes, un empleado de la época de don Enrique, levantara la cabeza del microscopio con que observaba los componentes de silicio y curioseara en la conversación que mantenían Álvaro y el jefe de producción.

—Pero yo tenía entendido —se defendió Diego, sin dejar de mirar por encima de la montura de sus gafas— que más que retocar el comportamiento de la tarjeta respecto a la transmisión de datos, lo que había que hacer, lo que había que hacer, era camuflar ese proceder de la tarjeta, para que no avisara de ello, para que no se notara que...

Álvaro tragó saliva.

—Espera, Diego, parece que me pierdo —interrumpió para saber si era verdad lo que le estaba dando a entender el fiel jefe de producción—. ¿Estás diciendo que lo que hay que arreglar no es que la tarjeta transmita datos no deseados, sino que no se note que lo hace? ¿Es eso lo que entiendo, Diego?

El otro bajó la mirada apesadumbrado.

—Entiendo que lo que está haciendo tu equipo es ocultar el fallo de velocidad de la tarjeta, para que los ensayos con ella no lo perciban.

El jefe de producción dudó unos instantes.

—Bueno, Álvaro, dicho así suena mal, pero en realidad lo que tratamos de hacer es que el defecto de transmisión no se perciba en un análisis superficial. Piensa —argumentó como pudo— que estamos hablando de nanosegundos, la milmillonésima parte de un segundo. Ningún comprador de esas tarjetas se pondrá, en una primera prueba, a comprobar que la velocidad de transferencia de la tarjeta está por debajo de las especificaciones.

—¡Pero eso es engañar al comprador! —exclamó Álvaro.

—Tampoco es así —corrigió Diego—. La empresa se comprometió a fabricar las tarjetas con una velocidad determinada. En eso fuimos fieles. Pero el comprador es el que manda, y ellos son los que las quieren así.

Álvaro estaba irritado y no dejaba que el jefe de producción se explicara coherentemente. Desde que separaron los despachos de Safertine y Expert Consulting parecía que se hubiese perdido la coordinación entre las dos oficinas. Posiblemente Álvaro Alsina atendiera a ciertos criterios a la hora de negociar con futuros socios y Juan Hidalgo tuviera otros bien distintos. No pudo evitar que le viniera a la mente el tema de las impresoras que habían estado a punto de vender a aquel país árabe. Aquello se había solucionado en favor de la sensatez de Álvaro, pero, quién sabe, igual ahora prevalecía la valoración comercial del joven ejecutivo sobre la ética de los principios de la empresa. Sea como fuere, el caso es que Diego estaba de parte de Juan Hidalgo.

—¿Y bien? —preguntó Álvaro.

—Pues... —respondió Diego Sánchez dudando y consciente de que no era lo que el presidente deseaba— más o menos es eso, sí es eso...

—¡Vale!, ya lo he entendido! Y... ¿quién ha dado esas instrucciones? —preguntó, sabiendo de sobra que el jefe de producción era incapaz de tomar una iniciativa de ese calado por cuenta propia—. Se supone que soy el presidente de la compañía y debo saber todo lo que se cuece en mi cocina. ¿No? No concibo que los compradores de las tarjetas, si es eso lo que entiendo, cambien las especificaciones de las mismas sin que yo sepa nada.

Álvaro estaba descontrolado. No le gustaba enfadarse porque hacía que fuera una persona distinta. Sus mejillas se habían amoratado y la boca se le tornó pastosa. Tragó saliva un par de veces para aclararse la garganta. Carraspeó.

—Prefiero no pensar que has obrado de *motu proprio* —intentó advertir al jefe de producción, que miraba inquieto por encima de sus gafas—. Sería la primera vez que lo haces y también la primera que desobedeces las órdenes de la dirección —añadió, colérico por todo lo que le estaba explicando el encargado de producción de Safertine.

Diego evitó retarle con la mirada.

Álvaro estaba cabreado de verdad. Le parecía increíble que un idiota como Diego Sánchez pudiera tomar la decisión de modificar elementos de la cadena de montaje o cambiar el proceder del chip de la tarjeta de red, sin decirle nada a él. Era el defecto que tenían los grandes jefes cuando algo se les escapaba de las manos: montaban en cólera y perdían la capacidad de escuchar las alegaciones de sus subordinados. Una mirada furiosa a Camilo Matutes hizo que este dejara de mirar hacia ellos y se centrara en el enorme microscopio que tenía delante.

—No se enfade, don Álvaro, las instrucciones que dio Juan las hemos seguido al pie de la letra —se defendió Diego de las graves acusaciones que le estaba endosando el severo presidente de Safertine.

Álvaro se quedó callado unos segundos. Cogió aire y trató de controlarse antes de decir alguna barbaridad de la que luego tuviera que arrepentirse.

—Juan —exclamó aún colérico, incapaz de creer que su honesto socio de Expert Consulting hiciera algo que contraviniera los intereses de la compañía—. Pero si...

—¿O acaso pensaba que las pautas de fabricación las habíamos tomado aquí? —preguntó Diego.

Antes que decir una salvajada, el desquiciado presidente de Safertine dio la espalda a Diego y se marchó de la fábrica, sin decir ni una palabra más, ante la atónita mirada del jefe de producción y de Camilo Matutes, que volvió a levantar la vista del microscopio electrónico para fijarse en el hijo de don Enrique Alsina y ver lo diferente que este era de su padre.

«Con lo bueno, respetuoso y calmado que era don Enrique», pensó Camilo Matutes.

Álvaro Alsina Clavero prefirió irse antes que montar una escena delante de los trabajadores. Dio un estruendoso portazo que se oyó en toda la nave. Sus gritos habían conseguido que parte de los empleados miraran hacia donde estaban Diego y él. En su cabeza se aglutinaron un sinfín de pensamientos aberrantes hacia su socio. Juan Hidalgo Santamaría, Juanito, su magnífico asociado de Expert Consulting, leal afiliado al proyecto de la mejor tarjeta de red que hubiera fabricado nunca la empresa, ese negocio que les haría ricos. ¿Cómo podía dar órdenes y ocultar lo que hacía? Algo estaba pasando, pensó. Los técnicos ya habían advertido que las tarjetas presentaban problemas. «Transmiten datos a espaldas del usuario», meditó Álvaro recordando las palabras de Diego. Se trataba de eso, de utilizar información de los ordenadores. Pero... ¿de quién y para qué? Dentro de su furia contenida trató de pensar mal para acertar. «¡Claro! —exclamó para sus adentros—, cómo he podido estar tan ciego —recapacitó al entender lo que ocurría—. El destinatario del producto, el gobierno, ahí está la respuesta. Deben de querer controlar a sus empleados, y por eso no querrán que estos manden información privilegiada sin que se enteren los servicios secretos. Con nuestra tarjeta de red podrán desviar la información de datos transmitida a dos fuentes distintas: una, a la original que el usuario quiera y la otra, al ordenador que fije el gobierno. Es monstruosamente diabólico. Se podrá controlar a un millón de empleados de la administración pública, sin que estos lo sepan. Se sabrá con quién hablan, a quién envían correos electrónicos y el contenido de los mismos. No debo precipitarme», intentó razonar.

—Lo mejor que puedo hacer —se dijo en voz alta—, es irme a comer con Elvira y ya llamaré mañana a Juan para aclarar este tema. «Tengo que actuar con calma y cautela, mucha cautela», pensó. Seguidamente se rio solo y dijo en voz alta—: Ya me parezco a Diego Sánchez, *el Dos Veces*.

14

Álvaro Alsina había quedado para comer con Elvira Torres a las dos de la tarde del lunes 7 de junio. Se citaron en el restaurante Alhambra, situado en la calle Felicidad de Santa Susana. Desde octubre del año anterior, hacía ya ocho meses, la pareja quedaba de forma inaplazable en ese discreto local de principios de siglo. Elvira Torres Bello era, por decirlo de alguna manera, el gran amor de Álvaro Alsina. En ella se aunaban comprensión, cariño, estima, percepción e intelecto. Le gustaba quedar, como mínimo, una vez a la semana. Esas citas operaban sobre él un efecto reparador. Aprovechaban, mientras comían, para charlar de los más diversos asuntos acaecidos desde la última vez que se habían visto. De ojos almendrados verde claro, la mirada de Elvira vagaba por el rostro de Álvaro mientras este hablaba de manera apasionada sobre sus planes de futuro en la empresa que presidía. Él había llegado a estar profundamente enamorado de ella. La había querido como nunca antes a nadie, ni siquiera a Rosa, su mujer, o a la escultural Sonia García, aquella argentina de capacidad amatoria desmedida que le hizo estremecer durante tantas sofocantes noches. La razón y la realidad hicieron que se diera cuenta de que el amor con Elvira era del todo imposible. Demasiados condicionantes externos a la pareja. La sustantividad de la vida hizo que ambos se dieran cuenta de que era mejor mantener una fuerte amistad, como la que profesaban, que precipitarse por el abismo interminable de la destrucción al intentar unir sus destinos y separarlos de las personas que dependían de ellos.

«Antes buenos amigos que malos amantes», repetía sin cesar la sosegada Elvira, mientras cerraba los dedos índice y pulgar en un círculo perfecto.

El restaurante Alhambra estaba situado justo en medio de una de las calles más emblemáticas del casco antiguo de Santa Susana. TRAVESÍA FELICIDAD, se podía leer en un rótulo de mármol en la misma esquina de la entrada a la calle. Era un nombre peculiar para un lugar que había sido el foco central de la prostitución en la población. Aquellos representativos burdeles visitados asiduamente por los soldados del antiguo cuartel de artillería habían dejado paso a los añejos restaurantes de carcomidas vigas de madera y olor a tufo. Solo un par de locales conservaba todavía la buena cocina, los demás o tenían un arte culinario anodino o se reconvirtieron en garitos de fin de semana donde los cubalibres de garrafón sobrevolaban las grasientas y churretosas barras de tabla barata.

Elvira nunca entraba sola en el local. En caso de llegar más pronto que Álvaro, lo esperaba al lado de la puerta, justo donde había un muñeco de cartón piedra sosteniendo una carta del menú con los precios.

—Buenos días —dijo él, acercando sus labios para besarla en la boca—. ¿Hace mucho que esperas? —preguntó cogiéndola por la cintura tras recibir un minúsculo beso que apenas sació su amor por ella.

—Acabo de llegar —respondió, haciendo el gesto de entrar al restaurante.

La situación la incomodaba más a ella que a él. Eso, teniendo en cuenta que Elvira no debería sentir ningún remordimiento al ser una chica soltera y sin compromiso; más bien debía ser él quien tendría que replantearse su situación personal con ese romance encubierto.

—Siento haberte hecho esperar —lamentó Álvaro, aguantando la ruidosa puerta de madera del local mientras entraban los dos de forma apresurada—. He tenido una reunión con el jefe de producción de la empresa, Diego —explicó—, ya lo conoces, y se ha alargado más de la cuenta.

—No te preocupes —lo tranquilizó ella mientras recorrían juntos la barra del bar, vacía de clientes, como era habitual los lunes—. Ya te he dicho que acabo de llegar ahora mismo.

Llegaron a una cortina de tela mugrienta, cochambrosa y deshilada por los bajos. Álvaro la apartó en un gesto galante para que Elvira accediera al diminuto comedor sin tener que tocar con sus suaves manos el sucio visillo.

—¿Aquí? —preguntó la chica señalando la mesa que había pegada a una de las dos ventanas que daban a la calle.

—Sí, esa es la nuestra —asintió, retirándola de la pared para hacer sitio y poder sentarse. Las reducidas medidas del comedor le daban un aire comprimido.

Todavía no habían acabado de acomodarse cuando un viejo y ajado camarero hizo acto de presencia. Portaba una bandeja metálica con varios platos: dos ensaladas sencillas, un cuenco de sopa y otro con un magro surtido de entremeses resecos.

—Hola —saludó—. ¿De primero? —preguntó mientras bajaba la bandeja a la altura de la vista de la pareja, que no hizo mucho caso de la muestra, acostumbrados a ver la misma cada lunes.

—Yo quiero la ensalada —escogió Elvira—, hoy no tengo mucha hambre.

—Lo mismo para mí —dijo Álvaro—. He desayunado con Cándido y estoy saciado completamente —comentó, para que el trasnochado camarero se retirara y quedarse a solas con la doctora Elvira.

El decrépito hombre, que además era el dueño del restaurante, dejó los platos sobre la mesa con un sonoro:

—¡Que aproveche, señores!

Álvaro Alsina se citaba en ese decadente mesón porque era prácticamente imposible que sus amistades más allegadas lo frecuentaran; así evitaba sentirse incómodo por almorzar con una amiga. La falsa moralidad hacía que dos hombres o dos mujeres pudieran sentarse juntos en una mesa sin que nadie hiciera el más mínimo comentario o sin sospechar que tuvieran ningún tipo de relación, cuando precisamente podían ser amantes. Pero el hecho de comer juntos no delataba nada. Sin embargo, esa misma moralidad era la que hostigaba a un par de buenos amigos y hacía que se sintieran molestos y comprometidos al compartir la mesa de un restaurante. Pensaban que si alguien los viera juntos podrían creer que eran algo más que compañeros o conocidos. De hecho, esos razonamientos sobrevenían porque realmente era lo que ellos imaginarían en la situación contraria, si vieran a alguien en esa circunstancia. En definitiva, se trataba de creer que los demás piensan de nosotros lo que nosotros pensamos de los demás.

—¿Qué tal el trabajo? —preguntó Álvaro mientras desmigajaba un panecillo, cogido de una pequeña cesta de mimbre.

—Bien —respondió Elvira aliñando la escueta ensalada—, ahora en verano viene más gente a curarse a urgencias. Hay días que estamos desbordados.

—Por el incremento de la población costera; es normal que haya más trabajo.

—No, si de eso no tengo queja. Cuanto más trabajo, más

distraídos estamos. Es mejor eso que estar mano sobre mano. Lo que ocurre es que me gustaría que estuviera más repartido durante todo el año y no como sucede ahora: que en invierno casi no hay gente y en verano nos inundan.

—¿Qué tal la plaza de análisis microbiológico? ¿Sabes si te la van a dar? —preguntó Álvaro, interesándose por la vacante que le permitiría dejar de hacer el turno de noche en el hospital.

Elvira se sirvió un poco de agua.

—¿Quieres? —le preguntó a Álvaro levantando la botella y pasando por alto su pregunta.

Ambos sabían que la plaza en la sala de microbiología era muy codiciada y que una de las candidatas era Rosa, la mujer de Álvaro. Como en la mayoría de los lugares pequeños, las plazas se asignaban a dedo y eso hacía que las envidias se arraigaran más. No se podía competir contra eso, en ese sentido la suerte estaba echada y la dirección del hospital sería la encargada de decidir a quién otorgaban la disputada plaza.

—No, gracias —respondió Álvaro, y se sirvió medio vaso de vino tinto de una botella abierta que ya estaba en la mesa antes de llegar ellos.

—¿Y tú? ¿Cómo te va en la empresa? Parece que últimamente estás más callado de lo acostumbrado en ti... ¿Marcha todo bien?

—Ando muy liado con el tema de la tarjeta de red. Ya sabes que no estoy conforme con el acuerdo que vamos a sellar con el gobierno. Estoy pasando una época de desconfianza, no me fío de mis colaboradores: ni de Juan Hidalgo, mi socio de Expert Consulting, ni de Diego Sánchez, el jefe de producción de Safertine.

—De mí sí te fías..., ¿no? —le preguntó ella cogiéndole la mano.

—Pues claro.

—No te vuelvas paranoico —aconsejó Elvira cortando un enorme tomate verde en dos mitades—. Te tomas las cosas muy a pecho, eres demasiado hipersensible. Y eso no es bueno para ti ni para los que te rodean, pero sobre todo para ti. Al final te va a estallar la cabeza —aseveró aliñando el suculento tomate.

—Hubiéramos hecho muy buena pareja —comentó Álvaro, como si no hubiera escuchado las palabras de ella—. ¿Sabes que eres la persona que más quiero en este mundo? —afirmó alargando la mano derecha para tocarle la muñeca izquierda.

—¿Lo ves? —replicó Elvira—. Ahora estás expresando sentimientos profundos. En vez de centrarte en los negocios de tu empresa o en tu maravillosa familia, te dedicas a agasajarme con comentarios acerca de nuestro amor imposible. Ya hemos hablado de eso muchas veces —aseguró—, creo que el tema está claro. Rosa y yo somos amigas, tienes unos hijos magníficos, no vale la pena que desperdicies todo eso por una menuda e insignificante doctora de hospital. Mejor buenos amigos que malos amantes —concluyó con la muletilla que utilizaba cuando Álvaro se ponía sentimental.

—Lo sé. No es que quiera aferrarme a ti, pero eres lo mejor que me ha pasado en esta vida. Me da rabia pensar que por culpa de los condicionamientos sociales tengamos que hacer lo que no nos gusta.

—La vida es así —argumentó ella con el tenedor en una mano y el cuchillo en otra y mirando fijamente a los ojos de Álvaro—, no la podemos cambiar. Esta vida no siempre es lo que uno quiere. Nos han repartido las cartas y tenemos que jugar con lo que nos ha tocado. —Le gustaba mucho utilizar esa frase para explicar la consistencia de las cosas—. No se puede robar del montón —finalizó su símil con los juegos de naipes—. Además no quiero hablar de ello, tú y yo no podemos ser pareja, y tampoco quiero ser la eterna *segundona* que solo sirva para que vengas a hacerme el amor y luego irte con tu espléndida mujer.

Álvaro sabía muy bien que Elvira le quería, que le gustaría estar junto a él, pero que las circunstancias lo impedían. Ya habían pasado por eso tiempo atrás y era mejor no repetirlo. Los dos pactaron entonces no volver a hablar de ese tema.

—¿Cómo está Rosa? —preguntó Elvira para cambiar de conversación.

—Bien, como siempre —respondió Álvaro quedamente—, seguramente tú la ves más que yo.

La relación entre el ejecutivo y su esposa, que trabajaba a turnos en el hospital, era de lo más distante. El presidente de Safertine y su mujer Rosa Pérez se veían poco, demasiado poco. Antes, recién casados, tampoco es que coincidieran mucho, pero se llamaban continuamente por teléfono. Álvaro aprovechaba cualquier hueco en su estrangulada agenda para telefonear a aquella mujer de piernas preciosas, que tanto le gustaba acariciar en el sofá de su casa las noches de invierno mientras veían una película o algún programa de la televisión. Exprimían cualquier ocasión para quedar en la plaza Andalucía de Santa Susana y saborear un delicioso café en el bar Mantis, ubicado en las cuatro esquinas.

Miraba constantemente el reloj para calcular la hora a la que Rosa salía del trabajo y así sorprenderla delante del hospital, por el simple placer de besarla y decirle que la quería. En varias ocasiones le había enviado flores, encargadas en la calle Comercio, para envidia de las otras doctoras. Ramos imposibles, de contrastantes colores, que el repartidor paseaba por los largos pasillos del hospital. Pero después fue diferente y como decía César Salamanca, el jefe de la policía local, en una máxima muy repetida por él:

«A los dos años de relación desaparece el amor.»

—Pues no mucho, no creas —objetó Elvira al comentario de Álvaro sobre quién veía más a Rosa—. Desde que estoy en urgencias apenas nos vemos, entre otras cosas porque no coincidimos en el turno. Además he notado... bueno, da igual. —Iba a decirle que había captado un atisbo de alejamiento por parte de Rosa desde que le concedieran la suplencia en la planta de microbiología, pero como solamente era una percepción suya prefirió abstenerse.

—¿Y el doctor Montero? —preguntó Álvaro, sin darse cuenta de que Elvira había interrumpido su conversación y sabiendo cuál sería la respuesta.

—Ese tema lo tienes que hablar tú con Rosa —replicó, visiblemente molesta—. Ya te he dicho miles de veces que no pienso entrar por ahí —argumentó sin querer inmiscuirse en los asuntos del matrimonio Alsina.

Era sabido por casi todos los habitantes de Roquesas que Rosa, la mujer de Álvaro, había mantenido o mantenía un romance con el doctor Pedro Montero Fuentes, seis años mayor que ella y que fue quien le operó la nariz. Álvaro quería utilizar esa relación como pretexto para dejar a su esposa y unir su vida a la de Elvira, pero esta, que intuía esa intención, no quiso que se la relacionara con la ruptura del matrimonio.

—¿Les has visto juntos? —insistió Álvaro, encendiendo un cigarrillo y ofreciendo otro a Elvira.

Aunque sabía que a su amiga no le convenía fumar por sus problemas de asma, que incluso la obligaban a llevar siempre encima un inhalador de corticoides para casos de accesos asmáticos, aun así la convidó a un pitillo.

—Los dos son médicos —argumentó ella—. Es normal que anden juntos por los pasillos y que hablen entre ellos. Ya sabes que son buenos amigos y tienen muchas cosas en común —añadió—. Pero contestando a tu pregunta: no les he visto besándose. —Ahora era Elvira la que respondía de forma descortés, casi ofensiva, hecho que dolió al enérgico presidente de Safertine, que no esperaba ese tipo de contestación por parte de su amiga.

—No era esa mi pregunta, pero agradezco tu sinceridad.

—De todas formas —comentó Elvira nerviosa, mientras encendía el cigarrillo—, no sé si quieres a tu mujer o no, pero a pesar de que te has acostado conmigo y con la criada argentina que tenías antes en tu casa, te preocupa sobremanera el que tu esposa te haya puesto los cuernos con el doctor Montero. ¿No crees que eres un poco hipócrita o machista? —preguntó, sabiendo que a él no le gustaban ese tipo de introspecciones.

—Puede ser —admitió él mirando cómo se consumía el cigarrillo que sostenía entre los dedos—. Es posible que tengas razón, pero no puedo luchar contra mis sentimientos —se defendió—. Me gusta mi mujer, la quiero —aseveró—, y por eso me desagrada que se acueste con otro hombre, pero también te amo a ti y por eso me apetece estar contigo.

—Ya lo haces —le recriminó Elvira cogiendo otro cigarrillo del paquete que él había dejado sobre la mesa—. Ya estamos juntos. Todas las veces que quieras. Ya sabes que tienes una amiga para hablar de cualquier cosa que te incomode, de todos tus problemas. Estamos mejor así, como ahora —expuso, guardando el segundo pitillo en su bolso—. Es para luego —dijo—; me he puesto un poco histérica con esta conversación. Perdona —se disculpó y dio una larga calada al cigarrillo encendido.

El ajado camarero hizo acto de presencia en el solitario comedor. Recogió los platos medio vacíos sin preguntar si habían terminado o no. Tapó la botella de vino con un tapón de corcho que traía en la mano y, tras apartarse a una distancia prudencial, preguntó:

—¿Flan o fruta?

Elvira respondió con un leve gesto de la mano, dando a entender que no quería nada más.

—Un café para mí —pidió Álvaro mientras el camarero colocaba la mediada botella de vino en un carcomido mostrador—. No te conviene fumar tanto —advirtió a Elvira—. Sufrirás un ataque de asma y tendré que hacerte el boca a boca —declaró intentando ser gracioso.

Elvira respondió con una mueca de monería. Él sonrió.

—Lo mejor que puedes hacer es apagar ese pitillo y tirar el que te has guardado en el bolso —insistió.

—¿Se sabe algo de la hija de los López? —preguntó Elvira, cambiando de tema y sin dejar de fumar.

Aunque ella no vivía en Roquesas de Mar, se sentía muy identificada con el municipio y conocía a muchos de sus vecinos, entre ellos a la joven desaparecida: Sandra López.

—De momento no —respondió Álvaro—. El jefe de policía me ha dicho que no tienen ninguna pista fiable. Según él, la niña se ha marchado con algún mozalbete de Roquesas, o mozalbeta —agregó—, ya conoces a César. Cree que la chica volverá cuando se le pase el enamoramiento. Dice que es lo habitual en estos casos.

—No creo —replicó Elvira muy convencida—. Tengo la impresión de que esa chica no se enamora tan fácilmente, y menos hasta el punto de dejar a su familia y marcharse sin decir nada a nadie.

—¿Tanto la conoces? —preguntó Álvaro, viendo que daba muchos detalles sobre la forma de ser de la hija de los López.

—Sé lo que cuentan de ella. Ya sabes que Roquesas es un pueblo muy pequeño y todo el mundo sabe de la vida de los demás. Supongo que habrás oído lo de...

—Su homosexualidad —completó Álvaro—. ¿Que le

gustan otras chicas? A eso te refieres, ¿no? Mira, no creo que esa preciosidad sea lesbiana, más bien pienso que es muy joven todavía para tener relaciones con algún chico.

—¿Joven? —protestó Elvira—. Sabes muy bien que con dieciséis años no hay casi ninguna chica virgen hoy día, y menos en los pueblos.

—Bueno, bueno, eso es lo que dicen las estadísticas —discrepó Álvaro, vaciando el sobre de azúcar en el café que acababa de traerle el camarero—, pero realmente no es así. Hay infinidad de adolescentes con esa edad, incluso más —exageró—, que aún no han mantenido ninguna relación sexual.

—Será por eso que a los cuarentones os gustan las jovencitas —repuso maliciosamente la doctora en lo que parecía una frase hecha—. Porque no me negarás que gustosamente harías el amor con la hija de los López, ¿verdad? —preguntó afirmando, en una expresión poco coherente con su forma de hablar.

Álvaro se sintió incómodo.

—¡Vaya! —exclamó—, no me esperaba esa frase de ti —replicó, removiendo el café con una cucharilla deformada de tanto uso—. ¿Te das cuenta de lo que acabas de decir? —preguntó ofendido—. Pero... ¡si Sandra tiene la misma edad que mi hija!

—Ya, pero no es tu hija.

—*Touché!* —cedió él—. Tienes razón: gustosamente me beneficiaría a esa niña de dieciséis años, pero moral y éticamente no está permitido. Es por eso que no se pueden hacer este tipo de comentarios delante de según qué gente, no entenderían de qué hablo, me acusarían de pederasta...

—¿Has tenido relaciones con esa niña? —preguntó Elvira sin dejar que él acabara su exposición y haciendo ostentación, una vez más, de la falta de tapujos que había entre ellos dos.

—¡Por favor! —se ofendió Álvaro, doblando la endeble cucharilla de café que aún sostenía—. ¿Por quién me has tomado?

—Solo era una broma, Álvaro —respondió Elvira, viendo que su comentario era poco afortunado—. Quería saber cuán sincero eres, aunque creo que te conozco bastante y nunca te enredarías con una chica amiga de tu hija.

—¿Has tenido alguna vez algún sueño erótico en que te violan? —contraatacó Álvaro, en una previsible paradoja sobre el tema.

—Ya te entiendo, no hace falta que pongas más ejemplos —respondió Elvira, dándose cuenta de adónde quería ir a parar su amigo.

—Pues eso, el que te excite pensar que te violan varios hombres no significa que realmente desees que pase. Lo mismo me ocurre a mí y a muchos como yo —afirmó—, pueden gustarnos las jovencitas, incluso menores de dieciocho años, pero una cosa es que me apetezcan como un sueño —puntualizó— y otra bien distinta es que quiera llevarlo a cabo. Nunca, y puedes creerme, he tenido relación alguna con mujeres menores de edad. ¡Nunca! —exclamó elevando la voz, y Elvira le hizo un gesto con la mano para que se calmara.

—En fin, espero que no tarde en aparecer esa niña —dijo—. Los padres del pueblo están preocupados, como vosotros —añadió, haciendo el gesto de coger otro cigarrillo del paquete de Álvaro.

—Pues sí, tanto Rosa como yo estamos preocupados. Tememos por Irene; no solo tiene la misma edad que la hija de los López, sino que frecuentan las mismas amistades. —Apartó la mano de Elvira del tabaco—. Ya has fumado suficiente por hoy —rezongó—. No te conviene. —Y retiró el paquete de su alcance.

Aprovechando que el camarero acababa de volver, el presidente de Safertine le indicó que le trajera la cuenta. Como siempre, los dos habían comido poco.

—¿El lunes que viene? —preguntó Álvaro en voz baja, casi inaudible.

—Ya te llamaré —respondió Elvira, no muy segura—. Aún no sé qué turno tengo. La semana próxima empiezan las vacaciones muchos médicos del hospital y todavía no hemos hecho el cuadrante —dijo mientras se levantaba.

Álvaro se quedó sentado mirándola salir del estrecho comedor. Cogió otro cigarrillo del paquete que había sobre la mesa.

Pasados unos minutos se levantó y compró otro paquete en la máquina del bar.

15

El hecho de que esa noche hubiera traído unos paños mojados para limpiarla no tranquilizó a la chica, ya que vio que aquel martirio se prolongaba en el tiempo y había perdido la esperanza de salir con vida de su cautiverio. La habitación era una auténtica cuadra. El aire había pasado a ser irrespirable. Por todo el suelo había manchas de orín y heces de ella. Su piel se había tornado morada y se sentía tan sucia y ultrajada que casi prefería estar muerta.

—Habrá que limpiar esto un poco —dijo su captor sosteniendo un cubo de plástico en las manos.

Le desató las manos de la espalda y le dijo que se pasara el paño por todo el cuerpo. Era una toalla de baño empapada en agua y con aroma a rosas.

Mientras la chica se limpiaba él recogió las heces y pasó una fregona por el suelo de cemento. Ella estuvo tentada de gritar; seguramente nadie la oiría, pero lo mejor que podía pasar es que la matara y terminara con aquel suplicio de una vez.

—Aquí —le dijo señalando el cubo.

Ella tiró dentro la toalla con que acababa de limpiarse. Él esparció una especie de ambientador y el sótano se llenó de un olor a coche nuevo. Cuando hubo terminado de limpiar, sacó los bártulos fuera y cerró la puerta por dentro, como cada día. Le volvió a atar las manos a la espalda con una cuerda de nailon. Y entonces hizo algo que no había hecho antes: se tendió en el suelo y le dijo que pusiera su sexo sobre su cara. Ella no supo qué era peor, si eso o tener que chupársela. Viendo su captor que la chica no hacía caso, cogió con furia la pistola que había en el puf y esgrimiéndola le dijo:

—¿Quieres que te meta esto por el culo y apriete el gatillo?

Y con mucha dificultad, ya que tenía las manos inmovilizadas, ella se puso encima a riesgo de perder el equilibrio y se sentó sobre su boca.

16

El viejo edificio de la empresa de Álvaro Alsina Clavero, el que se utilizó antes de la construcción de las nuevas oficinas, estaba en la calle Carnero, muy cerca de la sede principal, apenas a cien metros. En estado de abandono, la junta de accionistas todavía no había decidido qué hacer allí, dudaban entre rehabilitar la estructura y utilizarlo como oficinas de gestión o derribarlo y emplazar un aparcamiento para los vehículos de los trabajadores. También se había sugerido la venta del inmueble, pero eran tantos los recuerdos que tenía Álvaro de su infancia allí, que siempre vetó esta última opción. De pequeño lo frecuentaba y le ilusionaba ver a su padre trabajando en el antiguo despacho. Le deleitaba observar al enclenque Enrique Alsina remover multitud de papeles encima de su mesa, ocultando un cenicero enorme de cristal y fumando aquellos cigarrillos que ya no se fabricaban en la actualidad.

Juan Hidalgo accedió al interior utilizando su llave, ya que hacía unos años aún rebuscaba en el sótano algún expediente necesario para la empresa y todavía conservaba el acceso a las viejas oficinas. Sabía que las cámaras de seguridad, que vigilaban la puerta principal y las calles laterales, eran de adorno. Seguían allí para disuadir a los cacos, pero ninguna funcionaba. Como mucho, alguno de los vigilantes del edificio principal esporádicamente hacía una ronda para comprobar que todo estaba en orden. Sobre los escritorios de las secretarias aún había algún viejo ordenador, ya inutilizado y del que seguramente ya ni siquiera existía el sistema operativo que en su día lo hiciera funcionar. Esos ordenadores se utilizaban únicamente para la facturación en papel perforado y en el polvoriento sótano había varias cajas apiladas, con paquetes de folios amarillentos.

Juan había ido allí para comprobar si era cierta la supuesta incapacidad de Álvaro para dirigir la empresa. Una semana antes desconocía la existencia de esos documentos, pero el viernes anterior había recibido un anónimo que le indicaba la existencia de los mismos y su emplazamiento exacto en el viejo edificio. Le llegó en un sobre cerrado, sin remitente, y enviado a su apartado de correos personal. Alguien lo había deslizado dentro de su buzón. El escrito, fotocopia del original, explicaba con detalle cómo el fundador de Safertine había agregado un nuevo artículo a los estatutos de la compañía, ya que don Enrique era muy riguroso a la hora de fundamentar las bases jurídicas de la empresa. Dicho artículo denegaba toda posibilidad de que su hijo Álvaro continuara al frente de la empresa, y argumentaba tal decisión en unos hechos probados sobre el pasado del actual presidente de Safertine. Y al final se especificaba el lugar donde se hallaba el documento original que demostraría la veracidad de cuanto se afirmaba. A Juan le extrañó que el misterioso remitente le hubiera enviado una copia y no el original, ya que al parecer no le hubiese supuesto mucho problema acceder al edificio vacío y sacar de allí lo que fuera. Tal vez buscaba llamar su atención y hacer que creyera que lo que decían esos papeles era cierto.

Antes de entrar estuvo merodeando un rato por los alrededores del edificio, sospechando que todo aquello fuese una trampa, pero ¿qué clase de trampa si él, como socio de Álvaro Alsina, podía acceder a los edificios de la compañía libremente? Si alguien lo sorprendía en el interior no tendría que dar ninguna explicación.

Así pues, Juanito aprovechó la tarde del lunes 7 de junio para entrar en el sótano de la vieja fábrica y buscar lo que el enigmático anónimo indicaba. Abrió la puerta con la copia de la llave que poseía. Descendió por las escaleras (el anticuado ascensor hacía años que no funcionaba). No hacía demasiado tiempo, allí trajinaban empleados de la tradicional empresa portando carpetas con datos de componentes electrónicos, fichas de clientes o facturas de cobros y pagos. Pero actualmente solamente había silencio y nubecillas de polvo blanco cada vez que se movía algún mueble o alguna carpeta marrón. Juan llegó hasta la habitación de patentes, donde en tiempos se ordenaban todos los documentos necesarios para la fabricación de productos que requerían *copyright*. Era la sala más pequeña del sótano, apenas unos seis metros cuadrados. Un diminuto ventanuco, cerca del techo, filtraba la luz del patio de la fábrica. Tres archivadores ocupaban la pared a la derecha de la polvorienta puerta de entrada. El director de Expert Consulting no tuvo demasiados problemas para encontrar el cajón donde estaba la carpeta que buscaba; las indicaciones del misterioso mensaje eran muy claras:

«En el segundo cajón del fichero de la izquierda, en el despacho de patentes de la vieja fábrica, hallarás unos documentos que prueban la incapacidad del presidente de Safertine para dirigir la empresa.» Y firmaba con cautela: «Un humilde servidor.»

Juan cogió la carpeta. Supo cuál era porque el poco polvo de la misma, en comparación a las otras, la delataba. Metió el cartapacio en una bolsa de plástico de supermercado y salió de la vieja fábrica con la sensación de que las cosas iban a cambiar mucho en la empresa. Una simple ojeada a los documentos, antes de guardarlos, le bastó para ver qué clase de persona era su socio Álvaro Alsina y el peligro que corría la compañía en sus manos, incluso el futuro de él mismo. Pero antes tenía que comprobar que lo que allí ponía era cierto. Fue la primera vez que Juan Hidalgo vio escrito en unos documentos de empresa el nombre del gitano José Soriano Salazar.

17

A la misma hora, las cuatro de la tarde, Álvaro Alsina estaba sentado en su despacho. Silvia Corral Díaz, la secretaria, no solía venir por las tardes, pero ese día, por exceso de trabajo acumulado, tuvo que personarse en su puesto. Álvaro ojeaba los informes sobre los componentes de la nueva tarjeta de red, aunque no los entendía muy bien.

«Debí haber estudiado informática», pensó sin dejar de mirar la ingente cantidad de papeles llenos de datos y diagramas de flujo.

El silencio le incomodó. Apenas el ruido continuo del ventilador del ordenador rompía la tranquilidad. Ante sí tenía una desordenada cantidad de cifras, incomprensibles para un profano en asuntos informáticos, como era su caso. Dentro de lo que podríamos llamar la primera ley de la termodinámica, acerca de que nada se crea o se destruye, sino que solo se transforma, la documentación que Álvaro sostenía en sus manos, desarmaba cualquier apoyo de ese principio fundamental.

—Los datos son solamente eso: datos —se dijo murmurando—. Y la suma de todos los datos siempre ha de dar el mismo resultado —estimó mordisqueando la capucha de un bolígrafo.

Y cuando más concentrado estaba en la labor fue cuando sonó el teléfono de su despacho. Se sobresaltó...

—Diga —dijo al descolgar, mientras con la otra mano sacaba del bolsillo de la chaqueta el paquete de tabaco comprado en la máquina del restaurante Alhambra, humedecido por la transpiración de la calorina de junio.

—¿Señor Alsina? —preguntó una voz de sobra conocida.

—Sí, Bruno, dime —respondió tras ponerse un cigarrillo en los labios y hurgando en el bolsillo de su pantalón en busca del mechero.

Bruno Marín Escarmeta era el legendario alcalde de Roquesas de Mar. Llevaba más de veinte años ejerciendo, entre otras cosas porque era el único que se presentaba a la reelección. Nadie conseguía hacerle sombra en la alcaldía, y los habitantes de Roquesas de Mar estaban, en cierta manera, conformes con su gestión al frente del consistorio municipal. Con su calva prominente descubriendo una cabeza de magnitud considerable, podía presumir de tener una mujer de bandera, a la cual sacaba once años de edad. No eran demasiados, pero ella aparentaba ocho menos y él diez más, por lo que la proporción se disparaba considerablemente. Esa apreciable diferencia de edad era motivo de chascarrillos en una villa como aquella.

No era habitual que el alcalde llamara a Álvaro a su oficina, normalmente se veían en Roquesas, sobre todo cuando quedaban con sus mujeres para pasear o cenar en algún restaurante típico. Al alcalde le gustaba codearse e intimar con los habitantes de su pueblo, y mucho más si estos eran pudientes, como el caso de la familia Alsina. Así que no era extraño que en varias ocasiones hubieran coincidido en cenas formales o en veladas aburridas en casa de unos o de otros.

Antes de telefonear a Álvaro, Bruno Marín había intentado localizarlo en el pueblo. Para ello dio varias vueltas en coche por la calle Reverendo Lewis, donde vivía el empresario. Pasó repetidas veces por delante del número 15, en un intento de cruzarse con él de forma casual y aprovechar para hablar del tema que le preocupaba. Para el alcalde aquel asunto era muy engorroso y quería plantearlo en un encuentro fortuito con Álvaro. Cuando pasó por una de las casas de la urbanización, vio una valla a medio clavar y en el suelo, delante de la valla, un martillo de carpintero probablemente olvidado por los trabajadores esa misma tarde. No era una herramienta corriente —la típica de mango de madera—, esta estaba adornada con un cincelado muy fino a lo largo de la empuñadura. Un ribeteado, que simulaba el ventanal de una iglesia, recorría toda la madera. Era un dibujo quemado, como hecho con la punta metálica de un soldador casero. Bruno lo cogió y, viendo que era de buena calidad, lo metió en el maletero de su coche para que nadie lo robara. Lo hizo de forma inconsciente, sin pensar. Las posibilidades de encontrar a su dueño se desvanecerían si no lo anunciaba en la revista local, en la sección de objetos perdidos. Informaría del hallazgo en cuanto le fuese posible.

—¿Podemos vernos un momento para hablar? —preguntó el alcalde.

—Claro. ¿Dónde te va bien? —interpeló, y encendió el cigarrillo tras haber encontrado el mechero.

—Estoy en Santa Susana, muy cerca de tu empresa. Si te parece me paso por tu oficina —propuso y chasqueó sus viscosos labios.

—Perfecto —respondió Álvaro e inhaló una bocanada de humo—. Ven cuando quieras, te espero. Esta tarde tengo la agenda vacía.

Álvaro abrió su dietario de tapas azules y observó la hoja repleta para la tarde del lunes. En un repaso rápido tachó todas las tareas no urgentes. Lo había hecho tantas veces que ya estaba acostumbrado a aplazar su agenda sin apenas inmutarse. No podía hacer esperar al alcalde de Roquesas, no era conveniente para él.

—En diez minutos —replicó Bruno—, lo que tarde en aparcar el coche. Me encuentro delante del edificio de tu oficina —añadió nervioso.

El alcalde estacionó su flamante Audi negro en uno de los aparcamientos del centro. Necesitó más de cuatro maniobras para encajarlo entre las dos columnas de la plaza. Bajó del coche con el tique del garaje en la boca y se lo guardó en el bolsillo trasero del pantalón. Subió las escaleras mecánicas hasta la puerta principal y salió a la plaza que había delante del enorme edificio que albergaba las oficinas de Safertine.

Diez minutos más tarde entró al despacho de Álvaro Alsina, no sin antes saludar a la bella Silvia Corral, dándole dos besos que ella no pudo rechazar por su situación laboral y por la importancia del cargo que ostentaba el barrigón alcalde de Roquesas de Mar, aunque era sabido el asco que le producía a la secretaria.

—Me alegro mucho de verte, Silvia —profirió Bruno sin dejar de mirar, de una forma descarada, el sugerente escote de la chica.

—Igualmente, don Bruno —contestó ella, sin el mismo ánimo que había puesto él en su efusivo saludo—. ¿Cómo se encuentra usted? —preguntó con formal cortesía—. Hacía tiempo que no venía por aquí.

—¿Está Álvaro? —preguntó obviando la pregunta de la secretaria y haciendo una mueca con sus labios que en un joven y apuesto hubiera quedado sensual, pero que en el caduco Bruno resultó repugnante.

Silvia Corral asintió con la cabeza y esperó a que el alcalde entrara al despacho de su jefe para limpiarse la cara con una toallita húmeda. No advirtió al presidente de la presencia del alcalde, dando por supuesto que ya le esperaba.

—¡Bruno! —exclamó Álvaro y tendió la mano para estrechar la del viejo alcalde—. ¿Qué te trae por aquí? —preguntó balanceando el cigarrillo que sostenía.

—Necesito hablar contigo —dijo—, si tienes un momento, claro. Es un tema delicado —afirmó bajando la voz y mirando hacia la puerta del despacho.

—¿Vamos al bar de abajo? Así aprovechamos y tomamos una cerveza.

—No. Si no te importa, hablamos aquí. Es un asunto muy personal y no quiero que nadie nos escuche. ¿Es segura tu oficina? —preguntó mirando otra vez la entreabierta puerta.

—Me estás asustando. ¿Quieres decir si grabamos las conversaciones? —sonrió—. No te preocupes: no hay micrófonos en mi despacho y tampoco tenemos cámaras de seguridad, ni nada por el estilo.

Álvaro intentó adivinar qué preocupaba tanto al alcalde. Cuanto más se aproximaran sus deducciones a lo que el viejo Bruno tenía que decirle, menos se sorprendería cuando lo hiciera.

—Bueno, iré al grano —empezó Bruno.

—Te lo ruego.

—Sé, y supongo que tú también, que tu socio Juan Hidalgo se está tirando a mi mujer.

Sorprendido, el presidente de Safertine se obligó a forzar su cara para que no se notara su incomodidad. Si le hubieran preguntado qué es lo que menos le gustaría oír, esa habría sido probablemente su respuesta: la declaración de un hombre sobre la infidelidad de su mujer.

Se sonrojó un poco. No esperaba esa afirmación por parte del alcalde.

—Mira, Bruno —atinó a decir—, esos son temas muy personales, yo no es que...

—¡Tengo sesenta y un años! —lo cortó el alcalde—. Y no me chupo el dedo. La edad me ha hecho más viejo, pero también más sabio.

Bruno se soliviantó como si la culpa de todo fuera del presidente de Safertine, actitud que desagradó mucho más a Álvaro, que no sabía cómo salir de la situación.

—Sé que tengo una mujer que está muy buena —continuó, bajando la voz para que la secretaria no lo oyera—. La saqué del arroyo, como se suele decir, y no consentiré que se beneficie de ella un guaperas presuntuoso como tu socio Juan Hidalgo.

Álvaro lo miró procurando no gesticular para que su rostro no delatara lo comprometida que le resultaba aquella conversación.

—Ayer removí las facturas que guardamos en el sótano de casa y encontré el recibo de un mechero Zippo de plata esterlina, ¿te suena haberlo visto? —preguntó a un callado Álvaro Alsina—. Es muy característico —añadió—, tiene grabado en relieve la figura de un Pegaso, ya sabes, un caballo con alas.

Bruno parecía más calmado después de la explosión de cornadura que acababa de tener. Álvaro sabía muy bien que su socio Juan tenía uno de esos mecheros. Además, y como fumaba constantemente, lo exhibía de forma continua.

—He visto que Juan tiene un mechero de esos —afirmó—, pero eso no significa nada. Hay montones de Zippos iguales, ese no tiene que ser necesariamente regalo de tu mujer.

—Como ese solo hay uno —aseveró de forma contundente—, porque según la factura de compra lo hizo grabar expresamente el día que lo adquirió. ¿Entiendes?

Bruno cargaba contra Álvaro como si él tuviera algo que ver en todo eso. La empatía del presidente de Safertine hizo que procurara mostrarse comprensivo.

—Vale, Bruno —intentó tranquilizarlo—, en caso de que así sea, ¿qué relación tiene el mechero de plata con la presunta infidelidad de tu mujer? Yo mismo —se puso de ejemplo, y bajó a voz— he regalado cosas a mi secretaria y no por eso me la tiro.

—¿De verdad? —preguntó el alcalde, receloso—. Ya sabes que el marido es el último en enterarse, pero yo estoy seguro de que mi mujer retoza con ese *playboy*. Y lo que no soporto es que vaya haciéndose el gallito y presumiendo de eso.

—¿Los has visto juntos?

—No ha sido necesario.

Álvaro sabía que Juan no era de los que alardean de sus ligues, aunque todos sabían a quién se tiraba. Lo de la mujer del alcalde, Elisenda, hacía tiempo que coleaba por los pasillos de la empresa. Fue tema de conversación en las tertulias de la cafetería. Pero el presidente de Safertine no debía inmiscuirse en los asuntos personales de sus socios o empleados, así que prefería no afirmar ni negar la relación de Juan con la mujer del alcalde. Un enfrentamiento con Juan en esos momentos podría suponer el fracaso del negocio que tenían entre manos.

—¡Está bien, está bien! —exclamó Bruno—, te dejo, que veo que tienes trabajo. Solo quería decirte que sé lo de mi mujer con tu socio y que quiero que dejen de verse. Yo prefiero no hablar con él, porque no respondería de mis actos. Además no quiero rebajarme a suplicarle a un casanova del tres al cuarto que repudie a mi mujer. —Hizo una pausa y luego dijo—: Pero a ti te escuchará.

Aquellas palabras sonaron a todo menos a súplica. Álvaro se sintió intimidado. Había una lectura entre líneas que no pasó inadvertida a los oídos del apurado presidente de Safertine.

—Haré lo que pueda —afirmó—. Pero, como te he dicho, eso es muy personal. Es algo entre tu mujer y tú.

Bruno se secó el sudor de la frente y se pasó el dorso de la mano por los labios. Rebosaban espuma blanquecina. Respiró varias veces para calmarse y dijo:

—¿De verdad no te has tirado a tu secretaria?

Seguidamente guiñó el ojo a Álvaro, como si ya se hubiera olvidado del asunto que lo preocupaba.

Era curiosa la doble moral que tenían muchas personas, pensó el presidente de Safertine: por un lado le estaba diciendo que no quería que a su mujer se la beneficiara un ligón como Juan, y al mismo tiempo le sugería que no entendía que no se hubiese acostado con su secretaria. Lo que no quieras para los demás no lo quieras para ti, era un buen proverbio para aquella situación. Álvaro se esforzó en ocultar una mueca de asco hacia el alcalde.

—Qué va —respondió—, ni siquiera lo he intentado. Me parece una buena chica y una excelente profesional —aseveró.

—Pero si está pidiendo a gritos un buen... —repuso Bruno dejando la frase a medias para evitar un lenguaje poco adecuado para un alcalde.

El presidente de Safertine no se sorprendió del comentario, aunque le desagradó.

—Bueno, Bruno —Álvaro le tendió la mano para despedirse—, ya nos veremos, y cuando tenga ocasión hablaré con Juanito sobre ese tema.

Se despidieron en la puerta del despacho. Álvaro sintió repugnancia al estrecharle la mano al alcalde, pues la tenía empapada en sudor. En otra circunstancia no mantendría una amistad con semejante persona, pero la coyuntura actual exigía que las relaciones con el alcalde de Roquesas de Mar fueran de lo más afables. Bruno Marín Escarmeta no solo era la primera autoridad del ayuntamiento, sino que además era un hombre extremadamente rico y poderoso y no convenía tenerlo como enemigo. Álvaro no pudo evitar pensar que el seboso alcalde no quería que le tocaran a su esposa, pero él iba mirando a las demás mujeres como si fuese un seductor gigoló, cuando en realidad era un gordo asqueroso y corrompido.

Mientras el alcalde subía al ascensor para bajar a la calle, Álvaro y Silvia intercambiaron una mirada de complicidad. Ella sabía que Bruno no era bienvenido allí. Cuanto más lejos mejor, pensaron los dos, aunque se abstuvieron de mencionarlo.

Cuando el ascensor desapareció de la planta, Silvia le dijo:

—Lávate la mano.

Y le dirigió una sonrisa.

18

Ya eran las diez de la noche cuando Álvaro Alsina aparcó su coche en la vacía calle Reverendo Lewis Sinise. Normalmente lo metía en el garaje y entraba a la casa por la puerta interior de la cochera, pero esa noche no lo hizo así. Tenía ganas de andar y disfrutar de un paseo por la avenida principal de la urbanización. Si metía el coche en el garaje y su mujer advertía su presencia, le costaba convencerla de que le apetecía estar un rato a solas. Le reconfortaba deleitarse con un tonificante paseo nocturno antes de irse a dormir. Decidió llegar hasta la rotonda inacabada, la misma donde un día antes se había encontrado con César Salamanca, el barrigón jefe de la policía local.

Antes de bajar del coche abrió la guantera para coger el paquete de tabaco que guardaba para emergencias, cuando se quedaba sin cigarrillos y era muy tarde para ir a algún bar del pueblo a comprar. La previsión le hacía llevar siempre una cajetilla de sobra. Se asombró al ver que entre la documentación del coche había un inhalador de los que utilizaba Elvira para el asma.

«Se lo debió de olvidar el último día que quedamos», pensó.

Intentó recordar cuándo había sido la última vez que se vieron, pues ese día habían ido andando hasta el restaurante Alhambra y no se sentaron en el coche en ningún momento. No pudiendo determinar el día exacto, decidió que lo mejor era cogerlo, ya que en el coche corría el riesgo de que lo viera su mujer. Agitó el espray y comprobó que estaba prácticamente vacío. Lo metió en el bolsillo de la camisa, junto al paquete de tabaco.

«Lo tiraré en una papelera», se dijo cerrando el coche con el mando a distancia.

Deseó no encontrase con el jefe de policía. Aunque de niños eran muy amigos, las diferencias de estatus los habían distanciado y en la actualidad conservaban una forzada amistad que ambos sabían que en cualquier momento se podía resquebrajar. Álvaro contempló la parte vieja del pueblo. Desde el final de la calle se podía observar, al fondo, las pocas luces que aún permanecían encendidas. Roquesas de Mar preservaba el embrujo de antaño y sus adoquinadas callejuelas exhibían, exultantes, ventanales plagados de macetas y alumbrados por las pocas y arcaicas farolas que los vecinos no habían querido cambiar. Bombillas de pocos vatios iluminaban apenas las descascarilladas fachadas y ofrecían un aspecto tenebroso, casi lúgubre, que obligaba a los vecinos a permanecer en sus casas las frías noches de invierno; solo los veraneantes rompían esa magia en verano, cuando torpedeaban la tranquilidad del pueblo con sus idas y venidas. Álvaro se volvió hacia el lóbrego bosque. Sus ojos se adaptaron a la tétrica oscuridad de los pinares y encendió un cigarrillo. El calor atraía los mosquitos, así que dio manotazos al vacío, haciendo aspavientos para apartarlos de su vista. En ese momento volvió a oír el mismo ruido de la noche anterior, pero ahora con más nitidez. Un crujido. Unos tablones desplazándose sobre un andamio. Al principio se asustó, pero su cerebro procesó rápidamente la información recibida y trató de buscar una explicación lógica.

—Vamos, Álvaro —se dijo en voz alta para tranquilizarse—, solo es un tablón flojo.

El leve golpeteo proveniente de la obra lo llevó a fijar su vista en la estructura de la casa. Entonces se percató de que no habían colocado ningún letrero del constructor o promotor, ni fecha de inicio. De hecho, y mirando toda la valla, no se veía ninguna señalización que indicara nada sobre la obra. Álvaro recordó que nunca había visto a los obreros. Ignoraba si eran de Roquesas de Mar, de Santa Susana o de algún pueblo de los alrededores. La fachada inacabada de ladrillo rojo de la futura residencia estaba levantada hasta una altura de un metro aproximadamente y, aunque no se podía ver el interior de la obra, se vislumbraba que sería una vivienda de dimensiones considerables. Por encima del muro de obra vista se veían los tablones que recubrían la bodega. Las casas de la urbanización tenían el garaje a la altura de la calle y debajo estaba el sótano, que normalmente se utilizaba como despensa para almacenar vino, leche, agua, o poner un congelador, como más de un vecino había hecho ya. También era útil como trastero para guardar las cosas que no se utilizaban y que en algún momento irían a parar a la basura. Álvaro giró en redondo y comprobó que estaba completamente solo. La calle estaba vacía y el destello de las farolas trazaba sombras sobre la acera. La suave brisa veraniega le jugó una mala pasada y por un momento creyó oír una voz proveniente del inacabado sótano. No fue el crujido de un tablón, ni como si la obra se aposentara sobre su estructura. Le pareció el sonido agonizante de una voz. Un murmullo en medio de la noche que le puso la piel de gallina.

Intentó asomarse al interior del vallado sorteando el tabique y apoyando los antebrazos en la repisa del muro. Se encaramó con dificultad, y solo consiguió rasgarse la camisa al quedarse enganchada en el alambre de espino colocado sobre la tapia y que protegía el acceso al interior. Un jirón en el brazo derecho, a la altura del codo, y una salpicadura de sangre, acreditaban que no había sido buena idea asomarse al cercado. En el vaivén para desengancharse saltó del bolsillo de su camisa el aerosol para el asma, cayendo en el interior de la obra, justo donde iría el jardín de la nueva casa.

—Mi mujer me matará —pensó en voz alta—. He rasgado la mejor camisa que tengo, la que me regaló su madre con todo el cariño del mundo.

Ciertamente, la viuda Petra Ramos Pérez, madre de Rosa, agasajaba con dádivas a su yerno para ganarse su estima. Él no se mostraba demasiado receptivo con la mujer y eso hacía que Rosa se incomodara.

El presidente de Safertine se hizo una herida en el codo, un corte sin importancia, que sin embargo empapó la camisa y convenía desinfectar cuanto antes; los alambres desprendían óxido.

«Me limpiaré la magulladura en casa», pensó.

Entonces observó la parte trasera de la casa. El bosque de pinos permanecía silencioso, oscuro e impenetrable. Un silbido apenas perceptible hacía tambalear los enormes árboles, como si quisieran empezar a andar. Se oyeron pisadas provenientes del interior de la espesura. Solamente era el sonido del viento, articulándose de tal manera que daba la sensación de un murmullo intenso y vehemente. Álvaro tuvo por un momento la sensación de que alguien le estaba observando desde lo profundo de la maleza. Tiró al suelo el cigarrillo y lo pisó con el pie antes de dirigirse hacia la puerta de su casa, tapando la herida del codo con la mano. En ningún momento echó la vista atrás. Tuvo miedo...

19

—Buenas noches, Álvaro —dijo Rosa con aspecto rendido.

—Hola. ¿Qué tal te ha ido el día? —preguntó, sabiendo que aunque su mujer hubiera pasado una jornada nefasta, le diría que había sido agradable.

Rosa no era una mujer a la que le gustase transmitir negatividad, al contrario, el positivismo formaba parte de su carácter y aportaba al matrimonio lo mejor de ella misma. Por eso era una buena compañera. Alegre, jovial y llena de buenas vibraciones. Era la persona ideal para un día de decaimiento, como el que parecía tener ese día el poderoso presidente de Safertine.

—¿Duermen los niños? —preguntó, sin siquiera saber qué hora era.

—Están los dos en casa de mi madre —respondió Rosa—. Ya han terminado los exámenes y así hacen compañía a la abuela. Aunque creo que esos dos poco pararán por casa.

Rosa Pérez Ramos, con treinta y nueve años recién cumplidos, era una profesional consagrada. Jefa de planta del hospital San Ignacio, compaginaba perfectamente las tareas propias del hogar y la dedicación a la familia con su cargo en la clínica. Era una mujer atractiva, de figura impresionante y piernas preciosas. Cabello corto, media melena y rubia. Ojos verde oscuro y nariz respingona, fruto de una operación de cirugía estética; antes de la operación era puntiaguda. No le gustaba que se supiera que su apéndice nasal era hermoso a causa de una intervención quirúrgica, así que para evitar cualquier comentario al respecto, se la hizo en el propio hospital San Ignacio, con la promesa del doctor Pedro Montero Fuentes de no decir nada a nadie. Ese médico era amigo de la familia Alsina desde hacía muchos años y las comidillas de Roquesas de Mar, cómo no, insinuaban que había tenido un romance con Rosa Pérez; aunque solo eran cuchicheos de las viejas del pueblo.

—¿Ocurre algo? —preguntó.

Los quince años que llevaba unida a él eran suficientes para saber, con solo mirarle a los ojos, que algo le preocupaba. Y ahora había advertido la angustia de su esposo.

—No, cariño, todo marcha bien, solo estoy cansado —respondió Álvaro mientras se dirigía al lavabo.

Le urgía lavarse y desinfectar la herida del codo.

—¿Cansado tú? —preguntó su mujer, incrédula, siguiéndolo hasta la puerta del lavabo.

Rosa sabía que era imposible que su marido, el presidente de Safertine, el ejecutivo agresivo capaz de estar veinte horas seguidas trabajando, estuviera exhausto. Lo conocía demasiado bien y sabía que era una persona infatigable y que después de una jornada laboral intensa, podía llegar a casa, meterse en la ducha, cambiarse de ropa y salir toda la noche de juerga con alguna pareja de amigos, sin que apenas se le notara un atisbo de cansancio. Incluso algunas veces, antes de cenar, le sobraban energías para hacer un rato de *footing* por las aceras iluminadas de Roquesas.

—Estoy bien, Rosa —afirmó, intentando que su esposa no se percatara de su abatimiento—. Hoy ha sido un día...

Se detuvo un instante, justo el momento en que ella detectó que verdaderamente ocurría algo anormal. «Algo no marcha bien en la empresa», pensó sin dejar de mirarlo a los ojos.

—¿Un día cómo? —preguntó Rosa, tratando de comprender la inquietud de Álvaro.

A veces le ocurría llegar a casa enfadado o cabizbajo. Eso no era raro. Al principio, de recién casados, siempre era reacio a explicar los motivos de su malhumor, pero finalmente acababa rindiéndose y le contaba a su querida mujer las razones de su tristeza. Era una forma de buscar apoyo y demostrar ante ella que no era el decidido empresario que todo el mundo creía.

—He desayunado con Cándido Fernández, el director de banco de Santa Susana —le contó.

Álvaro no quería que Rosa pensara que ocurría algo fuera de lo normal. No era su intención preocuparla con tonterías sin fundamento, así que prefirió no comentar que la noche anterior había visto al jefe de la policía local merodeando por el barrio y que creía que le estaba espiando. Era solo una sensación, pero no le gustó ver a César Salamanca a esas horas en su calle y en actitud de no ser visto, o eso le había parecido. A ello había que sumar el negocio importante, el más transcendental de su empresa, y la desaparición de la hija de los López. Álvaro pensaba que cualquier injerencia de César en su vida personal podía mandar al traste tantos años de esforzado trabajo. No podía asegurarlo, pero siempre detectó una animadversión manifiesta en el jefe de la policía y creía, aún no sabía por qué, que este aprovecharía cualquier fleco en su tambaleante moral para hundirlo del todo.

—Lo sabía —dijo Rosa—. Tienes problemas de dinero en la empresa, es eso, ¿verdad? Por eso has quedado con Cándido, él lleva las finanzas de Safertine.

Aunque Rosa conocía la sólida amistad que unía al director del banco y a su marido, no dejaba de pensar que las citas matinales para desayunar implicaban, forzosamente, hablar de negocios. Álvaro era muy dado a charlar con sus conocidos en lugares públicos: restaurantes, bares, plazas. Esos encuentros le ayudaban a huir de la frialdad de la oficina y, además, seguramente las entrevistas en esos emplazamientos eran más reservadas.

—No. No es eso —respondió Álvaro para tranquilizar a su mujer, e intentó ordenar sus pensamientos. Algo le preocupaba, pero ni él mismo sabía bien qué era. Esa pesadumbre asolaba su rostro, pero aun así se esforzaba en convencer a su mujer de que todo iba bien—. De hecho no pasa nada —agregó—. Está todo bien. Solo que cuando salimos de desayunar, Cándido me presentó a un amigo suyo, un tal Luis, que yo no conocía.

Rosa asintió con la cabeza y esperó a que le contara algo más.

—Hablamos unos minutos en la puerta del restaurante.

Álvaro estaba hablando como si tuviera algún tipo de contrariedad. Buscaba convencer a su mujer de que no tenía ningún malestar, y para ello decía cosas sin demasiada lógica. Rosa esperó a que él se aclarase.

Se hizo el silencio.

Y ciertamente no acontecía nada significativo, pensó Álvaro. Un lunes más de trabajo y de problemas relacionados con el trabajo. Quería explicarle a su esposa que el tal Luis no le había caído en gracia y que le había transmitido vibraciones negativas, como se suele decir. Pero no quería que su mujer pensara que eso era un problema. Sus sentimientos hacia otros hombres era algo que no le gustaba comentar con Rosa. No obstante, cualquier tema de conversación era preferible a hablar sobre el sospechoso comportamiento de César Salamanca. Eso sí que era extraño. Tampoco podía comentarle a su mujer que había estado comiendo, como cada lunes, con Elvira, a la cual se sentía ligado sentimentalmente. Y tampoco quería contarle que esa tarde le había visitado el alcalde con una historia infumable sobre la supuesta relación de su mujer con Juanito. «Pero, entonces, de qué sirve casarse con una persona que se supone es tu confidente, si no puedes contarle las cosas que te preocupan», pensó Álvaro. Y menos podía comentarle que Luis, el amigo de Cándido, le había parecido homosexual. Era la sensación que le había dado al estrecharle la mano y hablar con él. Realmente se había sentido incómodo. Le costaba asimilarlo, pero Luis había flirteado con los dos: con Cándido y con él. En su cabeza se sumó todo lo acontecido esa jornada. Qué día más extraño, se dijo. Como cuando Cándido hizo un gesto al camarero cubano y él lo percibió como si ellos tuvieran algo. Una complicidad entre ambos. «¿Por qué pienso estas cosas?», se preguntó.

Últimamente se aturullaba mucho la cabeza con temas sin importancia. Le remordía la conciencia el haberse sentido ligeramente atraído por el amigo del director del banco Santa Susana. Pero, claro, eso tampoco se lo podía decir a su mujer. De repente se acordó del inhalador de Elvira. «¿Cuánto tiempo llevaría en la guantera de su coche? —se preguntó—. ¿Lo habrá visto Rosa?» En su cabeza le dio vueltas a la visita del alcalde a su despacho. ¿Por qué le había pedido a él ayuda para que Juan dejara de verse con su mujer. Más que ayuda, parecía como si Bruno Marín le hubiera amenazado. Era un hombre poderoso y no convenía contrariar sus decisiones.

Pero de todas las preocupaciones del día, la que más le acuciaba era la extraña atracción que había sentido hacia Luis, el amigo de Cándido. Recordó que en la adolescencia había pasado una época en la que cuestionó su sexualidad hasta el punto de no saber si realmente le gustaban los chicos. Llegó a excitarle tanto un compañero del colegio de Roquesas de Mar, donde estudió antes de ir a la universidad de Santa Susana, que su sola visión en los vestuarios del gimnasio le provocaba erecciones involuntarias. Había estado mucho tiempo aterrorizado con la idea de ser gay.

—¿Quién es ese Luis? —preguntó Rosa, como si le leyera el pensamiento.

Álvaro se sonrojó. Se agachó para desabrocharse los zapatos y así fingir que los colores de su rostro eran por el cambio de postura.

—Es el arquitecto del ayuntamiento de Santa Susana —respondió—. Nos ha presentado esta mañana Cándido al salir del Chef Adolfo.

—¿Y...?

—Pues que hemos charlado sobre la casa que están construyendo aquí enfrente, en la glorieta inacabada. Me ha dicho que intentará averiguar el nombre del promotor y el del propietario.

Rosa se sosegó.

—¿Ocurre algo con esa casa? —preguntó—. No tienes que inquietarte; cuando vengan a vivir ya veremos quiénes son los nuevos vecinos. Seguramente serán de Santa Susana y por eso nadie del pueblo sabe de ellos.

—Que yo sepa no pasa nada con esa casa, pero... ¿no te parece extraño que no sepamos quiénes son los dueños?

—No, y tampoco es algo que nos interese. Creo que te preocupas por cosas sin importancia —dijo ella acariciándole la mejilla—. Por cierto, y antes de que se me olvide, te ha llamado César justo antes de que llegaras.

—¿César?

—Sí, debías de estar metiendo el coche en el garaje cuando llamó. Me ha extrañado que no lo hiciera a tu móvil. ¿Lo tienes encendido?

—Sí —dijo sacándolo del bolsillo para mirarlo—. ¿Ha dicho qué quería?

—Pues no... pero parecía perturbado —respondió Rosa sonriendo—. Ya sabes que César es muy excéntrico y le gusta revestir todo lo que dice de una aureola misteriosa.

—Mañana le llamaré desde la oficina —dijo Álvaro intentando restarle importancia—. Si es urgente ya volverá a telefonear esta noche.

—Ponte cómodo que sirvo la cena en un periquete —dijo Rosa y se dirigió a la cocina.

Mientras se desvestía en el cuarto de baño, Álvaro meditó sobre la llamada de César. «¿Qué querrá? —pensó—. Ayer por la noche no me comentó nada.» Colgó la camisa en la percha de las toallas.

—¿Te va bien dos trozos de lomo y unas patatas? —le preguntó Rosa desde la cocina.

—Vale. Pero no me pongas nada más, que apenas tengo hambre.

Se quedó pasmado delante del espejo del baño, mirándose a los ojos. Su reflejo le pareció el de un completo desconocido.

—¿Qué le ha pasado a tu camisa? —preguntó Rosa extrañada, apostada en el marco de la puerta del baño.

Álvaro se asustó. Pensaba que su mujer seguía en la cocina.

—¿La camisa? Se ha roto —respondió girando la manga para mirar el rasgón—. Con la ilusión que puso tu madre cuando me la regaló —añadió, poniendo el dedo en el siete que le había hecho el alambre del muro de la obra.

—¿Cómo te lo has hecho? Oh, tienes sangre —se alarmó Rosa, y examinó el rasguño.

—En la obra de la casa de la glorieta. He intentado asomarme para ver el interior y me he quedado enganchado en el alambre.

—Déjame la camisa encima del tocador y mañana le diré a María que la cosa, la chica tiene buena mano y no se notará. ¿Te duele?

Álvaro no respondió, pensativo.

—Hay que curar ese arañazo, se podría infectar —dijo Rosa. Vertió un poco de agua oxigenada en un algodón y lo restregó varias veces por el codo, limpiando los restos de sangre—. Ya está. No es nada. A simple vista parece muy superficial.

—Ya te lo había dicho, solo es un roce —replicó Álvaro quitándole importancia.

Fueron a cenar a la cocina. Era enorme, como el resto de la casa. Medía cuarenta metros cuadrados y estaba bien distribuida. Presidía el centro una encimera, rodeada del fregadero, y una enorme campana de aluminio para los humos. En una pared había un enorme ventanal que daba al jardín y en el lado opuesto estaba la mesa de madera con seis sillas donde solían comer todos los miembros de la familia. El comedor solo lo utilizaban cuando tenían invitados. Rosa acababa de poner sobre la mesa un plato hondo repleto de trozos de lomo y repartir dos servilletas de tela a ambos lados. Mientras estaba de espaldas cortando el pan, Álvaro observó sus magníficas piernas. «Son preciosas —se dijo—. Ni una modelo de pasarela las tiene mejor.» Entonces le dio por meditar acerca de su sexualidad. «¿Cómo me puedo plantear mi sexualidad sabiendo lo que siento cuando veo a una mujer?», recapacitó sin dejar de observar el cuerpo escultural de su esposa.

—Ahora me contarás qué es lo que te preocupa —dijo Rosa mientras sacaba una botella de vino rosado de aguja del frigorífico—. No quiero que mi maridito se preocupe por nada.

—No seas pesada —repuso Álvaro mirando toda la parada que había montado su mujer sobre la mesa, algo inusual los lunes—. No me pasa nada —insistió—, solamente estoy cansado y un poco nervioso.

—¿Nervioso por qué?

—Ya lo sabes, el contrato con el gobierno —argumentó mientras cogía un trozo de pan para regarlo con aceite de oliva—. El dichoso acuerdo con la Administración central me está inquietando. A veces pienso que aún no estamos preparados para una alianza de tanta importancia.

—Pues yo no le daría tantas vueltas —replicó Rosa mientras se servía un trozo de lomo en su plato—. En caso de que ese acuerdo no se lleve a cabo, no pasaría nada, todo seguiría igual que antes..., ¿verdad?

—Sí, es cierto, pero me sabe mal pensar que la cosa fracase por causas ajenas a mí. Es más una cuestión de honor empresarial que otra cosa. Además, tengo la sensación de que me están engañando. ¿No te ha sucedido alguna vez que piensas que todo el mundo te miente, que no te puedes fiar de nadie, ni siquiera de los más allegados a ti? —preguntó buscando consejo en su mujer.

—¿Juan? —se interesó Rosa— ¿Es de él de quién desconfías?

—No lo sé. La verdad es que dudo tanto de Juan como de Diego, el jefe de producción. Uno de los dos no me está diciendo la verdad sobre el asunto de las tarjetas de red. Y eso me inquieta.

—Encarga un informe a alguien de fuera —aconsejó Rosa—. Es algo bastante normal, no te debes preocupar por eso. Puedes solicitar ayuda a una empresa de Santa Susana que no esté vinculada al proyecto y que no conozca a tu socio ni a los empleados.

—Eso es difícil. Santa Susana no es tan grande para que alguien no sea conocido, al menos de oídas. Pero de todas formas el tiempo juega en nuestra contra. Falta muy poco para la firma del contrato y aún no entiendo qué ocurre con las tarjetas de red. Ahora tengo que centrarme en ultimar el acuerdo y después ya dispondré de tiempo para seguir investigando y averiguar lo que ocurre.

—Eso es un contrasentido —objetó su mujer—. Deberías comprobar primero que las tarjetas, objeto del negocio, funcionan correctamente, tal y como se pide. Sin ellas no hay garantías de que el acuerdo llegue a buen puerto. La Administración podría sentirse engañada.

—Puede que tengas razón. Como ya te he dicho, creo que no estamos preparados para un negocio de este calado.

—Bueno —repuso Rosa—, dejemos de hablar de trabajo.

—Y llenó la copa de vino de su marido y lo miró de una forma como no lo miraba hacía tiempo. Álvaro lo advirtió.

Cenaron deprisa, sin comentar nada más. Cuando terminaron, no recogieron la mesa. Subieron a la habitación conyugal, quitándose la ropa por las escaleras.

Esa noche Álvaro no se acordó de Safertine, ni de la tarjeta de red, ni de la niña desaparecida, ni de su hipotética homosexualidad, ni de los celos de Bruno y la traición de Juan. Esa noche Álvaro no se acordó de nada...

20

Fue el peor día de su cautiverio, casi prefería ser sodomizada que pasar por eso. Mientras él la forzaba, su odio se iba incrementando de tal manera que deseaba matarlo, pero lo que le hizo ese día de obligarla a ponerse a horcajadas sobre él le provocó un orgasmo, asqueroso, sí, pero orgasmo a fin de cuentas.

—¡Hijo de puta! —farfulló tras la mordaza.

No debía haberle dicho eso, ya que entonces él supo que ella había disfrutado.

—¿Ves como yo también sé satisfacer a una perra como tú? —se jactó—. Ahora haz tu parte.

Su captor lanzó la pistola al suelo y se sentó en el puf de mimbre. Con una enorme navaja le cortó la tela que la amordazaba y, agarrándola por la nuca, le dijo:

—Chupa. No tardaré en irme.

En apenas unos segundos se corrió en la boca de la chiquilla, y cuando ella iba a escupir él la besó con furia y le obligó a tragarse el semen.

—Hoy has estado fenomenal —le dijo antes de ponerle una botella de agua en la boca para que bebiera—. ¿Ya has comido? —Y rio estruendosamente.

21

Al día siguiente, en su oficina, lo primero que hizo Álvaro Alsina fue llamar a César Salamanca Trellez, el jefe de la policía local de Roquesas de Mar. Bueno, lo que primeramente hizo fue observar, con disimulo, las impresionantes y largas piernas de Silvia Corral Díaz mientras caminaba hacia la máquina de café, pero no les prestó la misma atención que otros días, estaba enteramente saciado; la noche anterior con su mujer había sido apoteósica.

—César, ¿qué ocurre? —preguntó sin prolegómenos—. Me llamaste ayer a casa... —Prefirió no mencionar el encuentro que habían tenido la noche anterior en la rotonda de la calle Reverendo Lewis Sinise, debajo de los olivos.

—Sí —respondió una potente voz ronca desde el otro lado de la línea—. ¿Puedes pasar por mi oficina? —El tono distaba mucho de ser el de un buen amigo que llama para ir a cenar juntos, más bien era la del fiscal que telefonea a un testigo para recordarle la obligación de comparecer el día fijado.

—¿Ocurre algo? —preguntó Álvaro, al notar la actitud poco afable en su amigo.

—Pues para ser sincero... —Hizo una pausa— Sí. Mejor

acércate a mi despacho. Algunas cosas es preferible decirlas personalmente —añadió antes de colgar con tal fuerza que incluso Álvaro oyó el chasquido del plástico.

El presidente de Safertine colgó, no sin cierta incomodidad. Aquello le olía mal. Desde su encuentro en la urbanización, bajo el olivo de la rotonda inacabada, sospechaba que algo no iba bien. No era el mismo César Salamanca que conoció de pequeño, el amigo de correrías, aquel camarero del antiguo bar Oasis, situado en el casco antiguo de Roquesas de Mar, donde iban todos los chavales del pueblo a tomar cerveza. César había trabajado allí en su adolescencia. El bar lo fundó Hermann Baier, un alemán adoptado por el pueblo al final de la Segunda Guerra Mundial. Desde su llegada de Berlín se refugió en Roquesas de Mar, al menos eso es lo que siempre había dicho. Al principio no hablaba ni una palabra en castellano, pero en muy poco tiempo consiguió pronunciar vocablos de la lengua de Cervantes con la misma facilidad que un niño aprende un idioma extraño. Cuando César y Álvaro eran jóvenes, el delgado Hermann ya era viejo. «Siempre lo he conocido anciano», decía Enrique Alsina, el padre de Álvaro. Los lugareños sabían poco de ese hombre. Hacía tiempo que se especulaba que era un nazi refugiado de la guerra, que lo buscaba el servicio secreto israelí para darle caza y llevárselo a suelo judío, donde sería ajusticiado por los crímenes atroces que había instigado. Sea como fuere, el esquelético y alto Hermann Baier, se estableció en el bar Oasis para dar sustento a sus malogrados huesos, que se le marcaban por encima de su prominente mandíbula. Nunca vino nadie a preguntar por él, y ningún vecino de Roquesas se interesó por averiguar los orígenes del alemán. César había trabajado en su bar varios años. Comenzó en verano, en la temporada alta. Luego, poco a poco, se empleó todo el año. El pueblo se llenaba de turistas y los comercios necesitaban de más personal para atender la demanda extra de gente. El sueldo no era malo, aunque tampoco bueno. El actual jefe de policía era de progenie pobre, no había tenido la suerte de Álvaro, que se había criado en una de las familias más pudientes del pueblo, ya que Enrique Alsina Martínez fue un potentado que daba trabajo a más de veinte personas, y eso, en una localidad como aquella, suponía ser una personalidad importante. Álvaro tenía de todo: coche, un Renault 8 TS, cuando la gente del pueblo viajaba en tren; novia, la más guapa del lugar, por la que suspiraban todos los chiquillos del colegio; dinero, siempre llevaba encima: para invitar, para ir al cine, para tomar copas; amigos, los que quería. Era un triunfador: guapo, buen físico y siempre rodeado de buena compañía femenina. Por el contrario, César Salamanca era un infortunado. Sus padres no eran precisamente modélicos. La madre trabajaba fregando suelos por las mañanas en la empresa de Enrique Alsina; por las tardes cuidaba a una anciana que vivía sola en la parte antigua del pueblo, en una casa de madera que luego heredaron al morir la mujer. El padre era un alcohólico, conocido como el Gordito. Estaba siempre metido en algún bar, dejándose invitar por los pocos amigos que tenía, más por pena que por otra cosa. El alemán Hermann lo sacó, con sus propias manos, en varias ocasiones del bar Oasis, ante la mirada impasible de un joven César que no comprendía muy bien la actitud de su padre. El jefe de policía local no acabó los estudios, se casó con Almudena, una pobre chica solterona que no había tenido ningún novio antes y murió a los cinco años de matrimonio, un accidente doméstico —la muerte dulce—, dijeron: una fuga de gas en la cocina. La buena mujer no se dio cuenta y se quedó dormida en el suelo de la cocina, viendo la televisión. Con esos antecedentes no era de extrañar que el carácter de César se hubiese tornado agrio con el paso de los años y hasta Álvaro comprendía, en cierta manera, su desdén hacia él y todo lo que representaba.

—Silvia, si llama alguien le dices que he salido —pidió a su secretaria—. Si es urgente me puedes localizar en el móvil, ¿de acuerdo? —preguntó para asegurarse de que lo entendía.

—Vale. ¿Pasa algo? —se interesó. Siempre lo hacía cuando veía a Álvaro excesivamente preocupado.

—No, nada importante, me ha llamado un amigo que necesita hablar conmigo —respondió, quitando importancia al requerimiento del jefe de policía—. Recuerda que solo tienes que llamarme al móvil si es algo apremiante, en caso contrario le dices, a quien sea, que llame más tarde.

Silvia asintió con una mueca de preocupación en el rostro.

Bajó hasta el garaje de la empresa. Cogió su coche y se dirigió a la oficina de César. La paranoia planeaba sobre su conciencia y tuvo buen cuidado de comprobar que en su coche no había nada que pudiera implicarlo en algún asunto turbio. No es que tuviera nada que esconder, pero pensó en la posibilidad de que algún posible enemigo hubiera puesto algo en su coche.

«Tranquilízate —se ordenó—. Todo está bien.»

En veinte minutos se encontraba subiendo las escaleras de la sede de la policía local de Roquesas de Mar. Santa Susana y Roquesas estaban unidas por una autovía de ocho kilómetros, lo que hacía más fácil ir de una ciudad a otra que cruzar Santa Susana en hora punta. El tráfico era horrible, sobre todo en las rotondas.

—Pasa, Álvaro. —César le acompañó con la mano apoyada en el hombro al interior de su despacho y cerró la puerta detrás de él.

Álvaro se esforzó en no mostrar ningún signo de preocupación, pero no lo consiguió.

—¿Cómo está Rosa? —preguntó el policía para quitar

hierro al asunto que le había hecho reclamar la presencia de su «amigo».

Álvaro sabía que esa pregunta era pura formalidad, ya que la noche anterior César había hablado con su mujer por teléfono. Y también intuía que algo había cambiado entre los dos desde la última vez que se vieran. César no era el mismo.

—Bien —contestó sacando el paquete de tabaco del bolsillo de su camisa, los nervios le daban ganas de fumar—. Debe de ser muy importante para hacerme venir aquí por la mañana; sabes que tengo mucho trabajo —añadió visiblemente intranquilo.

—Si te he de ser sincero, el asunto es grave. No he querido decirte nada por teléfono para evitar que huyeras —observó el jefe ante la creciente alarma de Álvaro, a quien el corazón le latía desbocado.

—¿Huir? ¡César, te lo ruego! ¿Qué ocurre? —replicó, rojo como una bombilla de cien vatios a punto de estallar.

No entendía por qué su amigo de la infancia le hablaba de esa forma. César no era dado a las bromas; al contrario, su rostro distaba mucho de ser afable y de estar gastando una cruel inocentada. Tenía el mismo brillo en los ojos que la noche en que Hermann Baier había sacado a su padre del bar Oasis agarrándolo por los hombros y empujando su obesa figura hasta la puerta de la calle, ante las risotadas de los parroquianos. Álvaro no pudo dejar de comparar la mirada del César de ahora con la de entonces: era la misma.

—Esta noche han encontrado el cuerpo de Sandra —aseveró César con rostro impertérrito.

Álvaro se acercó un poco más a él para comprobar su aliento. Un tufo a cerveza le hubiera tranquilizado: si estaba borracho quizá podría decir alegremente algo tan grave. Le miró a los ojos otra vez para cerciorarse de que no bromeaba.

—¿Dónde? ¿El cuerpo? Entonces..., ¿está muerta? —dijo

consternado mientras se rascaba nerviosamente la barbilla—. ¿Es verdad? —Álvaro de pronto temió que César fuera a acusarlo del asesinato. Si no, ¿a qué se venía esa tensión y el haberlo citado urgentemente en la comisaría? Le empezó a doler la cabeza y los nervios le impedían pensar con claridad.

—Así es —confirmó el jefe—. Ha sido violada, asesinada y enterrada en el bosque de pinos que hay detrás de tu casa. —Enfatizó «tu casa»—. La han matado a golpes, posiblemente con una piedra o un martillo, a juzgar por el boquete que tiene en el cráneo. El forense aún está trabajando con el cuerpo; su rostro está desfigurado por completo, pero no hay lugar a dudas: es la chiquilla. —César hablaba como un policía de serie americana, con prestancia y exactitud. Narraba los hechos seguro de que habían sido así, datos objetivos, contrastados.

—¡Es horrible! —exclamó Álvaro, ostensiblemente alterado—. ¿Se lo has dicho a sus padres? —preguntó en una reacción lógica, la familia López estaba sufriendo mucho con la desaparición de la niña.

Álvaro buscaba apresuradamente dar concordancia a sus palabras. Quería evitar mostrarse sospechoso, algo que a César le habría facilitado la tarea de inculparlo.

—Álvaro —le dijo este—, la chica tenía un trozo de tela en la mano derecha. —Se detuvo un instante para tragar saliva—. Lo hemos comprobado con una camisa tuya, y el pedazo encaja perfectamente. —César miró a su amigo fijamente a los ojos; ya no era aquel compañero de parranda cuando eran jóvenes, aquel camarero del bar Oasis que se avergonzaba cuando su padre aparecía como una cuba y el viejo Hermann tenía que sacarlo en volandas del local, en ese momento era un feroz inquisidor, un lobo que había olido la sangre de su presa y la perseguía incansable para darle caza.

—¿Mi camisa, de dónde la has sacado? —preguntó estupefacto, incapaz de reaccionar ante aquellas revelaciones—. ¡Me la rompí ayer por la noche! —exclamó—, justo antes de entrar en mi casa... porque hablas de esa camisa, ¿verdad? No tienes nada contra mí.

—¿Por qué piensas que es la camisa que llevabas puesta ayer? —preguntó César rozando con los dedos la pistola que asomaba por encima de su cintura.

Álvaro se asustó. Quiso explicarse, pero ni siquiera empezó a hablar: sabía que el jefe no le creería.

—La ha traído tu mujer —dijo César—. Me la ha dado esta mañana, justo después de que te fueras a tu oficina.

En realidad no había sido así, ya que esa misma mañana César había ido a la casa de Álvaro y, al no encontrarlo, habló con su mujer. César le dijo que sospechaba de Álvaro, algo que Rosa rechazó de inmediato, pero se acordó de la camisa rasgada y, sincerándose con el jefe de policía, optó por entregarla, aun a sabiendas de que eso podía perjudicar a su marido. No obstante, si era inocente, como ella creía firmemente, descartarían que la sangre de la camisa fuese de Sandra.

Álvaro trató de ordenar sus pensamientos.

—¿Rosa? —preguntó intentando enlazar las conclusiones del policía—. ¿Te refieres a Rosa mi mujer? —preguntó sabiendo la respuesta, aunque sin acabar de creerse esa ficción inconcebible.

—Sí, fue ella la que nos ha puesto sobre la pista —le mintió de nuevo—. No te creyó ayer por la noche cuando llegaste tan tarde y con la camisa rota. La guardó sin lavar y me la entregó esta misma mañana.

César hablaba desde la puerta de su despacho, sin perder de vista el armero donde asomaban los cañones de tres escopetas Franchi semiautomáticas. Destapó un poco más la culata del arma que portaba en el cinto; un claro intento de intimidar a Álvaro.

—Pero esto es una locura, yo no he tocado a esa chica. ¡Por Dios, César!, pero qué está pasando. ¿Dónde está Rosa? Quiero hablar con ella. Tiene que haber una explicación para todo esto.

César intentó interrumpir a Álvaro, pero viéndolo tan nervioso optó por dejar que se desahogara.

—La camisa me la rasgué en la obra que hay delante de mi casa. Fue ayer lunes, justo antes de entrar en casa y cuando regresaba de mi habitual paseo nocturno. No hace ni veinticuatro horas que me la he roto, ¡comprueba la sangre! —gritó—, y verás que digo la verdad.

—Ya lo hemos hecho. La chica desapareció hace una semana —aseveró el policía—, pero fue asesinada ayer por la noche, la noche del lunes al martes —especificó—. Siempre según el dictamen del forense; como puedes ver, no me invento nada.

Álvaro bajó la mirada y se encontró con el suelo de la comisaría. ¿Cómo era posible que la policía y el forense trabajaran tan rápido? César vio la duda en su mirada y se adelantó a decir:

—Cuando encontramos el cuerpo cerca de tu casa, empecé a tomarte en consideración como sospechoso principal. Ya tenía pensado hablar contigo, somos amigos, ¿no? —aclaró—, así que fui a tu casa para eso. Pero lo que ayer era una desaparición, hoy es un asesinato y casualmente tu mujer me ha hecho entrega de la camisa que llevabas ayer por la noche.

—Qué sencillo —dijo Álvaro.

—Así es —corroboró César.

El jefe de policía se estaba marcando un farol. Ciertamente aún no habían hecho ningún examen al cadáver de Sandra y mucho menos a la camisa de Álvaro, y tampoco se había rastreado la zona donde se halló el cuerpo, pero César, como policía de la vieja escuela, creía que si Álvaro se confesaba culpable se ahorrarían muchas horas de pesquisas.

—¿Te sirve de algo si te digo que yo no maté a Sandra? —dijo Álvaro.

—La pregunta es si me lo dirías en caso contrario.

—Pues te lo digo ya. Yo no he sido —añadió despacio, y repitió silabeando—: Yo-no-he-si-do.

—¿Qué hacías en la obra del número trece de tu calle? —preguntó el jefe mientras Álvaro observaba cómo se le ensanchaban las aletas de su enorme nariz, síntoma inequívoco de irritabilidad.

—¿A qué viene esa pregunta? ¿Tú ya lo sabes? ¿O es que no me viste la noche del domingo y sabes de sobras que me gusta pasear por la urbanización antes de llegar a casa?

—Sí —dijo César—, pero no has contestado a mi pregunta.

—Estaba paseando —respondió el presidente de Safertine—. Pero eso fue ayer por la noche, como es obvio, bastante después de la desaparición de la hija de los López. Me refiero a que la niña desapareció antes que mi trozo de camisa. Por tanto, no entiendo qué relación guarda mi camisa con el asesinato.

—Ya sabemos que Sandra fue secuestrada hace una semana, pero la mataron ayer por la noche.

—¿Y una camisa es suficiente para inculparme?

—Lo siento. Te he llamado porque somos amigos, al menos eso creo —puntualizó—. El domingo llegan unos inspectores de la policía judicial de Madrid que se harán cargo de la investigación. No estás oficialmente detenido, solo tenemos en tu contra un trozo de camisa y la declaración de un chico que asegura haberte visto merodeando por el bosque de pinos la noche que desapareció Sandra. Cuando tengamos elementos suficientes, pediremos al juez una orden para hacerte las pruebas de ADN, el hospital ha recogido restos del violador y podrán cotejarlos con muestras tuyas. Pero como acabo de decir, ahora el caso lo llevará la oficina central de homicidios. Ya no depende de mí.

César abrió la puerta y uno de los agentes que había en el mostrador se acercó al umbral. Cruzó los brazos, vigilante.

—¿Dices que un chico me vio? —«Todo esto parece una broma de mal gusto», pensó Álvaro mientras un sudor frío le bajaba por la espalda. La boca se le secó y empezó a hablar de forma pastosa mirando a Alfredo, el joven policía apostado en la puerta—. ¿Qué chico? —preguntó y echó un vistazo al armero con las tres escopetas Franchi, por lo que el agente entró en el despacho.

—Sí —confirmó César—, el que acompañó a la chica hasta la puerta de tu casa, donde la recogiste tú. Luego se marchó cruzando el bosque de pinos a la fiesta mayor de Roquesas de Mar.

Había subido el tono de voz: ya no sugería, ahora amenazaba.

—¡Eso es mentira! —exclamó Álvaro—. La chica llegó sola...

César lo miró y respiró hondo antes de replicar:

—¡Sola! ¿Cómo lo sabes? ¿No dices que no estuviste allí? —añadió tajante ante la asombrada mirada de Alfredo, que hacía un mes escaso que se había incorporado a la policía municipal y admiraba a su maduro jefe y la forma que tenía de sonsacar información a los sospechosos.

—Es lo que declaró mi hija Irene, ¿recuerdas? —argumentó Álvaro.

—Sí, sí —dijo con ironía—, eso está bien, pero la niña estaba confundida, su declaración estuvo llena de vaguedades. Tu mujer dice...

—¿Mi mujer? —chilló Álvaro, enfadado por la presión del policía—. ¿Qué sabe Rosa de todo esto? La has engañado

—afirmó colérico—. ¡Qué coño le habrás contado para ponerla en mi contra!

El agente Alfredo Manrique permanecía tenso, pendiente de los gestos de César. Hacía dos meses que había salido de la academia de Madrid y estaba ansioso por entrar en acción. Ante la menor señal de su ídolo se lanzaría como un perro rabioso sobre el cuello de Álvaro, indefenso ante el atosigamiento del que un día fuera amigo suyo.

—La verdad —dijo César, bajando el tono y haciendo parecer al presidente de Safertine un enajenado—, tu hija debió de ver lo ocurrido y por eso está tan asustada. Tantos años de violencia doméstica la han amedrentado y convertido en una muchacha temerosa...

—¿Violencia domés...? —interrumpió Álvaro, desquiciado—. ¡Por el amor de Dios! ¿Qué dices, César? Si se trata de una broma la estás llevando demasiado lejos. ¿Cómo puedes siquiera sospechar de mí? Hace más de treinta años que nos conocemos. Hemos crecido juntos, has estado muchas veces en mi casa, conoces a mi familia, a mi mujer, a mis hijos. Cielo santo, César, ¡soy yo! —exclamó señalándose el pecho con los dos pulgares tensos y arqueados, mientras el joven agente ponía cara de cordero asustado, pendiente de alguna indicación del jefe para saber si debía tranquilizarse o pasar a la acción.

César esperaba que, de un momento a otro, Álvaro confesara el crimen.

—Pues tienes un problema y gordo —lo cortó el atocinado César, desenvolviendo un chicle azucarado—. No te vayas de la ciudad —agregó—. El lunes querrán hablar contigo los inspectores de Madrid. No es nada personal, Álvaro, pero las pruebas mandan. Yo, por mi parte, lo tengo bastante claro; aunque mi opinión poco cuenta —manifestó metiéndose el chicle rosa en la boca.

—Ahora lo veo claro —protestó Álvaro, acercándose a

la ventana del despacho, como si quisiera huir a través de ella—. Ya entiendo, es envidia..., ¿verdad? ¡Sé sincero, César! Tienes celos de mí, de mi familia, de mi forma de vida, del dinero que tanto te cuesta ganar en esta apestosa comisaría, de las noches que pasabas en el bar Oasis soportando el mal genio del Nazi, de la vergüenza de tu padre alcoholizado, de...

—¡Basta! —interrumpió César rabioso y con los ojos inyectados en sangre—. Deja de decir sandeces y atente a los hechos. —El agente Alfredo posó su mano derecha sobre la culata de la pistola, en previsión de un estallido de nervios—. Yo no soy el que te acusa, eres tú mismo quien lo hace. Con esta actitud no conseguirás nada; yo soy tu amigo, aunque creas lo contrario. Si puedo ayudarte lo haré. —Miró al joven pupilo y por primera vez le hizo un gesto para que se sosegara.

Álvaro comenzó a palparse los bolsillos de la chaqueta.

—Me he quedado sin tabaco —dijo.

—Sabes que no fumo, pero tengo un paquete para ofrecer a los detenidos que sufren síndrome de abstinencia *tabaquil* —manifestó César, inventándose una palabra para el mono del tabaco, mientras abría el último cajón de su escritorio y extraía una cajetilla de Pehgta—. Ten, fuma, allá tú con tu salud —dijo ofreciéndole el paquete.

—Vaya, son de la misma marca que fuma Juan Hidalgo, mi socio de Expert Consulting —dijo el presidente de Safertine, cogiendo todo el paquete y mirando las letras. La cajetilla de aquellos cigarrillos turcos era inconfundible: lila y con letras grandes y amarillas. Los pitillos también eran singulares, de color lila oscuro y con una boquilla más larga de lo habitual.

—Alguien se los debió de dejar aquí —dijo César Salamanca—. Quédate el paquete si quieres, yo no lo necesito.

—Asintió, sacando otro chicle del mismo cajón y llevándoselo a la boca después de quitar el plástico que lo envolvía con una habilidad adquirida por la costumbre.

Álvaro salió fumando y cabizbajo del despacho del jefe de policía.

«Debo reaccionar y pensar rápido —pensó—. Algo muy raro está ocurriendo y no sé qué es.» Recapacitó mientras daba fuertes caladas al cigarrillo.

«La chica llevaba desaparecida una semana, más o menos, y mi camisa me la rompí ayer mismo. ¿Realmente ha aparecido el cuerpo de Sandra? ¿Estarán intentando hacer que me derrumbe? Está claro que sospechan de mí y no tienen otra manera de pillarme ¿Qué tiene que ver Rosa en todo esto? ¿Entregó ella mi camisa a César? ¿Por qué? Y ¿qué ha declarado el chico que dice haberme visto? ¿Quién es ese chico?»

Se dio cuenta de que no había reaccionado convenientemente. Había muchas cosas que no le había preguntado a César, y debía haberlo hecho, por su bien. No creyó que fuese cierto lo de Rosa, pensó que su mujer nunca se tragaría una mentira así sobre él. «De ser verdad —se dijo—, ¿a qué vino lo de ayer por la noche? ¿Acaso se ha transformado en una mantis religiosa y hace el amor con su pareja antes de sacrificarla?»

Arrojó el cigarrillo en el suelo del vestíbulo de la comisaría, ante la mirada vigilante de Alfredo, que lo había seguido durante su trayecto hasta la puerta de la calle.

«Hasta que hable con ella no sabré qué piensa realmente de mí», pensó sobre Rosa. Y sonrió al darse cuenta de que su mujer, su compañera, comenzaba a ser una desconocida. Estaba empezando a dudar de ella...

22

Le dolían todos los músculos. En la pierna derecha tenía un tirón que se le hacía insufrible. Momentos antes había vomitado por debajo de la mordaza y casi se ahoga. Durante el día se dijo que tenía que acabar con aquella agonía, ya que de todas formas, pensaba, iba a morir. Pese a la oscuridad y la profundidad del sótano, de vez en cuando sentía voces a lo lejos y algún motor de un coche o una moto que pasaban por la calle, pero no podía gritar y tampoco estaba segura de que pudieran oírla. Tampoco sabía qué le haría él si se enterara de que ella pedía ayuda. Entonces le pasó por la cabeza el suicidio. No sería complicado, le bastaría con incorporarse como pudiera, coger carrerilla en los escasos cuatro metros que tenía el sótano y golpearse la cabeza contra la pared. Pero, por otro lado, tenía miedo de no morir y quedarse parapléjica, pues entonces su captor seguramente seguiría violándola y ella perdería toda esperanza. Retomó la idea que había tenido al principio, la de arrancarle el pene de cuajo de un mordisco en cuanto tuviera oportunidad. Eso estaría bien. Sería tal el dolor que sentiría, que durante unos segundos no podría reaccionar y ella aprovecharía para coger el arma. No obstante, sería muy difícil coger la pistola con las manos atadas a la espalda y después disparar; y cabía la posibilidad de que el arma no estuviera cargada. En cualquier caso, su raptor ya no violaría a nadie más y ella estaría muerta, que a fin de cuentas era lo mejor que le podía pasar. La chica no soportaba la idea de que su torturador saliera indemne después de todo lo que había hecho. No tenía forma de dejar una nota que explicara lo que en ese sótano había ocurrido las últimas semanas, pero sabía que era el sótano de una casa y que algún día se vendería. ¿Y si él era el dueño? Entonces no había ninguna posibilidad. Ella perdería la vida.

23

Alfredo Manrique Lecina era un policía de las últimas promociones de la academia. Con veintiocho años recién cumplidos creía que se iba a comer el mundo. Hacía seis meses que había ingresado en la Escuela General de Policía en Madrid, y después de un curso de lo más comprimido, durante el cual había primado la educación disciplinaria y teórica en detrimento de la práctica, había ido al ayuntamiento de Roquesas de Mar para que el prestigioso jefe de policía César Salamanca Trellez, cuya fama traspasaba los límites provinciales y llegaba hasta el centro del Estado, le acabara de hornear como buen agente defensor de la ley. Alfredito, como le solía llamar don Luis, el cura del pueblo, provenía de una familia pobre. Sus padres, muertos hacía años, habían sido unos agricultores de Roquesas de Mar que siempre habían vivido en el casco antiguo del pueblo. Alfredito se quedó huérfano con quince años y todos los habitantes del pueblo arrimaron el hombro, de una u otra forma, para ayudar al chico a salir adelante. Don Luis le dio educación y alimento espiritual. Álvaro Alsina, el presidente de Safertine, se lo llevó en más de una ocasión a comer a su casa y nunca salió de ella sin un billete en sus bolsillos para que pudiera comprarse un paquete de tabaco o disfrutar de una tarde en el cine. César Salamanca vigiló las compañías con que se juntaba, evitando que fuera atraído por ambientes descarriados, como eran los del gitano José Soriano Salazar, amo del tráfico de drogas de toda la provincia. Rodolfo Lázaro, el difunto arquitecto de Roquesas, siempre quiso que Alfredo fuera constructor, e incluso de joven, tras la muerte de sus padres, se lo llevó en más de una ocasión a su despacho de la calle Tibieza, en el centro del casco antiguo y muy cerca de donde aparecieron los restos arqueológicos de la época romana. Fue la primera vez que llegó la televisión al pueblo, por lo menos de forma oficial. Roquesas de Mar salió en todas las cadenas y los presentadores más famosos hicieron acto de presencia en la villa.

—¿Qué te ha parecido la conversación? —preguntó un ufano jefe de policía a Alfredo, que permanecía callado en el despacho.

—¡Conversación! —exclamó el joven, todavía asombrado por lo que acababa de ver y oír—. Ha sido una acusación en toda regla —afirmó—. Es evidente que don Álvaro es culpable de la violación y asesinato de la niña..., ¿verdad?

—¿Eso es lo que has extraído de lo que acabas de presenciar? —repuso César mientras tomaba un nuevo chicle azucarado—. ¿No te enseñaron en la academia que hay que comprobar las pruebas antes de cuajar una acusación formal, eh?

—Entonces —objetó el alumno, sonrojándose un poco—, ¿aún no está inculpado de la violación y asesinato de Sandra López?

Alfredo quería mostrarse como un buen aprendiz para que César no manchara su expediente. El jefe de policía de Roquesas era el encargado de evaluar el avance profesional de su pupilo. Una mala nota podría suponer su baja de la carrera policial, algo que Alfredo no podía tolerar. Había prometido sobre la tumba de sus padres que sería un buen defensor de la ley, y las promesas hechas a los muertos deben cumplirse a rajatabla.

—Yo he percibido una auténtica acusación —añadió mirando a César y esperando un gesto de complacencia.

—Veo que te has dado cuenta —aseveró el barrigón jefe de policía mientras se frotaba su ancha nariz de boxeador—. No tengo pruebas suficientes para denunciar ante el juez el crimen atroz que ha cometido Álvaro Alsina, pero la conversación que acabamos de tener no buscaba encontrar vestigios del delito, sino ponerlo nervioso para ver por dónde respira ahora que se siente vigilado.

César abrió la nevera de su despacho y sacó dos latas de cerveza, ofreciendo una a su alumno, que la cogió dándose cuenta de que el jefe había aprobado su comportamiento durante la reunión entre los dos antiguos amigos y actuales contrincantes.

—Estoy preparando el terreno de los inspectores de Madrid —aseveró César abriendo la lata de cerveza para beberse la mitad de un solo trago—. Ese hijo de puta violó y mató a la joven y dulce Sandra López. Lo hizo de la manera más despiadada y aprovechándose de la noche y la indefensión de la víctima. ¿Sabes qué es eso? —preguntó tras ingerir el último sorbo de cerveza. Alfredo todavía no había probado su bebida.

—Asesinato —respondió el confundido alumno de policía—. Quiere decir que reúne los requisitos para ser calificado de asesinato. —César Salamanca abrió la desvencijada nevera y sacó otra lata de cerveza, abriéndola con una sola mano—. Es decir —prosiguió Alfredito—, se trata de un homicidio con alevosía, premeditación, ensañamiento...

—Vale, vale —le interrumpió el jefe—, ya me conozco todas esas teorías sobre la calificación penal de los delitos. La calle es diferente —añadió, y se zampó un largo trago de la segunda cerveza, llenándose los labios de espuma—. ¡Esta mierda de nevera ya no enfría! —exclamó—. Ya hablaremos en otro momento, Alfredito —le dijo al alumno que observaba, desmitificado, al legendario jefe de policía—. De momento solo retén la idea de que Álvaro Alsina es culpable. Nuestro trabajo es reunir las pruebas suficientes para acusarlo ante de un tribunal... ¿Ok?

Alfredo Manrique no contestó. Salió del despacho y se dirigió al garaje donde estaban los dos únicos coches de que disponía la policía municipal: un todoterreno granate con el techo lleno de focos y un monovolumen azul con tres vueltas en el cuentakilómetros. César Salamanca solía salir del perímetro de la población y se paseaba por los caminos que rodeaban Roquesas de Mar, lo que motivaba que los vehículos de que disponía la comisaría local tuvieran un enorme kilometraje y fueran viejos incluso antes de pasar la primera revisión. Alfredo reflexionó sobre la conversación que acababa de mantener el jefe con el sospechoso Álvaro Alsina y la que había continuado él después con su superior. En su cabeza daban vueltas las palabras que usó el barrigón para referirse a la niña asesinada:

«Joven y dulce Sandra López.»

«Joven y dulce», repitió en su ágil cerebro de inexperto policía en prácticas.

«¿Por qué habrá dicho dulce?», pensó Alfredo Manrique Lecina mientras retorcía sus largas patillas rubias, acordándose de las clases de la academia en Madrid. Los pederastas piensan que las niñas son los más dulces manjares de que puede disponer un hombre, decía el comisario Sancho Carnerero, uno de los profesores más representativos de aquella institución.

Alfredito se montó en el monovolumen. Se abrochó el cinturón de seguridad y salió a patrullar las calles de Roquesas de Mar.

24

Juan Hidalgo Santamaría estaba sentado en su oficina de Expert Consulting. Su despacho era lo más parecido a la habitación de un aventurero. Sobre la pared pendía una multitud de objetos traídos de un sinfín de parajes remotos. El suelo estaba adornado por una alfombra persa, regalo de un amigo del gimnasio con el que jugaba a *squash* los jueves por la tarde. Tres cuadros de arte flamenco adornaban la pared más pequeña, la que había justo al lado derecho de la enorme mesa de nogal, de la que acababa de sacar, del último cajón, los documentos que encontró, o más bien halló, en el sótano del viejo edificio de la calle Carnero. Una carpeta azul, recubierta de celofán transparente y dos gomas que la cerraban; demasiado nuevas para el tiempo que se suponía que tenían. Separó los tiradores del portafolios. En el interior vio una libreta de anillas con tapas verdes de cartón grueso. Abrió la primera página: estaba escrita con pluma. El padre de Álvaro, don Enrique Alsina Martínez, odiaba los bolígrafos y utilizaba estilográficas para todo. Una de ellas, la de oro, todavía la conservaba Diego Sánchez, el jefe de producción de Safertine, desde que se la regalara don Enrique personalmente el día que cumplió treinta años en la empresa.

Juan leyó inquieto lo que ponía el documento:

Yo, Enrique Alsina, dueño de la empresa Safertine dedicada a la fabricación de productos electrónicos, mayor de edad y con plenas facultades físicas y psíquicas, expongo lo que a bien he tenido tiempo de meditar...

El teléfono asustó a Juan. Esperó unos instantes a que dejara de sonar. Repiquetearon cuatro tonos más; después siguió leyendo:

... lo que a bien he tenido tiempo de meditar. Que mi único hijo Álvaro Alsina Clavero, mayor de edad, no puede, ni debe, presidir ni tener cargo alguno en la empresa Safertine, por los motivos que paso a exponer.

Juan alcanzó el paquete de cigarrillos kurdos y se puso uno entre los labios. Lo encendió con el Zippo que le había regalado la señora Nieto, la suculenta mujer del alcalde de Roquesas de Mar. Pensó en salir al pasillo y coger un café o una botella de agua. Se le secó la boca a causa de la turbación que le producía lo que estaba leyendo, pero no quería dejar esa carpeta sola, y tampoco quería salir de su despacho con ella. Siguió leyendo:

... Que hace tiempo soy conocedor de la ludopatía que padece mi hijo Álvaro, que Dios sabe que he intentado ayudarle por todos los medios y que en ese empeño me he gastado parte de mi fortuna, ganada con el sudor de mi frente y años de sacrificio. Pero lejos de conseguirlo, él, mi hijo Álvaro, ha despilfarrado en bingos, timbas, máquinas tragaperras y casinos, casi todo el capital que tanto esfuerzo me ha costado reunir...

Juan apagó el cigarrillo, que prácticamente se había consumido en sus dedos y, sin mirar el paquete, cogió otro y lo encendió. Pasó la hoja de la libreta y continuó leyendo:

... Fue ahí precisamente, en un casino de mala muerte, regentado por el peor de los hombres que Dios ha puesto en nuestra comunidad, el gitano José Soriano Salazar, donde mi hijo, presa del vicio tan rastrero que le roe las entrañas y no teniendo más dinero para apostar, decidió ceder en una buena baza, según él, los derechos de explotación de la empresa Safertine y los beneficios que esta produjera, a tan detestable personaje. Que tal acuerdo vale como bueno, porque uno de los jugadores de la mesa, el abogado Nacho Heredia Montes, amigo de toda esa gentuza, rubricó en papel legal, extraído de su maletín que siempre portaba consigo, tal contrato...

El teléfono volvió a sobresaltar a Juan, que no se podía creer lo que estaba leyendo.

La empresa Safertine y su filial Expert Consulting, de la que él era director adjunto, no pertenecían a Álvaro Alsina, sino a José Soriano Salazar, el mayor traficante de drogas en toda la provincia, pensó Juan, que no podía dejar de leer el escrito de don Enrique.

Prosiguió:

... Tal contrato tiene validez legal ya que se asentó en el Registro Mercantil. Mi hijo Álvaro, creyéndose más inteligente que los demás, puso una condición para que el infame José Soriano Salazar se hiciera cargo de la empresa, heredando todos los derechos sobre la misma en caso de incumplimiento. Esa cláusula es la que mantiene al despreciable traficante de drogas lejos de mi industria, y es que...

Juan se puso otro cigarrillo entre los labios. Tenía la boca pastosa, como si hiciese tres días que no bebiera agua. Descolgó el teléfono para que nadie le molestara y quitó el sonido del móvil. Se levantó y cerró con pestillo la puerta del despacho. Se sentó de nuevo. Encendió el cigarrillo, sin darse cuenta de que había uno humeando en el cenicero de cerámica de su mesa.

... y es que Álvaro no puede ser condenado por ningún delito grave. En el mismo momento que haya una sentencia ejecutoria por cualquier delito de los contemplados en el Código Penal como graves, la empresa Safertine, todo el capital de la misma y las propiedades que esta tenga, pasarán a ser de titularidad exclusiva de José Soriano Salazar. Es por este motivo y antes de que a través de mi hijo me hagan daño a mí o a cualquiera de mi familia, que escribo este texto de mi puño y letra para que...

El escrito terminaba ahí. Juan pasó todas las hojas hasta el final, pero no había nada más. Don Enrique no había llegado a terminarlo. Miró el principio, donde ponía la fecha: el mismo día que murió don Enrique Alsina, falleció antes de poder acabarlo. «Cáncer de pulmón, eso ponía el informe médico —recordó Juan, no muy seguro de que realmente hubiera ocurrido así—. Quizá lo mataron», meditó mientras cerraba la libreta y volvía a meterla en la carpeta. La guardó bajo llave en la caja fuerte.

25

Después de la acusación informal de César Salamanca, Álvaro Alsina reservó una habitación en el hotel Albatros de Santa Susana. Debía reflexionar y actuar con cautela, se estaban juntando muchas cosas y le convenía andarse con precaución. No olvidó el tema de la tarjeta de red y la venta de esta al gobierno.

«¿Tendrá alguna relación con toda esta mierda?», se preguntó, escudriñando sus pensamientos. Recordó esas películas, basadas en libros de Grisham, donde un hombre corriente se ve sometido a una serie de penurias a causa de unas intrigas imposibles por parte de personas que él creía de su confianza.

«Mañana a primera hora llamaré a Nacho Heredia Montes. Es uno de los mejores abogados de Madrid. No quiero a nadie de la ciudad, puede tener implicaciones o algún conocido que le haga ser parcial. Roquesas y Santa Susana son comunidades caciquiles y si se trata de un complot, es mejor que me defienda alguien de fuera», caviló, intuyendo que venían malos tiempos para él y su empresa.

Tenía que firmar el contrato con el gobierno esa semana, la corrección de errores de la tarjeta de red estaba casi acabada. No sabía qué estaba pasando, pero quizá se había centrado demasiado en el trabajo y había descuidado a su familia. Según César, su mujer y su hija desconfiaban de él, y las pocas pruebas que tenía la policía del asesinato de Sandra, también le incriminaban. Siguiendo la sugerencia del jefe de policía de no abandonar la ciudad, se alojó en aquel hotel. En una situación así, el aislamiento era lo aconsejable. Debía hablar con su mujer para dejar las cosas claras. Así que desde la habitación llamó por teléfono a Rosa.

26

—Hola, ¿cómo estás? —Álvaro saludó a la que había sido su compañera durante los últimos quince años y que ahora parecía una extraña. Los dos se conocían desde que eran adolescentes y frecuentaban la misma pandilla de amigos. Ambos iban al bar Oasis, donde trabajaba de camarero César Salamanca. Fue allí donde Álvaro se había enamorado de ella nada más verla.

—¡Álvaro! —exclamó Rosa visiblemente afectada—. Esperaba ansiosa tu llamada. ¿Cómo estás? ¿Necesitas algo? ¿Cuándo vendrás a casa?

—No pareces sorprendida... ¿Esperabas mi llamada? —preguntó Álvaro con calma.

—No, lo que ocurre es que no sabía dónde parabas, solo estaba preocupada por ti. ¿Cómo te encuentras? —Rosa evitó hablar del asesinato de Sandra y de la inculpación de su marido. Eso era secundario por el momento. Después de todo, seguía queriendo a su marido; aunque no estaba del todo segura de su inocencia.

—Estoy confuso —se sinceró él—. ¿Crees que maté a esa chica? —preguntó, convencido de que su esposa no iba a ser clara en la respuesta.

—Confío en ti, pero las pruebas que tiene César son irrefutables... —respondió con una frase sacada de una película de cine negro de los años treinta.

Temía ese argumento por parte de su mujer. «Me fío de ti, pero es que la cosa está clara.» Lo había visto cientos de veces en las series televisivas, el inocente que es inculpado con pruebas falsas y sus allegados que no le creen por haber indicios muy claros de su delito. Lo que prima en casos así es la predisposición que tienen esas personas a la hora de etiquetar la actitud de alguien. Los envidiosos dirán: claro, es normal, ya me extrañaba a mí; ese algo ocultaba, es imposible que pudiera ser tan feliz con su familia. La gente de Roquesas de Mar estaba deseando la inculpación de un ciudadano como Álvaro Alsina, uno de los suyos, uno que nunca había pasado penurias económicas, que vivía en la mejor urbanización del pueblo, exitoso con las mujeres, casado con la bella Rosa Pérez Ramos, amigo del jefe de policía, que desayunaba con el director del banco más importante de Santa Susana. Y como lo tenía todo, encima se tiraba a la chiquilla más guapa de Roquesas, la espléndida Sandra López, la bonita adolescente de los sueños de cualquier cuarentón venido a menos. Esas dianas en la espalda de los individuos son lo que hacen vulnerable al ser humano y encarnan los instintos más primitivos. Convencer a los vecinos sobre la culpabilidad de uno de ellos es sencillo, la sociedad juzga a sus miembros por anticipado.

—¿Pruebas? —repitió Álvaro, en un intento de demostrar su inocencia—. ¿A un trozo de tela le llamas prueba para una acusación tan grave? Sabes de sobra que la camisa me la rompí ayer por la noche y que la desaparición de Sandra ocurrió hace más de una semana —Álvaro estaba fuera de sí.

No era habitual en él, pero esa situación se le estaba escapando de las manos. Había pasado de la fase de incredulidad a la de desconfianza. Su querida consorte, la persona que siempre le había servido de apoyo en épocas de abatimiento a causa de asuntos laborales, esa comprensiva compañera, que lo había alentado a continuar con numerosos proyectos empresariales que de otra forma hubiera dejado a medias, era la misma mujer que ahora sospechaba de él. Álvaro estaba elevando el tono de voz, visiblemente enfurecido, por la situación tan absurda en que se encontraba.

«Quizá Rosa no tenga culpa de nada», pensó para tranquilizarse.

—Salamanca dice que la hija de los López murió hace menos de veinticuatro horas —argumentó su mujer—, y tu camisa se rasgó ayer por la noche, es decir, dentro de ese plazo. Ya sé que la prueba que aporta tiene poco peso, pero...

—¿Pero qué? —replicó Álvaro—. ¿Después de los años que llevamos juntos desconfías de mí? ¿Cómo has sido capaz de entregarle la camisa a César? Yo siempre he estado contigo en todo, he sido sincero y nunca te oculté nada.

—¡Excepto lo de Elvira! —lo cortó Rosa con un grito.

Durante unos segundos que parecieron siglos hubo un silencio incómodo para ambos. Álvaro creía que Rosa no sabía nada de su desliz con Elvira Torres Bello, la compañera de trabajo de su mujer, con la que mantenía una relación imposible. Pero Rosa siempre había estado al corriente del asunto, aunque había callado para no destrozar la familiar. Álvaro optó por pasar al ataque:

—Tú también estuviste enrollada con Pedro Montero, el médico que te operó la nariz. Y yo me callé, ¿sabes?, aguanté los cuernos con dignidad. Nunca dije nada, ni siquiera aquellas noches que me decías que tenías turno y te ibas a casa de él, a retozar como una perra en celo.

—Por lo menos lo hacía en su casa —chilló Rosa, rozando la afonía—. Pero tú lo hiciste en nuestra cama, Álvaro, en nuestro salón, en el sofá donde nuestros hijos ven la televisión.

—¿Por qué no me lo dijiste? Podríamos haber hablado sobre ello, sabes que yo siempre estoy abierto al diálogo.

—¿Cómo ahora? —preguntó Rosa casi sin voz.

—Está bien, esto no lo podemos tratar por teléfono. Me acerco un momento a casa y hablamos..., ¿te parece? —sugirió en un intento de arreglar las cosas de la mejor manera posible.

Desde luego, pensó, no era el momento de sacar a relucir las infidelidades de ambos, ahora que se estaba cuestionando una violación y un asesinato de una menor de edad. Debía calmarse. Lo primero era demostrar su inocencia. Luego ya vendrían las relaciones familiares.

—¡Ahora no, Álvaro! Ya te avisaré cuando puedas venir o ya quedaremos en algún sitio público —sugirió su mujer, dando muestras de una desconfianza total. Estaba claro que no quería verlo a solas—. Hay algo más —continuó—. Irene, te vio hace unos meses con Sandra López. Os oyó en la habitación de invitados. Nuestra hija os oyó a ti y a la hija de los López haciendo el amor.

—¡Eso no puede ser! —gritó él—. ¿Cómo puedes pensar, siquiera, que sea capaz de follar con una niña de dieciséis años? ¡Dios mío, Rosa! Ella tenía la edad de nuestra hija. Te han comido el coco... ¿Quién ha sido? ¿César? ¿Pedro Montero? ¿Tal vez el cirujano que te sodomiza cada vez que quiere, o tu madre, esa bruja amargada, te han puesto en mi contra...? —Álvaro hablaba fuera de sí, había perdido completamente los papeles y el respeto que siempre había profesado a su mujer.

«Debo tranquilizarme —pensó—. Lo que mi hija oyó eran los gemidos de Sonia, la anterior sirvienta, y debió de creer que era Sandra y se lo contó a mi mujer. La única solución que me queda es explicar la verdad, no tengo otra alternativa», recapacitó en un intento de quemar los últimos cartuchos para salvarse de la acusación de asesinato, y lo más importante: salvar a su familia.

—Rosa —le dijo—, sí que estuve aquel día en la habitación de invitados. Tiene razón nuestra hija, pero no era Sandra López la chica que me acompañaba.

—Venga, Álvaro, no vengas con esas. Es la peor excusa que podías buscar —vociferó su mujer—, ahora me dirás que era Elvira. Pues no vale esa justificación, ya me ha dicho nuestra hija que aquel día Elvira no vino a casa.

—No —la interrumpió—, tienes que creerme, con quien mantuve un romance fue con Sonia, la argentina. Las voces que oyó Irene eran las de la anterior sirvienta.

—¿La chacha? ¡Ja! Eso no te lo crees tú ni borracho. Venga, Álvaro, no seas crío. Una cosa es que soñaras o tuvieras la intención de acostarte con esa escultural mujer y otra bien distinta es que lo hicieras.

Rosa Pérez no dudaba de la relación de su marido con la doctora Elvira Torres, una buena compañera de trabajo. Elvira no era muy agraciada, pero se cuidaba físicamente, le gustaba caminar mucho y a pesar de no tener unas facciones hermosas, su imponente físico unido a su carácter encantador habían hecho que el presidente de Safertine se «enganchara» con ella. Se quedó pillado el día que coincidió con ella en una caminata matinal de dos horas, para regular el peso y hacer algo de deporte. Aquella vez hablaron mucho y conectaron enseguida.

Algunas tardes venía antes del trabajo y quedaba en casa con ella y charlaban hasta que llegaba su mujer, entonces decían que acababan de llegar y Elvira se quedaba a cenar con la joven pareja. Durante el día se telefoneaban varias veces con la excusa de comentar cualquier tontería. Lo de Sonia fue sexo, pero lo de Elvira... eso fue amor.

—Entonces —siguió rebatiendo Álvaro en una huida desesperada hacia delante. Lo importante era disipar las sospechas de que él fuera el asesino de la hija de los López—, si piensas que una mujer así no se puede enamorar de mí, cómo es posible que lo haga una belleza como la hija de los López. ¿Acaso crees, de verdad, que se puede colar por mí una quinceañera?

—¿Una belleza, has dicho? ¿Ves, Álvaro?, te has referido a una niña, que podía ser tu hija, como una belleza. No me negarás que entre esa muchacha y tú había algo más que amistad.

—Esta conversación es absurda, Rosa. Estamos hablando por no callar, cuando creas en mi inocencia me llamas —repuso Álvaro antes de colgar sin más.

La situación era realmente crítica. «No debería haber mantenido aquella relación con la bella Sonia —pensó Álvaro mientras encendía un cigarrillo—. Fue un error, pero ahora es tarde para arrepentirse. Evidentemente, Elvira se enterará del devaneo con la sirvienta, lo que hará que rompamos nuestra excelente relación. Cuando tenga un momento la llamaré, ella seguro que me comprenderá», reflexionó mientras marcaba el número del móvil de su hijo Javier. No quería que el menor de sus retoños pensara que su padre era un monstruo. Quería hablar con él para tranquilizarlo. Sabía que Rosa no lo iba a utilizar como arma arrojadiza en contra de su padre, pero era posible que ni siquiera supiera nada de lo ocurrido. «De todas formas —se dijo—, qué complicado es hablar de todo esto por teléfono.»

27

—Javier, hola, hijo…, ¿cómo estás? —dijo Álvaro sentado en la cama del hotel tras encender otro cigarrillo.

—Papá, ¿estás de viaje? —preguntó Javier, sabedor de que solía ausentarse poco por temas empresariales.

Álvaro siempre había sido un hombre familiar, y pese a presidir una empresa importante, para las reuniones fuera de Santa Susana solía enviar a Juan Hidalgo, al cual no le importaba salir de la ciudad y permanecer en cualquier punto del territorio nacional, incluso del extranjero, varios días.

—Sí, hijo —respondió para tranquilizarlo—, estoy en Madrid. He tenido que ausentarme unos días para una reunión de empresarios. ¿Cómo marcha todo por Roquesas? Ya falta poco para las vacaciones —dijo tratando de dirigir la conversación.

—Aquí estamos bien, como siempre. Bueno, hay una cosa que… —Se detuvo un instante, tiempo suficiente para que su padre se diera cuenta de que su hijo sabía algo.

Javier era muy vivaracho y dinámico, enseguida se le notaba si tenía algún problema, cualidad de los niños despiertos como él.

«¿Sabrá lo de la acusación de violación y asesinato de

Sandra?», se preguntó Álvaro al notar un acento apagado en la voz de su hijo.

—¿Ocurre algo, hijo? —preguntó. A pesar de todo lo que le había caído encima, Álvaro sabía que lo más importante eran sus hijos. No quería que Javier pensara que su padre pasaba de él.

—Nada —aseveró en tono poco convincente—, que tengo ganas de que lleguen las vacaciones.

—¿Vais de colonias Ramón Berenguer y tú, como cada año? —preguntó Álvaro en un intento de sonsacarle qué le ocurría para estar tan abatido.

—Me parece que este año no vamos a ir a ningún sitio —refunfuñó Javier—. Me voy a quedar todo el verano en Roquesas de Mar.

—Está bien, hijo, ya hablaremos en otro momento —dijo Álvaro, viendo que Javier se mostraba reticente—. Cuando vuelva a Roquesas quedaremos un día para charlar.

Guardaron un momento silencio, esperando que alguno de los dos dijera algo.

—Un beso —dijo Álvaro finalmente.

—Otro —replicó Javier antes de colgar.

Era evidente que algo preocupaba a su hijo, pensó Álvaro. No sabía si tenía conocimiento de todo lo ocurrido o si había escuchado su conversación con Rosa, ni siquiera si estaba en casa con su madre. De todas formas, el ambiente estaba tan enrarecido que cualquier cosa podía disparar la tensión acumulada.

28

Ese día, su captor no acudió. La escasez de alimento, ya que solamente comía un sándwich al día, y la falta de agua la estaban sumiendo en una anemia galopante que le dificultaba pensar con coherencia. Ya no sabía ni siquiera los días que llevaba secuestrada, ni las veces que había sido violada, ni qué estaba pasando ahí fuera: si la buscaba alguien, si sus padres la habían dado por muerta. De hecho estaba muerta: siendo quien era su secuestrador, no podía dejar que ella saliera con vida, ¿si no cómo iba a atreverse a someterla a esos abusos? La utilizaba como un juguete para sus enfermizos instintos.

La chica pensó que las paredes del sótano eran de ladrillo y, dadas las prisas que tenían para construir la casa, era posible que no todos los ladrillos estuvieran uniformes. Conque solo uno de ellos sobresaliera un poco ya sería suficiente para cortar la cuerda que le inmovilizaba las manos. La podría restregar fuertemente; aun a riesgo de lastimarse las muñecas. Luego, con las manos libres, se quitaría la mordaza y podría gritar cuando fuese de noche. Eso último era más difícil, ya que había perdido la noción del tiempo y no sabía ni qué día era, y mucho menos qué hora.

De noche era más factible que algún vecino la oyera. Se echó a reír como una tonta.

«¿De qué serviría?», se preguntó.

El vecino que la oyera pedir auxilio llamaría a la policía local y César Salamanca sería el encargado de investigar el origen de los ruidos de la casa.

29

Nada más levantarse en su nuevo alojamiento, el hotel Albatros de Santa Susana, lo primero que hizo Álvaro fue encender un cigarrillo. Hubo una época en que no fumaba hasta haber desayunado o por lo menos tomar el primer café, pero con todo lo que estaba pasando ya estaba fumando antes incluso de ponerse en pie.

Y cuando se aclaró la garganta, después de unos exasperados carraspeos, cogió el móvil y llamó a Nacho Heredia Montes, el abogado de Madrid. Su fama le precedía. En tiempos había sacado de serios apuros a más de un cliente de Safertine y su filial, Expert Consulting. Gracias a él, Álvaro no estaba desahuciado de su empresa, ya que había mediado de forma crucial en la timba donde el actual presidente de Safertine se había jugado su futuro, y parte del pasado, como persona de bien.

«Espero que ahora pueda ayudarme», rogó cada vez más desesperado, mientras rastreaba la agenda de su teléfono en busca del número de su salvación.

Nacho Heredia había estado a punto de morir hacía diez años. Por aquel entonces contaba cuarenta y su hígado había dejado de funcionar. Los médicos le desahuciaron y solamente le quedaba el consuelo de morir dignamente en su casa, rodeado de los suyos. Un viaje a Brasil le salvó la vida. Al ilustre abogado lo curaron en una clínica de Sergipe, el estado más pequeño del país más grande de Sudamérica. Aunque la realidad era bien distinta: Nacho Heredia se aprovechó de una red de tráfico de órganos que le facilitó el hígado de otra persona, posiblemente secuestrada. Le costó mucho dinero y tuvo algún que otro remordimiento, pero estos fueron desapareciendo paulatinamente hasta diluirse en las alcantarillas del ayer.

—No es momento para venirse abajo, ahora hay que luchar como nunca lo he hecho antes —exclamó Álvaro en la solitaria habitación.

Tenía que redimir su matrimonio, recuperar el amor de sus hijos, demostrar su inocencia en el crimen de Sandra López. Sentado en la cama recordó cómo había planeado, junto a Juan Hidalgo, fundar una sucursal en Madrid. La idea de adquirir un despacho en la calle Serrano les rondó durante un tiempo.

«¿Sabes el impulso nacional que nos daría una oficina en Madrid?», le dijo Juanito toqueteando el Zippo de plata esterlina, gesto que repetía siempre que estaba nervioso.

La idea del ambicioso ejecutivo era marcharse a la capital y dirigir el nuevo proyecto personalmente. Juan sabía que Álvaro no quería irse de Roquesas de Mar, ni de Santa Susana, que era un hombre familiar y prefería permanecer cerca de los suyos. Desde luego, Álvaro nunca imaginó que tendría que llamar a Madrid para pedir ayuda a un antiguo amigo, una sombra del pasado que siempre había estado ahí cuando hacía falta, pero que era mejor no necesitar, como los que venden su alma al diablo: saben que les ayudará, pero mejor no tener que pedírselo.

Nacho Heredia Montes era una persona extravagante,

con una enorme barriga que no disimulaba y un aspecto desaliñado y sucio. Pelo largo que apenas tapaba una incipiente calva, barba descuidada y unas gafas de cristales oscuros que se quitaba continuamente cada vez que hablaba, conformaban el estereotipo más alejado del letrado típico de ciudad. Ni de lejos aparentaba los cincuenta años que tenía, cualquiera le pondría, sin pensárselo mucho, sesenta o incluso más. No obstante, fijándose de cerca en su cara, la ausencia de las arrugas características de esa edad, delataban que todavía no era sesentón.

—Con el señor Nacho Heredia —dijo a la voz de mujer que le respondió.

Las secretarias de bufete solían ser melosas en el trato con los clientes. Era el contrapunto de la tosquedad y prepotencia de los letrados.

—Un momento, por favor. ¿Quién pregunta por él?

—Dígale que Álvaro Alsina Clavero, de Santa Susana. Él ya sabe quién soy.

—Un instante, por favor —replicó la chica mientras Álvaro pudo oír, de fondo, el repiqueteo del teclado de un ordenador.

Una musiquilla de Rudi Ventura amenizó la espera. El presidente de Safertine aprovechó para fumar otro cigarrillo.

—Álvaro —dijo la inconfundible voz del abogado, mientras seguía sonando la música de fondo que recordaba a los ascensores de los grandes almacenes.

—Nacho, hola..., ¿te acuerdas de mí? —preguntó tirando el pitillo al suelo y pisándolo para dejarlo medio apagado.

La música de *El cóndor pasa* de Simon y Garfunkel, que justo se empezaba a oír, dejó de sonar en ese momento.

—¡Pues claro! —exclamó contento, o aparentando estarlo—. ¿Cómo estás?

Nacho Heredia hablaba con tono decidido. Como buen

abogado, sabía que cuando le llamaba un cliente por la mañana a su despacho, era porque tenía un problema. Y si requería del consejo de un letrado y este era Nacho Heredia Montes, muy gordo tenía que ser el contratiempo. No importaba la cantidad de papeles que tuviera sobre su mesa o la multitud de expedientes por revisar, lo realmente valioso era ayudar a ese cliente, y sobre todo si este era Álvaro Alsina Clavero, presidente de una de las empresas más boyantes de Santa Susana, capital de la provincia donde Nacho veraneaba cada año en los calurosos meses de agosto.

—Necesito ayuda. ¿Puedes dejarlo todo y venirte unos días a Santa Susana? —preguntó sin rodeos y lamentando que por teléfono fuese difícil explicar la situación. Tiempo no era lo que le sobraba a Álvaro precisamente—. Te puedes alojar en el pequeño estudio que tengo en la calle Replaceta —ofreció.

—Parece grave —aseveró Nacho—. Déjame un teléfono de contacto y en un par de horas te llamo y te digo algo, estoy acabando unos asuntos. ¿Me puedes avanzar un poco qué ocurre? —preguntó mientras cogía un lápiz y una pequeña libreta de anillas.

—Resumiendo —dijo Álvaro—, la policía local de Roquesas me acusa de la violación y asesinato de una menor de edad.

—¿Edad de la chica? —preguntó Nacho, tomando nota de lo que decía el presidente de Safertine:

«Punto uno: acusación de violación y asesinato de una menor.» Encerró en un círculo la palabra «asesinato».

—Dieciséis años —contestó Álvaro, ahora un poco más tranquilo, viendo que su amigo se interesaba por el asunto—. La misma edad de mi hija Irene, ¿te acuerdas de ella? —preguntó intentando sacar un cigarrillo del arrugado paquete.

—Sí, claro que me acuerdo —respondió el abogado, evasivo—. ¿Han encontrado el cuerpo? —preguntó, sujetando el auricular con la mano izquierda y la libreta con la muñeca derecha mientras escribía.

—Sí, cerca de mi casa, aunque estuvo una semana desaparecida hasta que apareció el cadáver. Posiblemente la secuestraron el viernes cuatro de junio y la debieron de matar anteayer. —Álvaro temía que al abogado le sonara todo muy extraño. Aunque frecuentaba Roquesas de Mar en verano y conocía a muchos de sus vecinos, no se codeaba con el alcalde ni con el jefe de policía. Ese era uno de los principales motivos que habían empujado a Álvaro a acudir a él.

—¿Qué pruebas tiene la policía para acusarte? —El abogado realizaba las preguntas de forma concisa, quería preparar una buena defensa antes del juicio—. Es importante que me detalles todo lo que te han dicho, intentando no olvidar nada por insignificante que te parezca.

—Nacho, yo no la he matado.

—No te he preguntado eso. Contesta a mi pregunta.

—Un trozo de camisa rota que, según el jefe de policía, tenía la chiquilla en su mano y la confesión de un muchacho del pueblo que asegura haberme visto con ella la noche que desapareció.

Álvaro se soltó un poco más y respondió con claridad a las preguntas del abogado. El interés mostrado por este ayudaba a que le contara todos los detalles que recordaba sobre el caso de Sandra López.

—¿Conoces al jefe de policía? —preguntó Nacho en tono pausado, como si esta aclaración fuera más importante que las demás.

Paralelamente a las respuestas de Álvaro, Nacho enlazaba en su cerebro las posibles concordancias entre las preguntas y las respuestas.

—Sí, le conozco muy bien, prácticamente nos criamos

juntos. ¿Por qué? —replicó Álvaro sin saber adónde quería ir a parar Nacho.

—Pues porque me parece poco peso para una acusación tan grave —argumentó el abogado—. De todas formas, me reuniré contigo antes del juicio, si es que lo hay. Ahora tengo suficiente material para empezar a preparar la defensa. Es la primera vez que veo acusar a un hombre de un delito tan grave, aportando tan solo un trozo de tela y la declaración de un testigo; la fiscalía tiene que facilitarme el nombre del muchacho —precisó repasando las notas de su libreta—. Como te he dicho antes, déjame un número de contacto y en un par de horas te llamo.

—Vale, espero tu llamada. No la hagas a mi casa, sino a mi móvil. ¿Tienes el número?

—Sí, lo tengo en la agenda de mi teléfono —dijo justo antes de colgar.

No había tiempo que perder, había que decir mucho con pocas palabras. Lo importante era actuar. La tesitura en que se encontraba Álvaro Alsina era que su amigo Nacho le defendería, pero nunca sabría si el abogado creería en su inocencia o no. Ese tipo de letrados actuaban por dinero y prestigio. El hecho de que su cliente fuese culpable o no les traía al pairo. A Álvaro le parecieron pocas preguntas para averiguar si era inocente o no, demasiado imprecisas y vagas. De todas maneras, cuando Nacho llegara a la ciudad entraría en más detalles.

30

La segunda llamada que tenía que hacer esa angustiosa mañana era al jefe de producción de Safertine, Diego Sánchez Pascual, el justamente apodado Dos Veces.

—Safertine —dijo una voz femenina que Álvaro no consiguió identificar.

«Se supone que tengo que conocer a todas las personas que trabajan en mi empresa», pensó.

—Con Diego Sánchez, por favor —pidió, sin entretenerse en dar explicaciones. El tiempo no es lo que le sobraba precisamente.

—¿Quién pregunta por él? —respondió la señorita en un ritual característico, como si según quién fuera diera paso a la llamada, y según quién, no.

—Álvaro Alsina Clavero —contestó refunfuñando.

«Cómo es posible que todavía pueda haber personas trabajando en la empresa que no conozcan al presidente», caviló.

—Le paso con él —dijo la chica.

—Don Álvaro, ¿cómo está usted?, ¿cómo está usted? —exclamó el hombre que tenía el mote más apropiado.

—No muy bien. ¿Qué se sabe de la tarjeta de red? —preguntó Álvaro, suponiendo que Diego no estaba enterado de la espantosa acusación que pesaba sobre él, por lo que sopesó que era mejor no mencionar el tema hasta que hubiese una incriminación formal por parte de la fiscalía de Santa Susana, que era el órgano competente para formular una acusación formal.

—Pues ya se está fabricando en serie —respondió el servicial jefe de producción—. Juan ha suscrito la orden y el sábado a las doce se firmará, Dios mediante, el convenio de la cesión al gobierno. ¡Enhorabuena, don Álvaro! —lo felicitó sin venir a cuento—, ha conseguido el contrato del siglo.

—No me felicites, Diego —rezongó Álvaro—, el acuerdo no se puede realizar sin mi firma, y yo de momento no pienso estamparla.

Todavía no tenía muy claro si el acuerdo con la Administración central era adecuado a los intereses de la empresa. La posibilidad de asociarse con el gobierno, en una venta masiva de hardware, había sido idea de Juan Hidalgo, no suya. «¿Sabes que supondría para la corporación que el gobierno nos tuviera a nosotros como únicos proveedores de componentes informáticos?», le dijo Juan el día que le propuso a Álvaro Alsina el negocio del siglo. «¡Seremos ricos!», exclamó botando por el despacho de Álvaro, seguro de que era el mejor negocio que nunca habían soñado. El presidente de Safertine se acordaba entonces de la máxima de su padre, el inteligente Enrique Alsina, «las medias para las mujeres», que aludía al hecho de que lo mejor era no tener mitades con nadie. Álvaro ya había infringido esa máxima el día que dejó que Juanito se hiciera cargo de la dirección de Expert Consulting. Calculó que no vendría mal el empuje de una persona joven y dinámica, frente a los principios desfasados de una presidencia y directiva vieja y obsoleta. El presidente de Safertine temía no estar a la altura de los nuevos tiempos y quedar anclado en el pasado.

—Vaya, no le ha dicho nada don Juan..., ¿verdad? —comentó el jefe de producción—. Como ya sabrá usted, en las cláusulas de Expert Consulting y Safertine figura un apartado que imposibilita refrendar acuerdos entre empresas a miembros de la directiva o presidencia que tengan antecedentes penales o que estén imputados judicialmente.

Álvaro Alsina tragó saliva.

—Maldito hijo de puta —masculló para que Diego lo oyera—. No hace falta que me lo diga —añadió con voz normal—, yo fui precisamente quien incluyó esa cláusula. Y supongo que no hace falta que le recuerde que yo no reúno ninguna de esas dos condiciones que usted ha mencionado: ni tengo antecedentes penales ni los tendré.

Antes de que Diego pudiera decir nada, Álvaro colgó sin más.

Safertine no fue siempre el nombre de la empresa. Cuando la fundó el padre de Álvaro su nombre era «Electrotécnica». Al principio la sede estaba en la calle Carnero, muy cerca del centro de Santa Susana, la calle más comercial de entonces. Don Enrique empezó con cuatro empleados: Diego Sánchez Pascual; Camilo Matutes Soriano, un hombre discreto y mesurado de sesenta y cuatro años, del que nadie hablaba, entre otras cosas porque él no hablaba con nadie; una secretaria comedida y un contable que tenía pluriempleo en varias empresas para sacar adelante sus ocho hijos. En sus inicios, Electrotécnica se dedicó a fabricar componentes galvánicos para transistores. Sus principales clientes estaban en el mercado europeo, la guerra había dejado la mayoría de los países derruidos y necesitaban material y mano de obra para reconstruirlo todo. Fueron unos años muy buenos para la industria. Antes de fabricar cualquier producto, lo que fuera, ya estaba vendido. Rodolfo Lázaro Fábregas, el ilustre arquitecto de Roquesas, trabajó en los planos del nuevo edificio de la empresa. El padre de Álvaro Alsina tuvo siempre mucha amistad con él. Como no podía ser de otra forma, le pidió que se encargara del proyecto de la futura Safertine, a lo que Rodolfo accedió gustoso por los estrechos lazos que mantenía con don Enrique. El padre de César Salamanca también quiso trabajar en la compañía aprovechando que ampliaban la plantilla a doce trabajadores, los doce apóstoles, como les empezaron a llamar en el pueblo. Pero el Gordito, como apodaban al padre de César, no entró en la empresa. Don Enrique era muy estricto en eso. Aceptaba a delincuentes de poca monta, como ladronzuelos o pillastres, había que tener en cuenta que en esa época de hambre era normal sustraer algún mendrugo de pan del aparador de una panadería. Pero lo que don Enrique no toleraba eran los borrachos. Sentía una especial animadversión hacia ellos.

«Tu hijo será un alcohólico como tú», le dijo un día el padre de Álvaro al Gordito, ante la atenta mirada de César Salamanca.

Esa agorera frase le quedó grabada al actual jefe de la policía local en letra profunda e indeleble. Y lo que más le dolió a aquel lamentable y desarraigado niño fue el hecho de que un nazi tétrico como era Hermann Baier se riera al oír la frase lapidaria de don Enrique en contra de su padre. El alemán adoptado por el pueblo de Roquesas de Mar nunca reía. Nadie lo vio jamás esbozar una sonrisa, por leve que fuera. Pero aquel día César Salamanca pudo ver cómo se ensanchaban sus labios hasta llenarle la cara completamente. Aunque realmente no fue así, Hermann había dejado de reír en 1945, el día que llegó a la estación del pueblo y la Guardia Civil le preguntó de dónde venía. «Del infierno», respondió con el eslogan adoptado por los refugiados alemanes. César Salamanca creyó ver en el ajado rostro de un hombre que ya era viejo cuando llegó a Roquesas, la carcajada carnavalesca de la burla. Pensó que se mofaba de su padre, el gordito borracho e inculto que ahogaba su llanto desesperado en vasos de vino tinto. Todo el pueblo se burlaba de él. Como aquel día que su padre se quedó sin un duro y no tenía dinero ni para un chato de tinto en el bar Oasis, a cuyo propietario odiaba de la misma forma que detestaban los judíos a los nazis. En la barra estaba Ezequiel, el pescador que se había caído al agua viendo el cuerpo deslumbrante de Sonia, la sirvienta de la familia Alsina.

—Te pagaré todos los vasos de vino que seas capaz de beber —le dijo al Gordito, para asombro de los demás clientes del bar.

No eran tiempos de regalar nada.

—Tienes que beber un vino que tengo traído de mi pueblo, es muy fuerte —afirmó Ezequiel al padre de César, mientras guiñaba un ojo a Hermann Baier, serio e impasible como siempre.

El pescador de Roquesas pasó detrás del mostrador del bar. Abrió una garrafa de cinco litros y puso seis vasos de barro sobre el fregadero de piedra. Añadió un dedo de chile y el resto de vino. Llenó los seis vasos con aquel mejunje y ofreció la combinación al padre de César, que se relamía ante el suculento vino que iba a echarse al coleto a costa de Ezequiel.

—Te puedes tomar todo lo que seas capaz de beber —le repitió mientras el Gordito cogía con sus enormes dedos el primer vaso y se lo zampaba sin siquiera olerlo.

—Es fuerte —confirmó el padre de César mientras se relamía tras el primer trago.

Hermann Baier no hacía mucho que estaba en el pueblo y no quería inmiscuirse en los asuntos vecinales. Lo que estaba viendo no era nada comparado con lo que había visto en Alemania, pero no dejó de sorprenderle. El Gordito bebió los seis vasos de la muerte. Salió del bar con el pequeño César Salamanca cogido de la mano. Fue la última vez que el jefe de policía recuerda haber sentido lástima de alguien. Esa misma noche yacía inerte el enorme cuerpo de Ernesto Salamanca Cabrero, un hombre que pasó por esta vida sin pena ni gloria. Todos los vecinos de Roquesas fueron al entierro. A César le pareció que Hermann reía, lo vio soltar unas sonoras carcajadas que espantaron a los cuervos que había en los árboles del cementerio y consideró que a su padre no lo había matado el alcohol, ni Ezequiel, lo había hecho el nazi adoptado por el pueblo.

—Maldito alemán —despotricó.

31

A las nueve y dos minutos, con la boca reseca de hablar, de fumar y de nervios, Álvaro Alsina volvía a telefonear al abogado de Madrid. Obcecado con la acusación de asesinato, no había pensado en el tema de los documentos que firmó a José Soriano Salazar y ahora le sobrevino el recuerdo de aquella noche fatídica. «Si me condenan o con solo acusarme, el gitano se quedará con mi empresa —pensó mientras buscaba nerviosamente el móvil de Nacho—. Lo tenía en mi agenda —recordó con los dedos húmedos de sudor—. ¡Aquí está!» Se lo llevó al oído.

—Nacho, hola, soy yo, Álvaro Alsina —anunció como si su amigo no reconociera su voz—. ¿Te pillo en mal momento? —preguntó al tiempo que tiraba el paquete de tabaco tras coger el último cigarrillo.

—No. Dime —respondió el letrado, que estaba a punto de salir de su despacho—. Ya te he dicho que tardaría un par de horas y apenas hace veinte minutos que hemos hablado —se quejó ante la prisa desmedida de su cliente.

—Ya lo sé, pero hay un tema del que no hemos hablado. —Álvaro pronunciaba de forma entrecortada, pues tenía problemas para llenar sus pulmones—. ¿Te acuerdas de la timba en el bar Oasis? —preguntó, sabiendo seguro que se acordaría de aquel día.

Nacho bajó la voz.

—Por teléfono no —dijo—. ¿No recuerdas que te van a acusar de violación y asesinato?

El vulnerable presidente de Safertine había olvidado aquellas películas americanas, donde a través de un pinchazo telefónico se podían oír las conversaciones de los que más tarde detendrían los eficientes agentes del FBI cubiertos con oscuras capuchas con agujeros en los ojos para poder apuntar con sus armas automáticas.

—Perdona, Nacho —dijo, apurando el cigarrillo—. Con los nervios no... —Se asomó a la ventana de su habitación esperando ver una furgoneta de cristales tintados aparcada ante el hotel.

—Nada, no te preocupes —replicó el abogado, asumiendo la situación por la que estaba pasando su amigo—. Como hemos quedado antes, dentro de un par de horas te llamo. No te preocupes —repitió antes de colgar.

32

Bartolo Alameda era el tonto del pueblo. Y harto de masturbarse a escondidas en el espigón del puerto o entre los zarzales de la playa, viendo alguna chica tostar su cuerpo al sol, una noche de luna llena optó por saltar la valla del corral de Miguel Herrera, el único pastor de ovejas que quedaba en Roquesas de Mar.

Miguel Herrera tenía once ovejas y seis cabras, todas bien alimentadas y guardadas en la granja Rosalía, llamada así en honor a su madre, una mujer del campo que había muerto a causa de la coz de una yegua gigante que tenían los Herrera.

El padre de Miguel, Jacinto, mató a la potranca de un tiro con la escopeta de dos cañones que guardaba encima de la chimenea y que solamente había usado antes para abatir a un lobo que atacó su rebaño de ovejas, degollando a cinco de ellas. Así pues, Bartolo Alameda estaba harto de autosatisfacerse y decidió poseer una de las magníficas cabras de Miguel. Le gustó tanto que repitió la hazaña durante quince noches, no saltándose ningún día su gratificante zoofilia. Miguel denunció en la comisaría de la policía local la muerte de dos cabras reventadas por dentro. César no tardó en dar con el autor de tan desmedida aberración. Una noche, el jefe de policía se agazapó entre los matorrales que rodeaban la granja y esperó tres horas a que apareciera el violador de cabras. César Salamanca fue provisto de un paquete de doce latas de cerveza bien fría, que no llegaron a calentarse por la velocidad que puso en engullirlas. Cuando faltaban dos minutos para cumplir las tres horas de espera, «troncha» en la jerga policial, Bartolo Alameda, el tonto del pueblo, saltó la baja valla que protegía el objeto de su deseo. César Salamanca se abalanzó sobre él, ebrio de cerveza y borracho de ira. Bartolo gritó como los corderos en la entrada del matadero, con un aullido chirriante y estrepitoso que se clavó en lo más profundo del oído del jefe. Incluso las ovejas y cabras corearon los chillidos del pobre desgraciado que había caído presa del máximo responsable de la ley en Roquesas.

—¡No me pegues más, no me pegues más! —gritó el asustado retrasado ante la avalancha de puñetazos que le estaba propinando César, ciego por el rencor que le pellizcaba las entrañas.

Finalmente salió del interior de la granja el bueno de Miguel, alertado por los gritos de su rebaño. Medió entre César y Bartolo, afirmando allí mismo que no tenía intención de denunciar al tonto y que renunciaba a cualquier tipo de indemnización por las cabras muertas.

—Primero se masturba a escondidas, luego se folla unas cabras... ¿Qué será lo siguiente? —se preguntó el jefe de policía mientras se alejaba de la granja Rosalía, cabizbajo por no poder aplicar la ley a su manera.

Aquilino Matavacas, el médico del pueblo, curó las heridas al pobre Bartolo. Tuvo que recomponerle su deformada nariz y repartir varios puntos de sutura en su magullado rostro. A pesar de que le preguntó varias veces quién le había hecho eso, quién era el autor de tal castigo, Bartolo calló y nunca dijo nada a nadie de lo ocurrido aquella noche en la granja de Miguel Herrera. Pero el recuerdo corría veloz, como un caballo desbocado, por su memoria.

33

Buscando apoyo moral, Álvaro Alsina llamó por teléfono a su querida Elvira Torres Bello, la doctora del hospital San Ignacio con la que tan bien se entendía. En los bajos momentos que estaba pasando necesitaba el apoyo de una persona de su máxima confianza.

«Hablaré con ella y le contaré toda la verdad —se dijo—. Es la única forma que se me ocurre para que el amor de mi vida me crea.»

Ciertamente, Álvaro precisaba que alguien confiara en él. Era de vital importancia que su honradez resurgiera de nuevo, al igual que el Ave Fénix renacía de sus propias cenizas. Su futuro y el de su familia dependían de ello.

—¡Elvi! —dijo al oír que su amada contestaba la llamada.

—¿Qué ocurre? —exclamó asustada—. Hace una hora que me han dicho lo de la niña de Roquesas de Mar. ¡Es horrible! —profirió.

—¿Dónde estás? Necesito hablar contigo lo antes posible —dijo Álvaro mientras se dirigía al cuarto de baño para darse una ducha rápida—. Podemos vernos en unos minutos en algún bar del centro —propuso a Elvira, que se encontraba trabajando en el hospital con la mujer de Álvaro, Rosa, frente a ella. Las dos compartían un momento de descanso tomando un café.

—Pues... —Elvira se detuvo un momento para pensar—. Déjame diez minutos para que me organice y te llamo, ¿de acuerdo? —dijo mirando a Rosa.

Álvaro colgó y abrió el grifo del agua caliente.

—Era él, ¿verdad? —dijo Rosa mientras Elvira guardaba el móvil en el bolsillo de su bata—. No hace falta que respondas. Quiere quedar contigo, lo sé. Seguramente querrá convencerte de su inocencia —añadió tirando su vaso de plástico a la papelera.

Elvira la miró y no dijo nada. Las dos callaron.

Rosa Pérez se sentía como la mujer despechada que era. Después de quince años de feliz matrimonio se había dado cuenta de que su marido no era quien aparentaba ser. Jugador, mujeriego, ¿y también violador y asesino?, se llegó a preguntar confusa. Le costaba creer en su inocencia, sobre todo teniendo en cuenta su trayectoria. Recordaba un suceso ocurrido cuando eran novios. Hacía mucho tiempo de eso, pero su mente aún lo rememoraba como si acabara de ocurrir. Una noche, saliendo de la discoteca Don Quijote en Santa Susana, un pobre borracho se había propasado con ella delante de él. Aquel desgraciado le dijo que estaba buena y que la iba a follar como nunca la habían follado antes. Álvaro perdió los estribos y se lanzó sobre el hombre y le llenó de puñetazos su deformado rostro.

«¡Te mato, hijo de puta!», le gritaba mientras sus duros nudillos caían sin piedad sobre aquella cara, haciéndole saltar gotas de sangre que manchaban la camisa de Álvaro.

El portero de la discoteca intercedió. «¡Vale ya, señor Alsina!», le dijo para que cejara en su empeño de ahogar al pobre desgraciado en su propia sangre. «No merece la pena», agregó mientras lo sujetaba por las axilas. Álvaro estaba fuera de sí, parecía otra persona. Se había transformado en una fiera sedienta de sangre y no quería dejar que un miserable alcoholizado le mancillara el honor, aun a costa de pringar su camisa nueva. Rosa pensó que aquella furia tenía que ver con el amor, amor a su novia, amor a su honor. Siempre había dicho que lo hizo para defenderla. «¿De qué?», se preguntó en ese momento que podía observar el episodio con distancia. Ahora entendía mejor lo que había ocurrido aquella noche. Supo entonces que Álvaro Alsina, el enérgico presidente de Safertine, era una persona violenta. Una serie de hechos aislados le recordaron que no se podía fiar de quien no controlaba sus nervios. Era posible que quisiera poseer a Sandra López, que la encontrara por casualidad aquella noche de fiesta en el bosque de pinos. Que la besara. Que la desnudara poco a poco, acariciando su tersa piel de quinceañera. Y llegado el momento de la verdad, la chiquilla, asustada, rechazara los arrumacos de aquel cuarentón. En ese momento, Álvaro, presa de un ataque de ira como aquella noche en la puerta de la discoteca Don Quijote, se abalanzó sobre ella y la golpeó con lo primero que encontró a mano, una piedra, la rama de un árbol, ¿quién sabe?, se dijo Rosa mientras sorbía el último resto de un segundo café. Su marido dormía en un hotel, su hija tenía inclinaciones lésbicas, que si vivieran en Madrid no le importarían, pero en Roquesas de Mar podía ser una lacra para toda la vida. La gente de los pueblos no es buena, es envidiosa, rencorosa, resentida.

Rosa tiró el vaso de plástico en la papelera. Estaba tan absorta en sus propios pensamientos que ni siquiera se dio cuenta de que Elvira Torres, la que calentaba la cama a su marido, acababa de salir de la sala donde estaban las máquinas de café. Hacía unos días le preocupaba perder a su esposo, al padre de sus hijos, al hombre bueno que una vez conoció y del que se enamoró perdidamente. Pero ya no le importaba nada. Casi prefería desengancharse de un..., ¿violador y asesino? La palabra se le había incrustado en la cabeza de tal forma que le costaba borrarla: «Asesino, asesino, asesino», martilleaba su cerebro.

—Álvaro, soy Elvi, en quince minutos nos vemos en la plaza Andalucía —dijo Elvira acabando de abotonarse la blusa—. ¿Te va bien? —le preguntó sabiendo la respuesta.

—Ok, aún me hallo en el hotel, pero estoy vestido —respondió.

Álvaro Alsina llegó a la plaza en tan solo tres minutos. Había mentido a Elvira cuando le dijo que aún estaba en el hotel, pues ya se encontraba en la calle y muy cerca del lugar de encuentro. Aprovechó para comprar el periódico en el quiosco de la glorieta y dos paquetes de tabaco rubio, uno de los cuales abrió incluso antes de pagar, llevándose un cigarrillo a la boca inmediatamente. A través de la ventana del puesto de periódicos vio a Elvira llegar al centro de la plaza. Al fondo, detrás de ella en línea recta, divisó a César Salamanca. Estaba sentado en uno de los bancos de madera que bordeaban la enorme fuente con dos figuras de ángeles volando en su interior.

«¿Qué coño hará César en Santa Susana?», se preguntó mientras dirigía su mirada hacia Elvira, que todavía no lo había visto.

Un pestañeo le bastó para perder de vista al rechoncho policía. En su lugar, un banco vacío y un abuelo apoyado en un bastón que se disponía a ocupar su sitio.

«¿Alucinaciones?», se preguntó Álvaro levantando el brazo y moviendo el diario que sostenía, haciendo señas a Elvira, que miraba para todas partes menos hacia él.

Al final, tras unos segundos interminables, ella lo vio y corrió a su encuentro.

—¡Buenos días, Elvira! —saludó Álvaro Alsina, sudoroso por el esfuerzo hecho con el brazo—. Solo te entretengo un momento —aseveró, tirando el periódico a una papelera y limpiándose los manchados dedos con un pañuelo de papel que extrajo del bolsillo de su pantalón.

—¿Te encuentras bien, Álvaro? —preguntó asombrada Elvira ante el aspecto descuidado y angustiado que ofrecía su amante—. Te noto atolondrado —afirmó sin dejar de mirar el pañuelo, hecho un amasijo mientras él lo restregaba con fuerza entre sus dedos.

—Sabes lo de Sandra López, ¿verdad? —preguntó arrojando el dichoso pañuelo al suelo en un acto impropio de él.

Elvira no respondió.

—La mataron el lunes —dijo él.

—Ya lo sé, Álvaro —replicó ella haciendo un ademán con la mano para que bajara la voz; él no se daba cuenta pero estaba gritando—. Vamos a un sitio más tranquilo —dijo mirando a unos abuelos sentados al lado del quiosco y que giraron sus cabezas para mirar a la pareja debido al escándalo que estaba montando Álvaro—. Me lo han dicho hace un rato en el hospital, no se habla de otra cosa —agregó con inquietud.

—¡Que no se habla de otra cosa! —exclamó Álvaro visiblemente irritado, mientras la vena del cuello se le hinchaba hasta casi estallar—. César me dijo que la acusación aún no era formal. Me aseguró que estaban recabando pruebas para incriminarme, y ¡ya lo sabe todo el mundo! —exclamó bajando la voz ante la severa mirada de una madre que pasó a su lado con un bebé a quien los gritos de Álvaro habían hecho llorar—. ¿Te ha seguido alguien? —interrogó a una cada vez más espantada Elvira.

—¡Quién me va a seguir! —intentó aplacar al exacerbado Álvaro—. ¿Te has vuelto loco? Con tu comportamiento no ayudas nada a demostrar tu inocencia —aseveró agarrándole los dos brazos a la altura de las muñecas para que dejara de hacer aspavientos.

—¿Crees en mi inocencia? —preguntó él con voz casi inaudible—. Sabes que eres lo que más me importa —declaró—. Solo dime: ¿crees que maté a esa pobre chica?

Elvira respiró hondo.

—Mira, Álvaro —respondió más nerviosa que cuando llegó a la plaza—, yo pienso que no eres capaz de matar a nadie, pero hay que reconocer que Sandra era una jovencita muy apetecible, sobre todo para un cuarentón como tú.

La última frase se clavó en el cerebro de Álvaro como una estaca en la linde de un campo. El presidente de Safertine la relacionó con unas palabras muy similares pronunciadas por su amada la última vez que habían comido juntos en el restaurante Alhambra.

«¿Por qué hace hincapié en mi posible relación con jóvenes quinceañeras?», se cuestionó mientras la afirmación de Elvira le martilleaba la sesera. «¿Fue una alucinación ver a César sentado en el banco de la plaza, o estaba ahí compinchado con Elvira para espiarme?»

Álvaro estaba demasiado cansado para poder razonar con claridad. Los nervios le atenazaban y apenas le dejaban organizar las ideas. Se dio cuenta de que la plaza estaba prácticamente vacía. Se había detenido el trasiego de transeúntes. El quiosquero recogía las revistas que envolvían la parada. Un payaso guardaba los globos que no había vendido esa mañana.

Las dos últimas personas de la plaza, excepto Álvaro y Elvira, se disponían a cruzar la ronda en dirección a la calle Mistral.

«Es la hora de comer», pensó Álvaro mientras observaba a su querida amiga, que lo miraba impasible, no como una amiga sino como una médico del hospital psiquiátrico podría observar a un paciente.

Buscó algún vestigio, algún indicio que le ayudara a corroborar su teoría del complot. «Una grabadora demostraría que Elvira colabora con la policía para reunir pruebas contra mí», pensó ante la mirada absorta de su acompañante que no comprendía muy bien qué le ocurría al presidente de Safertine.

—¿Te encuentras bien, Álvaro? —preguntó mientras daba un paso hacia atrás al percatarse de que estaban los dos solos en el centro de la plaza.

—Sí —respondió él, volviendo de su abstracción—, estaba pensando en la niña asesinada —dijo mientras cogía a Elvira del brazo para salir de la plaza—. ¿Cuándo dices que te has enterado de su muerte? —preguntó con voz melosa, más parecida a la de un loco que a la del ejecutivo agresivo que era.

—Esta mañana —respondió Elvira, vacilante. Era importante no exaltar a Álvaro más de lo que estaba—. Ha sido en el hospital, pero no me acuerdo de quién lo comentó —agregó, quitando hierro al asunto y tratando de no implicarse en la acusación de su amigo.

—¿No recuerdas quién lo comentó?

Elvira no sabía adónde quería ir a parar el colérico presidente de Safertine, pero el tono de voz y las preguntas que hacía la estaban sobrecogiendo. El calor en la plaza era asfixiante. La doctora casi no podía respirar. El aire pasaba demasiado caliente por su garganta y le quemaba los pulmones.

—No sé, Álvaro, la gente del hospital, los empleados —respondió, más tranquila al ver pasar un coche de policía por el interior de la enorme glorieta y que se detenía en un semáforo en rojo que limitaba la calle Mistral con los Porches—. ¿Por qué? —preguntó, sintiéndose amparada por la presencia de los agentes—. ¿Qué importa quién lo haya dicho?

Álvaro miró airadamente a su amada y se marchó sin decir palabra. La presencia de la dotación policial no le gustó un pelo. Conocía esa plaza al dedillo. Había pasado allí más horas, en aquellas calles, debajo de aquellos porches, que en su propia casa. Era la primera vez que veía un coche de policía en el interior de la plaza. No había ningún evento. No había nadie, solo ellos dos. Meditó sobre la posibilidad de que realmente fuera César Salamanca el que había visto en un banco de la fuente justo antes de llegar.

«Me estarán espiando», recapacitó encendiendo un cigarrillo cuando bajó al paso cebra de la calle Mistral.

Álvaro sabía que no se podía fiar de nadie, ni de su mujer, que seguramente era quien había puesto al corriente del personal del hospital San Ignacio lo del asesinato y violación de Sandra López. Ni de su amada y leal compañera, ni del jefe de policía de Roquesas, en otros tiempos gran amigo y ahora contrincante en el juego de los buenos y los malos. Álvaro Alsina aún no sabía qué papel tenía él en esa partida, ni de qué lado estaban los que le rodeaban.

34

—Vaya sitio más cutre para citarnos —le recriminó Sofía Escudero, la Cíngara, a Ramón Berenguer.

—Un sitio como otro cualquiera. ¿Quieres tomar algo?

En la barra había tres hombres que no dejaban de mirar a la chica. Su estrafalaria vestimenta les llamó la atención. Ramón, bravucón, les devolvió la mirada y ellos siguieron a lo suyo.

—¿Y bien? —preguntó ella.

—¿Y bien qué?

—Así no vamos a ninguna parte.

—¿Has pensado qué vas a hacer con el niño?

—O la niña. No, no lo he pensado, pero seguro que no voy a abortar. Y puesto que tú no tienes lo que hay que tener para afrontar el embarazo, ya buscaré otro padre que se haga cargo de él.

—¿Javier Alsina?

—Me quiere y eso es lo importante.

—¿Tanto que aceptaría un hijo que no es suyo?

—Así es.

Ramón sabía que la Cíngara quería casarse con el hijo de los Alsina por interés económico, no por amor, pero eso no era de su incumbencia.

—¿Me dejarás verlo?

—¿Al niño?

—Claro..., ¿a quién si no?

—Sí, pero una vez que Javier acepte la paternidad nunca dirás que es hijo tuyo.

Ramón asintió con la cabeza.

35

Ya llevaba tres días sola. Estaba tumbada en el suelo y su mente se había paralizado entre sueño y realidad. No tenía fuerzas ni para levantarse. Cuando tenía ganas de orinar se lo hacía encima y las heces las tenía pegadas a las piernas. El sótano estaba más sucio que antes de la última limpieza.

«Lo habrá cogido la policía —pensó—. El muy hijo de puta bien que podría decirles dónde estoy.»

Era muy extraño que no viniese a verla durante tres días, aunque ella había perdido la percepción del tiempo y ya no sabía cuánto hacía que él no venía a violarla.

Estiró la pierna izquierda hasta que se le pasó el dolor de un tirón en el muslo. Se desplazó con dificultad unos centímetros hacia la pared contraria, donde las heces ya estaban secas, y procuró cerrar los ojos y dormir. Pensó que, con un poco de suerte, despertaría en otro sitio, en otra condición física.

36

A las tres de la tarde, la eficiente secretaria Silvia Corral Díaz permanecía sentada en la silla de la oficina, en el edificio central de Safertine. Aprovechando que ese día nadie iría a trabajar, ni siquiera Álvaro Alsina, acabó de recopilar una serie de documentos que necesitaba para finalizar su informe sobre el presidente de la compañía y los miembros del consejo directivo. Tenía ya las copias sobre la cesión de datos a organizaciones de terrorismo islámico a través de la manipulación de las nuevas tarjetas de red que pretendían vender al gobierno. Todas las referencias sobre bancos, empresas de seguridad, comisarías, juzgados, trenes, autobuses, cuarteles militares, etc., serían cedidas a través de la adulterada tarjeta a una base de datos aún por identificar, donde se sospechaba que esa información sería almacenada y tratada posteriormente, para ser vendida a la organización terrorista que más dinero ofreciera. La agente Silvia Corral Díaz, perteneciente al CIN (Centro de Inteligencia Nacional), había sido infiltrada utilizando el conducto legal de la Oficina de Empleo, para trabajar a las órdenes de Álvaro Alsina y así espiar la fabricación y venta de dispositivos informáticos a organizaciones de terrorismo islámico. La agente también tenía una copia de los papeles del padre de Álvaro, don Enrique Alsina, en los cuales se inhabilitaba a su hijo como presidente de la empresa, pasando a ser esta de José Soriano Salazar, el gitano de Santa Susana, si se cumplían ciertos requisitos. Silvia había conseguido encontrar esos documentos en una carpeta que estaba en la vieja fábrica. Llegó hasta ellos gracias a una nota anónima que encontró encima de la mesa de Juan Hidalgo, en la que se avisaba de la existencia de esos documentos y dónde localizarlos. En su calidad de agente secreto, tenía que leer todas las notas que llegaban a los miembros de la dirección de Safertine o de Expert Consulting, su filial. La nota la leyó el martes por la mañana y dispuso de muy poco tiempo para encontrar la carpeta con la libreta y fotografiarla con la cámara digital que siempre llevaba encima. Reunió todos los papeles en un solo cartapacio y lo guardó en el interior de su enorme bolso de piel marrón que tanto le gustaba y que tan útil le resultaba, al lado del compartimento donde tenía un revólver 38 especial de la marca Llama, un servicial dos pulgadas de seis disparos. Sus jefes de la central de inteligencia le ordenaron que buscara, a requerimiento de la brigada central de homicidios de la Policía Nacional, indicios que incriminaran a Álvaro Alsina Clavero por el asesinato de la menor Sandra López Ramírez. Silvia Corral no creía, o no quería creer, que el presidente de Safertine fuese capaz de eso, pero órdenes eran órdenes. Aprovechando la ausencia de personal en toda la planta, la sensual agente colocó cuatro micrófonos en el despacho de Álvaro: uno debajo de su mesa, otro en el pie de la lámpara que había en la entrada y los otros dos sobre los ficheros que flanqueaban su escritorio.

«La central cursará una orden de detención contra Álvaro», pensó mientras salía del despacho, cerciorándose de apagar las luces.

37

Eran las diez y media de la noche cuando Marcos López Hermida entró en su casa de Roquesas de Mar. Lucía Ramírez Esteban, su mujer, se encontraba en la cocina terminando de preparar la comida. La hermana de esta, Almudena Ramírez, se había marchado hacía apenas veinte minutos. Y es que desde la desaparición de Sandra no había dejado de venir a echar una mano a sus sufridos padres; y se había propuesto hacerlo más a menudo después de saber que la niña había sido hallada muerta. El diligente oficinista del banco de Santa Susana cerró tras de sí la puerta con cautela. Lo hacía siempre con todo; trataba todas las cosas como si se fueran a romper. Dejó las llaves del coche sobre un cenicero de madera traído de un viaje a Viella cinco años atrás. Por aquel entonces Sandra contaba once años y su sonrisa ya indicaba que iba a ser una niña alegre y despierta. Al lado de las llaves depositó el teléfono móvil, cerciorándose de quitar el sonido y enchufó el cable del cargador. Lucía Ramírez terminó de colocar las hojas de lechuga, recién lavadas, sobre un bol de cristal que le regaló su madre un día que vino a casa a ver a Sandra, cuando esta era pequeña. Se acordó, con lágrimas en los ojos, de su hija.

—Buenas noches —saludó Marcos quitándose los quevedos para besar a su mujer en la mejilla—. ¿Ha llamado alguien?

—Tu madre, pero hace un rato ya —respondió secándose las manos con un trapo de cocina—. Mi hermana se acaba de ir y... Mañana nos veremos todos —anunció con ojos llorosos.

El día siguiente a las doce enterraban a Sandra. Sería en el cementerio de Roquesas de Mar. El primer muerto de la familia, como decía Aureliano Buendía en *Cien años de soledad*: no se es de un sitio hasta que entierras a alguien allí. El médico forense terminó de realizar las pruebas, no había dudas de que el cuerpo inerte y destrozado que yacía en el interior de la fría cámara frigorífica era el de Sandra López. La risueña, la feliz, la chica que había dejado su belleza en el oscuro bosque de pinos que desembocaba en la calle Reverendo Lewis Sinise. La niña nunca había estado enferma y no disponían de placas óseas de ningún tipo, ni siquiera dentales, para realizar una comprobación de identidad lo suficientemente fidedigna como para garantizar que el cuerpo era el suyo. La ropa que vestía en el momento del hallazgo no se correspondía con las que su madre recordaba de ella, pero la chica era independiente hasta el punto de elegir ella misma su vestuario y acicalarse con prendas adquiridas en las galerías Sinise de la plaza mayor de Roquesas. El forense no quiso alargar más la agonía de la familia y dictaminó que el cuerpo hallado en el lóbrego bosque pertenecía a Sandra López.

—¡Dios nos ha quitado aquello que robamos! —exclamó Lucía echándose a llorar de nuevo en los endebles brazos de su marido—. ¡Es un castigo por nuestras acciones! —siguió murmurando apoyada en el pecho de Marcos López, que le acariciaba la cabeza para que se tranquilizara.

—No te preocupes. La policía hace todo lo posible para encontrar al culpable.

Marcos frotó sus dedos en la cabeza de su mujer de manera constante.

—¿Sabrán lo de Sandra? —preguntó ella fijándose en la camisa de su marido, que había dejado impregnada de lágrimas—. Sería curioso que después de dieciséis años supieran que la niña no es nuestra. ¡Sería horrible! —gritó antes de que su esposo le tapara la boca.

—¡Calla, Lucía! —gritó—. ¿O es que quieres que nos detengan? —la abroncó—. Estaría bonito que la misma semana que muere nuestra niña nos detuviera la policía por haberla robado hace años del asiento trasero de aquel coche.

Marcos bajó la voz y cerró la ventana del comedor para que ningún vecino pudiera escuchar aquella conversación.

Al joven matrimonio López no le iban bien las cosas en aquellos tiempos. Recién casados, Marcos trabajaba como ayudante de un gestor en Madrid. Salvo las épocas de las declaraciones de renta, el resto del año apenas tenía trabajo: acudir a alguna reunión de vecinos, la contabilidad de empresas pequeñas de pocos trabajadores o asesorar algún convenio entre partes.

Lucía se quedó embarazada a los pocos meses de contraer matrimonio.

«Buen caldo tiene Marcos», dijo la abuela de este ante la rapidez con que dejó preñada a su joven esposa.

El advenimiento del niño les aportaría nuevos retos. Lucía se empleó como ayudante en una tienda del barrio y solamente iba por las mañanas a echar una mano en lo que pudiese. En la panadería se encargaba de preparar los paquetes con los pedidos del día anterior. Como tenía que estar muchas horas de pie, de vez en cuando se sentaba para evitar que se le hincharan las piernas. El complemento de la maltrecha economía familiar lo rellenaba la abuela con unos cientos de pesetas que aportaba cada final de mes de su propia pensión.

Un sábado, cuando Lucía ya estaba de siete meses, salieron a cenar los dos a casa de unos amigos de Alcorcón. Conducía el coche Marcos, un Seat 850 de segunda mano. Lucía iba acurrucada a su lado, buscando alguna emisora en la radio.

—¿Regresaremos pronto? —le preguntó a su marido.

Él asintió con la barbilla. El estado de gestación de Lucía era muy avanzado y no quería sentirse indispuesta o cansada, por lo que le sugirió a su marido regresar nada más terminar de cenar.

No llegaron a casa de los amigos: un vehículo se salió de la carretera en el carril contrario y se estrelló contra el coche del matrimonio López. La noche se oscureció más si cabe y solamente se escuchaba el sonido del claxon del otro coche. El conductor había incrustado su cabeza encima de él.

Marcos apenas se hizo un rasguño en la cara y se golpeó las rodillas, pero Lucía sangraba por todas partes. Su pelo se había teñido de rojo y sobre el asiento había un bulto grasiento.

—¡El niño, el niño! —gritó al darse cuenta de que estaba perdiendo sangre.

Y siguió gritando histérica, fuera de sí. Marcos no sabía qué hacer. Los del otro automóvil no se movían. Salió a la carretera buscando ayuda. Gritó. Luego volvió al coche donde su mujer trataba de incorporarse.

—No te muevas, cariño, enseguida vendrá alguien.

En unos minutos pasó un coche con un viajante de joyería y se paró. Y al ver el accidente salió corriendo hasta una cabina telefónica que había a la entrada de Alcorcón para llamar a los servicios de emergencias.

En los accidentes el tiempo pasa muy despacio, posiblemente solo transcurrieron unos minutos, pero allí, entre el amasijo de hierros y el olor de aceite quemado y goma, pasaron horas. Marcos oyó el llanto de un niño y supuso que era el suyo propio, expulsado del vientre de su mujer a causa del violento golpe. Se acercó hasta el otro coche, un Seat 131, y vio en el asiento de atrás a una niña preciosa. Lloraba a lágrima viva, e incluso así era enormemente bella. No tendría más de un mes. Sus padres la habían atado a una silla recauchutada, lo que evitó que sufriera el menor rasguño. Marcos miró a los ocupantes de los asientos delanteros: un hombre y una mujer jóvenes. No hacía falta saber de medicina para saber que los dos estaban muertos. A la chica le faltaba la mitad de la cabeza y el chico tenía los sesos desparramados por el salpicadero del coche. Marcos desató a la niña y la acunó en sus brazos. Había visto en las películas que los coches que arden en los accidentes acaban estallando en mil pedazos. Se alejó del Seat 131 con la niña en brazos. A lo lejos vio el destello de varios vehículos de emergencias que había alertado el viajante de joyería.

Lucía lloraba mucho y sus gritos eran el único sonido que aporreaba la noche.

—Tranquila, ya viene la ambulancia —le dijo para apaciguarla—. No te muevas, por si acaso.

Entre el humo de los coches se vieron luces de sirenas y voces gritando en la noche:

—¿Están ustedes bien?

La niña dejó de llorar, se encontraba segura en los brazos de Marcos, para ella eran fuertes como los de un guerrero que afianza a su hijo y no permite que le pase nada.

—Han tenido suerte —dijo un médico que estaba examinando a Lucía en el coche—. Los del otro no han tenido tanta.

Al poco llegaron dos coches de bomberos y el aire se transformó en humo. Los médicos estabilizaron a Lucía y la trasladaron en una UVI móvil al centro médico de Alcorcón. Marcos la acompañó en otra ambulancia, con la niña en brazos. Solamente contaba unas semanas de edad y la joven pareja acababa de llegar de un país del Este de Europa.

—¿Quiere que le eche un vistazo a la niña? —le preguntó una enfermera.

—Sí, sí, claro —dijo Marcos.

Estuvo a punto de decirle que no era su hija, que era la niña que viajaba en el otro coche. «¿Qué será de ella?», se preguntó.

—Aparentemente no tiene nada —le dijo la enfermera tras palpar su pequeño cuerpo—. Han tenido ustedes mucha suerte.

Cuando llegaron al hospital ingresaron a Lucía en planta. Los restos del accidentado aborto podrían dejarle secuelas si no la atendían enseguida. El hospital de Alcorcón era enorme y los médicos de urgencias no tenían conexión con los de planta. Nadie cayó en la cuenta de que el feto que había perdido Lucía tenía siete meses y la niña recién nacida de la pareja fallecida, unas semanas. No pudieron hacer nada para salvarlo, pero la pequeña del otro coche sustituiría esa pérdida.

38

Ya eran las once y media de la noche cuando Sofía Escudero Magán se adentró en las ruinas romanas de la calle Tibieza, descubiertas a finales de los años sesenta, cuando se hicieron las reformas de los baños termales. Los romanos asentados en la antigua Petragrandis, nombre original de Roquesas de Mar en alusión a las enormes rocas características de la costa, habían construido las termas de la calle Tibieza alrededor del año 100, durante la dictadura del emperador Trajano. Funcionaron durante cientos de años. En la Alta Edad Media fueron sepultadas y no fueron descubiertas hasta pasados muchos siglos. Fue un acontecimiento no solo local, sino a nivel nacional, la prensa de todo el estado se hizo eco del hallazgo. Vinieron periodistas famosos de las cadenas de radio y televisión y anclaron sus cámaras y micrófonos en las maltrechas calles de Roquesas de Mar para narrar in situ el descubrimiento más importante de toda la provincia y posiblemente del país. Una cámara captó por casualidad la imagen del viejo Hermann Baier. Cuando emitieron el programa titulado *Romanos en Roquesas*, un telespectador de un pueblecito de la provincia de Soria se quedó estupefacto al reconocer a Hermann. Llamó a las autoridades para denunciar la presencia de un criminal nazi en suelo nacional. A la semana de irse la radio y la televisión de Roquesas, llegaron unos forasteros vestidos con trajes oscuros y sombreros de ala ancha. Estuvieron en el pueblo un par de días. Nadie habló con ellos y ellos no hablaron con nadie. Se llevaron a Hermann Baier, el alemán adoptado por Roquesas, a la capital del país y el bar Oasis estuvo cerrado tres días. «Lo han cogido los judíos», dijeron las chismosas del pueblo en el mercado municipal.

Pasado un tiempo volvió al pueblo como si nada, y poco a poco Roquesas fue recuperando la tranquilidad perdida durante el hallazgo de las ruinas romanas.

Sofía Escudero buscó los restos óseos del emperador Trajano. Se decía que estaba enterrado en los baños termales de la calle Tibieza. El emperador de origen hispano fue enterrado en Petragrandis en el año 100 de nuestra era, junto con los tesoros reunidos durante las campañas germánicas, al menos eso indicaban los papiros hallados en las primeras excavaciones. La Cíngara estuvo buscando los huesos de Trajano para hacer el conjuro de los espíritus. La cábala decía que la persona que trajera el espíritu de Trajano a este mundo, podría preguntar lo que quisiera y el emperador no se podría negar a responder. Para llevar a cabo el sortilegio Sofía necesitaba restos óseos del romano nacido en Hispania.

A las once y cuarenta y cinco minutos, la Cíngara estaba escarbando entre un mosaico medio derruido. «Espero que no me vea nadie», se dijo mientras golpeaba con un martillo las maltrechas baldosas romanas, obcecada en tropezarse con una tibia o un cúbito del ilustre emperador. El mayor deseo de Sofía era pedirle a Trajano que le mostrara el rostro del asesino de Sandra López. «Qué importan unos cuantos azulejos viejos si puedo descubrir al criminal más abominable de Roquesas de Mar», reflexionó sin dejar de percutir el suelo de los baños termales.

Se hizo la medianoche...

39

—¿Crees que me vio? —preguntó César Salamanca a Elvira Torres en el interior del diminuto despacho de la comisaría de Santa Susana.

—Al llegar yo a la plaza me dijo que le había parecido verte —respondió ella, aún de pie junto a la puerta que acababa de cerrar un agente uniformado—, pero luego se volvió loco de repente, sus ojos se le salieron de las órbitas y balbuceó palabras sin sentido. Me asusté —aseveró la doctora al jefe de policía, que empezaba a estrechar el cerco sobre el principal sospechoso de la violación y asesinato de la hija de los López.

—Bueno, bueno —exclamó César, a quien el comisario de Santa Susana le había cedido un despacho en la sede central de la policía metropolitana—, ya tengo claro quién mató a Sandra López. Solo un culpable se comportaría como lo hace Álvaro Alsina.

Carraspeó un par de veces para aclararse la garganta y luego dijo:

—El domingo vienen los inspectores de Madrid, ellos sabrán qué hacer con este caso. Hasta entonces intentaré reunir todos los datos que pueda para facilitarles la tarea.

—César hizo una pausa y sorbió cerveza de una lata que tenía encima de la única mesa que había en la reducida habitación—. ¿Quieres protección policial? —preguntó a Elvira, que seguía sin moverse, como si temiera que algún conocido la viera.

—¿Crees que es necesaria? —replicó, rechazando el ofrecimiento de César de sentarse en una vieja silla de madera y mimbre que había junto a la ventana.

—Quien mata una persona puede matar dos... o tres. Yo estaría más tranquilo si algún agente de Santa Susana te vigilara las veinticuatro horas del día, ¿no te parece? —dijo mientras desenvolvía un chicle.

Elvira asintió con la cabeza. En sus ojos asomaba la confusión.

No es fácil asumir que la persona que más has querido en este mundo, de repente, de la noche a la mañana, se convierte en un violador y asesino de niñas.

«Es todo tan evidente», pensó mientras observaba al barrigón policía beber el último sorbo de cerveza, como si se fuera a acabar el mundo.

«¿Y si Álvaro es inocente?», se preguntó en un postrer intento de confiar en él.

Elvira ansiaba que llegaran los policías de Madrid, ellos enfocarían la investigación desde una perspectiva más objetiva, más justa. Era todo tan sencillo, tan elemental, que se le hacía difícil asimilar que Álvaro Alsina fuese el asesino. Sin embargo, con el tiempo transcurrido y todos los dedos apuntando hacia Álvaro, era dificultoso encontrar otro culpable más idóneo; hasta su mujer creía en su culpabilidad. El tema de la acusación del presidente de Safertine afectaba a Elvira hasta el punto de provocarle un desgarro interior. Por un lado quería, deseaba, saber la verdad, averiguar si el hombre que tanto había amado, era el violador y asesino del que hablaba el jefe Salamanca. Y por otra parte, meditaba sobre la posibilidad de advertirle de la vigilancia a que estaba siendo sometido; pero eso le alertaría y podría hacer que cambiara sus hábitos.

«¿Y si no mató a la niña pero mantuvo relaciones consentidas con ella esa noche?», sospechó Elvira al salir de la comisaria de Santa Susana.

Era cierto que Álvaro Alsina era una persona enérgica, eso estaba claro. Recordó cómo un día, al salir del restaurante Alhambra, montaron en el Opel Omega gris que tenía su amante. Callejearon durante un rato hasta salir del casco antiguo y tomar la carretera comarcal que unía Santa Susana y Roquesas de Mar. A mitad de camino tuvieron un pinchazo y el coche empezó a zigzaguear. Álvaro consiguió controlarlo y detenerlo en el arcén. Sacó el gato del maletero y se dispuso a cambiar la rueda trasera. Un automóvil de gran cilindrada se detuvo detrás de ellos. Se bajó el copiloto y les ofreció ayuda. Cuando Álvaro se encontraba agachado desenroscando los tornillos de la llanta y Elvira sujetaba la rueda nueva para sustituir las vieja, el hombre abrió la puerta trasera del Opel Omega, cogió el bolso de la doctora y huyó en dirección a su vehículo, donde esperaba el conductor con intención de darse a la fuga con el botín. Álvaro no titubeó y saltó sobre el capó del coche de los asaltantes. De un puñetazo rompió el parabrisas y, con la mano derecha ensangrentada, agarró por el cuello al conductor, para asombro del copiloto, que no daba crédito a sus ojos. El vehículo se detuvo al chocar contra un árbol del margen de la carretera. Álvaro soltó su presa y se cebó con el delincuente que había cogido el bolso de Elvira, dándole de puñetazos en la cara. No era la primera vez que el presidente de Safertine tenía un ataque de ira de esa índole. Ya lo había hecho hacía tiempo delante de Rosa, su mujer. Él pensaba que con la edad se tranquilizaría, se tornaría más sosegado y aprendería a controlar sus nervios. Elvira Torres recordaba aquel hecho y otros menos truculentos en los que su amado Álvaro perdía los estribos con facilidad. Aquel día en la carretera comarcal había visto lo que un hombre ciego de rabia puede llegar a hacer. Una patrulla de tráfico que pasaba por allí se detuvo para intervenir y al final los ladrones tuvieron que ser ingresados en el hospital San Ignacio. Álvaro pagó, por orden judicial, la costosa factura de la rehabilitación que recibieron y tuvo que prestar declaración en la comisaría. La violencia empleada a raíz del hurto del bolso de Elvira fue desproporcionada, dictaminó el juzgado número 1 de Roquesas de Mar, que fue el que entendió de los hechos. La doctora Torres pensó en la pobre Sandra López. La niña había muerto a causa de los golpes de una piedra o un objeto contundente, que le deformó macabramente el rostro. Parecía la acción de una persona cegada por la cólera, de alguien como Álvaro Alsina cuando perdía los estribos y se salía de sus casillas. Todo eso, unido a que al principio de su relación habían tenido una bronca tremenda debido a la impulsividad de Álvaro, hizo que Elvira cuestionara la inocencia del presidente de Safertine. Aquel día habían cenado, como acostumbraban, en un restaurante de la periferia de Santa Susana. Era un local apartado del centro, ubicado en un polígono industrial y que un año después cerró al quedarse sin clientes debido a una inspección del Ministerio de Sanidad, que encontró cucarachas en la cocina. El hecho llegó a oídos de los trabajadores de la zona industrial y dejaron de ir a comer al Santorina, que era como se llamaba el restaurante. La pareja de enamorados salió del local y aparcó detrás de una de las fábricas, donde aprovecharon para fumar un cigarro. Se besaron y acariciaron escuchando baladas de Escorpions, un grupo de rock alemán. Excitados sobremanera, se sentaron en la parte de atrás del Renault 4 furgoneta de Elvira e iniciaron el preámbulo que les llevaría a una intensa noche de placer. La fervorosa amante tuvo varios orgasmos seguidos. Álvaro no podía parar. «¡Basta!», gimió la doctora, irritada por la ígnea fricción. El presidente de Safertine hizo caso omiso y Elvira pasó del placer al dolor. «¡Por favor, para!», insistió empujando a su apasionado amigo para que la dejara respirar. Al final desistió. Sudoroso como un repartidor de refrescos en la playa, Álvaro se retiró y besó a Elvira en la boca, pidiéndole disculpas por su acaloramiento.

En ese momento, en la puerta de la comisaría de Santa Susana, todos esos recuerdos se agolpaban en su mente y la conminaban a pensar que el presidente de Safertine bien podía ser el violador y asesino de la jovencita Sandra López.

40

Aquilino Matavacas Raposo, el médico de Roquesas de Mar, tenía su consulta en la calle Replaceta, en el número 8, al principio del casco viejo. Era una casa antigua de dos plantas. En la primera había una salita de pocos metros cuadrados, donde ejercía como facultativo de cabecera, atendiendo las dolencias de escasa importancia, extendiendo recetas y diagnosticando la enfermedad del estrés, tan de moda en estos tiempos. En el pasado, cuando a un paciente se le encontraba el origen de su mal, los médicos dictaminaban que padecía de los nervios. Era la indisposición más genérica que había por entonces. Ahora se había pasado de los nervios al estrés, más moderna y menos evaluable.

Al lado de la sala de consulta había un pequeño cuarto de baño, donde Aquilino y las visitas se lavaban las manos y hacían sus necesidades fisiológicas. En la planta superior, tras subir doce escalones de caracol, el doctor tenía un flamante despacho con cajas de cartón donde almacenaba los resguardos de las recetas, una estantería con insuficientes libros de medicina y un ordenador portátil de última generación comprado en unas galerías comerciales de Santa Susana, donde trabajaba desde hacía algún tiempo su hijo Sebastián, por lo que aplicó un buen descuento a la compra informática de su padre, en la que incluyó una cámara digital de regalo. Aquilino Matavacas sacó un gran partido al ordenador y mucho más a la máquina fotográfica. En el portátil almacenaba todas las fotografías que tomaba, perfectamente clasificadas. Todos los niños que iban al pequeño retrete de la planta baja, los que se desnudaban en su consulta y los que veía cuando iba de visita médica a los campamentos de verano de Roquesas de Mar, estaban archivados en organizadas carpetas de su ordenador, que guardaba, cauto, en el armario ropero de su habitación para que nadie lo encontrara. A través del correo electrónico intercambiaba esas imágenes con internautas de todo el mundo: el cincuentón de Aquilino Matavacas Raposo probablemente tenía la mayor colección fotográfica de menores de edad que había en toda la Red. No lo hacía por dinero, ya que no cobraba por exhibir las imágenes, sino por vicio. Al principio tomaba muchas precauciones, temiendo que el día menos pensado llegara un grupo de policías vestidos de negro, con cascos oscuros y apuntando con fusiles de asalto al sorprendido médico de pueblo, mientras unos agentes de batas blancas con pegatinas policiales en sus pechos, arrancarían el ordenador de su escritorio y se lo llevarían para extraer la enorme cantidad de imágenes que contenía. Para prevenir males mayores, había comprado un ordenador portátil de segunda mano que guardaba en el maletero del coche, que siempre aparcaba en la calle. En ese segundo ordenador solamente tenía ficheros referentes a pacientes de su consulta, un programa de retoque fotográfico y un navegador obsoleto de Internet. Si algún día aparecían esos eficientes agentes de negro y buscaran un ordenador portátil, Aquilino les indicaría que lo guardaba en el utilitario que aparcaba en la puerta de su casa. Los policías se conformarían y no buscarían más. Ahora se había relajado con ese tema y pensaba que era imposible que pudieran descubrir lo que hacía:

«Cómo podrían saber que tengo las fotos», meditaba mientras volcaba parte de la información contenida en el disco duro del ordenador en un DVD.

Todo cambió desde la desaparición de Sandra López, de la que Aquilino tenía una buena colección de imágenes. Cuando la madrugada del martes 8 de junio apareció violada y asesinada, Aquilino Matavacas Raposo, el pedófilo médico de Roquesas de Mar, borró todas las imágenes y cualquier vestigio que lo pudiera relacionar con la preciosa jovencita. El forense de Santa Susana le entregó los informes del análisis del cuerpo de la chica el miércoles. La identificación fue positiva, no quisieron alargar la angustia de la familia López. Aquilino Matavacas conservaba una fotografía de Sandra en la que se observaba un lunar en el pliegue de los labios vaginales. La instantánea la había captado un día que la niña, acatarrada, había acudido a la consulta para que el médico la auscultara. Sandra fue al pequeño lavabo de la planta baja y allí, sentada en el váter, fue donde el vicioso doctor tomó la foto. El mismo miércoles que el forense cedió los informes al doctor de Roquesas, este se desplazó hasta el Instituto Anatómico Forense de Santa Susana para ver el cuerpo de la chica muerta. Estaba desnuda sobre una fría camilla metálica, con el rostro deformado por los golpes recibidos, lo que hacía imposible reconocerla. Aquilino se fijó en su sexo. No vio el lunar que había captado hacía dos años en el lavabo de su consulta. Había memorizado la posición exacta donde debía estar.

«Este no es el cuerpo de Sandra», pensó, pero no podía decírselo al forense.

41

«Tal vez lo que pretenden es inhabilitarme para la firma del contrato con el gobierno», meditó Álvaro Alsina.

Culparlo a él del asesinato de la niña podía ser una estrategia para frustrar el acuerdo de su empresa con la Administración.

«Demasiado complicado para ser cierto —recapacitó—, aunque cosas peores y más rebuscadas se ven en las películas», consciente de que el cine no es más que un reflejo de la realidad.

Mientras estaba sentado en la cama del hotel Albatros de Santa Susana, fumando un cigarrillo rubio, tomando un café frío y viendo la televisión sin volumen, reflexionó en todo lo que le estaba ocurriendo. Caviló sobre la forma tan acelerada en que se derrumbaba su vida: la empresa heredada de su padre don Enrique, la casa construida al lado del bosque de pinos, su amante Elvira Torres, su mujer Rosa, sus hijos Javier e Irene, la familia, los amigos.

«No me puedo fiar de nadie, ni siquiera puedo garantizar que mi mujer me crea», se dijo exhalando una bocanada de humo mientras veía un programa sobre animales salvajes que estaban echando por la televisión.

Recordó, con lágrimas en los ojos, a sus dos hijos. «Son moldeables y su madre les puede haber comido el coco lo suficiente como para ponerlos en mi contra», temió, tal como también podía haber pasado con su mujer.

De repente, y por sorpresa, se acordó de la persona que posiblemente supiera más que nadie. De la mujer que siempre estaba ahí, aunque nunca nadie reparaba en ella. María Becerra Valbuena, la discreta y sigilosa sirvienta colombiana. Como buena asistente del hogar sabía oír, ver y callar. Álvaro buscó su número en la agenda del móvil. Los nervios le humedecieron las manos.

—Aquí está —dijo en voz alta.

Marcó el número y esperó varios tonos hasta que finalmente la chica descolgó.

—Sí, ¿quién es? —preguntó con el tono meloso de las mujeres sudamericanas.

Once meses no es mucho tiempo para conocer a una persona, pero Álvaro tenía muy pocas cartas para jugar y debía apostar fuerte por su vida. La conversación con la sirvienta le podía aclarar muchas dudas.

—¡María, hola! —saludó—. Espero no importunarte.

Aunque Álvaro no se había fijado nunca en ella como mujer, el trato siempre había sido amable. María Becerra Valbuena era una persona comedida, discreta y servil. Tenía veintiocho años, o eso ponía en el contrato que le hizo Rosa como asistenta del hogar en la casa de la calle Reverendo Lewis Sinise, número 15. No muy agraciada, lo compensaba con una excelente personalidad. Poco conversadora, era ideal para tareas hogareñas en casas donde hubiera muchas cosas que callar. Solía llevar la melena recogida en una coleta, lo que le confería un aspecto sobrio, pero un día que Álvaro la vio con el pelo suelto, se impresionó del cambio operado en ella. Contrastaba en su piel morena el tatuaje de una mariposa coloreada en el hombro izquierdo, que no encajaba para nada con su aspecto general, era como si quisiera poner un punto de indisciplina en su apariencia sobria y reprimida.

—¿Señor Alsina? Dígame —respondió la sirvienta, extrañada por la llamada. Era la primera vez que él hablaba con ella a través del teléfono. De hecho, nunca había cruzado más de unas palabras, un «buenos días» o un «parece que va a llover», era todo lo que habían intercambiado en los once meses que llevaba de servicio en el hogar de la familia Alsina.

—¿Está usted en su casa? —preguntó Álvaro para asegurarse. No quería que Rosa estuviera cerca de ella y se enterase de que era él quien llamaba, para no añadir una amante más a su lista recientemente descubierta por su mujer.

—Sí, estoy en mi piso, ¿por qué? —preguntó extrañada. En el tiempo que llevaba de servicio en el hogar de los Alsina, era la primera vez que la llamaban a su teléfono—. ¿Ha ocurrido algo?

María Becerra Valbuena vivía en un apartamento alquilado de la calle Rosadas de Santa Susana. Era la peor zona de la ciudad, centro neurálgico de prostitución y droga. Cuando empezó a servir le ofrecieron la posibilidad de residir con la familia Alsina, pero ella prefería ser independiente y vivir en su propio piso. El sueldo no era malo y podía haberse afincado en otro lugar, pero optó por quedarse en ese, nunca supo la familia Alsina por qué. La calle Rosadas se encontraba en el barrio de La Salud, donde las redadas policiales eran habituales y la población mayoritaria se repartía entre etnia gitana y emigrantes sudamericanos que buscaban hacerse un hueco en el difícil mercado laboral de la ciudad.

—¿Dónde nos podemos ver? —preguntó Álvaro—. Necesito hablar con usted de un asunto personal.

Su tono denotaba ansiedad, aunque él se esforzaba por no parecer una persona desesperada.

Hubo unos eternos segundos de silencio.

—Déjeme pensar —dijo María—. ¿Conoce el bar Catia?

Y es que dado lo extraño de la llamada, la joven prefería quedar en un lugar público conocido por ella. No es que desconfiara de Álvaro, pero que después de once meses la llamara a su móvil para proponer una cita era, por lo menos, chocante. María sabía que el señor Alsina, como lo llamaba ella, era una personalidad poderosa dentro del estatus de la provincia y rebajarse a una cita con una vulgar ama de llaves solo podía significar que necesitaba ayuda, y la joven colombiana sabía de sobra que las personas necesitadas pueden llegar a ser muy peligrosas si no consiguen sus objetivos.

—Sí —replicó Álvaro casi sin pensar—. En veinte minutos estaré allí —dijo y, viendo que ya estaba todo dicho, colgó sin más.

El garito Catia se encontraba en la misma calle Rosadas. Era un sitio discreto. Ni Álvaro ni ninguno de sus amigos lo frecuentaba. Sus clientes pertenecían a un estrato social no compartido por ellos. Álvaro salió por el garaje del hotel Albatros, pues la paranoia le hacía desconfiar prácticamente de todo y de todos. Se desplazó hasta el lugar del encuentro en taxi, no sin antes hacer cambiar al conductor varias veces de dirección. El taxista lo miró con expresión irónica, tal vez suponiendo que su cliente era un extravagante empresario escurriéndose de algún acreedor.

«Pasado mañana a las doce firmarán el contrato», pensó Álvaro en el asiento trasero, viendo un letrero de prohibido fumar al lado del retrovisor mientras acariciaba el paquete de tabaco que sostenía en una mano. «Si consiguen acusarme oficialmente de violación y asesinato antes de esa hora, mi firma no valdrá nada y podrán sellar el acuerdo con el gobierno sin contar conmigo», meditó mirando por la ventanilla. Tal vez debería coger todo el dinero de la cuenta y marcharse a Argentina en busca de Sonia García, la antecesora de María en las tareas del hogar y que por culpa de unos condicionantes, familiares y sociales, no había podido unir su vida a la de él. Dentro de su alucinación paranoica, el presidente de Safertine pensó que quizás era eso lo que buscaban, que realmente era eso lo que pretendían. La hipótesis del supuesto complot daba una explicación a su actual encrucijada. El problema era saber quién estaba detrás.

Ya eran las diez y media de la noche cuando Álvaro Alsina Clavero entró por la puerta del Catia. Cruzó delante de la mugrienta barra, donde había siete personas sentadas en taburetes de asiento redondo y patas metálicas, pero no les prestó atención; prefirió no mirar sabiendo seguro que no conocería a ninguno de los decadentes clientes del bar. En un reservado donde seguramente hacían sus negocios los camellos de la zona o alguna puta barata, estaba sentada María. La joven vestía chándal azul y zapatos negros de cordones. Esa noche estaba en su apartamento con ropa cómoda y se había puesto lo primero que pilló en su despejado armario. No había ninguna silla delante de ella, por lo que Álvaro tuvo que sentarse a su lado, en un mugriento banco de madera lleno de cortes hechos a navaja, simulando corazones con flechas que los atravesaban. El ambiente estaba cargado de humo. Álvaro dejó el paquete de tabaco encima de la mesa, con los cantos quemados por las colillas y con círculos dejados por los vasos. Los clientes de la barra, que no lo habían perdido de vista cuando entró en el local, dejaron de mirar y se dedicaron a lo suyo. No hablaban entre ellos, ni siquiera se conocían. Eran asiduos al local, donde venían a ahogar sus penas en vasos de alcohol.

—Buenas noches, María, gracias por venir —dijo a la chica, que permanecía sentada delante de lo que seguramente era un cubata.

Álvaro buscaba la manera de romper el hielo.

—Buenas noches, señor Alsina, ¿qué le trae por aquí? —preguntó, segura de que algo no marchaba bien. Él nunca la había tratado como lo hacía ahora, de igual a igual.

—Bueno... —La miró a la cara sin posar la vista en sus ojos para no intimidarla—. No sé si sabes que tenemos problemas en casa —dijo finalmente, aún indeciso sobre cómo plantear el asunto. No tenía mucho tiempo pero quería hacer una buena exposición que le sonsacase a la sirvienta algo que le permitiera discernir quiénes eran realmente sus enemigos.

—Yo no me meto donde no me llaman —contestó ella tajante, sabedora de que era la mejor forma de no verse inmiscuida en los problemas ajenos—. La ropa sucia se lava en casa —remachó por si a su patrón le había quedado alguna duda.

María venía de un lugar donde era mejor estar callado. Medellín es una ciudad donde nadie puede permanecer anónimo entre sus tres millones de habitantes. Con solamente veinte años sus padres la echaron de casa, pues no podían mantener a tantos hijos. Ella, la mayor de siete hermanos, tuvo que dedicarse a trabajar de camarera en un bar del parque Lleras, en una de las zonas de ambiente de la ciudad. El jornal no llegaba para mantener a sus hermanas pequeñas y evitar que cayeran en la prostitución, y tampoco era suficiente para sanar a su pobre madre, enferma de asma adquirida en su juventud cuando tenía que rastrear los enormes vertederos de basura en busca de alimento para sus hermanos. Así que María aprendió entonces que había que callar, hablar poco y no decir mucho.

—Ya lo sé, María, yo pienso igual que tú —afirmó Álvaro, comprensivo—. Lo que ocurre es que estos problemas familiares son forzados, y estoy seguro de que en mi casa ocurren cosas de las cuales no tengo conocimiento.

Unos enormes ojos negros y redondos, en una circunferencia perfecta, se posaron sobre el presidente de Safertine mientras hablaba.

—Mire, señor Alsina... —Hizo una pausa y giró lentamente el vaso que sostenía entre las manos. Unos dedos de mujer trabajadora, llenos de durezas, delataban que no trabajaba en una oficina.

María pensó en la suerte que tenían las mujeres como Rosa Pérez, la esposa de Álvaro Alsina. Trabajaban en algo que les gustaba. Tenían unas manos finas y tersas como la seda. Enfermedades como el asma, que impedían a su madre hacer una vida normal, en personas como Elvira Torres, la amante del presidente de Safertine, el hombre que ahora acudía a ella para solicitar ayuda, para implorar auxilio, no suponían ningún obstáculo. Con sus enfermedades podían hacer vida normal, como si no pasara nada. Un inhalador era suficiente para permitir que no se detuviera la vida. Disponían del dinero necesario como para comprar su futuro e incluso el pasado. María no pudo evitar acordarse de sus padres. Ellos no tenían amantes, no se los podían permitir. No tenían coches que rayar al aparcarlos en el garaje, entre otras cosas porque tampoco tenían cochera. No necesitaban canguros que acompañaran a sus hermanos al colegio, porque no había colegios adonde ir. Si supieran lo duro que era vivir habiendo muerto de pequeña, pensó la sirvienta sin dejar de mirar a los clientes en la barra del bar, seguramente verían el mundo con otros ojos.

—Por favor, María —replicó Álvaro alargando la mano para coger la suya, gesto que la chica rechazó—, a estas alturas, te ruego que me tutees.

—Yo no estoy segura de saber qué es lo que ocurre en tu casa —argumentó ella, cogiendo con las dos manos el cubata como si estuviera agarrándose a un saliente de una cornisa para no caer en un precipicio—, pero te puedo decir que para mí es mejor que no me vean contigo.

—De la forma que hablas —comentó Álvaro, ahora más preocupado que antes de entrar en el bar—, tengo más motivos para inquietarme y sospechar que realmente ocurre algo extraño en mi entorno.

El presidente de Safertine era un hombre organizado y ordenado. Después de ser acusado de violación y asesinato, había pensado que debería anotar todo aquello que ocurría a su alrededor. Planeó confeccionar una lista de asuntos y anotarlos por riguroso orden de primacía de una cosa sobre otra. Sería una utilidad más de la libreta azul, que tan buen resultado le había dado en la estructuración de su empresa. El primer dato que pondría en la agenda sería la desaparición de la hija de los López, ya que había sido ese hecho precisamente el que diera inicio su periplo por el infortunio que se cernía sobre él.

—Tú no estás nunca —dijo María, limpiándose la comisura de los labios con la punta de la lengua, en un gesto que Álvaro consideró excitante—, te marchas por la mañana y regresas por la noche —aseveró antes de beber un trago de su bebida—. Durante el día viene gente a tu casa, que imagino no conoces, y ocurren cosas que supongo no sabes.

—María —la interrumpió él, muy ansioso—, no me puedes dejar a medias, dime de una vez por todas qué ocurre —la conminó al ver que ella sabía más de lo que parecía—. Sé clara y sincera conmigo, te lo ruego.

Álvaro encendió un cigarrillo y ofreció el paquete a la chica, que lo rechazó con un gesto de su mano derecha, mostrándole una palma llena de callosidades.

—Pues básicamente dos cosas —él vio que se le dilataban las aletas de la nariz, pareciendo esta más ancha de lo normal—, tu mujer Rosa se entiende con cuantos hombres puede, es decir, se acuesta con ellos.

Álvaro frunció el ceño.

—Es una ninfómana, todos tus amigos han pasado ya por tu cama, quiero decir, vuestra cama. Y tiene algún negocio extraño con Juan Hidalgo, el guaperas ese que tienes como socio...

El aire del bar Catia empezó a hacerse irrespirable. Los clientes de la barra habían pasado de ser siete a solamente dos. Una nube de humo se asentó entre el mostrador y las mesas, como la niebla que rodea los picos de las montañas. La espalda de Álvaro estaba empapada en sudor. Una prostituta fumaba en el rincón más oscuro del bar, al lado de la máquina de dardos, como si esperara que un aguijón plastificado diera al traste con su infructuosa vida.

Álvaro cogió todo el aire que pudo.

—¿Rosa también se acuesta con Juan? —exclamó conmocionado.

Uno de los dos clientes de la barra miró de reojo a la pareja.

—No... Bueno... Yo no los he visto —respondió María un poco asustada por la explosión del presidente de Safertine—, pero sí que viene muy a menudo y hablan bastante en el comedor. —Álvaro le hizo un gesto con la mano para que siguiera explicando—. Parece ser que te quieren quitar de la empresa, por algo de un proyecto que seguramente no aprobarás —aseguró—. Tienen miedo.

De momento María estaba acertando en muchas cosas, pensó Álvaro, pero lo de la ninfomanía de Rosa estaba por ver. Le costaba creer que su mujer se tirara al primero que apareciera por casa, era algo que nunca había detectado en el tiempo que llevaban juntos. Esa forma de proceder no encajaba con la personalidad de su mujer. Otra cosa era el tema del negocio misterioso con su socio, eso sí tenía visos de ser verdad. «Un proyecto que seguramente no aprobarás», repitió Álvaro en su cabeza. Pensó en la posibilidad de que Juanito hubiera convencido a Rosa de qué era lo mejor para todos y le hubiese inculcado la idea del negocio del siglo, ese que les haría ricos a costa de la infelicidad de mucha gente.

—¿Cómo sabes tanto? —interrogó a María, que observaba el vaso medio vacío que tenía delante—. ¿Por qué tienen miedo? —preguntó sin alcanzar a comprender qué estaba ocurriendo realmente.

—Yo oigo muchas cosas —dijo la chica—, pero prefiero no comentar nada. —Sorbió un poco de su vaso y añadió—: Pero ya que me has preguntado, te digo que están conspirando para echarte de la empresa.

Álvaro compuso una mueca de estremecimiento.

—Te quieren dejar sin nada —agregó María—. Sin negocio, sin casa y sin mujer...

—¿Te quieren? ¿Quién? ¿Es que son varios los confabulados para destronarme? Por lo que dices, parece cosa de mi mujer, ¿no?

—En principio sí, pero tu socio Juan también tiene parte de culpa —aseveró María y bebió un poco más del cubata, del que casi no quedaba nada—. Él fue quien le contó a Rosa lo de tus escarceos con la sirvienta argentina.

—Entiendo, por eso ella cree que yo flirteaba con la hija de los López —reflexionó Álvaro—, posiblemente la tengan engañada y eso sea el motivo de su desconfianza hacia mí.

—¿Quieres beber algo? —preguntó María mientras llamaba al hombre de la barra con un gesto.

—No, te lo agradezco —respondió él—, tengo que irme ahora mismo, hay muchos cabos que atar y no tengo demasiado tiempo. ¿Quieres decirme algo más? —preguntó mientras ella le pedía otro cubata al camarero.

María se aproximó entonces a Álvaro, de forma insinuante. Lo hizo apoyando todo su torso sobre la carcomida mesa de madera, dejando entrever la ranura de sus prominentes senos que casi no podía tapar la fina camiseta de tirantes que llevaba, al mismo tiempo que alargó la mano derecha y la posó sobre su brazo, que Álvaro retiró discretamente sin dejar que sus dedos se enredaran entre su vello.

—Quédate un ratito más —le suplicó acentuando su voz almibarada—. Sabes —dijo mientras dibujaba círculos con el dedo en las gotas de cubata que había en la mesa—, yo siempre te he considerado una gran persona, pienso que no has tenido suerte en la vida. No tienes la mujer que te mereces —añadió, pestañeando en ademán de coqueteo.

Álvaro se levantó de sopetón de la silla y se retiró un paso atrás.

«No es el mejor momento para enredarme con la sirvienta», se dijo.

Sería una frivolidad por su parte, justo ahora que pesaban sobre él graves acusaciones de violación, asesinato, estupro e infidelidad.

—Lo siento, María, sé que eres una buena chica y que solo quieres ayudarme —afirmó, indicando al camarero, con un gesto de la cabeza, que no quería tomar nada—. Ya te llamaré un día de estos —prometió— y te ruego que no digas nada a nadie de la conversación que hemos mantenido esta noche.

—No te preocupes, Álvaro, seré una tumba —aseveró ella mientras se reclinaba en su asiento—. Puedes confiar en mí plenamente y si necesitas cualquier cosa... ya sabes dónde encontrarme.

Álvaro se marchó de aquel tugurio, no sin antes pagar en la barra la consumición de la sirvienta. Sin esperar el cambio, salió apresuradamente del local, sin mirar a los dos clientes que había en la barra, ni a la prostituta que bebía cerveza al lado de la diana de los dardos.

Regresó al hotel andando. En el camino tuvo tiempo de

reflexionar sobre todo lo acontecido esos días. Le asaltaban muchas preguntas para las que no tenía respuesta. «¿Cómo sabía Juan mi desliz con Sonia?», fue la primera de ellas. Recapacitó acordándose de que nunca le contó a nadie, ni siquiera a su socio de Expert Consulting, la relación que mantuvo con su sirvienta. «Según María Becerra, este se lo contó a mi mujer —pensó sin entender cómo pudo llegar a enterarse Juanito—. ¿No será María quien se lo contó realmente?, ya que ella es la que sabe todo de todos —caviló confuso—. En ese caso, ¿por qué se lo contó? ¿Qué podía sacar ella de todo esto?»

42

Su ensimismamiento se vio turbado por la tonada del teléfono móvil. Una llamada oculta, según indicaba la pantalla luminosa.

—¿Sí? —respondió sin detener el paso.

—¿Señor Álvaro? —preguntó una voz de sobra conocida.

—Sí, sí, Sofía, dime. ¿Qué ocurre?

La que fuera en su día canguro de Javier, y que solo tenía cinco años más que el hijo de los Alsina, habló en tono entrecortado, como si acabara de llorar y el sollozo le impidiera articular con claridad.

—Quiero hablar con usted —afirmó en voz baja, dando la sensación de que temía que alguien la pudiera escuchar.

—¿Dónde estás? —preguntó Álvaro, que se había detenido en un semáforo peatonal en rojo en la avenida Princesa, a mitad del trayecto del hotel.

—En casa de una amiga, en Roquesas de Mar.

Sofía se detuvo para tragar saliva.

Álvaro no entendía qué sucedía. Pero los problemas de una chiquilla extravagante no podían interferir en sus preocupaciones.

—Tranquila, no será tan grave, ¿qué ocurre? —preguntó intrigado.

La chica no respondió.

—¿Es algo de Javier?

Álvaro sabía que su hijo no era un muchacho modélico, quizá la chica estaba un poco harta de su comportamiento, pero no creía que eso supusiera tanto problema para ella.

—Pues tiene que ver con él y conmigo —dijo llorando.

Álvaro tenía demasiadas cosas en la cabeza como para enredarse con chiquilladas.

—Vamos —le dijo—, sea lo que sea tampoco será tan grave.

Y oyó el chasquido de una uña al ser cortada con los dientes.

—Estoy embarazada de Javier —anunció la chica, y colgó.

Álvaro tenía serios problemas para recomponer en su cabeza todo lo que le estaba ocurriendo últimamente. Le picaban los ojos y notaba un zumbido estremecedor en su cerebro, como si de un momento a otro se le fueran a salir los sesos por la boca. Así que eso era lo que preocupaba a su hijo, recapacitó. Por eso estaba tan apagado cuando lo llamó por teléfono.

«No me quiso decir por qué era, no confiaba en su padre», reflexionó mientras caminaba en dirección al hotel.

Lo cierto es que Álvaro no podía acometer todos los problemas que le sobrevenían, aglutinándolos en uno solo. Debía, como no podía ser de otra forma, enfrentarse a ellos de uno en uno.

«Lo mejor que puedo hacer —planeó— es llamar a Ramón Berenguer, el mejor amigo de Javier, él me contará la verdad de lo que ocurre.»

Buscó en la agenda de su móvil el teléfono de Ramón.

La boca se le había secado y le costaba despegar los labios a causa del nerviosismo por las situaciones que lo cercaban.

—¿Sí? ¿Quién es? —preguntó Ramón.

Álvaro había dado media vuelta al final de los porches de la calle Princesa y los volvía a recorrer hacia arriba.

—Hola, soy el padre de Javier —saludó al adolescente—. ¿Te pillo en mal momento? —preguntó mientras se detenía bajo los arcos de la calle San Cosme, que cruzaban los porches de Princesa.

—No, qué va —replicó el muchacho—. ¿Ocurre algo?

Álvaro nunca lo había llamado a su móvil, a pesar de que tenía el número por si algún día le era necesario contactar con él.

—Pues quisiera hablar contigo si tienes un momento —dijo mientras caminaba de un lado para otro debajo de los porches de San Cosme—. Es sobre Javier. ¿Sabes si le pasa algo? Últimamente está muy extraño.

—¿Ha hablado usted con él? —preguntó Ramón, revelando que realmente le pasaba algo a su amigo.

—Sí, hablé con él por teléfono no hace mucho. —Sacó con dificultad un cigarrillo del bolsillo de la camisa—. Le pregunté si pasaba alguna cosa o necesitaba algo, pero me respondió que todo iba bien.

—Es por culpa de Sofía. Yo le dije que pasara del tema, ¿me explico?

—Oye, Ramón —repuso Álvaro, encendiendo el pitillo—. Sé más claro, explícate como si yo no supiera nada.

—¿No se ha enterado? ¿Javier no le ha dicho nada sobre el embarazo de la Cíngara?

—A fuer de ser sincero, me lo ha dicho la propia Sofía, justo antes de llamarte a ti. —Álvaro carraspeó unas cuantas veces—. Javier no me ha comentado nada. Ella me ha dicho que está embarazada de mi hijo y yo quiero que tú me lo confirmes o lo desmientas. —Se hizo un momento de silencio—. Necesito tu ayuda —dijo finalmente Álvaro.

—Mire, yo aprecio mucho a su hijo. —Ramón hablaba ahora como si fuera una persona más mayor de lo que en realidad era, como si tuviera por lo menos treinta años—. Le puedo asegurar que él no le ha tocado un pelo a esa chica, que el niño que ella espera es mío, ¿me explico? —le dijo a Álvaro, que justo apagaba el cigarrillo y se disponía a encender otro al ver que la boquilla estaba marrón—. Mi padre me mataría si yo asumiera ese embarazo. La culpa es de ella que me dijo que tomaba la píldora. Me engañó. Así que he renunciado a hacerme cargo y mi padre le ha ofrecido la posibilidad de abortar, corriendo todos los gastos de su cuenta. Sería en una clínica de Londres, allí no hacen preguntas y solo se tarda un fin de semana. Pero la chica ha buscado una salida a su embarazo y le ha ofrecido a su hijo Javier asumir la paternidad y casarse con ella. Él está enamorado de la Cíngara, por lo que ha accedido gustoso, ¿me explico?

Mientras Ramón Berenguer hablaba, Álvaro no paraba de fumar de forma angustiada, pensando que eso lo tranquilizaría. El bueno de su hijo quería responsabilizarse del embarazo de Sofía, seguramente por amor —eso pensaba Javier—, pero Álvaro sabía, por algo era mayor, que se trataba de un simple *enchochamiento* que se le pasaría con el tiempo. Sin embargo, no podía hablar con su hijo para hacerle entender que su actitud era un error. Intentar que cambiara de parecer provocaría un rechazo hacia la imposición paterna, al mismo tiempo que le haría reafirmarse en su decisión. Pagando San Pedro canta, dice un refrán popular. Así que Álvaro meditó sobre cómo ayudar a su hijo sin que este se enterara. Para eso necesitaría la colaboración de Ramón Berenguer, al que consideraba mejor amigo de su hijo.

«Tengo que empezar a usar mi agenda azul para anotar

todos estos problemas», pensó el angustiado presidente de Safertine mientras se le hacía un nudo en la garganta y le comprimía de tal manera que casi no le dejaba respirar.

—Oye, Ramón, se me ocurre una idea que os ayudará a Javier y a ti —ofreció Álvaro, que ya iba por su tercer cigarrillo.

—¿Ayudarme a mí? —preguntó confuso el chico.

—Sí, es un plan para que mi hijo se olvide de esa muchacha —propuso Álvaro, aunque sin haber meditado muy bien el proyecto que le rondaba la mente.

En su empresa le había ido muy bien así. Muchas veces ideaba un bosquejo de maquinación incluso antes de saberlo él mismo. En este caso había empezado a hablar sin tener muy claro lo que iba a decir. El caso es que siempre le había dado buen resultado esa forma de obrar.

—Me está usted asustando —replicó Ramón ante el tono conspirativo de Álvaro—, no pretenderá decir que me ofrece eliminar a Sofía —sugirió el chico medio en broma, medio en serio.

Álvaro Alsina no había previsto esa opción; no era, desde luego, su forma de actuar. No creía que hubiera justificación suficiente para matar a alguien, «salvo si era en defensa propia», pensó acordándose del viejo Hermann Baier y las historias que le contaba su padre don Enrique Alsina sobre él. Un día de confidencias, el alemán le relató al padre de Álvaro algunos hechos ocurridos en el campo de exterminio de Majdanek. «O cumplía lo que me ordenaban o moría —se justificaba Hermann mientras paseaban por el bosque de pinos de la urbanización Lewis Sinise—. No me podía negar.» El presidente de Safertine rememoraba en su atolondrada cabeza el día en que su padre le dijo que el nazi era una buena persona. «Hizo lo que tenía que hacer —afirmó tajante—, no se podía negar, hubiera muerto.» Álvaro pensaba, entonces, que mejor morir que vivir matando. La madurez le había hecho recapacitar y darse cuenta de que las cosas no son así. En la selva hay que adaptarse a las normas para poder sobrevivir.

—¡Por favor! ¿Por quién me has tomado? —se escandalizó Álvaro encendiendo su cuarto cigarrillo en lo que iba de conversación—. Sé que debes una cantidad de dinero a gente mala de Santa Susana —dijo—, que te gusta fumar marihuana y que no has podido pagar tu vicio en los últimos tres meses —afirmó utilizando una técnica de ataque frontal—. Esas personas con las que tratas no son de fiar. Pero si les adeudas pasta no tardarán en cobrarse a su manera, ¿me explico? —remachó, imitando la muletilla del chaval.

—¿Y? —dijo Ramón, sin acabar de comprender qué pretendía el padre de Javier.

—Pues que yo podría hacerme cargo de tu deuda con ellos —replicó Álvaro tirando el cigarrillo sin haberlo fumado del todo—. Me dices cuánto debes, yo te doy el dinero, tu padre no se entera, de hecho no se entera nadie, y tú solo tienes...

—¿Solo tengo qué? —lo interrumpió, viendo venir que le iba a pedir algo a cambio.

—Atiende, es sencillo, no tendrás ninguna complicación. Asume la paternidad de Sofía, dile a la chica que quieres hacerte cargo del niño que lleva dentro. No le digas nada de esto a Javier, no lo soportaría. Ella estará dispuesta a casarse contigo, me consta que te quiere, eres un chico guapo e inteligente. Habla con Sofía, sabrás cómo hacerlo, lo sé.

—¿Y Javier? —preguntó Ramón viendo lagunas en el plan.

—Ya se le pasará —respondió casi sin pensar—, le conozco bien, por algo es mi hijo.

—¿Y Sofía? Se supone que debo ofrecerle casarme con ella, pero que al final no lo voy a llevar a cabo, ¿no?, que solo es un plan para desengancharla de Javier.

—Tú solucionarás tu problema, de eso no te has de preocupar. Sofía rehará su vida, tiene mucho tiempo por delante, tendrá el hijo que tanto desea y encontrará un padre digno de él y de ella —argumentó Álvaro, encendiendo el quinto cigarrillo sin darse cuenta, de forma mecánica—. Lo que realmente me interesa ahora es mi hijo, que sea feliz. ¿Harás lo que hemos hablado?

—Usted sabe que necesito ese dinero, por eso me lo ofrece. Estaré con Sofía durante todo su embarazo, la haré creer que asumiré la paternidad de nuestro hijo... y cuando esté a punto de parir ya veré qué hago. Necesito tiempo para aclararme las ideas —concluyó.

—Entonces, ¿cerramos el trato? Dime la cantidad de dinero que quieres y el lugar de entrega —preguntó mientras se encaminaba hacia el hotel.

—Sesenta mil euros —anunció Ramón, para asombro de Álvaro, que acababa de detenerse justo delante del Albatros.

—Pero..., ¿qué dices? ¿Eso debes por un puñado de marihuana? Estás de broma, ¿verdad?

—Usted me ha hecho una oferta y yo pongo el precio —replicó el chico—. Sesenta mil euros o no hay trato, ¿me explico? Dentro de una hora, mediante trasferencia bancaria a una cuenta de...

—Espera que tomo nota. —Álvaro se apoyó en un banco de la plaza que había frente al hotel y extrajo una pequeña libreta para anotar el número de cuenta—. Dime.

—Es del banco Santa Susana. —Ramón le indicó los diecisiete números de la cuenta—. ¿Qué ocurrirá si no cumplo mi parte del trato? —se interesó de pronto.

—Está bien que lo preguntes —afirmó el presidente de Safertine mientras meditaba la respuesta—. Utilizaré el justificante del ingreso en tu cuenta como si me estuvieras haciendo chantaje y luego... —Hizo una pausa para darle más intensidad a su amenaza—. El clan Soriano, a los que debes dinero, son buenos amigos míos, los conozco desde hace tiempo, José Soriano Salazar me debe muchos favores y no le importaría empezar a pagármelos, ¿me explico? —pronunció la muletilla lentamente y subiendo el tono.

—Perfectamente, me ha quedado muy claro —declaró Ramón Berenguer—. Usted ingrese el dinero en esa cuenta y yo cumpliré mi parte.

—Ok, dentro de un rato lo haré —dijo Álvaro Alsina antes de cortar la comunicación.

El presidente de Safertine entró en el hotel. Saludó al chico de recepción y sin perder tiempo se dirigió al cibercafé que había en la planta baja. Desde allí, y utilizando sus claves de acceso a su cuenta bancaria, realizó la transferencia de dinero. En apenas unos segundos, los sesenta mil euros estaban en la cuenta de Ramón.

43

Eran las once de la noche cuando Elisenda Nieto Manrique, la mujer del alcalde de Roquesas de Mar, Bruno Marín Escarmeta, se encontraba en el despacho de su casa. Su esposo hacía quince minutos que se había echado a dormir. Desde su escritorio podía escuchar los ronquidos que surgían de la habitación de matrimonio. Elisenda cogió el teléfono móvil y envió un mensaje a Juanito, el director de Expert Consulting:

«ESTOY SOLA EN CASA. ¿QUEDAMOS?»

La desconsolada mujer del alcalde de Roquesas hacía tiempo que no se entendía con su caduco marido. El decrépito Bruno Marín ya no la miraba como cuando se habían casado. Elisenda sentía cómo se le escapaba su juventud por la rendija maltrecha de la vida al lado de un hombre despiadado y celoso. Anhelaba las noches que había pasado con Juan Hidalgo, aquel joven guapo y apuesto que la hacía vibrar de placer cuando la estrechaba entre sus brazos seguros y firmes.

«Veinte años no son tanto», meditó la señora del alcalde mientras rememoraba los encuentros con su amante.

Elisenda Nieto Manrique, una mujer bella, era la menor de cuatro hermanos. Vivían en un barrio marginal de Madrid y sus padres solamente disponían de ahorros para pagar los estudios del hijo mayor. Las tres hermanas tuvieron que trabajar. Ella se colocó en una tienda pequeña de comestibles. La vida pasaba sin demasiado encanto para la joven Elisenda. Sus piernas se hinchaban de estar de pie detrás del mostrador. Sus manos se agrietaban de tocar el pescado, la carne, la sal. Los días se marchitaban rápidamente. Una mañana de verano, cuando la ciudad estaba vacía y todo el mundo se había marchado a la playa, entró en la tienda Bruno Marín, alcalde de Roquesas de Mar. Enseguida se fijó en la guapa dependienta. El brillo de su mirada le atrajo.

«¿Qué hace una chica como tú en un sitio como este?», preguntó a la angelical Elisenda, que sonrió como si hubiera visto al príncipe azul de los cuentos de Andersen.

Era lo más bonito que le habían dicho en su vida. Esa semana estuvo Bruno Marín en Madrid. Cada día pasaba por la tienda donde trabajaba Elisenda con la excusa de comprar cualquier cosa: pan, chucherías, tabaco, embutido. Cualquier pretexto era suficiente para cruzarse con ella.

Se enamoraron.

El alcalde de Roquesas de Mar vio una joven guapa y llena de ganas de vivir. Ella avizoró una forma de salir de aquel pestilente establecimiento y ser la mujer de un alcalde, mucho más de lo que hubieran podido soñar cualquiera de sus hermanas.

«El amor vendrá después», le dijo su madre a Elisenda el día que le confesó que no quería a Bruno Marín.

Ya era tarde para eso. El amor no había venido por parte de su esposo, sino a través de un chico joven, tan joven como cuando ella se había casado con aquel viejo calvo que chasqueaba los labios cada vez que hablaba.

Habían pasado cinco minutos desde que enviara el mensaje de texto a Juanito y este aún no se había dignado contestar. Justo estaba escribiendo otro cuando sonó el pitido de su móvil: «A las doce en punto en el bosque de pinos.»

Era donde solían quedar. En la arboleda que había en la calle Reverendo Lewis Sinise no les podía ver nadie. Juan llegaba siempre con su flamante deportivo, un impecable Mercedes rojo con ruedas enormes. Aparcaba al lado de un pino con el tronco maltrecho de cortes a navaja donde los enamorados de Roquesas grababan su nombre en el interior de corazones atravesados por flechas. Elisenda recordaba el día en que Juanito había tallado de forma magistral dos círculos con sus iniciales.

La mujer del alcalde salió de su casa a toda prisa. Cerró la puerta del garaje con cuidado de no hacer ruido. Aunque su marido tenía el sueño muy pesado, era mejor evitar que se despertara y tener que dar explicaciones innecesarias. Una amiga de la señora Marín estaba advertida y en caso de que el alcalde descubriera el pastel, esta siempre afirmaría que su esposa había pasado toda la noche con ella hablando de cosas de mujeres.

Juan Hidalgo Santamaría aparcó el deportivo en el sitio habitual. Estaba cansado porque había jugado al *squash* con un amigo en el gimnasio municipal de Santa Susana. Lo hacía todos los jueves y el partido de ese día había sido realmente duro. Sacó un paquete de preservativos de la guantera del coche y preparó uno. Elisenda Nieto no tardaría en llegar, puntual como siempre. Juan encendió un cigarrillo con el Zippo de plata esterlina que le había regalado ella el día de su cumpleaños.

—Si se entera mi marido nos mata —afirmó la mujer del alcalde nada más subir al coche de Juan.

—¿Crees que Bruno sería capaz de matar por celos?

—preguntó el director de Expert Consulting mientras Elisenda se quitaba la blusa y mostraba sus firmes senos.

—¡Qué más da eso! Yo a quien quiero es a ti.

—Ya hemos hablado mucho sobre esto, Eli —repuso Juan desabrochándose la camisa—, y sabes que nuestra relación no tiene sentido.

—¡Ya sé, ya sé! —respondió acalorada mientras besuqueaba con ansia el torso de su amante—. Pero... estoy loca por ti, loca de amor.

Ella le bajó la cremallera del pantalón y se dispuso a realizarle una ardorosa felación. El miembro de Juan estaba a punto de estallar. La mujer del alcalde escupió varias veces para facilitarle la tarea. Después se recogió la falda y se puso encima.

—Espera —dijo él—. Tengo que reponerme.

Ella no lo oyó. En menos de un minuto su miembro estaba erguido de nuevo. Mientras la mujer del alcalde cabalgaba encima de él, le besaba lascivamente el cuello y le agarraba el pelo con furia.

Cuando hubieron terminado, Juan Hidalgo encendió un cigarrillo con su flamante Zippo.

—Me gustaría que se detuviera el tiempo en este preciso instante y quedarme aquí para siempre —dijo Elisenda dando una calada al pitillo que sostenía el director de Expert Consulting entre sus dedos—. Ya sé que tú no opinas lo mismo —afirmó mientras se ponía la arrugada blusa, que recogió del suelo del asiento de atrás del coche.

—Ya hemos hablado mucho de eso, Eli —insistió Juan—, y no quiero darle más vueltas al asunto.

—Te basta con un polvo rápido, ¿verdad? —se burló amargamente la mujer del alcalde—. Se trata de eso: es todo lo que significo para ti.

—¿Matarías por amor? —preguntó Juan mientras bajaba

un poco la ventanilla del coche para arrojar la colilla—. ¿Lo harías? —insistió.

Elisenda Nieto salió del coche a toda prisa. Se alejó de allí sin mirar atrás y se dirigió a casa llorando por el camino. Tuvo cuidado de secarse las lágrimas antes de entrar.

Ya pasaban unos minutos de la una de la madrugada.

44

Después de tres días de no verlo, casi se sintió dichosa. Pero el hecho de que su raptor no viniese tampoco era buena noticia, al contrario, podía significar su muerte por inanición. Había perdido varios quilos y la suciedad campaba por el minúsculo sótano sin que ella pudiera hacer nada para remediarlo. Tenía sangre en las muñecas de los intentos inútiles de cortar las cuerdas con un saliente del ladrillo y las piernas apenas las sentía por la inmovilidad de los días de cautiverio. Sin más esperanza que alguien la sacase de allí, optó por gritar como mejor pudiera. De su garganta solo salió un gutural sonido que se escapaba por la comisura de la mordaza, pero de haber alguien cerca bastaría para que la oyera. Mientras bramaba empezó a saltar sobre el cimentado suelo. No sabía si era el sótano o debajo podía haber alguien. Luego se dio cuenta de las tonterías que le pasaban por la cabeza: estaba segura de que bajo sus pies no había nada más que cemento y más cemento. Dio varios golpes con el hombro derecho y luego con el izquierdo contra la puerta. Esta era de hierro o acero, ella no lo podía saber, y el armazón apenas se inmutaba con los leves empujones de la chiquilla. Uno de los hombros se le dislocó, pero era un mal menor comparado con lo que le esperaba: la muerte más horrenda. La chiquilla, ya de por sí delgada, empezaba a entrar en una anorexia sin retorno, pero a ella le daba igual: su único anhelo era salir a la calle y respirar el aire de Roquesas de Mar, encontrarse con sus amigas, abrazar a sus padres...

Oyó unos pasos sigilosos. Se imaginó a varios policías derribando la puerta y sacándola en brazos de aquel agujero, pero su mirada se tiñó de rojo cuando vio que quien entraba en la estancia era su captor. El criminal que la había enterrado viva.

—¡Ah! ¿Estás aquí? —le dijo nada más verla—. No sabes lo que he echado en falta tu culo.

45

Sentado en la austera habitación del hotel y mientras miraba por la ventana la iluminación de las calles de Santa Susana, llorando como nunca había hecho antes, Álvaro Alsina Clavero pensó en qué era lo que había hecho mal. Había llegado el momento de reflexionar, el mundo, tal y como lo conocía, se desmoronaba a su alrededor. Cuarenta años y toda una vida de sacrificios y penurias dedicada a su familia, a la empresa heredada de su progenitor don Enrique Alsina, buen padre de sus hijos Javier e Irene, o por lo menos lo había intentado, se desvanecían sin que él pudiese evitarlo.

«¿Qué está ocurriendo?», se preguntó.

¿Qué podía pasar para que la apacible y organizada vida de un buen hombre se viera trastocada, de repente, por una serie de hechos imprevisibles e incontrolables que cambiaran, por completo, su trayectoria? El día siguiente a las doce se firmaría el acuerdo con el gobierno, la tarjeta espía estaría en manos de la Administración.

«¡Qué coño me importa a mí lo que hagan con ella! —pensó Álvaro—. No debería preocuparme tanto por ese tema, es posible que todos los problemas que tengo ahora sean por culpa de ese maldito contrato», meditó mientras se secaba una ristra de lágrimas que resbalaban por su rostro.

Encendió un cigarrillo y se tumbó en la cama boca arriba, intentando recordar todo lo acaecido últimamente, todas las palabras oídas y quién las había dicho. Recordó cómo Juan Hidalgo, su socio de Expert Consulting, se entendía con Rosa, su mujer, o por lo menos eso había dicho María, la sirvienta. César Salamanca Trellez, el jefe de la policía local de Roquesas, sospechaba de él y creía que era quien había violado y matado a Sandra López. Para tal acusación contaba con la camisa que presuntamente le había dado Rosa y las declaraciones de un testigo desconocido, del que no sabía nada. Su abogado le había dicho que eso no era suficiente para una imputación formal, cualquier jurado medianamente coherente la rechazaría. La tarjeta de transmisión de datos de Safertine estaba maliciosamente manipulada, eso lo había dicho Diego Sánchez, el jefe de producción. Rosa, su mujer, sabía que había tenido un desliz con Sonia García, la sirvienta argentina predecesora de María Becerra, según le había dicho Juan, sin que se supiese cómo llegó él a saber eso. Sofía Escudero estaba embarazada de otro aunque quería achacárselo a su hijo, aunque ese era el menor de los problemas. Un embarazo y un desliz son cosas inherentes a la vida de cualquier familia, pero una violación y un asesinato de una menor es algo más grave, terriblemente comprometido para alguien inocente que achacaba todos estos hechos a una implacable persecución orquestada por una mente enfermiza y malévola. Era un plan urdido con antelación, conjeturó. No quería parecer un obseso paranoico, pero era mejor mantenerse alerta y no confiar en nadie, que ser apuñalado por la espalda, como de hecho le estaba sucediendo.

Sus pensamientos fueron rescatados por una llamada telefónica.

—¿Sí? —dijo mientras apagaba el cigarrillo, que prácticamente se había consumido en sus dedos.

—¿Señor Alsina? —dijo una voz que le resultó familiar, pero que no pudo ubicar en ese momento—. Quedamos en que le llamaría cuando supiese algo.

—Perdón, no sé de qué me habla. ¿Quién es usted?

—Soy Luis Aguilar. Luis Aguilar Cervantes, el amigo de Cándido, ¿me recuerda? Nos vimos en la puerta del Chef Adolfo.

Álvaro centró sus pensamientos. Era el arquitecto del ayuntamiento de Santa Susana y ciertamente habían quedado en que le informaría acerca de sus extraños vecinos y de la casa que estaban construyendo enfrente de la suya.

—Ya me acuerdo, Luis —respondió—. ¿Qué tal estás? No me llames de usted.

Luis Aguilar Cervantes debía de tener unos treinta años. Demasiado guapo para ser hombre. A Álvaro no le gustaba sentirse atraído por una persona de su mismo sexo, es más, era una cosa que repudiaba; aunque no le importaba que hubiera gente homosexual. Pero con el amigo de Cándido era diferente, le daba morbo. Lo ponía enfermo la sola idea de sentirse atraído por un hombre, pero era cierto que se había encontrado a gusto con él la mañana que el director del banco de Santa Susana les presentara, y también se sentía cómodo ahora, hablando por teléfono. Después de la desapacible semana que había pasado, de repente barruntaba que Luis era una persona de fiar. De hecho, necesitaba urgentemente confiar en alguien. Pensó en quedar con él y sincerarse, le contaría todo lo ocurrido y le pediría consejo. El agresivo presidente de Safertine necesitaba relatar a quien fuese todo lo que le inquietaba. Un confesor le aportaría la seguridad que había perdido en las últimas semanas.

—Te llamo por el tema de la casa de Roquesas de Mar

—murmuró Luis como si se estuviera preparando para decir algún secreto inconfesable.

El bisbiseo de su voz provocó un agradable cosquilleo en la nuca de Álvaro.

—¿Recuerdas que quedé en decirte algo de los moradores de la casa que están construyendo enfrente de la tuya? —aclaró Luis, viendo que Álvaro no respondía.

—Sí, sí. ¿Sabes algo? —repuso Álvaro, y deseó que la conversación se alargara lo más posible. Hablar con Luis le estaba tranquilizando.

—He hecho mis pesquisas y el terreno lo compró una corporación independiente de la Administración estatal.

—¿Una corporación?

—Sí, es extraño, ¿verdad? Tiene su sede en Madrid —informó Luis en medio del chasquido de una cerilla, lo que le hizo suponer a Álvaro que había encendido un cigarrillo—. No he conseguido averiguar a qué se dedican ni qué intereses tienen en Roquesas de Mar, pero previsiblemente harán oficinas.

—Pero eso es imposible —repuso Álvaro tras haber puesto a cargar la batería del móvil, temiendo que se agotara—. En la calle Reverendo Lewis Sinise únicamente se pueden construir viviendas, la normativa municipal prohíbe la edificación de empresas, sea del tipo que sean. No es una zona industrial.

Recordó que Ana Ventura, la mujer del director del banco Santa Susana, Cándido Fernández, quería montar una tienda de comestibles en su calle y que no pudo pese a que su marido movió un montón de hilos con personas bien relacionadas. El poder de los adinerados vecinos pudo más que los entresijos del banquero. La urbanización quería mantener su esencia y desechaba cualquier posibilidad de convertirse en un tinglado de comercios.

—Intentaré averiguar algo más —afirmó Luis con el mismo susurro inicial—. Te mantendré informado.

—¿Estás haciendo algo ahora? —preguntó Álvaro.

Luis guardó silencio unos segundos.

—¿Por qué?

—Nada, por si querías quedar a tomar algo.

—¿Dónde estás? —preguntó Luis con tono normal.

—Quedemos en el bar Lastron —dijo Álvaro—. En quince minutos podría estar allí. Si quieres, te paso a recoger donde me digas.

—No te preocupes, ya sé dónde está. Ahora son las once. A las once y cuarto estaré allí.

Álvaro colgó enseguida para no perder tiempo. Tenía que afeitarse, ducharse y llegar al punto de encuentro. Se sentía como un adolescente en su primera cita. Presintió que había establecido un misterioso *feeling* con Luis, que tenía sentimientos encontrados y que, aunque no sabía el motivo, Luis era una persona de fiar. Al igual que hay personas que uno conoce de siempre y nunca desaparecen los resquicios de desconfianza, por otro lado hay individuos con los que se acaba de iniciar una relación y ya pondríamos nuestra vida en sus manos, como era el caso de Álvaro respecto a Luis.

El bar Lastron estaba situado en pleno centro de Santa Susana, en la confluencia de las calles Gracia y Relieve. Era un bar pijo, de gente bien. Sus paredes estaban finamente decoradas con estanterías llenas de libros sobre temas variados. Se distinguían dos apartados claramente diferenciados, uno para los que solo deseaban tomar café, con una pequeña barra de madera, rodeada de taburetes. Otro, más al fondo del alargado local, donde se sentaban las parejas en una especie de reservado, para charlar, leer, fumar, o lo que fuera. El apartado privado estaba ornamentado de forma retro, unos céntricos tresillos de escay rojo y unas pocas mesas de madera redondas. Servía como bar por la mañana y por la tarde, y por la noche parecía más bien un pub inglés donde compartir una buena charla.

A las once y dieciocho minutos, puntual como era de esperar, Álvaro Alsina Clavero entró en el bar. No había demasiada gente, pero era un local de ambiente y los pocos clientes se conocían entre sí. El hecho de ser la segunda o tercera vez que lo frecuentaba, hizo que las miradas de los asiduos de la barra se posaran en él. Cruzó el establecimiento no sin cierta incomodidad. Dejó atrás el mostrador y se fijó, a su derecha, en un grupo de mesas pequeñas con gente; su mirada se centró en la zona de reservados, donde, sentado en uno de los sofás, estaba Luis.

—Buenas noches, Álvaro —dijo mientras se levantaba en un gesto galante.

Luis vestía de forma elegante pero informal. Llevaba vaqueros negros, zapatos marrones, camisa beis de manga corta, que resaltaba sus brazos musculosos, y una cadenilla de oro de la que colgaba una figura de elefante del mismo material. Tenía el pelo perfectamente peinado, pero sin la gomina que llevaba el día que les presentó Cándido Fernández. También se fijó Álvaro en el pendiente de perla de la oreja derecha, detalle que en otra persona hubiese quedado chabacano, pero que en Luis realzaba su rostro moreno.

—Buenas noches, Luis —dijo Álvaro mientras decidía dónde sentarse—. ¿Hace rato que esperas?

—No, qué va, he llegado ahora mismo —respondió soltando la mano de Álvaro para sentarse de nuevo—. Ponte cómodo, por favor —le indicó señalando el sofá.

Álvaro miró en busca de una silla, taburete o algo parecido. Sentarse justo en el mismo sofá donde estaba Luis le incomodaría. Pensó que sería posicionarse como los brasileños: uno al lado de otro, y él prefería sentarse como los occidentales: uno enfrente del otro. Luis, que se dio cuenta de su vacilación, se sentó bien en la esquina e insistió:

—Álvaro, por favor, no pasa nada, ven y acomódate a mi lado.

Finamente el preocupado presidente de Safertine asintió y se colocó al lado de Luis, en una posición más propia de una pareja de enamorados que de dos amigos que se citan para charlar. Observó al resto de clientes que había en el reservado y se percató de que la mayoría estaban sentados igual que ellos, lo que lo tranquilizó.

—Te agradezco que hayas venido —dijo Álvaro mirando al resto de las personas que había en el local.

—Al contrario, soy yo el que tiene que estar agradecido. Estaba solo y me ha ilusionado quedar contigo para charlar. —El tono del arquitecto volvía a ser susurrante, como durante la llamada telefónica, y esto hizo que Álvaro se sintiera aún más cómodo.

—Últimamente tengo muchos y extraños problemas —le confió.

La presencia de Luis le inducía a sincerarse. Se encontró extraño y con la sensación de estar con su novia de toda la vida, aquella en la que podría confiar ciegamente, en caso de tenerla. La boca se le secó y balbuceó de forma pastosa. Luis se dio cuenta de ello.

—Espera —dijo—, antes pedimos algo de beber, ¿no te parece?

Y se levantó para encaminarse a la barra.

—Yo tomaré lo mismo que tú —indicó Álvaro, que no sentía predilección por ningún brebaje en especial.

—Ok, te voy a traer la mejor fórmula para las confesiones —replicó Luis mientras se dirigía hacia el mostrador.

Álvaro se fijó en su espalda.

«¿Qué me está pasando? —se dijo sin dejar de observar

cómo Luis hablaba con el camarero en la barra—. ¿Acaso me he vuelto maricón?»

Nunca le habían gustado los hombres, es más, había sido una idea repudiada por él desde siempre. Pero con Luis era diferente. Ignoraba si era debido a la difícil situación que estaba viviendo, las presiones familiares, el acoso policial o los problemas laborales, pero el caso es que se sentía fuertemente atraído por su nuevo amigo. Le gustaba estar cerca de él. Oír su voz le tranquilizaba, su perfume le embriagaba. La falta de relaciones con su mujer, ni con nadie, desde hacía un par de días, empezaba a hacer mella en su portentosa sexualidad. Comenzó a sentir una ligera excitación. Álvaro recordó, en un instante, todas las mujeres que habían pasado por su alcoba. Rememoró a Sonia García, la exuberante sirvienta argentina que le hizo perder la cabeza por completo. Y a Elvira Torres Bello, la amiga de confianza desde siempre y con la que pasó tan buenos momentos. No pudo olvidarse de la amiga de su hija Irene, Natalia Robles, con la que gustoso hubiese mantenido relaciones, aunque sabía que estaba prohibido, o por lo menos no era ético, hacerlo con una menor de dieciséis años, la misma edad que tenía Sandra López, la niña secuestrada, violada y asesinada. Luis Aguilar regresó de la barra con dos cubatas. Los pensamientos de Álvaro se desvanecieron.

—La mejor bebida que hay: ron negro con coca-cola —afirmó, dejando los vasos en la mesa—. Esto hará que te sientas mejor —añadió mientras sacaba un paquete de tabaco rubio y lo dejaba al lado de un cenicero de cerámica con el logotipo del local cincelado en el centro.

—Gracias, Luis —dijo Álvaro y bebió un sorbo del cubata—. No sé por dónde empezar, pero para ser sincero, te diré que tengo muchos problemas y me están desbordando.

Sacó un cigarrillo del paquete que había dejado el arquitecto de Santa Susana sobre la mesa.

—¿Sabes algo de la chica asesinada en Roquesas de Mar? —preguntó mientras encendía el pitillo con una cerilla que le aproximó Luis.

—Sí, estoy al corriente. La noticia ha salido en la prensa nacional —afirmó bajando la voz para que no le escucharan los de la mesa de al lado.

—Era vecina mía —dijo Álvaro—. Vivía en la misma calle y además congeniaba con Irene, mi hija. —Mientras hablaba, sonó de fondo la canción *The Year of the Cat* de Al Stewart, lo que lo reconfortó profundamente. Aquella música le recordaba a sus años mozos, cuando frecuentaba el bar Oasis y entre todos consiguieron convencer a Hermann Baier de que pusiera música más moderna que aquellas entristecidas canciones de la posguerra que acababan tarareando muchos clientes.

—Estaba desaparecida, lo sé —aseveró Luis—, lo que desconocía era que hubieran encontrado su cuerpo.

Sonó el móvil de Luis. Lo sacó del bolsillo de su camisa y miró la pantalla. Pulsó un botón para rechazar la llamada y lo dejó encima de la mesa.

—Perdona —dijo—. Sigue, por favor.

—Pues... no quiero extenderme mucho, pero al parecer el jefe de la policía local sospecha de mí —aseguró Álvaro y dio una fuerte calada al cigarrillo—. De hecho tiene una prueba que considera concluyente para inculparme.

—Vaya, parece grave —replicó Luis, que acababa de encender un cigarro—. ¿Cómo sabes eso? Has de tener en cuenta que la información puede ser manipulada.

Mientras hablaba, Luis recordó un caso de cuando estaba estudiando la carrera. En la universidad de Madrid se había estilado durante mucho tiempo la teoría del rumor, según la cual, las malas noticias se distribuían a una velocidad treinta veces más rápida que las buenas. De esta forma era más lógico que se supiera que alguien era maricón, que no que le había tocado la lotería, por ejemplo.

—Ya lo sé —dijo Álvaro—, la acusación no es formal, pero lo será dentro de poco, en cuanto reúnan más pruebas. La investigación la llevarán unos agentes de la policía judicial de Madrid —declaró Álvaro, abstraído en el humo de la colilla que acababa de apagar en el cenicero.

Los dos se observaron a los ojos durante unos eternos segundos. Finalmente Luis preguntó:

—¿Mataste a la chica?

Daba por supuesto que el presidente de Safertine no había violado ni matado a la hija de los López, pero quería oírlo de su propia boca.

Comenzaron a oírse *Los sonidos del silencio* de Simon y Garfunkel. Parecía la canción más apropiada para una jornada de confesiones íntimas. Luis aprovechó para aproximarse, de manera sugerente, a Álvaro. Su mano izquierda acarició, de forma sinuosa, su hombro derecho, en un gesto que buscaba tranquilizar al tenso acusado del crimen más horrendo de Roquesas de Mar.

—No, no maté a la chiquilla —respondió tajante—, y tampoco mantuve ningún romance con ella, como insinúa mi mujer.

—¿Tu mujer cree que te entendías con la chica asesinada? —Luis mostró curiosidad y puso cara de circunstancia.

—Así es —afirmó Álvaro, que no se había retirado ante las caricias de Luis sobre su hombro—. Me lo largó en una conversación telefónica. Según ella, cualquier hombre de mi edad sueña con jovencitas y gustosamente mantendría relaciones con ellas.

—Despecho; tu mujer está llena de resentimiento —observó Luis—, eso no te ayudará. Posiblemente lo que te dijo y la declaración ante el jefe de policía hayan sido más por rencor que por otra cosa. Si está convencida de tu relación con la muchacha, utilizará todas las artimañas posibles para inculparte. Pero, para aceptar eso, que te follaras a una chavala de dieciséis años, tiene que haber algún precedente anterior. Déjame preguntarte una cosa, Álvaro.

—Adelante.

—¿La has engañado con otra mujer u otro hombre alguna vez?

La pregunta no carecía de estrategia. Era evidente que se sentía atraído por Álvaro, y así, de esta forma, al mismo tiempo que intentaba ayudarlo, pretendía averiguar si podía tener alguna esperanza con él.

—Mira, Luis, la única persona con la que he follado ha sido una sirvienta argentina que teníamos antes en casa, de hecho. Más bien hacíamos el amor —puntualizó.

—O sea que llegaste a quererla. —Luis sorbió el último dedo de cubata, mientras se oían los aplausos del directo de Simon y Garfunkel.

—¡Mucho! Y no es que no quiera a Rosa —aclaró—, pero con Sonia fue diferente, ella me entendía como nunca antes ninguna mujer. Nos veíamos siempre que era posible y aprovechábamos cualquier momento para hacer el amor.

—¿Cómo se enteró tu mujer? —preguntó Luis mientras sacaba un pañuelo del bolsillo y se secaba los labios.

—La verdad es que no lo sé —respondió Álvaro, cuadrando el cenicero en el centro de la mesa—. Alguien se lo debió de decir.

Reflexionó unos instantes.

—Según la sirvienta, fue Juan, mi socio.

—¿La sirvienta que te tirabas? —preguntó incrédulo Luis y encendió otro cigarrillo tras haberse limpiado la boca.

—No, hombre, la actual, María Becerra, la sustituta de Sonia.

—Mira, Álvaro —recapacitó Luis, que había dejado de acariciarle el hombro—, lo mejor es que no te fíes de nadie. No creo que todo el mundo esté en tu contra, pero seguramente hay alguien próximo a ti que te quiere quitar de en medio, y para ello usa el engaño. ¿Has leído la cizaña de Astérix? —preguntó mirándolo a los ojos.

—Hace tiempo —respondió Álvaro, que no tenía ganas de acertijos.

Antes de seguir hablando, Luis se levantó y volvió a la barra del bar. Ahora sonaba *Sad Lisa* de Cat Stevens.

«Es evidente que Luis me quiere ayudar de forma desinteresada —pensó Álvaro—, aunque también es posible que lo haga por amor. Me encuentro muy bien con él, me ha gustado cuando me acariciaba el hombro y su voz murmurante se mete en mi cabeza de la misma forma que lo hacía la de Sonia García.»

Por un momento le apeteció besarlo. Pero lo achacó al alcohol, al cual no estaba acostumbrado.

—¿Qué ocurre con la cizaña de Astérix? —le preguntó cuando Luis regresó a la mesa con dos cubatas de ron negro con coca-cola—. ¿Es una especie de parábola?

—Más o menos —respondió el arquitecto de Santa Susana mientras levantaba el vaso para brindar—. Esa parábola trata de una persona que consigue que los demás discutan por malentendidos, y para ello utiliza toda clase de mentiras. Es muy sencillo: si yo quiero que te lleves mal con tu mujer solo tengo que decirle algo que me consta que la molestará. —Álvaro alargó el paquete de tabaco a Luis para que cogiera un cigarrillo—. Ella se enfadará contigo, pero no te dirá quién se lo ha dicho y tú también te encresparás, y entonces se creará un círculo vicioso en que los dos estaréis enfrentados. Todo eso por el comentario de una persona mala, es decir: cizañera.

—Ya, eso está muy bien —asintió Álvaro y bebió del cubata—, pero ¿qué saca esa persona con todo esto? —cuestionó.

—Posiblemente se trate de un despecho por amor, algún desengañado que quiera vengarse de ti, o alguna persona de tu empresa que intenta desbancarte... tu socio, algún jefe de planta, ¿quién sabe? Cualquier hombre o mujer de tu círculo personal podría estar implicado.

—Veo que estás muy puesto en el tema. —El alcohol empezaba a soltar la lengua y las manos de Álvaro—. ¿Cómo podría desenmascarar al cizañero?

—La mejor forma —Luis acercó la boca a la oreja de Álvaro— es no fiarte de nadie, lo primero, y luego tender una trampa a la persona de la que más sospeches.

La mezcla de tabaco y alcohol en el aliento de Luis produjo un efecto afrodisiaco en Álvaro, que se excitó enormemente cuando este le susurró en el oído.

—Mañana firmo un contrato muy importante —explicó, nervioso por la seducción de Luis—. Yo no lo apruebo, me parece un engaño al usuario y una treta del gobierno para espiar a los trabajadores de la Administración y posiblemente a todos los usuarios de Internet. Mi socio sabe que no estoy de acuerdo, por lo que es el primero de la lista en querer quitarme de en medio. Podría empezar por él...

—Deberías hacer una lista de los problemas surgidos en la última semana —interrumpió Luis, que prácticamente tocaba con su pierna la de Álvaro—. Eso te ayudaría a organizar un plan. Habla con todas las personas que creas que están implicadas y anota las peculiaridades que te vayan contando.

—Parece una buena idea —aseveró Álvaro, deteniéndose un momento para escuchar *Escalera al cielo* de Led Zeppelin—. La pondré en práctica a partir de mañana. Pero, Luis, el problema que más urge es la firma del contrato con el gobierno; es mañana a las doce, como ya te he dicho. —El alcohol hacía que Álvaro se sincerara como si Luis fuera un amigo de toda la vida, aunque no le comentó que ya había planeado anotar todos los problemas en una libreta azul, idea que heredó de su padre don Enrique, que siempre la había puesto en práctica—. ¿Cómo lo solucionarías tú? —preguntó con un brillo chispeante en sus ojos.

—Vaya, parece un asunto grave, de hecho es en lo primero que debes centrarte. —La mano de Luis estaba tocando la entrepierna de Álvaro—. Lo mejor que puedes hacer es llamar a tu socio y marcarte un farol. Dile que han sobreseído el asunto de la chica asesinada y que quieres revisar el contrato con la Administración antes de firmar, una cuestión de protocolo empresarial, podrías argumentar. De su respuesta sabrás el nivel de implicación que tiene en toda esta trama. Si accede al aplazamiento, es que no tiene nada que ver y por lo tanto es inocente, en caso contrario, es decir, si insiste en sellar el acuerdo mañana a las doce, es que tiene intereses ocultos en el negocio.

—Luis, creo que te has equivocado conmigo —dijo Álvaro, que no podía aguantar más la tensión.

—No te entiendo —replicó Luis sin quitar la mano.

—Yo no soy gay —afirmó Álvaro, e intentó apartar la mano de su nuevo amigo sobre sus genitales.

—No es cuestión de ser marica o no —replicó Luis—, aquí el tema es si te complace o te desagrada lo que te estoy haciendo ahora. Lo de la homosexualidad es un tema más de prejuicios que de otra cosa. Ven a mi piso esta noche y mañana decidirás lo que eres —propuso, pasando el nudillo del índice de la mano derecha por su barbilla.

—Tengo demasiados problemas como para añadir uno

nuevo a mi enrevesada vida —aseveró el presidente de Safertine, y se acabó de un trago el cubata antes de ponerse en pie—. Me voy —anunció—. Agradezco tu comprensión y tus consejos y el que me hayas escuchado tan atentamente. Mañana llamaré a Juan y haré lo que me has dicho. Te mantendré informado del resultado.

Álvaro se despidió de Luis dándole un beso en la boca. Demasiadas cosas en una semana como para asimilarlas todas de golpe.

Sin tiempo que perder, se dirigió andando al hotel. La brisa nocturna le despejó la mente, mientras intentaba aclarar sus ideas. Zozobraba como una nave a la deriva en un mar de corales. Se dio varios golpes con cuantas farolas se encontró a su paso y esquivó, con torpeza, algún que otro coche que se saltaba los semáforos en ámbar.

Cuando llegó a su habitación cogió una libreta pequeña de tapas azules y anillas doradas. Se dispuso a registrar, siguiendo el consejo de Luis Aguilar, todas las cosas anormales que le habían ocurrido a lo largo de la semana.

Esto fue lo que anotó.

Punto 1: La construcción de la casa de enfrente. Calle Reverendo Lewis Sinise. Desde que empezaron las obras mi vida se ha torcido. El sustento de la acusación de asesinato de Sandra López se basa en el trozo de camisa que me desgarré al asomarme al patio de esa casa.

Punto 2: Firma del contrato con el gobierno por la venta de la nueva tarjeta de red. Enfrentamientos con Juan Hidalgo y Diego Sánchez. No apruebo ese tipo de operaciones comerciales, aunque he de reconocer que son importantes para la continuidad de la empresa. Mi padre no lo hubiera consentido, pero hay que tener en cuenta que eran otros tiempos.

Punto 3: Replanteamiento del amor por Elvira Torres. ¿Hasta dónde quiero llegar? —Dibujó un corazón al lado de la anotación—. En esta vida hay otras cosas aparte del amor: los niños, el trabajo, la familia, las propiedades, la herencia de los padres. Antes buenos amigos que malos amantes —escribió subrayado—.

Punto 4: Embarazo de Sofía Escudero.

Punto 5: ¿Soy bisexual?

Punto 6: ¿Es mala la infidelidad?

Punto 7: Si yo no maté a Sandra, ¿quién lo hizo? ¿Rosa?

Tachó esta última pregunta cruzándola con varias rayas.

46

Le quitó las ligaduras de las manos a la espalda y desató con cuidado la mordaza de la boca. Ella estaba en el suelo sin apenas poder moverse. Barrió con una escoba un trozo del sótano y extendió una sábana blanca en la parte limpia. Arrastró a la chica por los hombros hasta ponerla en el centro. Con un cubo de plástico y una esponja la limpió con esmero. Ella no dijo nada, ni siquiera lo miró.

—Siéntate —le ordenó.

Ella no recordaba el puf, así que supo que cuando él no estaba lo dejaba fuera. Oteó el espacio que iluminaba la linterna, buscando la pistola. Esa noche no la había traído consigo, ya que por la debilidad de la chica debía de sentirse más seguro. Aunque una joven de dieciséis años poco podía hacer contra un experimentado policía de más de cuarenta.

«Espero que lo primero que me pida sea que se la chupe», pensó.

Estaba decidida a arrancársela de cuajo de un mordisco. Ahora ya tanto le daba, apenas tenía fuerzas para sostenerse en pie y cualquier alimento que le diera sería estéril para su organismo, su cuerpo ya no reaccionaría.

—Bebe un poco —le dijo él acercándole una botella de agua a los labios.

Ella la rechazó con un giro brusco de su cabeza. Pensó que en su estado él no sentiría deseo y la dejaría en paz. Lo vio nervioso, algo no marchaba bien. Ignoraba qué estaba ocurriendo ahí fuera, pero sabía que no podía estar escondida indefinidamente, algún día la encontrarían. Y si la mataba, ¿dónde escondería el cuerpo? Luego se lamentó de haber pensado eso, ya que una vez que la volvió a atar y ponerle la mordaza en la boca, regresó con un pico y una pala.

—Al lado de aquella pared —dijo él, como pensando en voz alta—, allí será más blando.

Y se puso a cavar un agujero en el suelo.

47

Aprovechando que Silvia Corral Díaz, la guapa secretaria de Safertine y eficiente agente secreto, tenía fiesta los viernes por la tarde, se reunió con sus jefes en la sede principal del Centro de Inteligencia Nacional. La habían citado a las cuatro, pero sobre las tres y media ya estaba sentada en el cómodo tresillo que presidía la sala de espera del director Segundo Lasheras.

Vestía ropa informal: pantalón vaquero ajustado; lo que resaltaba su espléndida figura, camisa de seda beis y zapatillas de tenis blancas. La acompañaba su sempiterno bolso de piel marrón, donde portaba los documentos fruto de su investigación en la empresa de Álvaro Alsina.

—Puede pasar —dijo el serio director al asomarse por la puerta de su despacho—. ¿Hace mucho que aguarda? —preguntó dándose la vuelta sin esperar a que Silvia entrara en el despacho—. Cierre la puerta, por favor —indicó mientras caminaba hacia su mesa sin mirar atrás.

Segundo Lasheras era la mejor persona que podrían haber escogido para el cargo de director. Hombre serio donde los hubiere, no tenía ningún vicio conocido: no fumaba ni bebía, ni frecuentaba locales de alterne. Excelente padre de familia: mujer y dos hijos, niño y niña de quince y veinte años; su mujer, guapa, a pesar de tener ya cincuenta y cinco años; los hijos, unos excelentes estudiantes. Segundo tenía ahora sesenta años y aunque su rostro los aparentaba, su forma de moverse y su esbelta agilidad le daban el aspecto de un hombre veinte años más joven. Doce años en las fuerzas especiales, donde había alcanzado el rango de capitán. Una década en la Guardia Civil y quince años al servicio del espionaje nacional e internacional, conformaban el mejor jefe que había tenido nunca el CIN Regional.

—Tome asiento —le indicó a Silvia, que acababa de entrar en el despacho y había cerrado la puerta tras de sí—. ¿Cómo marcha todo? —preguntó mientras apretaba uno de los botones del complicado teléfono de sobremesa—. No quiero que nos moleste nadie —dijo al ver que Silvia se percataba de ello.

—¡Bien! —respondió ella mientras apoyaba el bolso sobre su regazo para extraer el sobre con los documentos birlados a Safertine.

—¿Cree que el señor Alsina está al corriente de la manipulación de las tarjetas de red? —preguntó el director sin mirar los papeles que Silvia puso encima de su mesa.

—Pues no lo sé —respondió después de pensar un poco—. Hay mucha gente trabajando en la empresa —afirmó—, no podría aseverar al cien por cien que Alsina sea culpable.

—Una cosa son empleados y otra bien distinta ejecutivos —puntualizó Segundo Lasheras y por fin miró la carpeta que había traído Silvia.

—No puedo asegurar que Alsina sea el único implicado. Piense usted que tiene un director y un jefe de producción por debajo de él, y que...

—Disculpe —la interrumpió el director del CIN—, ¿ha

simpatizado usted con alguien de esa empresa? —formuló una pregunta elemental que Silvia Corral sabía que era de academia de policía.

—No, señor. Sé adónde quiere ir a parar con esta pregunta —aseveró intentando evitar que el director del CIN la llevara a su terreno—. Pero... ¿puede usted garantizar que todos sus agentes son honrados? —añadió la guapa espía.

Segundo Lasheras cogió aire para disimular una sonrisa.

—*Touché!* —dijo—. Mi querida secretaria —agregó, tranquilizando a Silvia después de su atrevimiento—. Entiendo lo que quiere decir. En ese caso habrá que investigar al director de Expert Consulting, el tal Juan, y también al jefe de producción de Safertine... Diego, ¿verdad?

—Así es —confirmó Silvia, asombrada ante la capacidad de memorizar nombres que tenía el director del servicio secreto, ya que aún no había leído los documentos que ella había dejado sobre la mesa—. Lo que ocurre es que tenemos poco tiempo —lamentó.

—Es cierto, el lunes catorce se cierra el contrato con la Administración —ratificó Segundo Lasheras—, y en un fin de semana poco se puede hacer. En caso de que le condenen por el asesinato de la niña, el contrato con el gitano José Soriano le inhabilitará como presidente de la empresa.

—¿Y la manipulación de las tarjetas? —preguntó Silvia, sorprendida de que el director supiera lo del contrato de Álvaro y el gitano sin haber abierto la carpeta que descansaba sobre la mesa.

Lo que Silvia ignoraba era que precisamente el servicio secreto había enviado a Juan Hidalgo una copia de los documentos que inhabilitaban a Álvaro Alsina como presidente de Safertine en el caso de que fuera condenado en algún proceso judicial, poniéndolo así al corriente de la relación que había mantenido con José Soriano Salazar, el traficante que «heredaría» la empresa y todos sus bienes.

—Eso no nos preocupa, señorita —Segundo Lasheras apretó otro botón del enrevesado teléfono, señal de que quedaba poco tiempo de reunión—. El acuerdo con el gobierno no existe, es un señuelo para obligar a la presa y hacerla salir de su escondite.

Silvia esbozó una mueca de incomprensión intentando que el director fuera más explícito. Pasados unos segundos incómodos y viendo que este no se decidía a ponerla al corriente, optó por seguir callada y esperar a que se explicara.

—Su trabajo en Safertine ha concluido —afirmó él sin más—. El lunes por la mañana será dada de baja en la Oficina de Empleo y permanecerá en la sede central hasta que le sea asignado otro destino.

—Pero... —Silvia se quedó sin palabras— yo pensaba que...

—A usted le pagan para trabajar, no para pensar —interrumpió el director con la típica frase de jefe grosero y pedante—. La investigación sobre Álvaro Alsina respecto al asesinato de la chica es un tema que compete a la policía judicial. El servicio secreto no tiene nada que hacer ahí, ¿entiende? Con los datos que han recabado nuestros agentes —pluralizó, por lo que Silvia supuso que había más de un infiltrado en Safertine y Expert Consulting—, tenemos suficiente para cerrar la empresa objeto del seguimiento. —Era la forma de denominar a las labores de investigación continuada sobre una compañía—. La semana que viene cambiará la dirección de Safertine y de Expert Consulting —concluyó—. El gobierno de la nación no puede permitir que se trabaje para el terrorismo internacional. La Administración nombrará, mediante un laudo, a un presidente provisional que se hará cargo de la dirección de Safertine.

—¿Y el gitano? —preguntó Silvia, que no sabía qué decir ante el discurso de su jefe.

—Eso ya no es de su incumbencia —respondió Segundo mientras le indicaba, con un gesto de la mano, que la reunión había terminado.

La hasta ahora eficaz secretaria de Álvaro Alsina salió del despacho del director regional del Centro de Inteligencia. Tenía muchas cosas que pensar, muchas que decir, pero la habían entrenado para eso. Un fin de semana de reposo, unos cuantos días de reciclaje en la sede central y muy pronto estaría infiltrada en otra empresa de alguna ciudad donde nadie la conociera. Ella fue quien había encontrado los papeles que imposibilitaban al actual presidente de Safertine en el caso de estar inmerso en algún proceso penal, como estaba ocurriendo esa semana.

Lo que Silvia Corral ignoraba es que la propia dirección del CIN había ordenado que esos documentos llegaran a manos de Juan Hidalgo Santamaría, en una tarea investigadora que intentaba dirimir la responsabilidad del director de Expert Consulting. De todas formas, qué más daba, se dijo mientras trataba de vaciar su mente de los datos de la misión que acababa de concluir.

48

Pedro Montero Fuentes, el eminente cirujano del hospital San Ignacio de Santa Susana, acababa de llegar de un viaje durante el cual había impartido una charla en un congreso de medicina de Madrid. Estaba al corriente de todo lo acaecido en Roquesas de Mar esos últimos días. Las largas conversaciones telefónicas con Rosa Pérez Ramos, la mujer de Álvaro Alsina, le mantenían informado de las acusaciones que pesaban sobre el presidente de Safertine como principal sospechoso de la violación y asesinato de Sandra López. Pero Pedro Montero sospechaba que aquel horrendo crimen era obra de la esposa de Álvaro. Fundamentaba esas sospechas en que Rosa había actuado por despecho hacia su marido y por librarse de una excelente competidora. Ella sabía, desde hacía tiempo, las relaciones que mantenía Álvaro con la guapa y morbosa joven, así como el idilio de su hija Irene con la chiquilla. Así que Rosa había centrado todas sus frustraciones en una sola persona. Pedro recapacitó sobre el día que se sinceró con su amada Rosa y le relató, sin ahondar en detalles, la tarde en que la joven y atractiva Sandra López Ramírez entró en su consulta, interesada en reafirmar más sus prominentes senos. Le detalló cómo la joven se le había insinuado e incitado para que se los tocara. Pedro Montero le dijo que aún era muy joven para someterse a una operación de cirugía estética, que debía esperar un par de años a que los pechos estuvieran completamente formados. Pero la provocadora joven aprovechó la proximidad del maduro doctor y, mientras este le sobaba su magnífico busto, ella llevó su mano derecha al abultado paquete del médico. Sobresaltado, el doctor alargó la visita, que normalmente duraría quince minutos, hasta llegar a los cuarenta.

El doctor Montero se lo contó a Rosa en una muestra de confianza. La mujer de Álvaro creyó que el centro de todos sus males era esa horrible chica que en poco tiempo había encandilado a su marido Álvaro, a su hija Irene y a su amante, amigo y posiblemente futuro consorte. Por eso el sobresaliente cirujano sospechaba de la dulce Rosa y pensaba que había sido ella la asesina de Sandra, sobre todo porque era quien más motivos podía tener para hacerlo. El forense encargado de la autopsia le había adelantado, como colega, que la joven había sido violada por vía anal y vaginal, con gran fuerza y saña. Pedro recordaba que en un viaje que hicieron él y Rosa a Madrid, a un simposio sobre medicina, una noche cenaron juntos y luego visitaron un *sexshop* típico del barrio de Chueca. Allí habían comprado un consolador de grandes dimensiones que ella prometió utilizar en las noches desenfrenadas con Pedro. Y ese era el mismo instrumento que Rosa podía haber utilizado para penetrar a la niña antes de matarla.

«La forma en que la mataron revela un crimen pasional», había manifestado el forense nada más tener el cadáver delante de él.

Y quién puede tener más pasión y arrebato que una mujer despechada, herida, resentida. Para Pedro Montero la cosa estaba clara: Rosa era la asesina de Sandra López.

Ya eran las once de la noche cuando el buen doctor se adentró en el bosque de pinos en busca de pruebas que incriminaran a su amada. No lo hacía para reunir elementos que la llevaran a la cárcel. Nada de eso. Lo que quería era averiguar si la mujer de Álvaro Alsina se había dejado por descuido algún vestigio que la pudiera relacionar con el crimen. Sí así era, ayudaría a Rosa destruyendo esos rastros. Se colocó, entre sus perfectos dientes, la pipa de brezo que había comprado en uno de sus viajes a Girona. La encendió con una cerilla especial para cachimbas, más larga de lo normal. Previamente había llenado la cazoleta con su tabaco de pipa preferido: Borkum Riff, de suave y fino aroma. Una pequeña linterna de pilas alcalinas le acompañaba en su búsqueda por el lóbrego bosque de pinos.

«Aquí debieron de encontrar a la niña», pensó enfocando con el haz una zona marcada por una vieja cinta del ayuntamiento, donde ponía: NO PASAR – OBRAS.

«La policía local podría haber utilizado cintas policiales más acordes con la situación —se dijo husmeando la zona donde había aparecido el cuerpo—. Rosa es muy nerviosa, seguramente dejó el arma homicida en el trayecto a su casa.»

Pedro Montero recorrió despacio el itinerario desde la zona marcada hasta la casa de los Alsina. Zigzagueó la linterna para no dejar ningún rincón sin mirar. Después de un par de horas, ya lejos del lugar del crimen, encontró un puntiagudo punzón de plástico duro, de unos doce centímetros de largo. «Esta es el arma homicida», pensó. Lo cogió del suelo sin tomar ninguna precaución y comprobó que la punta estaba ligeramente manchada de sangre. Lo envolvió con un pañuelo y, sin buscar nada más, se alejó de allí. Había dejado el coche en la rotonda inacabada de la calle Reverendo Lewis Sinise. Antes de subirse, arrojó el punzón en el pañuelo por encima de la tapia de las obras que había frente a la casa de los Alsina, y vio cómo caía dentro de un cubo de agua que utilizaban los obreros para preparar el cemento.

«Demasiado fácil —pensó al percatarse de que el punzón seguía allí después de pasar cinco días desde que encontraran el cuerpo de Sandra López—. La policía local son unos inútiles», reflexionó mientras abría las puertas de su automóvil con el mando a distancia.

Pedro Montero montó en su Chrysler Voyager y se marchó del lugar despacio, para no levantar sospechas. Se acordó de una película de Peter Sellers donde la policía buscaba a un coche que huía del lugar de un crimen, entonces el actor principal aconsejaba al secuaz que conducía el vehículo que no corriera. «¿Por qué?», preguntaba el atónito ladrón. «Porque la policía sigue a un coche que corre, y si no corremos no levantaremos sospechas», respondió un espléndido Peter Sellers.

El cirujano Pedro Montero estaba convencido de haber ayudado, con su acción, a su enamorada Rosa Pérez, la señora de nariz respingona que un día había decidido quitar de en medio a aquella jovencita alegre, jovial y atractiva que sin querer había osado seducir a dos miembros de su familia. Pedro no cuestionaba la actitud de Rosa, solo la había ayudado de la mejor manera posible. Meditó sobre hablar con ella cuando todo eso acabara. «Ella no es normalmente así», pensó mientras conducía en dirección a su piso de Santa Susana. Esa noche no quería pernoctar en el chalé que tenía en Roquesas de Mar. Sabía que Rosa no se comportaba así, que no era su personalidad, que simplemente estaba pasando un mal momento y necesitaba toda la ayuda posible. Todo el apoyo que no le prestaba su familia se lo daría él, pero tenía miedo de ser inculpado por ayudar a Rosa, de ser acusado de cómplice porque con su acción evitaba, o por lo menos eso creía, que las autoridades pudieran acusar a Rosa del asesinato de la hija de los López.

Circulando por la carretera tuvo una intuición y pensó que era demasiado extraño que el punzón hubiera estado tantos días cerca del lugar donde habían encontrado a Sandra sin que nadie lo hubiera visto. Y por primera vez barajó la posibilidad de que alguien lo hubiera dejado allí expresamente, para ser encontrado.

49

—¡Juan! —exclamó Álvaro—. ¿Qué tal estás?

—Álvaro, qué sorpresa, tenía pensado llamarte. —Juanito se desplazó con el móvil en la mano hasta el balcón, pues la cobertura en su apartamento no era muy buena—. ¿Qué quieres? —fue al grano para no perder tiempo.

—Tienes que aplazar la reunión con los representantes del gobierno —exigió Álvaro de forma tajante—. Hazlo por los viejos tiempos.

—Mira, Álvaro, de eso precisamente hace días que quiero hablar contigo. No sé qué te habrá dicho el jefe de producción, ni tus asesores, pero la transmisión de datos de la tarjeta de red es lo menos importante en estos momentos. Lo primordial en todo el asunto de la fusión es cerrar el contrato con la Administración. La tarjeta es solo el pretexto, luego vendrá la venta de otros componentes de nuestra empresa: monitores, memoria, impresoras..., ¿quién sabe, Álvaro? No echemos a perder la oportunidad de nuestra vida por una pizca de conciencia, ¿no te parece?

—Me equivoqué contigo, Juan, nunca debí sellar el acuerdo con tu empresa, Safertine no necesitaba una filial. —Álvaro encendió un cigarrillo mientras cambiaba el teléfono móvil de mano—. Ahora, mi compañía y la tuya no necesitan un tercer socio, ¡nos comerán a los dos! Sabes de sobra que la tarjeta de red que pretenden fabricar a nuestra costa es un fraude, quieren espiar a todos los organismos de la administración periférica, ¿entiendes lo que quieren hacer? ¡Instalar la tarjeta en todos los ordenadores!, incluso en los particulares. A través de ella retendrán los datos que consideren oportunos de los usuarios: con quién se escriben, qué páginas visitan, qué datos almacenan en sus ordenadores...

—¿Y qué? —exclamó Juan—. ¿Qué nos importa a nosotros? El gobierno de la nación quiere comprar algo que nosotros fabricamos, ¿por qué no lo ves así, Álvaro? —preguntó Juan en un intento de convencer a su socio—. En otros países se venden armas y el comerciante nunca piensa que las vayan a utilizar para matar a inocentes de forma indiscriminada, si lo hiciese nunca entregaría una pistola a nadie.

—¿Me hablas de armas ahora, Juan? —interrumpió Álvaro al percatarse de que su socio intentaba distraerlo del tema principal.

—Vale, he puesto un mal ejemplo. Veamos si te sirve el de un vendedor de coches: este no se plantea si lo van a utilizar para transportar drogas, armas o muertos en el maletero. El comerciante cierra el trato y entrega el vehículo al comprador. Luego se desentiende. Ni siquiera sabe adónde va a parar el vehículo o si el comprador lo utiliza para violar jovencitas en el asiento trasero. Nosotros deberíamos hacer lo mismo, Álvaro. —Juan encendió otro cigarro mientras recorría, de forma apresurada, los cuatro metros de largo que tenía su terraza—. Piensa en eso: vender la tarjeta de red al gobierno, fabricarla como ellos quieren, con las especificaciones que nos han facilitado... ¿Lo demás...? No nos importa.

Hubo un silencio.

Finalmente Álvaro dijo bajando la voz:

—¿Sabes que estoy acusado de asesinato?

Álvaro se dio cuenta de que su antes leal socio Juan seguía siendo el mismo que era: comedido, respetuoso, cabal y pragmático. Después de todo quizá se hubiese equivocado con él; desde luego las explicaciones que le acababa de dar eran, al menos, convincentes.

—¿Qué? —exclamó confuso Juan.

—Que si sabes que estoy acusado de violación y asesinato —repitió Álvaro alzando la voz, pensando que su socio no lo había oído, cuando en realidad era que no le había creído.

—No sabía nada —afirmó—. ¿Cuándo ha sido? ¿Por qué? —Las preguntas se acumulaban en su cabeza y las musitaba sin orden ni concierto, encadenadas conforme afloraban a su mente.

Juan se sobresaltó y no pudo evitar pensar en la carpeta que había encontrado en la vieja fábrica y en quién le mandaría el anónimo para ubicarla dentro del abandonado almacén. Se acordó del texto escrito por don Enrique Alsina, donde decía que en caso de que Álvaro Alsina fuese condenado por delito doloso, calificado como grave en el Código Penal, la empresa Safertine, todas sus propiedades y capital pasarían a manos del gitano José Soriano Salazar, el capo del narcotráfico de toda la provincia. En su día, le había parecido una buena acción por parte de alguien que quería ponerlo al corriente de aquel documento redactado por el padre de Álvaro, pero ahora, visto el rumbo de los acontecimientos, Juan sospechó que había sido utilizado por alguien para destronar a Álvaro y dejar que fuese, finalmente, el gitano quien se quedara con la empresa. Probablemente lo primero que haría este sería cerrar la producción y vender los terrenos. Desde luego, al gitano no le importarían nada los puestos de trabajo, las familias y el futuro de la empresa...

—¡Juan! ¿Me estás escuchando? —preguntó Álvaro, pues su interlocutor se había quedado abstraído en sus pensamientos.

—¡Sí, sí! Perdona —El director de Expert Consulting reaccionó lentamente e intentó concentrarse en la conversación.

—¿Y tú qué piensas? —preguntó Álvaro—. ¿Crees que realmente puedo haber matado a alguien?

Su socio no salía del asombro.

Sin embargo, apenas necesitó unos segundos para planearlo todo. Debía actuar con cautela y asegurarse su futuro, porque eso era lo que le importaba realmente. Ningún chorizo le iba a quitar la dirección de la empresa que tanto esfuerzo le había costado posicionar entre las mejores de su sector. No diría nada a Álvaro de lo que sabía respecto al documento de don Enrique. De momento era mejor callar. Así tendría tiempo de planificar lo que le iba a decir a su socio.

—Llamaré a los representantes del gobierno —dijo Juan, enchufando el móvil antes de que se quedara sin batería—, y les diré que nos den un plazo de cuarenta y ocho horas más, es decir, hasta el lunes catorce de junio.

Álvaro escuchaba sin decir nada.

—Ya me inventaré alguna excusa —añadió Juan buscando ganar tiempo—. Ese es el tiempo de que dispones para decidir qué hacer, Álvaro. Quiero seguir adelante contigo, como en los viejos tiempos. Esto lo empezamos juntos y no quiero acabarlo solo —afirmó para animar al presidente de Safertine—. Nos llamaremos para cualquier cosa, ¿ok?

Juan no contestó la pregunta de Álvaro, lo que este interpretó como una duda razonable hacia él.

Álvaro no respondió. Es como hacían antes en la empresa, las llamadas eran rápidas y fugaces, no se podía perder tiempo contestando: el silencio era positivo. Colgar el móvil sin decir nada era señal de asentimiento.

La mejor forma de arruinar el tratado con el gobierno sería, eso estaba claro, denunciando a la Administración central en los juzgados de Santa Susana. «Qué bonito», pensó Álvaro mientras yacía en la cama del hotel, mirando los botones iluminados de su teléfono móvil y toqueteando la boquilla de un cigarro encendido en su mano izquierda. Esas cosas solo ocurrían en las películas americanas: un hombre solo ante el peligro. La posibilidad de boicotear la fabricación de los chips de transmisión de datos tampoco le parecía lo más correcto. Ya eran tantos problemas los que asolaban el cerebro de Álvaro Alsina, que creía sufrir un cortocircuito y le pareció que de un momento a otro iba a arrojarlo todo por la borda. Desechó la idea que le rondó la cabeza acerca de coger todo el dinero que pudiera de su cuenta y marcharse a un país de Sudamérica.

Todo estaba interrelacionado. Los problemas se enlazaban como en un juego de inteligencia. Cada inconveniente tenía su antagónico. Eso no era del todo malo, porque suponía que la eliminación de un problema anulaba automáticamente otro. Cogió la libreta donde había anotado todo lo que le ofuscaba. La ojeó por encima. Cogió un lápiz y se dispuso a simplificar las anotaciones. Cada punto no debía ocupar más de un renglón, así, de un golpe de vista, vería cada línea y ubicaría mejor los problemas.

Punto 1: La construcción de la casa de enfrente.
Punto 2: Firma del contrato con el gobierno por la venta de la nueva tarjeta de red.

Punto 3: Replanteamiento del amor por Elvira Torres.

Punto 4: Embarazo de Sofía Escudero.

Punto 5: ¿Soy bisexual?

Punto 6: ¿Es mala la infidelidad?

Punto 7: Si yo no maté a Sandra, ¿quién lo hizo? ¿Rosa?

Encendió otro cigarrillo y paseó la mirada por la nueva lista, más concreta respecto a los siete problemas que conformaban el nuevo orden en su vida. No era casualidad que el primero fuese la construcción de la casa de enfrente, aunque Álvaro no reparó en ello hasta que lo vio todo anotado a la vez. Si fue el primer punto que anotó, es que todo había empezado cuando se iniciaron las obras de aquella casa. «Simple coincidencia», pensó. Se acordó de su abuelo, que solía decir que existe una extraña relación entre los sucesos de nuestra vida y los objetos que nos rodean. Algo así como en la astrología, que mantiene una concordancia entre los astros y el porvenir de las personas. «Siete problemas», meditó al darse cuenta de la coincidencia. El siete es un número mágico, lo sabía de cuando estudiaba en la universidad de Santa Susana y le interesaban los temas cabalísticos: las Siete Trompetas que anunciaban el juicio de Dios sobre Roma, las Siete Copas de la Ira, las Siete Plagas Postreras que anunciaban el Apocalipsis.

«¿Tendrá alguna relación la casa de enfrente con todo lo que me está sucediendo?», se volvió a preguntar mientras se vestía.

Allí quieto no podría solucionar nada y la prioridad, siguiendo el orden de su lista, era averiguar todo lo que pudiera acerca de esa misteriosa casa. Cerró la agenda y se la metió en el bolsillo de la camisa.

Llamó a Luis Aguilar Cervantes, el amigo de Cándido Fernández, y ahora amigo suyo.

«Quizá solucionaré dos problemas a la vez: el de la casa y el de mi homosexualidad», pensó mientras apretaba el botón de la agenda de su móvil, donde tenía memorizado el teléfono de Luis.

—¿Luis? —preguntó inseguro, pues quizás había anotado incorrectamente su número de teléfono.

—Sí. Eres Álvaro, ¿verdad? —replicó el arquitecto de Santa Susana, con voz ronca de haberse levantado hacía un momento—. ¿Qué ocurre?

—Necesito hablar contigo.

Luis contuvo la respiración unos segundos y finalmente dijo:

—¿Es un tema personal o profesional?

—Las dos cosas —replicó Álvaro—. Quiero saber todo lo que pueda sobre la casa de enfrente —afirmó sin rodeos—. ¿A qué hora podemos quedar en tu despacho? —preguntó en tono autoritario y visiblemente nervioso.

—En quince minutos estoy en mi oficina del ayuntamiento. —Luis se había aclarado la garganta y hablaba mejor—. Ahora nos vemos.

—Ok.

Como ya estaba vestido, Álvaro salió del hotel enseguida dirección al ayuntamiento. Aprovechó para ir andando, el punto de encuentro no estaba muy lejos y calculó que en quince minutos estaría allí.

El ayuntamiento de Santa Susana era de estilo modernista. Situado en la avenida principal de la ciudad, su construcción databa de 1913. Totalmente reformado en su interior y con la fachada original restaurada, combinaba los detalles Art Nouveau, propios de la época, con los más modernos y actuales. Como Álvaro andaba muy rápido, llegó cinco minutos antes de la hora prevista. Dio un par de vueltas al edificio para hacer tiempo, no convenía llegar antes que Luis Aguilar, y así también aprovechó para meditar y tranquilizarse.

Cuando estaba a punto de entrar, le llegó un mensaje al móvil. Lo sacó del bolsillo y lo miró. Era de su mujer Rosa: «A la una te espero para comer en casa, como siempre. Besos.»

Era un mensaje como los que se mandaban antes. Sencillo, escueto. El tipo de comunicación que tenían antes de todo ese embrollo en que se había convertido su vida. Álvaro no buscó malas interpretaciones, le dio la sensación de que Rosa quería reconciliarse con él, y desde luego no podía desaprovechar esa oportunidad de hablar con su esposa. Así que contestó con un OK.

Un vigilante de seguridad le indicó que dejara todos los objetos metálicos encima de una bandeja de plástico.

—Está todo —afirmó Álvaro mientras rebuscaba en los bolsillos alguna cosa más para soltar.

El vigilante le dijo que recogiera sus objetos personales.

—¿Adónde se dirige, señor? —preguntó amablemente, pero sin perder de vista las manos de Álvaro, el joven y cauteloso guardia de seguridad.

—Al despacho del señor Aguilar —respondió alejándose del arco de seguridad electrónica, no le gustaba estar expuesto innecesariamente a radiaciones.

—Segunda planta a mano derecha, no tiene pérdida —indicó el joven señalando con la mano izquierda y posando la derecha sobre el revólver en un signo de precaución desmedida, muy propia de los vigilantes bisoños.

Cuando Álvaro llegó a la planta se encontró el pasillo

vacío, algo que no concordaba con la gente que había visto en la entrada y en las escaleras; había muchas personas en la entrada y ninguna allí arriba. Luis ya le esperaba.

—Es la planta noble —dijo el arquitecto anticipándose a cualquier comentario del presidente de Safertine al respecto—. Aquí apenas vienen visitas —declaró, acompañándolo a su despacho, posando su mano izquierda sobre el hombro derecho de Álvaro—. Has venido por la casa de enfrente, ¿verdad? Tengo todos los datos que necesitas —afirmó.

Al arquitecto le hubiera gustado que Álvaro hubiera ido por él, pero ya sabía que su amor con el presidente de Safertine iba a ser imposible, visto lo hablado la anterior vez que se habían visto.

—No es necesario que me digas nada —replicó Álvaro lanzando un farol; aunque le preocupaba sobremanera la construcción de la casa de enfrente, no pretendía que Luis creyera que realmente estaba interesado por ese tema—. No te sientas obligado —le dijo a su nuevo amigo—, si te va a poner en un compromiso no me digas nada —repitió.

—Igual esa casa es más importante en tu vida de lo que piensas —dijo Luis.

Álvaro se sintió incómodo, pero intentó no forzar una mueca que lo delatara.

—No sé si te va a gustar lo que tengo que decirte —le previno Luis, mirando unos papeles que sostenía en su mano—. Pero es mi obligación, como amigo tuyo, el ponerte al corriente de todo.

Luis hablaba como si lo hiciera con un viejo amigo de la infancia, cuando en realidad se conocían hacía apenas unos días, concretamente desde el lunes por la mañana en que los dos fueron presentados por Cándido, el director del banco Santa Susana, a las puertas del restaurante Chef Adolfo.

—La casa de enfrente pertenece al jefe de policía de Roquesas de Mar —dijo Luis.

Álvaro no se sorprendió demasiado. Le extrañó que César no le hubiera dicho nada, pero era sabido que le gustaba mucho el barrio donde residía él, y siempre había manifestado su intención de vivir en la calle Reverendo Lewis Sinise.

—No entiendo por qué no me va a gustar eso —dijo, sin saber aún adónde quería llegar Luis.

Ciertamente era extraño que César se hiciese construir una casa en la urbanización y no dijera nada, incluso cuando Álvaro recordaba habérselo preguntado una noche, justo delante de las obras. Pero lo achacaba más a un problema del carácter de Salamanca, siempre tan reservado, que a una verdadera intención de ocultamiento.

—La casa es una tapadera —continuó el arquitecto, para mayor incomodidad de Álvaro—. No está destinada a vivienda, de hecho se han manipulado los permisos para autorizar su construcción.

Álvaro escuchaba impasible, no quería interrumpirle, pero tampoco adivinaba adónde quería ir a parar y qué tenía que ver todo eso con él.

El repentino silencio de Luis lo obligó a preguntar:

—Y... ¿a qué está destinada esa vivienda?

—He investigado a través de contactos que tengo en Madrid. —Luis hablaba ahora como un hombre poderoso, como un mafioso que tuviese amigos en las más altas esferas de las oligarquías nacionales—. Esa casa es un encargo del servicio secreto, el CIN, al propio jefe de policía, para investigar las actividades del alcalde de Roquesas, el ilustre don Bruno Marín Escarmeta.

Álvaro se fijó en el reflejo que producían los rayos de sol, que entraban por el amplio ventanal, sobre el pendiente que llevaba Luis en la oreja derecha. Era como si necesitara un punto fijo para acomodar su vista y así poder centrarse en la realidad y apartarse de las tonterías que creía le estaba contando el arquitecto de Santa Susana.

—Aún no sé qué tiene que ver conmigo todo esto que me cuentas —replicó—, todo el pueblo sabe que el alcalde no es persona de fiar. No es que quiera dudar de ti —añadió mientras Luis extraía un cenicero del cajón de su escritorio, percibiendo las ganas de fumar de su amigo—, pero es demasiado enrevesado el construir una casa, con todo el coste que eso conlleva, con el único y simple objetivo de investigar a un corrupto alcalde de una localidad de tres mil habitantes. ¿No saldría, en cualquier caso, más barato aparcar una furgoneta de cristales tintados delante de su casa?

Mientras hablaba, Álvaro recapacitó: si la historia que contaba Luis era cierta, la casa espía la construían precisamente delante de la suya. No pudo evitar que le asaltara entonces una duda: ¿por qué no la construían delante de la casa del alcalde?

—Estás pensando por qué no han construido la casa delante de la vivienda del alcalde, ¿verdad? —dijo Luis como si le leyera el pensamiento.

Álvaro no supo qué responder.

—Pues esa es la parte que te atañe a ti, querido amigo. —Álvaro sacó un cigarrillo del paquete, intuyendo que no le iba a gustar lo que Luis se disponía a decirle—. El objetivo del servicio secreto es investigarte a ti también.

—¿A mí? —preguntó Álvaro Alsina, poniéndose el dedo índice en el pecho con tal fuerza que hasta le causó dolor.

—¡Sí, Álvaro! —confirmó Luis, ahora cruzando las manos sobre la mesa—. El CIN cree que tu empresa vende material informático a grupos terroristas, por eso...

—¡De qué coño estás hablando, Luis! —lo interrumpió

el presidente de Safertine—. Si eso fuese cierto —argumentó—, investigarían a mi empresa y no mi casa.

—No cargues tus armas contra mí —se defendió Luis—. Yo solo quiero ayudarte y lo que te estoy diciendo es información reservada, me juego mucho con ello.

Álvaro asintió con la cabeza y se calló para que Luis pudiera seguir hablando.

—Ya lo hacen —dijo Luis—. Han infiltrado varios espías en Safertine. Son trabajadores normales y corrientes, pero que en realidad extraen datos de tu empresa y los facilitan al servicio secreto.

—En ese caso, a estas horas ya sabrán que soy inocente. —Sonrió—. Mi empresa no realiza ninguna actividad ilegal —concluyó, mientras se levantaba de la silla para marcharse sin más.

—¡Álvaro, Álvaro! —lo llamó el arquitecto mientras el presidente de Safertine bajaba rápido las escaleras ante la desconcertada mirada del vigilante de seguridad y un matrimonio de ancianos que se disponía a coger el anticuado ascensor. El eco de la voz de Luis resonó por todo el edificio.

Álvaro rompió en pedazos la libreta de anillas y tapas azules donde efectuaba sus anotaciones y arrojó los trozos en la papelera de la entrada del ayuntamiento. Salió por la puerta, tropezando con el arco de seguridad, y se dirigió hacia el hotel Albatros.

En el lateral del hotel tenía aparcado su coche y lo necesitaba para ir a Roquesas a comer a casa de su mujer. A su casa. Tenía que hablar con Rosa sobre todo lo ocurrido esa semana. Tenía que saber qué estaba pasando. Lo necesitaba. Luis le había contado la historia más increíble que podría haber escuchado jamás. Según él, el servicio secreto le estaba espiando para saber si vendía material informático a organizaciones terroristas. «¡Qué locura!», exclamó para sus adentros. Intuyó que, de ser cierto todo el enredo que le acababa de relatar el arquitecto de Santa Susana, entonces habría cámaras escondidas en la casa de enfrente. «Y entonces seguramente tienen la imagen del asesino de Sandra López», razonó al darse cuenta de que el CIN debía de tener la clave de su inocencia. También existía la posibilidad de que todo eso fuese mentira, que realmente no existiera tal espionaje y en caso afirmativo, era admisible que parte de esa vigilancia pasara por la oficina del jefe Salamanca, como máxima autoridad policial de Roquesas de Mar.

«Todo esto es por culpa de la venta de impresoras láser a los árabes —meditó Álvaro, achacando las culpas del espionaje al pasado oscuro de su socio Juan Hidalgo—. Ya sabía yo que aquel negocio solamente nos traería problemas», concluyó, viendo que su empresa, su vida y su familia se estaban desmoronando por culpa del infortunio.

50

Ya era la una del mediodía cuando Álvaro Alsina Clavero se encontró aparcando su Opel Omega en la calle Reverendo Lewis Sinise. Lo dejó delante de su casa, en el número 15, como siempre.

«Qué piensen lo que quieran los vecinos», se dijo mientras bajaba del vehículo y lo cerraba con el mando a distancia.

Había quedado para comer con su mujer, los dos tenían mucho de que hablar y mucho que escuchar. Había llegado la hora de la transparencia total, de sincerarse, de confiar uno en el otro. No había más alternativa, el ocaso se avecinaba sobre la familia Alsina y la única salvación de Álvaro era encomendarse a su esposa, creer en ella y conseguir que ella creyera en él.

Entró por el garaje, como siempre. Desde allí se llegaba antes al comedor. El Renault Twingo aparcado en su interior confirmó la presencia de Rosa. La puerta del trastero se encontraba abierta y la luz encendida. En la destruida libreta de anillas donde anotaba sus problemas, en el punto 7 había puesto a Rosa como posible sospechosa del asesinato de Sandra. Pero ahora pensaba que ella no había podido ser. Que ella era su mujer, con la que se casó enamorado, a la que quiso y a la que quería. Nunca pensó que pudieran tener dificultades.

Álvaro subió la escalinata que separaba el garaje de la primera planta, donde estaba el comedor. Al llegar arriba se encontró de bruces con Rosa.

—Hola —dijo ella, ataviada con un chándal azul y unos guantes de látex enfundados en las manos—. ¿Cómo estás?

Se acercó a Álvaro como si no pasara nada, como si nunca hubiera pasado nada entre ellos y ofreció sus sonrojados labios para besarle en la boca.

Álvaro aceptó y se dieron un callado beso de bienvenida.

—Estoy bien, un poco cansado —dijo después—. Esta semana se me está haciendo muy larga. ¿Estás limpiando el trastero? —preguntó al ver el atuendo de su mujer.

A Rosa le pareció una pregunta tonta, pero puesto que de alguna forma se tenía que iniciar la conversación, respondió:

—Sí. —Y se sacó el guante de la mano izquierda—. ¿Tienes hambre? En un momento acabo lo que estoy haciendo y comemos.

—Huele bien —comentó Álvaro mirando hacia la cocina.

—Es tu plato preferido.

—¿Y los niños?

—Están en sus cosas, no te preocupes —repuso Rosa; Álvaro seguía en la entrada del comedor, con la puerta abierta de la escalera del garaje a su espalda—. Ahora solo importamos tú y yo.

Álvaro se quedó ensimismado. Sonrió.

—Vuelvo enseguida —dijo Rosa—. En cuanto cierre el trastero.

Rosa ya bajaba por la escalera cuando Álvaro le preguntó:

—¿Crees que maté a Sandra?

Su mujer se detuvo en el segundo escalón y volvió la cara

para mirarle a la altura del pecho. Sus ojos evitaron cruzarse con los de él.

—¿De verdad lo crees? —insistió.

—Estoy segura de que no —afirmó.

Álvaro suspiró.

—Las cosas que no nos sirven se guardan en los desvanes —dijo ella mientras seguía bajando las escaleras—. De vez en cuando es bueno hacer limpieza, es un ejercicio sano de higiene y pulcritud —elevó la voz para que Álvaro pudiera oírla desde el comedor—. Deberíamos hacer lo mismo con nuestra conciencia —añadió.

—Limpiarla —musitó Álvaro.

Desde el comedor olió el magnífico estofado que humeaba en la cocina. Se acercó hasta allí. Su hogar le parecía un lugar desconocido, la luz era diferente y, aunque los muebles eran los de siempre y estaban en el mismo sitio, se notó extraño. Levantó la tapa de la cazuela de barro. Solomillo con setas, su plato preferido. Miró alrededor y clavó los ojos en un botellero de madera regalo de su suegra. Sacó un tinto de 1986.

—¡Qué buen año! —dijo en voz alta, y reflexionó sobre eso.

«Deberían dejarnos escoger la época de nuestra vida donde pudiésemos detenernos para siempre», pensó abriendo el primer cajón de la mesa de la cocina en busca de un sacacorchos.

La cocina tenía un extraño olor a soledad. Del armario de madera que había encima del fregadero sacó un par de copas de cristal de Bohemia, regalo también de doña Petra, la madre de Rosa. Los pasos de su mujer, que regresaba del trastero, lo conmocionaron.

—Ya puedes servir el vino —dijo ella mientras entraba en la cocina—. ¿Te quieres duchar?

—No es necesario —respondió Álvaro, extrañado.

—Ya he terminado. Había pocas cosas que bajar al trastero —indicó señalando la puerta del garaje.

Todo eso le parecía a Álvaro Alsina una parábola insulsa. Sentíase como si Rosa quisiera decirle algo a base de metáforas: bajar al trastero, desechar lo que no sirve, olvidar el pasado. Parecía que su mujer fuese a hacer una limpieza de conciencia acerca de todo lo que disturbaba la decaída moral familiar.

—¿Comemos en la cocina? —preguntó ella levantando la tapa de la cazuela y removiendo su contenido con una cuchara de madera.

—Me parece bien —respondió él mientras sacaba un cigarrillo del bolsillo de la camisa.

La tensión entre los dos se fue rebajando lentamente.

—¿Sabes que me voy a quedar sin la empresa de mi padre? —preguntó a su mujer en lo que más bien parecía una afirmación.

Álvaro no pudo evitar observar la fabulosa figura que ofrecía Rosa, incluso con aquel chándal tan antiestético.

Ella terminó de remover el estofado y dijo:

—Si es por el asesinato de Sandra —replicó—, no te preocupes.

Álvaro la miró confundido.

—No tienen pruebas para inculparte —afirmó—. Además, y respondiendo a la pregunta que tanto te inquieta, estoy segura de que tú no has sido. Y los niños —añadió— piensan lo mismo que yo.

—No es por eso, Rosa. —Álvaro encendió el cigarrillo—. Ese no es el motivo de la posible pérdida de la empresa.

Rosa le preguntó con los ojos.

—Hay muchas cosas de las que no hablamos, aspectos de mi vida que no te he contado.

Hubo un silencio.

—Yo tampoco, Álvaro —manifestó ella mientras se disponía a servir la comida en dos platos llanos de stoneware, un material hecho de una arcilla más gruesa que la porcelana china y también regalo de doña Petra—. Pero tenemos tiempo.

—Cuando era más joven... —Hizo una pausa—. Bueno, quiero decir, hace tiempo cometí un error muy grave. Era la época en que estaba enganchado al juego, ¿recuerdas el tratamiento para los nervios de Madrid? —Rosa asintió con la cabeza—. Pues no era eso exactamente, fue para desengancharme del vicio ludópata que me consumía las entrañas. Durante años tuve una necesidad imperiosa de jugar. No te quiero agobiar contando cómo empezó todo, pero de las máquinas pasé al bingo y luego a las timbas de cartas. La pérdida constante de dinero me llevó a intentar recuperarlo jugando más y más y más. No sé qué me pasó, pero siempre tenía que estar apostando.

Álvaro buscó en los ojos de Rosa algún atisbo de repulsa. Su silencio le alentó a proseguir.

—No quiero buscar excusas acerca de por qué jugaba, el caso es que antes de decidirme a tratar mi adicción como una enfermedad, pasó algo que me hizo replantearme mi vida, algo que fue el cenit de mi descalabro como persona. Una noche...

—¿Más o así está bien? —interrumpió Rosa, que estaba sirviendo el solomillo en el plato de Álvaro.

—Está bien —respondió—. Una noche, como te digo, jugamos una timba en el local donde trabajaba César Salamanca de camarero, el garito de Hermann Baier, el bar Oasis. Bueno, ya sabes dónde quiero decir.

Rosa asintió con la cabeza.

—Entre los participantes de la timba estaba José Soriano...

—¿El gitano?

—Sí, sí —replicó él, molesto por la interrupción—, no conozco a otro José Soriano Salazar. Él siempre fue un habitual a las timbas del Oasis. Como todos nosotros. Casi todas las noches de los sábados coincidíamos allí un grupito de asiduos al juego. Cenábamos unos bocadillos y después nos sentábamos alrededor de una mesa entre vasos de ron y whisky. Aquella noche yo tenía una buena mano, ya sabes que siempre suelen decir eso los jugadores, ¿no?

Rosa sonrió.

—El caso es que no disponía de dinero en efectivo para hacer frente a la apuesta. Ya no me quedaban ahorros que gastar ni amigos a los que pedir, pero estaba tan seguro de las cartas que sostenía entre mis temblorosas manos que opté por jugármelo todo... incluyendo mi futuro, que fue lo único que se me ocurrió en ese momento. Si hubiera apostado mi pasado también lo habría perdido... «¿Tu apuesta?», me preguntó José Soriano viendo que dudaba.

«La empresa de mi padre», le dije.

—Los demás abrieron unos ojos como platos. Se rieron pensando que bromeaba, pero la mirada del gitano no dejaba resquicios para la burla.

»"Poco es —dijo entonces el gitano—, habrás de jugarte también los terrenos de la empresa."

»Yo creí que no me tomaba en serio, así que le concreté más mi apuesta: "Vamos a ver —le dije— en esta mano me juego la empresa Safertine con todo lo que en ella hay incluida, quiero decir trabajadores, terrenos, maquinaria, clientes...."

—Álvaro, ya está bien —dijo Rosa, conminándolo a que no continuara hablando.

—El gitano quiso seguir jugando y para ello se aprovechó del abogado Nacho Heredia Montes, que también estaba presente aquella noche. Como la cosa iba en serio, José Soriano puso todo el dinero de su apuesta sobre la mesa y Nacho, actuando como mediador, confeccionó un documento, que firmamos los tres, donde se especificaban claramente los detalles de la apuesta. En caso de que yo perdiese, decía, la empresa heredada de mi padre pasaría a manos del gitano. Pero el bueno de Nacho quiso echarme una mano, en tan osado desafío, e incluyó una cláusula que rezaba que para que la transmisión de la empresa se llevara a cabo, en caso de perder, yo debía ser condenado por algún delito grave.

—¿Y eso? —preguntó Rosa.

—Mira, pues no lo sé. Pero el caso es que eso es lo que ofreció como garantía el abogado y los dos aceptamos. Yo nunca creí que fuese a ser condenado por un delito grave. Es más, incluso José Soriano preguntó qué tipo de delitos y Nacho le respondió que cualquiera tipificado en el Código Penal.

—¡Dios mío, Álvaro! —exclamó Rosa con el rostro desencajado—. Ahora se ha producido la condición —dijo—. Esto parece una trampa tejida maliciosamente para quitarte tu empresa.

—Sí, ya he pensado que todo esto es demasiado enrevesado como para que sea fruto del azar. Pero de no remediarlo, todo lo que tengo... todo lo que tenemos pasará a manos del gitano.

—Pero Álvaro, ¿qué valor puede tener un documento escrito en una timba de mala muerte, en un tugurio como el bar Oasis, que era casi como el infierno?

—Está firmado y refrendado por un abogado —explicó Álvaro.

—Pero ¡qué tonterías son esas! Por favor, Álvaro, reacciona, no tienes por qué entregarle tu empresa a ese gitano, de ninguna de las maneras. En todo caso, y si fueses condenado por el asesinato de la niña, cumplirías tu condena y...

—¿No habías dicho que me creías inocente? —la interrumpió.

—Sí, creo en tu inocencia, pero eso no tiene nada que ver con que seas o no condenado. Lo que te estoy diciendo —argumentó viendo que su marido recelaba— es que yo creo que no mataste a la niña, pero que en caso de que te condenaran por eso, de ninguna manera debes consentir en ceder tu empresa a ese gitano.

Se miraron a los ojos.

—Se está enfriando la comida —añadió Rosa.

Una mueca de Álvaro le indicó que había perdido el apetito.

—Sé que estás enfadada conmigo por lo de Elvira y Sonia...

Su mujer le agarró las muñecas.

—Elvira, Sonia, Sandra, Pedro Montero... ¿Qué más da, Álvaro? Lo hemos dejado todo en el trastero y allí es donde permanecerá para siempre.

Álvaro la miró con sorpresa.

—Sí, todo está allí encerrado y desterrado, y la próxima vez que lo abramos será para arrojarlo a la basura. Es de vital importancia que sepamos arrinconar las cosas que nos hacen daño, que nos atormentan. No abras esas cajas ahora, ya las hemos enterrado para siempre.

—La casa de enfrente... —insistió Álvaro, yendo a su principal problema.

—La casa de enfrente está ahí —replicó Rosa señalando hacia la ventana donde se podía ver la fachada de la obra—. Es una casa, Álvaro, nada más. Solo eso, ¿entiendes? Si te molestan los nuevos vecinos, únicamente tienes que bajar las persianas.

Álvaro quiso decirle que la casa de enfrente la habían construido para espiar al alcalde, lo cual le parecía una me-

mez, o para espiarlo a él, lo que no tenía sentido. Harto de tanto pensar y visiblemente cansado, prefirió zanjar aquella conversación estéril. No dijo nada más.

Rosa le dio un beso en la frente.

—Todo se arreglará —le dijo—, confía en mí.

Se colocó tras él, que seguía sentado en la silla, y se dispuso a darle un masaje en los hombros. Eso siempre le tranquilizaba. Él miró a través de la ventana y vio las obras de la casa de enfrente. Los rayos del sol vespertino aporreaban con descaro su fachada, resaltaban el brillo de la valla que la cercaba. Álvaro se sintió tranquilo pero al mismo tiempo continuaba albergando un recelo insidioso por las últimas palabras de su mujer que, al mismo tiempo que lo apaciguaban, le hacían creer que ella sabía más de lo que decía. Pero el acosado presidente de Safertine no estaba en disposición de elegir, y su salvación pasaba por confiar totalmente en alguien si quería salir del atolladero. En ese caso, Rosa, su mujer, era la mejor opción.

—No hemos comido nada al final —dijo ella.

—Se me ha empequeñecido el estómago con los problemas.

Y ella volvió a besarlo en la frente.

51

Durante varias horas estuvo picando el suelo. De vez en cuando acumulaba un montón de tierra, cogía la pala y llenaba unos sacos de tela enormes, que arrastraba maldiciendo fuera del sótano. No había que ser muy lista para saber que el muy cabrón estaba cavando una tumba. Así que ese era su último día, se dijo crudamente. Ya nada le importaba, pero quería que él se acordara de ella el resto de su vida. Hizo el gesto de querer hablar para que le quitara la mordaza. Con dieciséis años era demasiado lista para morir así, sin más.

—¿Qué coño quieres? ¿No ves que tengo trabajo, cabrona?

—Ummmh.

Él dejó el pico en el suelo y se acercó para aflojarle la mordaza que le oprimía la boca.

—¿Qué?

Sin apenas aliento, la chica puso toda la carne en el asador. Era su última oportunidad.

—¿Ya no quieres sexo conmigo?

—Luego.

—Es que me muero por hacerlo —dijo ella, buscando ser lo más sugerente posible.

—Lo primero es lo primero —repuso él sin dejar de mirar el agujero medio hacer del suelo.

—Lo primero es satisfacer mi culo. Ven, deja que se ponga dura en mi boca.

Ella percibió una leve erección en los pantalones sudados de su captor y supo que su invitación estaba surtiendo efecto.

—Está bien. Come un poco de esto —dijo bajándose la cremallera.

52

A las cinco de la tarde del sábado 12 de junio, Irene Alsina Pérez bajó del tren en la estación de Santa Susana. En el andén la esperaba Natalia Robles Carvajal, la chica que hizo tándem con ella y con Sandra López. En tiempos fueron excelentes amigas. Natalia estaba sentada en el oxidado banco de hierro que había debajo del reloj de la estación. Sobre sus rodillas sostenía un libro de Gabriel García Márquez: *Cien años de soledad*. La chica vestía un vaquero ajustado, mocasines blancos y una camiseta de tirantes beis con el dibujo de una mano abierta plasmado en el peto. Pelo muy corto, ausencia de pendientes y poco pecho la conformaban como un chiquillo que esperara a su novia para ir al cine.

—Hola —dijo Irene agachándose para dar un beso en la mejilla a su amiga—. ¿Hace mucho que esperas? —preguntó mirando el libro.

—¡Qué va! —respondió Natalia mientras le devolvía dos sonoros besos en los sonrosados mofletes de Irene—. Justo me acabo de sentar. ¿Cómo estás tú?

Natalia era una chica muy cariñosa y así lo demostraba con todos sus amigos. Mientras hablaba solía toquetear la ropa de su interlocutor de una forma maquinal, sin darse cuenta. Eso le gustaba a Irene, es más, la hacía sentirse cómoda.

—Estoy bien —respondió mientras caminaba hacia el exterior de la estación—, aunque no consigo olvidar el tema de Sandra. ¡Qué palo, tía! —exclamó cogiendo la muñeca de su amiga, que casi no había terminado de guardar el libro de García Márquez en su mochila tejana.

—Yo no pienso en otra cosa —replicó Natalia posando la mano sobre la de Irene—, desde que me dijiste que la encontraron muerta no he vuelto a Roquesas —afirmó cogiendo por la cintura a su amiga.

—Muerta —lamentó Irene—, nunca pensé que pudiera oír esa palabra para referirnos a nuestra querida Sandra.

Las dos chicas se abrazaron y volvieron a besuquearse la cara.

—¿Has contado a tus padres lo que pasó la noche del viernes cuatro de junio? —preguntó Natalia—. Fue la última vez que la vimos con vida.

—No, no he contado nada, ni siquiera al jefe de policía. Lo único que conseguiría sería complicar más las cosas —explicó mirando hacia atrás y cerciorándose de que nadie las escuchaba.

—¿Ni a tu madre?

—Ni a ella.

—De todas formas —dijo Natalia—, ¿qué importa eso ahora?

—Pues no sé cómo están las cosas estos días por el pueblo —aseveró sacando de la mochila, que aún no se había descolgado de la espalda, un paquete de tabaco rubio—, pero quizá tengas razón en lo que dices. De hecho, y bien mirado, no creo que aquello tenga importancia ya.

Irene hizo una mueca de conformidad.

—¿Se sabe quién es el asesino? —preguntó Natalia poniéndose un cigarrillo en la boca.

—No se sabe nada —respondió la hija de los Alsina—, o por lo menos a mí no me han dicho nada. Me interrogó el jefe de policía... bueno, eso ya lo sabes. Le conté lo que habíamos convenido la última vez que hablamos.

—¿El qué?

—Pues eso, que Sandra me acompañó hasta la puerta de mi casa. Que una vez allí, y tras intercambiar cuatro palabras, nos despedimos y ella volvió sola al pueblo, donde estaban celebrando las fiestas. Es eso lo que pasó, ¿verdad?

—Ya sabes que yo nunca te ocultaría nada —dijo Natalia—. Es todo tal y como te dije. Después de dejarte para que te fueras a tu casa, estuvimos las dos besándonos en el bosque de pinos.

A Irene le molestó oír eso de nuevo.

—No sé el rato que pasó —continuó Natalia—, pero Sandra acabó con los pantalones bajados y yo desnuda al lado de ella. Sabes que las dos estábamos muy enamoradas. Me encantaban sus caricias, sus mimos, sus besuqueos. Mientras nos tocábamos oíamos la música proveniente de la fiesta del pueblo.

—Eso ya me lo habías dicho —la cortó Irene visiblemente conmocionada.

—Solo quiero que te quede claro que nunca te mentiría. Aquella fue la mejor noche de mi vida. La mejor noche de nuestras vidas —precisó, refiriéndose a Sandra y a ella misma—. Si me ofrecieran la oportunidad de parar el tiempo en un momento determinado y repetir ese momento para siempre, elegiría sin duda aquel viernes.

—Yo, por mi parte, no he dicho nada a nadie de aquello. Creo en lo que me cuentas —aseveró mientras caminaban por la plaza principal de Santa Susana.

Se sonrieron.

—¿Cuando te fuiste no viste a nadie? —preguntó Irene.

—A nadie —afirmó Natalia—. Habíamos bebido bastante, ¿te acuerdas? Me vestí, le di un beso en la boca a Sandra y me marché de allí en dirección a la estación.

—¿Cómo es que no fue contigo?

—Se lo pedí, le rogué que me acompañara. Le dije que a las cinco de la mañana salía el primer tren hacia Santa Susana.

—¿Por qué no quiso ir contigo?

—Ya te lo dije —replicó Natalia—, prefirió quedarse en el bosque.

—Qué extraño.

—Ella era así, ya la conocías. Estaba semidesnuda encima de la hierba. No pensé que en Roquesas pudiera pasar nada. Me dolía la cabeza, la borrachera empezaba a remitir y no tenía ganas de discutir, así que me levanté...

—¡Vale! Ya sé la historia —la interrumpió Irene encendiendo otro cigarrillo—. No hace falta que lo vuelvas a contar. ¿Quién coño pasaría por allí a esas horas? ¿Quién pudo hacerle eso?

—Lamento haber tenido que pedirte que no dijeras nada de mí —se sinceró Natalia—, y agradezco mucho que me creas. No te puedes imaginar las complicaciones que tendría si la policía supiera que fui la última persona que vio a Sandra con vida...

Irene se paró en seco y la miró a los ojos.

—Bueno —aclaró—, yo y el hijo de puta que la mató. Es mejor que nadie sepa nada de las relaciones entre Sandra y yo —afirmó cogiendo las muñecas de su amiga.

—¿Quién crees que fue? —preguntó la hija de los Alsina bajando la voz y cerciorándose de que nadie las escuchase—. A Roquesas viene mucha gente en verano, pero yo estoy convencida de que fue alguien del entorno del pueblo, algún vecino, posiblemente —aseveró cuando se acercaban a una pastelería que había en la calle Galicia—. La violaron, la mataron, la golpearon, le deformaron el rostro...

—¡Quieres callarte, por favor! —chilló Natalia—. Estamos hablando de la persona que más he querido en mi vida, ¿entiendes?

—Perdona, a mí me afecta tanto como a ti.

—Mira —replicó Natalia sacando el monedero de su mochila—, yo creo que fue Hermann Baier, ese nazi alemán —afirmó mientras señalaba una ensaimada del aparador—. Esa —le dijo a la dependienta que justo salía del interior del obrador.

—¿Hermann?

—Estoy convencida.

—Pues yo me inclino más por Bartolo Alameda —argumentó la hija de los Alsina mordisqueando un cruasán.

—¿Por qué?

—Es un salido. ¿Te has fijado cómo nos mira cuando nos ve por el paseo marítimo de Roquesas?

—¿El tonto del pueblo? —preguntó Natalia—. Ese se follará a las cabras, pero no creo que sea capaz de haber asesinado a Sandra.

—Pues el viejo Hermann no creo que tenga fuerza como para violar y matar a pedradas a una chica —replicó Irene—. No creo que con noventa y un años sea capaz de forzar a nadie.

—¿Y si no ha sido una sola persona? —planteó Natalia mientras comía la azucarada ensaimada—. Igual fueron Bartolo y el alemán, los dos juntos. El primero la violó y el segundo la mató —expuso la chica, chupándose los dedos llenos de azúcar.

—Es posible que haya sido un asesinato cometido entre

varias personas. Pues entonces será más fácil atrapar al asesino.

—¿Por qué?

—Porque cuanta más gente haya implicada, más posibilidades de que alguien se vaya de la lengua.

Las dos se guiñaron el ojo a la vez.

53

Eran las siete de la tarde cuando César Salamanca entró en la sede provincial del CIN para entrevistarse con su director regional, el implacable Segundo Lasheras. El motivo de la cita era para tratar el tema de las grabaciones hechas a través de un Apolo, es decir, un coche camuflado del servicio secreto, que había estado días aparcado delante de la casa de la familia Alsina. Era una vieja furgoneta Mercedes, con el logotipo de una empresa de albañilería en su lateral. Los vecinos de la calle Reverendo Lewis Sinise nunca sintieron curiosidad por dicha furgoneta, porque pensaron que era de las obras del número 16.

Nadie sospechó. En la cinta que filmó el equipo del Apolo se observaba perfectamente cómo, la noche del 4 de junio, el día que fue asesinada Sandra, el jefe de policía salía del bosque de pinos sobre las cuatro de la madrugada y recorría la calle hasta desaparecer en la zona de los olivos, donde estaba la rotonda inacabada. El director del CIN quería preguntarle, en persona, los motivos que le llevaron a estar allí, en el lugar del crimen, esa noche y a esa hora, que casualmente coincidía con la del asesinato.

—Buenas tardes, jefe Salamanca —saludó un imperturbable director del CIN al mismo tiempo que le indicaba al agente que permanecía en la puerta de su despacho que se retirara.

César lo siguió con la vista.

—Espero no haberle distraído de sus obligaciones —se excusó Segundo Lasheras.

—No se preocupe, ya sabe que la vida de un policía está llena de inconvenientes —aseveró Salamanca desenvolviendo un chicle y buscando una papelera donde arrojar el envoltorio.

Segundo le acercó el cenicero de caoba que adornada su mesa.

—Dígame, ¿qué quiere de mí? —preguntó el barrigón jefe de la policía municipal.

Al director del CIN le sorprendieron las prisas. Su tono, desde luego, no era nada disciplinado. No había ningún ligamen jerárquico entre el servicio secreto y la policía local, pero aun así, Segundo Lasheras esperaba un trato más afable por parte de César Salamanca.

—Es acerca de la violación y asesinato de la joven Sandra —dijo.

—Estoy al corriente de ese asunto —replicó César, incómodo.

—Una de nuestras cámaras de vigilancia está situada muy próxima a la zona donde presumiblemente se cometió el crimen.

César asintió con la cabeza.

—En esa grabación aparece usted saliendo del bosque de pinos —dijo el director ante la impasibilidad del jefe de policía—. Sobre las cuatro de la madrugada, más o menos a la misma hora que murió la muchacha —afirmó—. No hay lugar a dudas —dijo antes de que César pudiera protestar— de que es usted el que aparece en la cinta. Su cara se vislumbra perfectamente en un momento en que pasa por debajo de una de las pocas farolas que iluminan la calle.

César entornó los ojos y lo miró fijamente.

—¿Qué hacía allí a esas horas? —interrogó Segundo Lasheras sin pestañear.

Para el jefe de la policía local era harto difícil poder intimidar con su mirada a todo un director del servicio secreto, de eso ya se había dado cuenta nada más entrar, pero albergaba la posibilidad de utilizar todos sus años de experiencia para poder zafarse de tan terrible encrucijada.

—¿Desde cuándo el servicio secreto investiga crímenes locales? —preguntó visiblemente irritado—. Pensaba que esos temas eran competencia de la policía.

—La seguridad es competencia de todos —le recordó Segundo Lasheras.

—¿Y los inspectores de Madrid? Tengo entendido que son ellos los encargados de resolver este crimen. —Se frotó la cara y añadió sin mirarlo a la cara—: ¿Estoy acusado?

—Cálmese, jefe Salamanca —sugirió Segundo Lasheras, que acababa de apretar un botón que había debajo de su mesa—. No le estoy acusando, simplemente le estoy haciendo una pregunta. —El director del CIN no esperaba una reacción tan enérgica por parte del policía municipal—. ¿Va usted armado? —preguntó ante la turbación de César.

—¡Pues claro que voy armado! —respondió levantándose la camisa a cuadros que llevaba por fuera del pantalón y mostrando las cachas de un 38 especial.

Segundo Lasheras agudizó la mirada.

—Soy policía —dijo César—, y como tal tengo derecho a llevar mi revólver.

El director del CIN no quería enredarse en esa discusión. El jefe de policía se encontraba exaltado y su voz se elevaba por momentos. La puerta del despacho se abrió y un agente uniformado de impecable azul entró. Segundo Lasheras le hizo una indicación con la mirada para que se situara entre él y el jefe de policía. César apenas lo miró, como si no quisiera reparar en él.

—¿Y bien? —insistió Segundo Lasheras, más tranquilo con la presencia del agente de seguridad—. Aún no ha contestado a mi pregunta.

—¿A qué pregunta se refiere? —repuso desafiante César—. ¿A si he matado a esa niña o a qué hacía allí esa noche?

—La primera pregunta no la he formulado yo, pero si lo prefiere puede contestar a las dos al mismo tiempo, puesto que creo que están ligadas entre sí.

La tensión creció en el despacho. El agente de seguridad tensó los músculos en previsión de una reacción desmedida de César.

—Estaba vigilando al presidente de Safertine —respondió Salamanca sin quitarle ojo al fornido agente.

Lasheras le animó con la cabeza a que siguiera hablando.

—Hacía días que lo seguía —dijo César—. Bueno, lo investigaba, como dirían ustedes. Álvaro Alsina no es una persona de fiar y en varias ocasiones lo vi rodeado de chicas jóvenes, de las que gustaba hacerse acompañar. En las fiestas de Roquesas de Mar estuvo merodeando a la pequeña Sandra y fue ella misma la que denunció el acoso a la que se veía sometida últimamente por parte de Alsina.

—¿Dice usted que la chica denunció a Álvaro Alsina por acoso?

—No fue una denuncia por escrito —precisó César—, la chiquilla me lo dijo a mí confidencialmente.

—¿Y qué le dijo exactamente?

—Me contó que Álvaro la acosaba y la seguía constantemente con el propósito de mantener relaciones sexuales con ella. Según Sandra, Álvaro se aprovechaba de su desahogada posición económica para comprar sus favores, cosa que la chica rechazaba de plano.

—¿Y por qué no lo denunció en la comisaria?

—Mire, Roquesas es un pueblo muy pequeño, todo el mundo se conoce. ¿Sabe qué supondría para la endeble moral lugareña el que una chiquilla denunciara a uno de sus vecinos más respetables?

—Entiendo que fue usted el que la convenció para que no denunciara, ¿no? —preguntó Segundo Lasheras.

—Más o menos. Cuando Sandra acudió a contarme el problema que tenía, lo primero que hice fue tranquilizarla y aconsejarle que no dijera ni hiciera nada. Le aseguré que yo mismo me encargaría de solucionarlo de la mejor manera posible. No hay que olvidar que Alsina y yo somos amigos desde la infancia. Nadie mejor que yo lo conoce y sabe de sus debilidades. Aquella noche precisamente —dijo antes de que el director le replicara— los seguí a los dos a través del bosque de pinos. Sandra se ausentó de la fiesta para marcharse a su casa y Alsina no tardó ni unos segundos en salir tras ella. La espesura del bosque los engulló a los dos.

—¿Y? —preguntó Segundo.

—Pues nada, los perdí de vista en algún momento del seguimiento, pero de lo que estoy seguro es de que... —Hizo una pausa, meditando sus siguientes palabras—. Bueno, pues que casi podría asegurar que la única persona que cruzó el bosque de pinos aquella noche aparte de Sandra fue Álvaro Alsina.

Sobrevino un silencio sepulcral. El vigilante miró a su superior esperando instrucciones. César se secó el sudor de la frente con un pañuelo de tela.

—Y si está tan seguro de la autoría de Álvaro Alsina

—dijo Segundo Lasheras—, ¿por qué no lo ha detenido ya? Que yo recuerde —dijo peinando con la mirada la mesa del despacho—, en ningún momento ha dicho usted a nadie esto que acaba de contarme.

—Es que Roquesas es un...

—Ya sé, ya sé. Roquesas es un pueblo pequeño donde toda la gente se conoce y no conviene airear demasiado estas cosas.

La interrupción irónica por parte del director del CIN no gustó demasiado a César. Su mirada se clavó en la sonrisa de Lasheras.

—¿A qué espera para mandar detenerlo? —continuó—. Lo que acaba de contarme es motivo suficiente para interrogar a Alsina en los calabozos de la Policía Nacional de Santa Susana.

—Necesito reunir pruebas —admitió César—. De lo contrario, sería mi palabra contra la suya.

En ese momento recordó la grabación de la que habló el director al principio de la entrevista.

—Pero si ustedes tienen la grabación donde dicen que me vieron salir del bosque, en esa misma cinta saldrá la imagen de Álvaro e incluso Sandra, ¿no?

El director del CIN lo miró con aire despectivo. El jefe de la policía local se percató de ello y se sintió aún más incómodo. El móvil esgrimido por César para atribuir el asesinato de Sandra a Álvaro era perfectamente creíble: amor, celos, odio, pasión. No había más motivos que esos para matar a alguien. Pero, tal como había dicho él mismo, ese caso era estrictamente policial y, por lo tanto, correspondía a la policía solucionarlo. Así que la cinta de la grabación la cedería el servicio secreto a los inspectores de Madrid para que ellos encontraran al culpable del crimen. Pero eso no se lo dijo a Salamanca. Así pues, César se marchó sin saber a ciencia cierta si lo de la cinta era verdad o un farol del servicio secreto buscando sonsacarle algo.

Mientras caminaba por las pobladas calles de Santa Susana fue repasando mentalmente todos los aspectos de la entrevista, para saber si en algún momento había metido la pata. Ya era tarde. Se dirigió a un estanco, el único que encontró abierto, y compró un paquete de chicles. Sentía la boca seca por culpa de Segundo Lasheras. Aquel hombre realmente lo había puesto nervioso. Se acordó de su mirada altiva, sus frases pedantes, la seguridad con que hablaba. Cogió el coche y condujo tranquilo hasta Roquesas, con la tranquilidad que da el no sentirse acusado. Pensó que había salido airoso de la encerrona del CIN. O por lo menos eso creyó.

54

En apenas unos segundos él se corrió en su boca. Ella no encontró el momento de arrancarle el pene de un mordisco. No era una asesina y ni siquiera en la situación que estaba tuvo la fuerza suficiente. Ya era igual, iba a morir de todas formas y creía fervientemente que se haría justicia. Algún día alguien compraría esa casa o haría obras en el sótano y entonces encontraría sus restos. Había visto infinidad de series donde se cazaban asesinos después de varios años de haber cometido sus crímenes.

—Sigo cavando un poco y luego voy a por tu culo —le dijo él.

Ella escupió varias veces y se sentó en el suelo, en el rincón más alejado del agujero que estaba cavando.

Cuando su captor reinició la tarea se olvidó de atarla, por lo que ella quedó libre de manos y de boca. Aún tenía fuerzas para clavarle ese enorme pico en la cabeza. Era relativamente sencillo, cada vez que tenía un montón de tierra en el saco la extraía a rastras fuera del sótano, y entretanto dejaba el pico y la pala en el suelo. Ella había calculado el rato que él tardaba en regresar. La próxima vez quizá se encontrara con la punta del pico clavada en medio de su cabeza.

Le pareció una buena idea.

55

Los dos agentes de la policía judicial de Madrid llegaron en tren a Santa Susana. Eran especialistas del grupo tercero de la Brigada de Homicidios. A partir de entonces, el inspector Eugenio Montoro Valverde y el oficial Santos Escobar Garrido se hacían cargo del asesinato de la menor Sandra López. Habían venido desde la capital del estado a requerimiento del jefe de la policía local de Roquesas de Mar, César Salamanca, y del alcalde, Bruno Marín Escarmeta. La policía municipal no tenía competencias en los delitos de asesinato y los de índole nacional, como podía ser el tráfico de drogas a gran escala, las mafias o el terrorismo. Así que la legislación vigente obligaba a las autoridades de Roquesas a dejar el caso en manos de los expertos de Madrid.

Eugenio Montoro Valverde tenía cincuenta años. Bien conservado para su edad, era alto, delgado, moreno y muy fuerte. Llevaba en la Brigada de Homicidios doce años y era conocido como el Detergente, por su limpieza a la hora de reunir indicios. Incorrupto, perseguía a los malhechores de forma contundente, reuniendo las pruebas necesarias para su inculpación. Un juez titular de la Audiencia Nacional lo escogía siempre como encargado de los casos difíciles. A César Salamanca le enorgullecía que Madrid se hubiese dignado enviar un policía tan notable como Eugenio Montoro para resolver un sencillo caso de violación y homicidio de una menor que, según él, estaba prácticamente cerrado. Para Salamanca, Álvaro Alsina era el asesino de la chica.

Santos Escobar Garrido era el fiel escudero del inspector Montoro, siempre le acompañaba en sus salidas fuera de la capital. Tenía treinta y tres años, estatura mediana y un metro setenta. Rubio, pero de tez morena y ojos verdes. Recogía los datos de las indagaciones en una pequeña libreta, hecha por él mismo con un puñado de folios recortados y grapados; eran esas pequeñas manías que se cogían en la profesión. Único en su labor, no se le escapaba ningún detalle por nimio que pareciera.

La compenetración entre ambos oficiales era absoluta, lo que facilitaba su tarea investigadora a la hora de resolver los casos.

Nada más llegar a la estación, un taxi los recogió y los llevó hasta el hotel Albatros, donde se alojarían durante todo el tiempo que durara su tarea en la ciudad. Ignoraron las recomendaciones del jefe de la policía de Roquesas, que les aconsejó que se hospedaran en un hotel del pueblo. Incluso hizo gestiones para reservarles una habitación. En la conversación telefónica que mantuvieron el inspector Eugenio Montoro y César Salamanca, este último le indicó que el principal sospechoso del asesinato había alquilado una habitación en el hotel Albatros, extremo que precisamente hizo que los dos policías decidieran alojarse allí.

«Ningún sheriff de pueblo me va a decir a mí lo que tengo que hacer», comentó Eugenio a su compañero de fatigas, el oficial Santos.

Así que, contraviniendo las indicaciones de César, se establecieron en el mismo hotel que el presidente de Safertine, en la habitación 315. Desde allí iniciarían la investigación del crimen más atroz cometido en Roquesas de Mar de que se tuviera noticia.

—No tenemos que dejar que el jefe de la policía municipal influya en nuestra investigación —comentó el inspector Eugenio al oficial Santos, mientras se asomaba a la ventana de la habitación, ojeando la calle y disfrutando de la fabulosa vista que había desde allí.

—No te fías de él, ¿verdad? —preguntó Santos—. Vi la desconfianza en tu rostro cuando te dijo que tenía un sospechoso.

El oficial Santos parecía más un paje que un policía, sobre todo cuando viajaban a algún pueblo del territorio nacional a resolver casos complicados. Mientras Eugenio observaba la calle o hablaba por teléfono o inspeccionaba escrupulosamente la habitación en busca de micrófonos ocultos, Santos deshacía las maletas de forma cuidadosa y colocaba la ropa ordenadamente en los armarios.

—Sabes muy bien que no hay que fiarse de nadie en este tipo de investigaciones —argumentó Eugenio mientras ponía su móvil a cargar y cogía el mando a distancia del televisor—. Nosotros somos forasteros aquí y los lugareños desconfían, y por ese mismo motivo no nos van a facilitar información fácilmente. Lo que no debemos permitir es que dirija la investigación la policía local, ¿entiendes? —le dijo a su compañero mientras echaba un vistazo a la programación televisiva.

—Ya lo sé —aseveró Santos acabando de colocar unas camisas en el armario empotrado de la enorme habitación—. Tenemos que hacer una lista de tareas para ir trabajando estos días. ¿Por dónde empezamos? —preguntó al inspector, que estaba visualizando un canal donde anunciaban productos de cosmética.

—Por el principio —replicó Eugenio, tajante—. Cuando acabes de colocar la ropa iremos a Roquesas de Mar, quiero pasear por el pueblo y visitar el lugar donde apareció el cuerpo de la víctima.

Se quedó un rato pensativo y luego dijo:

—Llama al jefe de la policía local y queda con él en algún bar de Santa Susana, dile que queremos hablar del crimen, que necesitamos información.

—¿Qué bar? —preguntó el oficial.

—Cualquiera, si es necesario invéntate un nombre.

—No entiendo —dijo Santos—. ¿Qué haremos primero?

—Las dos cosas —respondió Eugenio.

El otro lo miró incrédulo.

—Mientras el jefe de la policía municipal está en el bar esperándonos, nosotros podremos husmear solos por el lugar del crimen, sin que interfiera en lo que hagamos.

Santos entendió entonces que lo que Eugenio Montoro quería hacer era poder ir a Roquesas de Mar sin la presencia del jefe de la policía local. Y es que al veterano inspector le bastó una breve charla telefónica con César Salamanca para saber de qué pie cojeaba. No le gustó un pelo la forma con que quiso dirigir la investigación del caso y lo concluyente que estuvo a la hora de señalar como culpable al tal Álvaro Alsina, al que todavía no conocía.

—Se enfadará con nosotros —objetó Santos— y pensará que lo hemos dejado plantado.

Eugenio sonrió.

—Supongo que sabes que no es bueno tener como enemigo a nuestro principal enlace en el pueblo —añadió entonces Santos.

—Ya lo tengo en cuenta —manifestó el inspector a su compañero y amigo—. Cuando hayamos visto el bosque donde encontraron a la chica, llamaré a Salamanca y le diré que sintiéndolo mucho no nos ha sido posible acudir a la cita y que ya le telefonearé en otra ocasión para vernos y hablar del asunto.

—Sonará a excusa.

—Puede, pero no me conoce aún para saber si miento o digo la verdad —alegó Eugenio comprobando que tenía su móvil cargado completamente.

—¿Sospechas de ese policía?

—Sospecho de todo y de todos —dijo mientras se guardaba el móvil en el bolsillo.

Salieron de la habitación una vez que hubieron colgado sus ropas en el armario. Bajaron por las escaleras y en el vestíbulo le preguntaron al recepcionista el nombre de algún bar típico de Santa Susana.

El chico los miró sonriente, pensó que eran dos policías como los demás, como los que conocía de Santa Susana. No habían terminado de aterrizar y ya buscaban un bar, se dijo.

—El Chef Adolfo —respondió casi sin pensar—. Es uno de los restaurantes más típicos de la ciudad. Buena cocina —agregó el adolescente encargado de la recepción del hotel.

Santos miró a Eugenio buscando la aprobación del veterano inspector.

—¿Y si tuvieras que quedar con una chica que no fuera tu novia? —preguntó entonces el inspector al muchacho, que por un momento pensó que había oído mal.

Carraspeó un poco y dijo, al darse cuenta de qué era lo que el agente quería con sus preguntas:

—Entiendo. Entonces me citaría en el bar Catia, en la calle Rosadas. Les diría que tuvieran cuidado por ese barrio, pero me consta que ustedes llevan pistola —puntualizó el chico mirando a los dos policías.

—Eres un chaval muy espabilado para tu edad —comentó Eugenio—. Ya hablaremos largo y tendido en otro momento.

—¿Les ha servido mi indicación?

—Mucho —dijo Santos mientras Eugenio Montoro salía por la puerta.

El chico del hotel se llamaba Vicente Ramos. Diecisiete años. Muy delgado y menudo, no pasaba del metro sesenta, pero era más listo que el hambre. Tenía una mirada viva que encandilaba a todos los que le conocían.

Una vez los dos en la puerta del hotel, Eugenio le dijo al oficial:

—Llama a Salamanca y dile que nos vemos dentro de media hora en el bar Catia de la calle Rosadas de Santa Susana.

—Vale —respondió Santos y sacó su móvil.

Mientras el oficial hablaba con César y le mentía acerca de quedar en Santa Susana, Eugenio aprovechó para requerir los servicios de un taxi que estaba, casualmente, aparcado en la puerta del hotel.

Los dos agentes de Madrid subieron y le indicaron al chófer que les llevara a Roquesas de Mar.

—Y nos deja en el Camino de los Ingleses —añadió Santos.

—¿Son ustedes policías? —preguntó el taxista al mirar por el retrovisor a sus pasajeros. Sus ojos se cruzaron.

—Se nota mucho, ¿verdad? —respondió Eugenio.

—Sí —replicó el típico taxista de ciudad—. Si no han estado nunca en Roquesas de Mar les va a encantar —apostilló—, es una ciudad preciosa, tiene todo lo que hay que tener: campo, montaña, mar, tranquilidad...

El taxista continuó hablando mientras los agentes de Madrid miraban el paisaje por la ventanilla. Santa Susana era una ciudad encantadora, tenía poco más de cien mil habitantes y era la capital de la provincia. El taxi estaba girando por la rotonda de las seis calles: una zona comercial muy céntrica donde se enlazaba con la autovía en dirección a la costa.

—Están ustedes en pleno centro —remarcó el taxista—, esta es la parte más comercial de la ciudad. Mi mujer abrió una tienda de ropa hace ya algunos años, pensaba que nos íbamos a montar en el dólar, la muy ingenua.

Los dos agentes se miraron y sonrieron.

—¡Gastos! —dijo el taxista—, eso es lo que tuvimos...

—Perdone —interrumpió Eugenio—, ¿conoce el barrio donde está situado el Camino de los Ingleses?

—¡Pues claro! Es de lo mejorcito de Roquesas de Mar. Allí viven los ricos de Santa Susana, buenas casas... y caras —concretó moviendo la mano derecha en el aire mientras hablaba.

A los agentes no les gustó que soltara el volante para hablar, por el riesgo de accidente que ello implicaba.

—¿Conoce al jefe de policía? —preguntó Eugenio, más serio.

—¿A César? Claro que le conozco, a César le conoce todo el mundo —contestó observando a su interlocutor por el retrovisor—. Es un buen hombre y un gran policía, el mejor —puntualizó—, no hay caso que se le resista. Además ayuda a la gente del pueblo en todo lo que puede.

—¿Está casado? —intervino Santos.

—¿Quién, yo? —se asombró el taxista soltando otra vez la mano derecha del volante para señalarse el pecho, ante el susto de los agentes.

—¡Por favor! —abucheó Eugenio—, no suelte las manos del volante, no vayamos a tener un accidente.

—¡Tranquilo, tranquilo! Llevo más de treinta años en la

profesión y estas calles las he cruzado miles de veces, ¡qué digo!, millones de veces. Cuando empecé con esto casi no había coches, solo unos cuantos Seat Mil quinientos, ¿se acuerdan? Usted puede que sí —indicó señalando a Eugenio—. ¡Qué gran coche! Ya no los hacen así ahora.

Eugenio no pudo evitar una mueca de conformidad.

—Le preguntaba si está casado el jefe de la policía local de Roquesas, el tal César Salamanca —insistió el oficial ante la atónita mirada del inspector Eugenio, que no se esperaba esa pregunta por parte de su colaborador.

—Lo estuvo —respondió el taxista—. Hace unos años que murió su mujer.

—Sería joven —murmuró el oficial. El taxista no lo escuchó—. ¿Vive con alguna chica o se le conoce algún tipo de relación? —prosiguió Santos.

—Pues que yo sepa no —replicó el taxista, mirándolos otra vez por el retrovisor—. César solo se debe a su trabajo y a los amigos.

—¿Amigos cómo Álvaro Alsina? —preguntó el inspector Montoro.

—Sí, así es. ¿También conocen a Álvaro? Desde luego es el mejor amigo de César. Los dos se criaron juntos, ¿sabe?, pese a que son de diferente condición social: uno rico y otro pobre. ¿Se acuerdan de aquella serie? —preguntó el taxista, levantando la cabeza para ver a Eugenio por el retrovisor, cosa que le volvió a incomodar—. Usted seguro que sí —afirmó mirando al maduro inspector—. Qué buenas películas hacían antes, no como ahora que solamente echan basura en la televisión.

Se encontraban saliendo de Santa Susana, por la variante norte de la ciudad, y al pasar por debajo de la vía del ferrocarril se dieron cuenta de que iniciaban el recorrido por la autovía de la costa. A la derecha se observaba lo que seguramente eran las últimas casas adosadas de la ciudad. A la izquierda, unos cuantos solares vacíos esperando que alguien los comprara para edificar. El taxista continuó con su cháchara, ajeno a todo, explicando a los agentes historias de Roquesas de Mar. Les contó que durante muchos años el pueblo se llenaba de turistas de todas partes del territorio nacional a causa de los baños termales milagrosos, ya que parecía ser que curaban todo tipo de enfermedades con solo bañarse en ellos.

—Al final se secaron —comentó—, no saben aún cómo ni por qué, pero dejó de manar el agua y eso produjo un perjuicio económico importante para los comercios del pueblo. La mitad de ellos cerró. Fue el descalabro económico.

Al entrar en Roquesas, lo que más llamó la atención de Eugenio fue la ausencia de letrero con el nombre del pueblo.

—¿Esto es Roquesas de Mar? —preguntó al taxista.

—Acaban ustedes de llegar.

Hubo un momento de silencio y luego el conductor dijo:

—Ya se ha dado cuenta de que no hay letrero en la entrada, ¿verdad? Lo arrancó un vendaval y desde entonces no lo han repuesto. El ayuntamiento está en ello.

Los dos agentes se encogieron de hombros.

Ya eran las nueve de la mañana cuando llegaron al bosque de pinos donde había aparecido el cadáver de Sandra López. El taxista aparcó en el paseo marítimo y, tras cobrar, hizo el gesto de bajarse del coche y acompañar a los agentes.

—Esto es todo —dijo Eugenio viendo la intención del hombre—. Gracias por traernos hasta aquí, de verdad, si necesitáramos algo ya le llamaríamos.

El taxista puso una mueca de disconformidad.

—No me importa —comentó, deseoso de acompañarlos hasta el lugar de los hechos—. No tengo nada que hacer en toda la mañana —insistió.

Una mirada dura del inspector fue suficiente para que el taxista se diera cuenta de que estaba molestando. Subió al coche y arrancó, alejándose casi de inmediato.

—¡Qué pesado! —exclamó Santos, haciendo una mueca con la boca—. Menuda cotorra, pensaba que no se iba a callar nunca.

—Allí es donde apareció el cuerpo de la chica —señaló Eugenio una zona marcada con cinta policial, ignorando el comentario del oficial—. Vamos, no tenemos mucho tiempo.

Santos asintió con la cabeza.

—Tienes que acordarte de llamar luego al jefe de policía, cuando hayamos terminado aquí, y decirle que por motivos ajenos a nosotros debemos cancelar la cita que teníamos en ese bar...

—El Catia —dijo el oficial.

Los dos agentes entraron en el bosque de pinos que había justo al lado de la casa de los Alsina. Enfrente se observaba una construcción a medio hacer, en el número 16.

—¿Qué buscamos? —preguntó el oficial al experto inspector—. Los locales han debido de peinar toda la zona —dijo refiriéndose a la policía municipal.

—Restos, buscamos restos —respondió tajante Eugenio—, cosas que les hayan pasado por alto a la policía local. Por eso estamos aquí, amigo Santos. —Y escudriñó toda la zona, incluso más allá de donde se encontraban ellos—. Aquí es donde apareció el cuerpo de la chica —señaló en una circunscripción acotada por unas cintas con la inscripción: POLICÍA – NO PASAR.

—El que la encontraran aquí no significa que la hayan

matado en este sitio —apostilló Santos—, alguien la hubiera oído gritar o pedir ayuda.

Miró alrededor y comprobó que, aunque había muchas casas, no se veía mucha gente pululando por la calle. Eugenio se dio cuenta y le dijo:

—A estas horas todo el mundo está trabajando.

—¿En domingo? —objetó Santos.

El inspector se había olvidado en qué día estaban.

—Pues entonces estarán durmiendo.

Los dos sonrieron.

—¡Bien! —añadió Eugenio—, vamos a dividirnos, yo iré hacia el Camino de los Ingleses —indicó con la barbilla—, y tú, entra un poco en el bosque. Ya sabes el procedimiento, coge todo lo que encuentres que te parezca sospechoso: cigarrillos, pañuelos de papel, cajetillas de tabaco, caramelos y envoltorios, condones... Aún no se han hecho todas las pruebas al cadáver, pero en principio la violación se produjo con preservativo, ya que no hay restos de semen en el interior de la víctima.

Los dos agentes sabían, por la experiencia de otros casos similares, que las policías locales no reparaban en esas pequeñas pruebas que luego, casi siempre, eran cruciales para desenmascarar a los asesinos.

—Lo malo —observó Santos— es que en esta zona habrá miles de condones esparcidos por todas partes. Es un bosque de una zona costera —dijo, y no pudo ocultar una mueca de hilaridad.

—Hay que buscar los más recientes —aconsejó Eugenio con un asomo de sonrisa en su ajado rostro—. Escoge los que aún están húmedos. Bueno... tú, mira por el bosque y yo voy a inspeccionar los alrededores y las casas habitadas —dijo finalmente.

Eugenio Montoro se dirigió hacia la zona de viviendas

del Camino de los Ingleses. Pasó por delante de la casa de los Alsina, sin saberlo, y siguió andando hasta la rotonda inacabada del final de la urbanización, donde se detuvo unos instantes debajo de un viejo olivo. Examinó cuidadosamente el suelo en busca de algún vestigio que le permitiera seguir una línea de investigación diferente a la marcada por el jefe de la policial local. «Demasiado fácil lo de ese tal Álvaro Alsina», se dijo.

Y es que el experimentado inspector sabía de sobra que había que mirar siempre en la dirección donde se apuntaba y desde donde venían las flechas. Por su mente calculadora rondaba todo el tiempo la misma pregunta: ¿por qué el jefe de la policía municipal acusaba a un vecino del pueblo? Su olfato le decía que la resolución del crimen pasaba por conocer más a los habitantes del lugar. Una adolescente no suele cruzar sola un bosque oscuro, en el transcurso de una fiesta veraniega, sin que nadie la acompañe. Sin que nadie, siquiera, se entere. Algo había pasado aquella noche en ese bosque que los ojos de Eugenio Montoro escudriñaban con penetrante e inquisidora mirada. Debajo del viejo olivo observó el envoltorio de un chicle. Era de fresa ácida y con azúcar, según leyó en el arrugado papel. Le llamó la atención especialmente ya que era raro, en una época donde todos esos productos se hacían a base de sacarinas, que hubiera alguien que aún masticara chicles azucarados. Cerca del papel localizó un chicle recubierto de tierra y hierba seca. Estaba seco y bien se podría haber confundido con una canica. Eugenio lo cogió con los dedos y lo guardó en un estuche metálico donde antes había un reloj. Hacía tiempo que lo utilizaba para recoger pequeñas pruebas de los casos que investigaba; pertenecía a un viejo Omega que le había regalado su esposa, y a él le gustó tanto que desde entonces lo utilizaba para almacenar «trozos de testimonios», como le gustaba llamarlos. Siguió andando en dirección a la casa de los Alsina, y justo delante de esta, se fijó en la obra que estaban haciendo enfrente. La única de toda la urbanización, algo en lo que ya había reparado nada más llegar. Prácticamente estaba edificada toda la carcasa y solo faltaban los rellenos, el rebozado de la fachada y el interior. A través de los huecos de las ventanas se observaba que la parte de dentro aún estaba por rellenar. Se asomó al jardín y allí vio una cajetilla de tabaco. Le llamó la atención por ser la única que se distinguía entre un desorden de ladrillos, herramientas y baldosas. Estaba vacía y era de paquete blando. Aunque Eugenio no fumaba, sí que sabía de marcas de cigarrillos, y esta no le sonaba de nada. Era un paquete extraño que no pudo contrastar con ninguno de los sobradamente conocidos. Gracias a su espléndida forma física consiguió saltar el muro que rodeaba la casa y recogió del suelo el paquete de tabaco. Una vez en sus manos lo leyó: PEHGTA, rezaba por todos los lados. Lo colocó dentro del estuche de metal, encima del chicle y su envoltorio. Pensó que después de tanto tiempo no se podría sacar ni una sola muestra de ADN. El silencio era total en toda la urbanización y sintió como si cientos de ojos ocultos lo espiaran. Le conmocionó pensar en la cantidad de vecinos que estarían ahora en su casa mirando a través de las ventanas y preguntándose qué hacían esos dos forasteros recorriendo la calle y el bosque. En el fragor de sus meditaciones le pareció oír, por un momento, ruidos provenientes del sótano de la casa. Esperó unos segundos conteniendo la respiración. No oyó nada más.

«Habrá sido el aire —pensó—. O un gato.»

No quiso acceder al interior de la vivienda, porque en caso de encontrar alguna prueba, esta no valdría para nada al haber entrado de forma ilegal. Para hacerlo necesitaba una orden judicial, era el procedimiento. Siguió mirando el suelo del futuro jardín. «Demasiado limpio», se dijo. Lo normal en ese tipo de obras es que estuviera el suelo lleno de porquería: bolsas de plástico y envoltorios de bocadillos, cajetillas de tabaco, colillas... Nada. Únicamente había losas relacionadas con la propia obra. Eugenio solo se fijó en aquellos objetos inusuales en el lugar que pisaba. Recogió, envolviéndolo con un pañuelo, un inhalador.

«Un obrero asmático», especuló mirando el chisme.

Lo guardó dentro del estuche. Metió el chicle dentro de la cajetilla de tabaco y encajó el inhalador al lado para que no se golpeara. Y luego chasqueó los labios un par de veces...

En lo más profundo del bosque se encontraba el oficial Santos Escobar. Peinaba la zona que había escogido con gran diligencia y perseverancia. Cualquier vestigio era importante para las pesquisas. No era una arboleda muy limpia, había infinidad de bolsas de patatas, latas de bebida, paquetes de tabaco, bolsas de plástico de supermercado y muchos, pero que muchos preservativos. «Los jóvenes del pueblo vienen aquí a disfrutar», consideró mientras inspeccionaba el suelo del boscaje. Le llamó la atención un atacador de pipa. Un pequeño utensilio compuesto por tres partes: un prensador para apretar el tabaco, una aguja para remover brasas y una cucharilla muy útil para vaciar la ceniza. Santos había sido fumador de pipa durante cinco años y conocía muy bien los útiles necesarios. El eficiente oficial lo cogió del suelo; no tuvo cuidado ya que sabía que era prácticamente imposible que pudiera haber huellas en un objeto metálico tan pequeño. Lo introdujo en un apartado de su riñonera de piel.

Durante un buen rato siguió caminando agachado entre la basura que poblaba el bosque de pinos. Destacó para sí el hecho de que la calle donde les dejó el taxista estaba perfectamente limpia y sin embargo el bosque parecía más un vertedero que un lugar donde ir a almorzar los fines de semana o soltar los críos para que jugaran a la pelota. La suciedad era la tónica general. Pasados unos minutos y viendo que no encontraba nada más interesante para la investigación, optó por telefonear a Eugenio.

—Oye, ya estoy —le dijo—. ¿Cómo te ha ido a ti? —preguntó mientras cerraba la cremallera de la riñonera.

—Algo he encontrado —respondió el inspector sin dejar de mirar hacia el sótano de la vivienda—. Poca cosa, pero tenemos por dónde empezar. ¿Y tú?

—También poca cosa, pero servirá. ¿Dónde estás?

—En el interior de una casa a medio construir que hay en la misma calle Reverendo Lewis Sinise —contestó el inspector mientras escrutaba el entorno en busca de algún vestigio que pudiera llevarse a su estuche.

—¿Una casa? ¿Y qué haces ahí?

—Oye —dijo ignorando su pregunta—, busca envoltorios de chicles de la marca Chelfire.

—¿Qué marca?

—Chel-fi-re. Son de esos que llevan azúcar. Bueno, recoge cualquier envoltorio de chicle que encuentres.

—Chelfire —repitió el oficial para no olvidarse.

—Eso —dijo Eugenio—, y también paquetes de tabaco o cigarrillos de la marca Pehgta.

—¿Peta?

—El paquete es lila con letras amarillas. —Y se lo deletreó.

—De acuerdo —replicó Santos—. Tú busca indicios de un fumador de pipa, es difícil encontrar un paquete de tabaco ya que los fumadores de pipa no suelen arrojarlos, pero puedes rastrear para ver restos de hebras quemadas.

—Es difícil.

—Lo sé, pero en caso de hallarlas, guárdalas. Se puede saber la composición a través de un análisis. Los fumadores de pipa no abundan.

—Vale —respondió el inspector mientras miraba el reloj: eran las diez menos cuarto de la mañana del domingo—. Quedamos a las diez y cuarto donde nos dejó el taxi —indicó—. Ten en cuenta que todavía no hemos encontrado el arma homicida, la que utilizó el asesino para aporrear la cabeza de la chica.

—Ya.

—Por el agujero del cráneo y según el informe preliminar del forense, podría tratarse de un martillo, aunque no hay que descartar otro tipo de objeto.

—Bien. Seguiré buscando por la zona de los pinares y en caso de retraso ya te llamaría.

Santos cerró el móvil y continuó mirando el suelo mientras andaba dirección a la calle Reverendo Lewis Sinise.

Montoro salió del futuro jardín de la casa justo cuando pasaba un flamante Audi negro, que frenó bruscamente delante de él.

—¿Puedo ayudarle, señor? —preguntó el alcalde de Roquesas a Eugenio, que aún se estaba limpiando las manos del polvo del muro que acababa de sortear.

—Gracias. Se me ha caído esto dentro y lo acabo de recoger —comentó con el estuche metálico en la mano.

Los dos se miraron fríamente.

—No necesita engañarme, inspector —replicó el alcalde—. Ya sé quién es usted y también lo que ha venido a hacer aquí.

Eugenio se terminó de limpiar las manos dando palmadas y exclamó:

—Vaya... No tengo el gusto...

—Bruno, Bruno Marín —se presentó sacando la mano por la ventanilla—. Soy el alcalde de Roquesas de Mar y servidor suyo para lo que necesite.

Eugenio se sintió halagado, aunque no fue de su agrado que el alcalde se presentara sin bajar del coche, lo encontró burdo y de mal gusto. No obstante, dijo:

—Encantado. —Y estrechó la sudorosa mano del alcalde—. Acabo de saltar dentro de esta propiedad privada, espero que no me denuncien —ironizó—. Estoy buscando algún resto que me ayude en la investigación del asesinato de Sandra López. ¿La conocía?

Bruno se sintió molesto por la pregunta.

—Claro; soy el alcalde del pueblo y conozco a todos los vecinos.

—Lo siento —se excusó Eugenio—, se lo he preguntado sin pensar.

—Y usted..., ¿la conocía? —preguntó Bruno apagando el motor del Audi para apearse con torpeza.

—No. ¿Por qué? —replicó el inspector mirando el impresionante coche.

—Por la manera de llamarla, lo ha hecho por su nombre, como si la conociera.

—Es deformación profesional, los policías tenemos la extraña manía de identificarnos con las personas que buscamos... estén vivas o muertas.

El alcalde no se dio por aludido a pesar de que el inspector puso especial énfasis en la última frase.

—Era una chica preciosa —comentó secándose la frente con el reverso de la mano—. Es una lástima que ocurran cosas así, ¿verdad?

—Pues sí, pero no se quejen, que en los pueblos pequeños la muerte de alguien es todo un acontecimiento, mientras que en las capitales grandes está llegando a ser algo normal.

—Morir siempre ha sido algo normal —sonrió el alcalde.

—Ya me ha entendido, me refería a que en las ciudades la muerte es anónima y en los pueblos es algo de lo que participan todos los vecinos.

—Entiendo que se está refiriendo a las muertes por asesinato, ¿no?

Eugenio se dio cuenta del sarcasmo.

—Por supuesto —respondió.

—¿Tiene ya algún sospechoso? —preguntó el alcalde.

—Tenemos uno —respondió Eugenio toqueteando el estuche que sostenía en la mano—. Pero solo es eso... un sospechoso. Acabo de llegar al pueblo y aún no he tenido tiempo de situarme.

—Si le puedo ser de ayuda...

—Pues hay cosas que no encajan y tengo que entrevistarme con mucha gente todavía, pero agradezco su colaboración. Usted, desde luego, conoce muy bien a los vecinos.

—Ciertamente, pero cabe la posibilidad de que el asesino no sea de aquí.

Eugenio dudó con la mirada.

—Aproveche que me tiene delante para hacerme las preguntas que crea convenientes —se ofreció Bruno apoyándose en el capó del coche—. El alcalde del pueblo y el jefe de policía son los que más saben de todo. ¿Ha leído algo de Simenon? —preguntó en un intento fallido de hacerse el entendido en asuntos de investigación policial.

—Pues sí —repuso el inspector—, y una de las cosas que me ha enseñado el bueno de Maigret es que no hay que fiarse de nadie, el que parece más inocente puede ser el asesino. —Agudizó sus frases previendo una clara intromisión del alcalde en las pesquisas por la muerte de la chica.

—Tiene usted razón, inspector —coincidió Bruno con un chasquido de sus labios—, nadie está libre de culpa, ¿verdad? —añadió encaminándose hacia el maletero de su flamante Audi.

—Tanto mi inestimable colaborador como yo —argumentó Eugenio señalando hacia el bosque donde se suponía estaba el oficial Santos— acabamos de llegar a su pueblo y, como es lógico, no sabemos nada de las relaciones entre sus vecinos. Así que no estamos del lado de nadie.

—Yo, por mi parte y en prueba de confianza hacia usted —dijo Bruno abriendo el maletero—, le conmino a que registre mi vehículo y también, si quiere, me puede cachear a mí, para que vea que no tengo nada que ocultar.

La actitud del alcalde le pareció un poco infantil al inspector, o por lo menos ingenua. Le recordó a los chiquillos que demostraban su inocencia levantando las manos cuando se acercaba la patrulla de policía. Su semblante se tornó serio.

—Señor Marín —dijo—, por favor, no es necesaria tanta comedia. —Y echó un breve vistazo al interior del casi vacío maletero—. En la policía judicial tenemos otros métodos de trabajo que distan mucho de las toscas maneras de la policía local.

Le llamó la atención un martillo de carpintero que había en medio del enorme compartimento.

Bruno se sintió incómodo. Sus mofletes se sonrojaron ligeramente.

—¿Y ese martillo? Podría ser una prueba para incriminarle —aseguró Eugenio observando el rostro de Bruno, que, al parecer, no esperaba encontrar esa herramienta en su coche.

—¡Vaya! No me acordaba de él —exclamó en una reacción espontánea—. Lo encontré el lunes por la tarde en esta misma calle —dijo señalando—, y lo metí en el maletero sin darle más importancia. Pensé en dejarlo en el ayuntamiento, tenemos una oficina de objetos perdidos, ¿sabe? —La verborrea del alcalde estaba acrecentando las sospechas del inspector. Le pareció que le daba demasiadas explicaciones, hecho del que se dio cuenta Bruno—. ¡Vaya! Ahora me siento culpable con tanta explicación, ¿verdad? Pero lo que le he dicho es cierto —afirmó cogiendo el martillo y sacándolo del maletero.

Bruno se secó de nuevo el sudor con la palma de la mano.

—¿Sabe que a la niña la mataron de un martillazo en la cabeza? —preguntó Eugenio jugando todo a una carta.

La respuesta del alcalde era vital.

—Puede examinar este martillo las veces que quiera —respondió exaltado, soltando saliva por la comisura de los labios—. ¿Quién se cree que es usted, me está acusando, inspector?

Eugenio no se esperaba esa reacción. No lo estaba acusando, solo había establecido una relación simple entre el asesinato de la chica y la posible arma del crimen. Aún no estaba el informe forense y el establecimiento de las causas de la muerte no se habían concretado, pero tomaba cuerpo lo de la fractura cráneo-encefálica producida por un objeto contundente.

—Me ha decepcionado —añadió el alcalde—. Maigret hubiera llevado la investigación de otra forma.

Eugenio recapacitó unos instantes.

—Le pido disculpas, señor Marín. —El veterano inspector sabía que era mejor tener de su parte al alcalde de Roquesas y no ganarse enemigos innecesarios—. No era mi intención acusarle, de hecho, no lo estoy haciendo. Para ser sincero, creo en su versión sobre cómo llegó el martillo hasta el maletero de su coche, no me lo hubiera enseñado de haber sido el arma homicida y haberla puesto usted ahí.

Bruno se tranquilizó.

El inspector sabía que, a causa de esa pequeña discusión, se había cerrado una vía de investigación bastante importante. No podría volver a nombrar el asunto del martillo, ni vincular este con el alcalde en ningún otro momento. Posiblemente se trataba de una estrategia del sudoroso alcalde de Roquesas de Mar para desechar cualquier sospecha sobre él.

—Hola —dijo el oficial Santos, que acababa de salir del bosque de pinos.

—Es mi colaborador Santos Escobar —lo presentó Eugenio—. Este es el señor Bruno Marín, alcalde de Roquesas de Mar.

Santos se dio cuenta del disimulado guiño que le hizo el inspector.

—Encantado —tendió la mano el alcalde no sin antes haberse secado el sudor en la pernera del pantalón.

Santos no hizo ningún comentario sobre las posibles pruebas encontradas en el bosque, prefirió callar después de haberse percatado de la señal de Eugenio.

—Me ha decepcionado, inspector —repitió Bruno.

Eugenio no lo entendió, y mucho menos Santos.

—Perdón —articuló el ajado policía—. ¿A qué se refiere?

—Maigret siempre trabajaba solo, y veo que usted tiene un ayudante.

Los dos agentes se miraron.

—Tiene razón —recapacitó Eugenio siguiendo la broma del alcalde—, pero yo no soy tan listo como el comisario Maigret y necesito la impagable ayuda del oficial Santos —explicó mientras guiñaba un ojo a su ayudante, que no entendía nada.

—¿Sabe usted quién fuma en pipa aquí en Roquesas de Mar? —preguntó Santos para asombro del inspector, que no esperaba esa pregunta por parte de su ayudante, y desconcierto del alcalde.

—Ya entiendo —dijo este—, lo dice por Simenon, él siempre fumaba en pipa —aseveró, pensando que la pregunta era en relación al escritor de novelas policiacas.

—No, no es por eso, es simple curiosidad. Los fumadores de pipa están en clara recesión respecto a los consumidores de cigarrillos —argumentó Santos—. En un pueblo tan pequeño la cantidad de personas que aspiren de una buena cachimba serán muy pocos y reconocibles, ¿no?

—Pues tienes razón —el alcalde tuteó al oficial al percatarse de su juventud—, el más famoso fumador de pipa que hay por aquí es el doctor Montero, Pedro Montero, es cirujano del hospital San Ignacio de Santa Susana. Un hombre muy respetable.

—¿Qué marca de tabaco fuma ese señor? —quiso saber el oficial, volviendo a sorprender a sus dos interlocutores.

Eugenio prefirió no interrumpir.

—Solo hay un estanco en Roquesas, está en el pueblo —indicó Bruno señalando hacia la población—. Allí contestarán mejor a su pregunta. —El alcalde denotó incomodidad por las preguntas del oficial y por la permisividad del inspector.

—Hoy está cerrado —observó Montoro al acordarse de que era domingo—. Mañana preguntaremos. ¿Conoce a Aquilino Matavacas Repaso? —preguntó.

—No se preocupe por el estanco, los dueños viven dentro —respondió Bruno Marín—, seguro que si llama al timbre le abrirán la puerta, esto es un pueblo —argumentó por si le quedaba alguna duda a los agentes de la capital—. Respecto a su pregunta, la respuesta es sí, conozco a Aquilino, es el médico de Roquesas, el único —especificó abriendo la puerta del coche para subirse—, y su segundo apellido es Raposo, y no Repaso —puntualizó.

El interés que tenían los agentes era por un informe de la Brigada Central de Delitos Tecnológicos, en el cual se ponía de manifiesto las inclinaciones pedófilas del maduro médico de Roquesas de Mar. Dentro de las diferentes vías de investigación del caso de Sandra López no había que descartar ninguna opción posible. Los sospechosos que barajaban los expertos policías eran, por este orden: Álvaro Alsina Clavero, presidente de Safertine y principal inculpado por el jefe de la policía municipal. Aquilino Matavacas Raposo, médico de Roquesas y pedófilo, por lo que la Brigada Central de Policía Judicial sostenía que era susceptible de haber violado a la niña y el asesinato se podía haber producido como consecuencia de un intento del doctor por escapar o por temor a ser reconocido. Hermann Baier, el alemán refugiado de la Segunda Guerra Mundial y que, según un magnífico dosier facilitado por la Central de Información Exterior del Departamento de Defensa, Tod, que era su nombre en clave cuando estaba en Berlín, encajaba en el perfil de asesino y violador de jovencitas. Los policías de Madrid habían venido a Roquesas de Mar dispuestos a encontrar al culpable del horrible crimen, y el hecho de que fueran ellos los encargados y solo ellos y no llevara el asunto la propia policía de Santa Susana, que también tendría competencias para ello, era simplemente porque uno de los sospechosos era el propio jefe de la policía local: César Salamanca Trellez, que según un informe del CIN había estado en el bosque de pinos la noche en que mataron a la niña. Pero esos hechos no eran conocidos por el alcalde, evidentemente.

—¿Dónde vive el doctor Matavacas? —preguntó Eugenio a Bruno Marín, que acababa de arrancar el coche y se disponía a irse.

—En la calle Replaceta —respondió—, en el número ocho. No tiene pérdida, está al principio del casco antiguo del pueblo.

—Gracias —contestaron los dos agentes al unísono.

Bruno Marín se marchó de la calle Reverendo Lewis Sinise. Lo hizo lentamente, cómo si no quisiera llamar la atención. Los dos agentes vieron como su coche se perdía por la esquina de la calle y desaparecía tras la última casa de la urbanización.

—¿Qué opinas? —preguntó Santos a su superior, que sostenía el estuche metálico con las pruebas encontradas en el número 16 de la calle.

Hubo un silencio y luego Montoro dijo:

—Que debemos añadir un nombre más a la lista de sospechosos.

Los agentes de Madrid, que no querían perder tiempo, se acercaron a la casa de Aquilino Matavacas Raposo, en el casco antiguo de Roquesas. Fueron con la intención de preguntarle por la niña asesinada y su relación con ella. No querían andarse con rodeos y sabían que, tras formular esa pregunta y acosar un rato al médico, este, en caso de ser culpable, se vendría abajo y les diría lo que querían saber. Pero al llegar delante de la casa cambiaron de opinión y se dirigieron a la rotonda, donde les esperaba el taxi, y regresaron a Santa Susana. El motivo de semejante cambio de rumbo fue que se encontraban cansados y un enfrentamiento verbal con el médico, el cual estaba en la lista de sospechosos, requería la máxima viveza mental.

—Ya es suficiente por hoy —dijo el inspector—, tenemos tiempo hasta el miércoles y conviene descansar. Mañana empezaremos la investigación en serio. —Y el oficial sacó el teléfono móvil para llamar a Salamanca y decirle que lamentaba no poder acudir a la cita que tenían con él.

—Nos ha surgido un imprevisto y, si le parece bien, nos podríamos ver mañana lunes —le dijo al jefe de la policía local.

56

El taxista llegó hasta la Rue de la Académie, pero antes de entrar en la calle el gitano José Soriano le dijo que lo dejara allí mismo. El conductor entendía perfectamente español ya que sus padres habían sido emigrantes. No advirtió al ocupante de su taxi de que esas calles eran poco recomendables porque en su cara vio el rostro de la muerte y supuso que ya sabía él dónde se metía.

—Tenga —le dijo el gitano y pagó la carrera entregando el importe exacto.

El taxi dio la vuelta en la plazoleta y regresó por donde había venido.

José Soriano empezó a caminar por la calle. La tenue luz aún alumbraba sus pasos y pensó que sería mejor esperar a que fuese de noche. Encendió un cigarrillo y se dirigió al puerto próximo para hacer tiempo. Con el codo tocó la culata de la pistola y se sintió más tranquilo, seguía ahí, donde la había puesto esa misma mañana cuando salió del hotel de Allauch. Su informante le había dado hacía tiempo la dirección de los dos marselleses que habían matado a su hermana. Uno de ellos se había ido a vivir a Vitrolles y el otro seguía en Marsella. Planeó matar primero a uno y después al otro, pero sabía que una vez abatido el primer objetivo, el otro estaría sobre aviso y sería más difícil. Podía haber encargado sus muertes y hasta decidir el modo en que se producirían. Pero José Soriano Salazar quería hacer ese trabajo con sus propias manos. El informante le dijo que esa noche se citarían los dos con una mujer para pactar un trabajo que tenían que hacer en París. Era una mujer rica y quería quitar de en medio a su marido. Un asunto de herencias.

El bar estaba en la Rue de la Académie. A esa hora había pocos clientes y por la calle pululaban un sinfín de prostitutas ya viejas, que ofrecían sus encantos a los marineros del puerto próximo. El informante le describió a los dos asesinos de su hermana. Le dijo que eran mayores y que la edad los había vuelto más desconfiados, así que tenía que ser rápido. No tenía intención de matar a la mujer, que tendría que arreglárselas con otros sicarios para matar a su marido; estos no le servirían cuando José Soriano los encontrara.

Oculto entre unos contenedores de basura se cercioró de que el arma estaba a punto. Desplazó un poco la corredera hacia atrás hasta que vio la bala en la recámara. Luego comprobó que el cuchillo seguía en el bolsillo de su chaqueta. Si la pistola no era suficiente tendría que usarlo. La vigilancia en esa zona era escasa, la policía vivía y dejaba vivir. Así que una vez que hubiese terminado el trabajo saldría andando rápido, sin mirar atrás, y cogería un taxi en la plazoleta del final de la calle.

En la única mesa que había gente en el bar estaban los dos hombres y la mujer. Tenía que matarlos sin tocarla a ella. El gitano tenía sus principios y la guerra solo era con los marselleses, la mujer no tenía nada que ver.

Inspiró aire con fuerza y entró en el bar deprisa, pero sin correr. Los hombres lo conocían y el tiempo de respuesta era importante. Cuando estuvo a la altura de la mesa sacó la pistola y descerrajó un tiro en la cabeza al primero, el que estaba frente a él. La mujer empezó a chillar como una posesa. Los sesos se desparramaron sobre un cuadro de barcos que había a su espalda. El otro hizo ademán de sacar algo, no supo qué, ya que el gitano no le dio tiempo y le disparó en el pecho. Se acababa de girar y estaban tan cerca que no tuvo tiempo de apuntar a la cabeza. Luego disparo otra vez en su frente y cayó sobre la mesa, rebotando y terminando en el suelo. La mujer seguía chillando. El gitano apuntó al camarero, no le iba a disparar pero quería que no hiciese ninguna tontería.

Salió por la puerta de entrada. Arrojó el arma y el cuchillo en el primer contenedor de basura que vio. En la calle había una prostituta mayor, pero ni siquiera lo miró. En Marsella cada uno va a lo suyo. Luego en la plazoleta, cuando montó en el taxi, vio dos coches de policía que entraban en la Rue de la Académie. El taxista lo miró por el retrovisor.

—¿Adónde?

—Allauch —dijo.

En veinte minutos estaría en el hotel y en una hora saldría para España. En Roquesas de Mar tenía asuntos pendientes y allí, en Marsella, ya estaba todo hecho.

57

Él salió fuera del sótano arrastrando un pesado saco de tierra. En el suelo quedaron el pico y la pala. Se había olvidado de atarle las manos y la boca la última vez que la forzó y ahora ella era libre. Apenas unos segundos para correr hasta el pico y ponerse al lado de la puerta. Cuando regresara sería hombre muerto. Vio su espalda sudorosa tirar del saco y vio cómo desaparecía por la puerta. El agujero del suelo empezaba a tomar forma.

«El muy hijo de puta no sabe que está cavando su propia tumba», se animó la chica a sí misma.

Se puso en pie con menos dificultad de la que creía. Dio tres pasos hasta el pico y lo cogió con furia. Era pesado, pero no lo suficiente como para que ella no pudiera levantarlo por encima de la cabeza y aguantar allí los segundos que faltaban para su regreso. Se apostó al lado del marco de la puerta. Echó el pico todo lo atrás que pudo para que no se reflejara el brillo de la linterna que había en el suelo.

Y esperó a que él volviera...

58

El inspector de la policía judicial Eugenio Montoro Valverde y el oficial Santos Escobar Garrido llegaron por fin a
la casa de los Alsina, en la calle Reverendo Lewis Sinise número 15. El aspecto de la urbanización distaba mucho del
que ofrecía el domingo por la mañana. Se encontraron con
un panorama distinto. La soledad del día anterior había dejado paso al bullicio de la gente circulando por las calles y el
ronroneo de los motores surgiendo de los garajes. Los niños
andaban soñolientos con las mochilas a la espalda, ya habían
terminado los exámenes de fin de curso, pero aún les quedaban unos días de clase. El pueblo había despertado. Los agentes buscaban entrevistarse con Álvaro Alsina Clavero, en
principio como sospechoso del asesinato de Sandra López
Ramírez, el único fiable que tenían hasta entonces y al que
apuntaban todas las pruebas circunstanciales de la violación
y el asesinato. Como buen policía, el inspector veía demasiado sencilla y cómoda la acusación contra Álvaro Alsina, al
cual aún no conocía personalmente. Le parecía extraño que
una persona de su posición económica, empresario reconо-
cido de Roquesas y con una familia a la que cuidar, se invo-
lucrara en el asesinato de una joven del pueblo, de la misma

edad que su hija. Y más, si el núcleo de la acusación pasaba por el jefe de la policía local, un personaje al que Eugenio evitaba repetidas veces y que ya no le había gustado cuando habló con él por teléfono.

—Buenos días —saludaron a la chica que les abrió la puerta.

La chica contestó educadamente con la puerta abierta de par en par.

—¿Está el señor Álvaro Alsina en casa? —preguntó el inspector.

Viendo que la chica no contestaba, añadió:

—Queremos hablar con él. —Y miró por encima de la cabeza de la sirvienta colombiana.

Los policías de Madrid ofrecían unos modales muy alejados de las toscas maneras de los agentes municipales, lo cual los hacía distintos y fácilmente reconocibles. La sirvienta enseguida se dio cuenta de que aquellos hombres no eran de por allí, ni siquiera de Santa Susana. No pudo evitar mirar con coquetería al oficial Santos Escobar, que, percatándose de ello, apartó la mirada de los ojos negros de María en una situación más incómoda para él que para ella.

—Un momento, por favor —respondió la chica mientras dejaba la puerta entreabierta y se dirigía a un teléfono antiguo y de color negro que había en una mesita de la entrada.

Los agentes se fijaron en el espejo adornado con motivos barrocos y vieron el reflejo de la criada mucho más estilizado. Increíblemente delgada. Ellos no podían saber la historia de ese espejo. Lo había comprado Rosa en una tienda de antigüedades de Segovia en la época que engordó unos cuantos kilos a causa del embarazo de Javier. La figura que le mostró aquel espejo el día que entraron en la tienda para curiosear los artículos, dejó a Rosa impactada de tal forma que Álvaro no tuvo más remedio que encargar uno y hacerlo enviar por transporte urgente a su casa. Era de vital importancia que el espejo recargado y barroco estuviera en la entrada de la casa cuando ellos volvieran de vacaciones.

—Señor Álvaro —dijo la sirvienta al teléfono interno que conectaba directamente con el despacho de la planta de arriba—, hay unos señores que quieren verle. —Mientras, limpiaba la mesita del teléfono con un trapo de cocina que sostenía en su mano, en un gesto automático—. No me lo han dicho... Sí, sí, de acuerdo, entonces les hago pasar a la salita —dijo finalmente mientras los agentes entornaban los ojos.

María colgó y regresó a la puerta, volviendo a mirar al oficial Santos, esta vez de forma más descarada y arrancando una sonrisa del ajado rostro del inspector.

—Pueden ustedes pasar, el señor Alsina les atenderá enseguida —dijo la chica, y los precedió hasta una sala pequeña que había justo en la entrada de la casa, circunstancia que aprovechó el joven oficial para mirar el redondo culo de la criada y así descansar sus ojos, que ya le estaban empezando a doler de aguantar la mirada alta y evitar bajarla hacia las preciosas y morenas piernas de la chica.

—Gracias, señorita... —Eugenio hizo una pausa esperando que la sirvienta acabara la frase y dijera su nombre, pero ella no se dio por aludida.

Al volverse hacia ellos, los dos agentes observaron, al mismo tiempo, el tatuaje de una mariposa coloreada en su hombro izquierdo. Ella se percató y les sonrió.

—¿Quieren tomar algo? —les preguntó María justo antes de salir de la pequeña estancia.

La chica hizo un gesto característico de las criadas de finales del siglo XIX, cuando se volvían justo en la doble puerta de las habitaciones, posando una mano en cada tirador y reclinándose en gesto de subordinación.

A los policías les hizo gracia esa especie de pirueta escénica.

—Café —respondió Eugenio, menos vergonzoso que su compañero—. Con bastante azúcar, si es posible —puntualizó al tiempo que admiraba una imitación de un Dalí que había en la pared de la derecha, nada más entrar en la sala.

—¿Y usted? —preguntó María mirando al incómodo oficial—. ¿Quiere tomar algo? —preguntó sin soltar los pomos dorados de ambas puertas y mostrando una imagen erótica en esa posición, haciendo que los doloridos ojos del joven policía le crujieran al tener que sujetarlos para no mirar hacia las rodillas de la guapa colombiana y sonrojarse por ello.

—Café, gracias. Me tomaré un café también —respondió por fin, ruborizándose levemente.

Nada más salir la chica, Álvaro Alsina entró en la salita. Prácticamente debieron de cruzarse en la puerta. Vestía impecable, con un traje azul marino precioso y una corbata amarilla a rayas negras. Muy conjuntado. Ofrecía un aspecto enérgico y una mirada viva y escrutadora. Justo antes de entrar se pasó su mano izquierda por la rasurada barbilla para comprobar, con satisfacción, que estaba perfectamente afeitada.

—Buenos días, agentes —saludó mientras se dirigía hacia la única silla vacía de la habitación, con intención de sentarse.

Los policías tomaron asiento en dos sillones de cuero rojo que rodeaban la imitación del cuadro de Dalí. Eugenio, más cortés que el joven oficial, que aún permanecía trastocado por el recuerdo de la estampa que le ofreció María, apoyada en los pomos de las puertas de entrada a la sala, se levantó de su asiento para estrechar la mano al presidente de Safertine y demostrar que los toscos agentes de la capital también tenían modales. Santos, más reacio a ese tipo de manifestaciones protocolarias, hizo lo mismo, para evitar un rapapolvo por parte del veterano detective.

—Buenos días, señor Alsina —respondió Eugenio mientras ofrecía su mano al sospechoso número uno de la violación y asesinato de Sandra López—. Espero que no le distraigamos de sus numerosas actividades.

—Hola —dijo Santos haciendo el mismo gesto que su compañero.

Viendo que los dos agentes habían posado, en algún momento de la corta presentación, sus ojos sobre el cuadro de Dalí, Álvaro precisó:

—Es auténtico.

Eugenio lo miró a él y luego al cuadro.

—El cuadro es auténtico —aclaró Álvaro—. ¿Entienden de pintura? —preguntó observando el gesto de incredulidad de los policías.

—Un poco —respondió Montoro, admirado por la sagacidad de Alsina—. Pero supongo que este cuadro es una réplica —objetó—, una obra de Dalí debería estar en un museo y no en un domicilio particular.

—No, no es una réplica —respondió Álvaro sin dejar de mirar el lienzo—. Perteneció a la galería privada de uno de los más ilustres arquitectos que ha dado Roquesas de Mar y posiblemente de todo el estado: Rodolfo Lázaro Fábregas.

Los dos negaron con la cabeza y Álvaro, viendo que el arte no era del interés de los agentes y seguro de que no habían venido a su casa para admirar el Dalí, dijo:

—El jefe de la policía local me dijo que vendrían. Llevo toda la semana esperando su visita. Pues bien, aquí me tienen para colaborar en todo lo que necesiten.

—Perdone —lamentó Eugenio—, somos unos descorteses. No nos hemos presentado debidamente. Soy Eugenio

Montoro, inspector de policía de la Brigada Judicial de Madrid —dijo mientras volvía a estrecharle la mano en una situación un tanto ridícula—, y el oficial Santos Escobar —el cual saludó con la cabeza en un gesto de asentimiento—. Con el asunto de tan formidable cuadro —se excusó el veterano policía—, hemos olvidado las normas de educación y no nos hemos presentado debidamente.

El aire se podía cortar con un cuchillo, como se suele decir. Era la primera vez que los policías estaban ante el principal sospechoso del caso. La situación era absurda y un tanto extravagante, pero la posición económica de Alsina y el hecho de que los policías estuvieran lejos de la capital, obligaba a guardar ciertas normas de cortesía. No se podía citar a Álvaro Alsina para declarar en las dependencias policiales de Santa Susana sin contar antes con suficientes pruebas de peso. Él se personaría con un caro y bien pagado abogado y en unas horas desmontaría cualquier argumento mal confeccionado acerca de su culpabilidad.

—Ustedes dirán —dijo Álvaro sin dar la impresión de tener mucha prisa, aunque como buen hombre de negocios no le gustaba entretenerse en conversaciones que no tuvieran ninguna finalidad. Eugenio, que era un gran observador, se dio cuenta de ese detalle—. No habrán venido desde Madrid solo para admirar mi galería de arte —opinó en una frase que arrebató una pequeña sonrisa al rostro de los agentes.

—Supongo que ya sabe que es usted el principal acusado del asesinato y violación de la joven Sandra López —anunció el inspector con voz sobria y evitando andarse por las ramas.

—No formalmente. El jefe Salamanca me ha dicho que las pocas pruebas que tienen me apuntan a mí directamente, pero... como habrán podido comprobar, no es mucho lo que hay en mi contra.

Eugenio no pudo rebatirle y se sintió como si el primer asalto lo hubiese ganado Álvaro Alsina.

—¿Fuman ustedes? —preguntó mientras extraía una cajetilla de tabaco del bolsillo de su pantalón.

Era de la marca Pehgta y Álvaro lo conservaba encima desde que se lo había dado César Salamanca en su último encuentro.

—No —respondieron al unísono los policías.

El inspector observó la cajetilla que Álvaro sostenía en su mano izquierda. La siguió con la vista. El presidente de Safertine encendió un cigarrillo de boquilla lila utilizando unas cerillas de madera de fósforo azul. Álvaro se sintió analizado y supo entonces que debía andarse con sumo cuidado en cualquier gesto o palabra, puesto que los dos agentes, y en concreto el más veterano, habían venido hasta Roquesas de Mar con la firme decisión de encontrar al culpable de la muerte de Sandra.

María entró en la estancia con una bandeja en la que traía tres tazas de café bien caliente. El humo que surgía de ellas así lo demostraba. En medio, una jarra con leche y un azucarero de cristal finamente tallado. Tres cucharillas de plata terminaban de configurar un servicio digno de un lord.

—Gracias, María —dijo Álvaro cuando ella dejó la bandeja sobre la pequeña mesa de cristal que presidía la estancia—. Nos falta un cenicero —advirtió—, no me gustaría tirar la ceniza en el suelo —añadió, y seguidamente sonrió.

La chica salió de la sala sin decir nada y Eugenio aprovechó para observar el suelo y darse cuenta de que era parqué del bueno. Y no es que entendiera mucho, pero a pesar de que parecía llevar mucho tiempo puesto, estaba impoluto.

—¿Y bien? —preguntó Álvaro mientras indicaba, con un gesto de su mano, a los agentes que se sirvieran el café—. Ustedes dirán en qué les puedo ayudar...

—Le quería preguntar por la chica asesinada —aclaró Eugenio echándose tres azucarillos en su taza.

Álvaro asintió con la cabeza.

—¿Cuánto tiempo hace que la conoce? —El inspector preguntó como si la chiquilla todavía estuviera viva. Era una estrategia de buen policía, de esa forma el testigo respondía a las preguntas sin sentirse incriminado.

—A Sandra la conocí hace diez años —explicó Álvaro con el cigarrillo consumiéndose entre sus dedos—. Llegó a Roquesas con sus padres, Marcos López y Lucía Ramírez. Tiene... —Hizo una pausa para aclararse la garganta, la voz se le estaba apagando— tiene la misma edad que mi hija Irene, de hecho las dos son amigas. Es por eso que la conozco.

Eugenio y Santos callaron unos instantes, buscando la incomodidad de Álvaro. Pero este no se dio por aludido y el silencio embarazoso no le alcanzó.

—El jefe de la policía local —intervino el oficial Santos, que había permanecido callado hasta entonces— sostiene que usted estuvo con la muchacha el día que la mataron. Y va más allá: dice que tiene pruebas de que se entendía con ella.

Álvaro arrugó la frente.

—¿Es eso cierto? —terminó la pregunta Santos.

—¡No! —replicó contundente ante el acoso tan descarado de aquel policía—. Veo que no se andan por las ramas —les dijo—. Yo también quiero preguntarles algo.

Eugenio movió la mano asintiendo.

—¿Estoy detenido, estoy acusado? —quiso saber, visiblemente nervioso.

—Entiendo su situación —dijo Eugenio—. De momento no —contestó, y sorbió el delicioso café preparado por la sirvienta—. Creo recordar que ya le dijimos al entrar que se trataba de una charla, que no está usted obligado a contestar —mencionó, soplando sobre la taza para enfriar el café—. Estamos aquí para ayudarle. No somos sus enemigos.

—¿Para ayudarme a mí o para ayudarse ustedes?

Eugenio esbozó una mueca de contrariedad.

—Yo les ayudaré en todo lo que esté en mi mano. —Álvaro cogió el arrugado paquete de tabaco turco, del que solo quedaban un par de cigarrillos, y se dispuso a encender otro ante la atenta mirada de los policías.

Por sus palabras, diríase que no se sentía culpable y que se ofrecía a colaborar para encontrar al verdadero asesino de Sandra.

—Es lo mejor que puede hacer —recomendó Santos.

Álvaro aceptó con la mirada.

—¿Estuvo usted con Sandra la noche de su muerte? —volvió a preguntar el oficial, esta vez más inquisidor.

Álvaro sabía que de responder negativamente, la siguiente pregunta sería: «¿Dónde estuvo esa noche?»

—Hace que no veo a Sandra dos semanas —respondió mientras giraba la muñeca para mirar la hora en su reloj—. No la vi ni la noche que desapareció, ni siquiera seis o siete días antes del suceso —aclaró con cierto nerviosismo del que se percató el inspector.

—¿Tiene prisa? —preguntó Eugenio—. No es nuestra intención entretenerle.

—A las doce tengo una reunión importante. He de firmar un acuerdo vital para mi empresa y como presidente de Safertine no puedo faltar.

Álvaro sacó su móvil y se dispuso a realizar una llamada.

—¿Me permiten? —preguntó enseñando el teléfono.

—Por supuesto —dijo Eugenio.

—Nacho, estoy en casa —afirmó el presidente de Safertine mirando de reojo a los policías de Madrid—. ¿Te queda mucho? Vale, aquí te espero. No tardes que tengo que salir antes de las once y media. Sí, hacia Santa Susana.

—Señor Alsina —insistió Santos una vez que Álvaro hubo colgado—, aún no ha contestado a la pregunta de dónde estuvo la noche que desapareció Sandra López.

—No me la ha hecho.

—Es cierto, iba implícita en si estuvo usted con la chica —dijo—. Si no estuvo con ella, ¿dónde estuvo entonces?

—Esa noche estuve en casa —afirmó guardando el móvil en el bolsillo de su chaqueta—. No tenía relaciones con esa chica. No la violé ni la maté. Y no estuve con ella la noche en que la asesinaron. ¿Contesta eso a todas las preguntas que quieren hacerme? —profirió muy molesto.

—Nos pagan para desconfiar —replicó el inspector—. Es nuestro trabajo, ¿sabe?

Álvaro apagó el cigarrillo en el cenicero.

—Nos vamos a proseguir con nuestra investigación —dijo el inspector—. Hemos venido a Roquesas de Mar a buscar un asesino y no nos iremos sin él. Oficialmente no está acusado —manifestó—, las pruebas del jefe de la policía local tienen poco peso como para movilizar a la fiscalía de Santa Susana, pero le recomiendo que no se aleje de la provincia y esté siempre localizable por si necesitamos de su colaboración. Y de momento no es necesaria la presencia de su abogado —añadió para terminar.

Álvaro los acompañó hasta la puerta y los siguió con la vista hasta que desaparecieron por la esquina de la última casa de la calle.

Poco era para la investigación, pero la segunda visita a Roquesas de Mar no dejó con las manos vacías a los investigadores, ya que aprovecharon para ver de cerca los ojos del presunto asesino. De la conversación con Álvaro Alsina extrajeron la sensación de que tanta normalidad no era natural.

Una persona que era acosada de tal forma, no podía comportarse así ante unos policías que buscaban incriminarle.

Nada más entrar en la casa de nuevo, lo primero que hizo Álvaro fue llamar a su abogado para decirle que de momento no era necesaria su presencia en el pueblo, ya que, por lo que parecía, aún no se había formalizado la acusación por parte de la fiscalía de Santa Susana, que era quien entendía de la inculpación por el asesinato de Sandra López. El presidente de Safertine se tranquilizó cuando los agentes se marcharon de su casa sin una orden formal de detención, aunque albergó la inquietante desazón de que algo le ocultaban y que posiblemente debían su visita precisamente a eso: a inquietarle. Se vio entonces como un hombre vulnerable cuya inocencia pendía de un hilo y que era observado de cerca por unos sabuesos que no esperaban otra cosa que verlo errar para abalanzarse como alimañas en busca de alimento. Álvaro reconstruyó en su mente la conversación mantenida con los agentes y pensó que de haber tenido pruebas concluyentes contra él, lo hubieran detenido sin más dilaciones. De esa forma aplazó la llegada del abogado Nacho Montero, esperando poder centrarse en lo que realmente importaba en ese momento: la firma del contrato con el gobierno. Libre ya como estaba de las acusaciones y al no estar inmerso en un proceso judicial, como requería el documento que había firmado al gitano José Soriano Salazar, Álvaro tenía las riendas de Safertine bajo su mando... al menos de momento.

Lo cierto es que la firma del contrato con el gobierno, y de eso no sabían nada Álvaro Alsina y Juan Hidalgo, no era más que una patraña para desenmascarar los negocios turbios de la empresa Safertine y su filial Expert Consulting. Un plan concebido por los servicios secretos para seguir de cerca las actividades de la empresa. Para ello habían montado todo el numerito de la compra de las tarjetas y hecho creer a los dos socios que se encontraban en los albores del negocio del siglo. Así que los negociadores llamaron, como así se había convenido previamente, cinco minutos antes de las doce, a Juan y Álvaro para decirles que no se iba a cerrar el trato. El CIN ya había reunido todos los datos necesarios para realizar su informe respecto a los delitos de terrorismo por parte de las empresas investigadas, documentos que remitieron a la Brigada Central de Información para que obrara en consecuencia.

59

La puerta se cerró en sus narices. Los brazos le dolían del peso del pico y al principio no entendía qué pasaba. Oyó cómo echaba la llave desde fuera. Le extrañó que la dejara dentro del sótano con las manos desatadas, la mordaza quitada y con un pico y una pala a su alcance.

«Ese hijo de puta no da puntada sin hilo», pensó.

Y quiso creer que aquello era premeditado y que formaba parte de algún plan. Lo primero que le pasó por la cabeza fue aporrear la puerta hasta romperla. Era una puerta metálica, pero aquel pico podría hacerla trizas con unos cuantos golpes. Luego, más cauta, pensó que quizás él estaba fuera esperándola con su pistola y en cuanto la viera aparecer le pegaría un tiro. Simularía que era en defensa propia, pensó. «Pero... ¡qué tontería!» Cómo iba a hacer eso ese hijo de puta, recapacitó al darse cuenta de que su mente flaqueaba. Él debería haberse marchado a toda prisa por algún motivo. Echó una ojeada al agujero del suelo y lo vio prácticamente terminado. Apenas unos palmos más de profundidad y quizás un poco de anchura para que allí cupiese su cuerpo, muy menguado por los días de encierro y hambre.

—La linterna —dijo en voz alta.

También se había dejado la linterna. La apagó para ahorrar pilas por si la necesitaba más adelante. La penumbra se hizo de nuevo en el sótano.

60

A las tres de la tarde iniciaban su jornada laboral los obreros de la casa de enfrente. Eran un pequeño grupo de ocho trabajadores distribuidos de la siguiente forma: un capataz, un jornalero experimentado de cincuenta años de edad y treinta años dedicados a la construcción. Tres hermanos albañiles de veinticinco, veintiocho y treinta y un años de edad. Cuatro peones de origen ecuatoriano, recién incorporados a la empresa de construcción.

A esas horas no había nadie en la calle. El silencio era total.

Y cuando uno de los ecuatorianos se disponía a rebozar una de las paredes del comedor, cogiendo agua del barril que utilizaban a modo de depósito, se sorprendió cuando en su interior topó con un pañuelo de tela que envolvía algo duro. Dentro se hallaba el punzón de plástico que había arrojado el cirujano Pedro Moreno Fuentes el viernes por la noche. El obrero lo sacó del barril sin atreverse a desenvolverlo. La tela lo recubría por completo.

—Raimundo, mire lo que he encontrado en el tonel de agua —le dijo al capataz mientras se lo enseñaba en la palma de su mano derecha.

Los demás obreros prestaron atención al hallazgo y se arremolinaron alrededor del joven, que sostenía la pieza como si de una reliquia se tratara.

El precavido encargado de la obra lo cogió con cautela. Miró a los demás con recelo, como pensando que aquello que iba a abrir no presagiaba nada bueno. «¿Qué será?», pensó, y seguidamente se dispuso a destaparlo. Lo desenvolvió con sumo cuidado, como si dentro hubiese un pajarillo al que temiera lastimar. El pañuelo tenía inscritas unas iniciales: PM. Se lo había regalado hacía tiempo Rosa, la mujer de Álvaro, al cirujano Pedro Montero.

—Lo entregaré al jefe de policía —afirmó el encargado mientras volvía a tapar el objeto puntiagudo.

Los demás quisieron preguntar algo, pero optaron por callar. El encargado sabía muy bien lo que hacía.

—Él sabrá qué hacer —dijo refiriéndose al jefe de la policía local.

—Parece un punzón —dijo el trabajador que lo encontró.

El encargado lo mandó callar y animó a todos a que retomaran sus tareas.

61

A las tres de la tarde habían quedado Álvaro Alsina y Natalia Robles en la rotonda inacabada de la calle Reverendo Lewis Sinise. Tenían muchas cosas de que hablar el empresario y la muchacha. Mucho de que hablar y muy poco tiempo para hacerlo. El presidente de Safertine sabía que Natalia, amiga de Irene y Sandra, no le engañaría. Era una chica franca y sincera. Ella le diría qué había pasado exactamente aquella noche del viernes 4 de junio, cuando fue vista por última vez la muchacha desaparecida. Ella le diría qué fue lo último que hizo Sandra, sus últimas palabras, sus últimos momentos...

Puntual, como era de esperar, Natalia llegó a la única plaza inacabada de la urbanización. Debajo del olivo donde se había visto la noche del lunes con César Salamanca, en la confluencia de la calle Reverendo Lewis Sinise y el bosque de pinos que unía la urbanización más residencial del pueblo con el resto arcaico de la villa antigua.

Allí estaba Álvaro fumando y mirando los tejados de la villa. Paseaba la vista hasta donde alcanzaba. Sumido en pensamientos imposibles acerca de los avatares de la vida.

«El campanario está a punto de venirse abajo por culpa

de ese enorme nido de cigüeña», pensó mientras daba la última calada al cigarrillo.

La parte más alta de la iglesia esgrimía, amenazante hacia el cielo, parte de su estructura. Álvaro había estado innumerables veces allí. Le gustaba meditar las noches de verano cuando regresaba de la empresa y siempre le quedaban cosas en que pensar. Abstraerse, aunque fuera por unos minutos, del quehacer diario, del bullicio de la jornada en Santa Susana. Miraba con ternura el final de la calle y el principio del bosque. Olvidaba esa estruendosa ciudad, lejos del mar pero próxima a Roquesas, donde el ruido y ajetreo diarios no permitían que una persona pudiera ser ella misma, sino que más bien la obligaba a formar parte del paisaje urbano, del montón de hormigas que correteaban por sus calles, de sus paradas de autobús, de las plazas con fuentes de agua que nadie bebía, de esa ingente cantidad de individuos que transitaban sin orden por las aceras, cruzándose sin conocerse, desviando la mirada cuando se encontraban con algún conocido y haciendo ver que no se habían percatado de su presencia. Allí en Roquesas de Mar era diferente. El pueblo de sus antepasados era como debía ser una localidad pequeña. La gente se conocía. A veces demasiado, otras no tanto. Encendió otro cigarrillo y pensó en que el anonimato era una palabra del todo desconocida en esa villa entre el mar y la montaña. El mismo mar donde, no hacía demasiados años, desembarcaban piratas y asaltaban a los lugareños quitándoles sus pocas pertenencias. Hechos que habían obligado a fusionar las dos Roquesas, la de mar y la de montaña, en una sola. Ahora los saqueadores eran otros, vestían corbata, comían en restaurantes caros e iban a los entierros, reflexionó Álvaro acordándose de las películas acerca de la mafia, donde los mismos que matan a un hombre, son los que van a llorar al sepelio y se hacen cargo del bienestar de su familia, para que los vecinos de esos pueblos sicilianos que solo conocía por las películas de Coppola, se sintieran orgullosos de la Cosa Nostra.

Ya había perdido la noción del tiempo, cuando vio surgir del interior del bosque la silueta de Natalia, la chica con la que se había citado esa calurosa tarde de verano. La chica no había venido con la intención de preguntar, ni siquiera de sonsacar cosas que quizá no le gustaría oír, sino porque la llamaba el padre de su mejor amiga y porque la verdad siempre es buena; aunque nos duela, aunque no queramos conocerla. El presidente de Safertine sabía de sobra que los jóvenes de hoy solamente dicen aquello que quieren decir, que no sirve de nada intentar averiguar algo si ellos no están dispuestos a decirlo. De los problemas que anotó en su agenda azul, esa que le trajo tanta suerte, o eso pensaba él, ya había solucionado uno. No era el más importante, pero sí el que le dotaría del suficiente prestigio y autoestima como para intentar solucionar los otros. Continuaba en su cargo de presidente de la empresa heredada de su padre, el ilustre don Enrique Alsina, muerto de cáncer de pulmón cuando contaba setenta años. Los inspectores de Madrid tenían en su mano que las cosas siguieran como hasta entonces, que Álvaro Alsina presidiera la compañía que daba sustento a su familia y a una parte importante del pueblo, ese mismo en que sus habitantes esperaban la señal de asalto para irrumpir en su casa y echarla abajo como hacían los lugareños hacía cientos de años en Transilvania, cuando entraban en la casa del sanguinario conde y lo mataban por odio, por envidia, por venganza... por esos pecados capitales que corrompen el alma de los hombres y los hacen ser más parecidos a las bestias, esas que odiamos y tememos, pero de las que tanto deberíamos aprender. Álvaro se sentía acosado por los motivos que han llevado a los hombres, siglo tras siglo, a destruirse entre ellos, a buscar la desdicha de sus congéneres por el mero hecho de admirarlos, de no poder ser como ellos.

La dulce y bella Natalia asomó su delicada figura entre las ramas del bosque de pinos, esos a los que cada año intentó eliminar la *procesionaria*, arrastrándose por sus envejecidos troncos en un intento constante de desgaste. Vestía un pantalón corto blanco, tan corto que asomaba la línea divisoria entre sus piernas y el culo, una estría arqueada en un dibujo perfecto que ni hecho por el mejor delineante del mundo. Portaba manoletinas de color azul marino, de las que salían unos calcetines blancos de hilo que tapaban sus diminutos tobillos, frágiles como el cristal de las copas de vino que servían en los banquetes. Una camiseta de tirantes lila era todo lo que cubría su estilizada figura, esa camiseta que tanto le gustaba ver al presidente de Safertine, con el dibujo de una mariposa en su pecho, una mariposa con las alas extendidas intentando echarse a volar, pero que no podía al haberse quedado atrapada en los pechos de Natalia, la muchacha a la que esa tarde intentaría Álvaro sonsacar lo ocurrido aquella noche del 4 de junio, cuando otra hermosa muchacha había sido violada y asesinada en la parte trasera de su casa.

—Buenas tardes, Álvaro —dijo Natalia acercando las mejillas a las del padre de Irene—. Espero no haberte hecho esperar —manifestó alargando la mano y mostrando los dedos índice y corazón en un gesto característico de fumador.

—He llegado hace unos minutos —respondió Álvaro, que sacó un cigarrillo del paquete y se lo puso en medio de los dos dedos—. No pasa nada, ya te dije que no tenía nada que hacer esta tarde y podías retrasarte si querías.

Ella le sonrió.

—¿Cómo estás?

—Bien —respondió acercando su linda cara a la lumbre del mechero que acababa de encender Álvaro—. Un poco conmocionada por la muerte de Sandra, no me lo acabo de creer todavía. Esperaba que no apareciera su cuerpo, de esa forma siempre albergaría la esperanza de que estuviera viva.

—Erais buenas amigas, ¿verdad? —preguntó Álvaro.

—Muy buenas.

—Siempre os he visto juntas a las tres, dando envidia a los chicos del pueblo y a las otras chicas. Tan guapas.

—Es verdad —afirmó Natalia, fumando como si fuera una vampiresa de Hollywood—. Aunque Sandra nos empañaba a las dos, su belleza no tenía parangón —puntualizó con una expresión más propia de un hombre hacia una mujer que de una inocente jovencita hacia su amiga.

Álvaro le guiñó un ojo.

El presidente de Safertine era conocedor de los rumores sobre las inclinaciones sexuales de Natalia, de Sandra e incluso de su propia hija; aunque no quería hacer mucho caso de eso y le restaba importancia a la cuestión, sobre todo debido a la edad de las tres. Dieciséis años, desde luego, no era tiempo suficiente para definir la orientación sexual de nadie, pensó mientras observaba las impresionantes facciones de Natalia, una chica extremadamente guapa e inteligente, atributos que eran muy valorados en una misma persona. Se acordó de aquella teoría machista y anticuada en la que se hacía referencia a las mujeres y decía que estas no podían ser guapas y listas a la vez.

—¿La querías? —preguntó Álvaro, intentando buscar alguna vulnerabilidad en Natalia y de esa forma enlazar más su complicidad con ella y hacer que confiara en él hasta el punto de confesarle lo ocurrido la noche del 4 de junio en el bosque de pinos.

—Sí, la quería —contestó sonriendo nerviosamente—, tanto que daría lo que fuera por ver muerto a su asesino.

Álvaro apartó la vista de sus ojos y miró hacia el bosque.

—No te voy a contar qué pasó aquella noche, porque ya nada importa —anunció Natalia, a punto de llorar—, pero solo te puedo decir que lamento profundamente todo lo que ha ocurrido y que me iré a la tumba, cuando me toque, con el dolor de haber dejado sola a Sandra aquel cuatro de junio en este lugar —dijo señalando hacia la espesura con su dedo índice.

Sabedor Álvaro de que la chica no le iba a revelar nada sobre lo sucedido aquella noche, optó por centrarse en el distanciamiento de sus propios hijos.

—¿Sabes si mi hija me odia? —preguntó, sentándose en un montículo de tierra que había a los pies de uno de los olivos de la rotonda.

Natalia respiró hondo.

—Tu hija te quiere —respondió frotando la cabellera del presidente de Safertine.

Este se sorprendió y hasta se sintió incómodo.

—El salto generacional —añadió—, eso es lo que nos separa a los jóvenes de vosotros. Cuando sea más mayor se dará cuenta del buen padre que tiene —reflexionó en una frase poco apropiada para una chica de su edad.

Álvaro se sintió halagado.

—¿La quieres? —preguntó extrayendo otro cigarrillo y mirando a Natalia a los ojos mientras ella se sentaba a su lado.

—Las personas que están llenas de amor lo suelen transpirar por todos los poros de su piel —respondió la chica, para asombro de Álvaro, que tuvo la sensación de estar hablando con un oráculo—. Yo estoy llena de pasión y ternura. Quiero a tu hija —añadió escondiendo las manos entre las piernas—, como te quiero a ti y como quería a Sandra; aunque con ella era diferente.

Álvaro iba a decir algo, pero se quedó sin palabras.

—Sabes —continuó Natalia—, tengo la sensación de que no ha muerto, de que está entre nosotros. He intentado conectar mentalmente con ella y creo que aún no está en el plano astral, que aún vive en Roquesas de Mar y que no se marchará hasta que haya solucionado lo que tanto la apena.

Álvaro la miró con los mismos ojos con que el discípulo observa a su maestro.

«Cuánta inteligencia para una persona tan joven», pensó, viendo a una chica que bien podría ser su propia hija y con la que se entendía perfectamente. «Ojalá Irene me comprendiera como ella», rogó al darse cuenta de que él tampoco se había esforzado lo suficiente para entender a su propia hija, ni a Javier con sus problemas, ni siquiera a su mujer, la bella Rosa con la que tan buenos momentos había pasado a su lado.

—Te entiendo perfectamente —le dijo—, a mí me ha ocurrido lo mismo muchas veces.

Natalia hizo una mueca de satisfacción.

—Pero es de vital importancia para mí saber qué ocurrió aquella noche —le dijo entonces Álvaro.

La chica lo miró perpleja.

—¿Es para encontrar al que la mató?

—¿Sabes quién fue?

—Si lo supiera ya estaría muerto —dijo bravuconamente.

—Entonces no viste a nadie más aparte de Sandra e Irene.

—No, aquella noche no vimos a nadie, aparte de la gente en la fiesta del pueblo. El camino del bosque de pinos estaba solitario. Ya sabes —sonrió— que en caso de sospechar de alguna persona, el jefe de policía hubiera sido el primero en enterarse. Pero, lamentablemente, Sandra y yo estuvimos solas todo el rato y lo único...

—¿Qué? —se anticipó Álvaro.

—Nada, que quería mucho a Sandra y lamento no haberla acompañado a casa. Si las dos hubiéramos estado juntas no...

—Eso no puedes saberlo —la interrumpió Álvaro viendo que se iba a echar a llorar.

Encendió dos cigarrillos a la vez y puso uno en la boca de ella. La chica se lo agradeció con la mirada.

—Mira —le dijo él mirándola a los ojos—, parece ser que nadie está libre de sospecha, pero la policía local me ha escogido como el principal sospechoso...

Natalia le tapó los labios con su mano.

—No me vengas con monsergas, Álvaro —le dijo—, ya he oído por el pueblo esos comentarios descabellados acerca de tu culpabilidad, pero yo estoy segura de que tú no has sido.

Álvaro dudó unos instantes y luego dijo:

—¿Por qué?

—Porque quien mató a Sandra es alguien de fuera del pueblo, un forastero.

—¿Y en qué te basas para esa afirmación?

—Sandra era muy querida y bastante accesible para todo el mundo...

—¿Accesible?

—Sí, era una chica abierta y muy cercana a cualquiera que quisiera conocerla. Quien la mató tuvo que violarla primero y para hacerlo debía de estar seguro de que ella no quería, por eso la forzó, ¿no? En eso consiste la violación.

Álvaro se quedó pensativo tratando de averiguar adónde quería ir a parar Natalia. Evitó su mirada para no descubrir que no sabía de qué le estaba hablando. Finalmente y dándose por vencido, le dijo:

—No te entiendo... ¿Qué quieres decir con eso de que quien la mató tuvo que violarla? Se supone que fue así.

Atisbó la posibilidad remota, pero nada desechable, de que Natalia supiera alguna cosa más que él, en lo referente a las circunstancias de la muerte de Sandra.

—Vaya, Álvaro, ¿es que te tengo que hacer un plano de esto? Lo que quiero decir es que el que violó a Sandra la tuvo que forzar porque ella se negó, y tú —concluyó— no hubieras tenido necesidad de eso...

Aspiró hondo y dijo:

—Contigo Sandra hubiera hecho el amor gustosamente sin necesidad de obligarla.

Álvaro se sintió halagado y reflexionó sobre esas últimas palabras buscando algún defecto en la argumentación, para así poder rebatirla.

—¿Y si fueron dos?

—¿Dos qué?

—Dos personas quienes actuaron —dijo Álvaro—. Uno la violó —aseveró fijando su mirada sobre Natalia— y el otro la asesinó.

Un matrimonio de ancianos pasó cerca de ellos, que se encontraban enfrascados en la conversación acerca de cómo fue la muerte de Sandra, y Álvaro se sintió profundamente incómodo. Se creyó espiado y ya no le pareció tan buena idea haber quedado con Natalia tan cerca de su casa, tan cerca del lugar donde había aparecido el cuerpo de Sandra, tan cerca de las miradas mezquinas de los vecinos que le creían culpable. Se imaginó el comentario de los ancianos que pasaban, silenciosos, a su lado: «Mira, ya está don Álvaro con otra jovencita.»

—Oye, Natalia.

La chica lo miró.

—Será mejor que nos veamos en otra ocasión y en otro lugar, ¿te parece?

Natalia asintió con la cabeza y se marchó de la calle Reverendo Lewis sin decir palabra.

62

Juan Hidalgo Santamaría no soportaba la mera idea de que traspasaran la empresa en la que tanto esfuerzo y dedicación había invertido. Las pruebas contra Álvaro Alsina eran del todo concluyentes, o eso le parecía a él. La acusación no oficial por parte del jefe de policía no dejaba lugar dudas. Las posibilidades de ser declarado inocente en el juicio eran prácticamente nulas. Y aun en el supuesto de que no consiguieran demostrar el crimen, el tema del forzamiento de la menor estaba muy claro, el propio César Salamanca le había dicho a Juan que vio a Álvaro la noche del crimen y que sabía que este se entendía con la chica asesinada. Así que la empresa y todos los beneficios de la misma, el patrimonio, los terrenos, la filial Expert Consulting e incluso las nuevas oficinas de Madrid, pasarían irremediablemente a manos del gitano José Soriano Salazar si las acusaciones de César Salamanca llegaban a demostrarse finalmente.

«¡Ojalá se muriera ahora mismo!», pensó Juan lleno de rabia.

En ese caso no habría contrato. No puede heredar quien no existe, y le constaba que José Soriano no tenía descendencia, aunque sí mucha familia. Pero el acuerdo firmado aquella noche infame en la maldita timba que jugó Álvaro, ponía bien claro quién sería heredero universal: don José Soriano Salazar.

«¿A quién se lo podía preguntar?», meditó Juan madurando una terrible idea que se le acababa de ocurrir, pero que pondría fin a esa semana calamitosa. A su mente asomaron pensamientos que nunca se hubieran correspondido con un hombre cabal, pero el infortunio amenazaba su futuro y ante situaciones extremas hay que actuar con fuerza y seguridad.

«Solo yo, Álvaro y Nacho, el abogado, sabemos lo del fatídico documento —reflexionó—. Y el gitano, claro.»

Desde luego, José Soriano no tardaría en reclamar lo que era suyo y exigiría el cumplimiento del pacto. Juan sabía que todo era una trampa para quedarse con la empresa. Que el gitano tenía mucho que ver y que Álvaro era inocente de la violación y el asesinato de la chica, pero el maldito traficante se había encargado de dejar suficientes pruebas para inculparlo y así «heredar» la empresa de los Alsina.

«La cosa está clara», consideró encendiendo un cigarro. La cabeza le dolía y le costaba hilar las ideas con coherencia. De repente y sin saber cómo, en su mente afloró un pensamiento: «Tengo que matar a José Soriano Salazar.» Y lo dijo en voz alta.

Al principio se sorprendió. Más bien le pareció la idea de un loco, de alguien que necesita maldecir a viva voz para así sentirse liberado. Pero poco a poco fue tomando cuerpo, y pasados los primeros momentos de duda ya no le parecía tan malo eso de matar a alguien si era para un buen fin.

—Muerto el perro se acabó la rabia —dijo en voz alta, mirando a través de la ventana del comedor de su pequeño apartamento de soltero.

La muerte visita a José Soriano…

63

Ya eran las once de la noche de ese lunes y la luna creciente apenas podía verse; unas proverbiales nubes se encargaban
de taparla. El cielo, plomizo y grisáceo, vaticinaba malos
augurios para los habitantes de Roquesas de Mar.

El gitano José Soriano Salazar estaba en su casa. En la
zona más antigua y pobre de la ciudad, la zona de las casas
baratas. En esa casa había nacido y se había criado de niño.
Y allí moriría esa noche.

Juan Hidalgo Santamaría, *Juanito*, como le conocían todos, el yuppie guapo, gigoló de las mujeres de sus amigos,
director de una de las empresas más punteras de toda la provincia, el que fumaba cigarrillos turcos para ser original y
hacer cosas que nadie hacía, el vanguardista que quiso hacerse rico vendiendo componentes informáticos a países árabes
de dudosa reputación terrorista, ese era el que esa noche maldita había tomado la decisión de asesinar a José Soriano Salazar, el despreciable gitano capo del tráfico de drogas de
Santa Susana y, por lo tanto, de todos los pueblos de alrededor; incluido Roquesas de Mar. El gitano no era amigo de
nadie y nadie era su amigo. Vivía apartado del resto de los
vecinos, recluido en el barrio que lo vio nacer. Era, por así

decirlo, un quiste en la biempensante sociedad *roquetense*. Ningún vecino quería que se lo relacionara con él. Hasta los drogadictos de jeringuilla habían desaparecido engullidos por drogas más modernas y asequibles. Ya nadie contrataba sus servicios para propinar palizas a cambio de dinero. Pero tampoco se aglutinaban sus conciudadanos ante su casa queriendo echarlo del pueblo. Él estaba allí y nadie podía hacer nada por sacarlo. Si alguna vez tuvo algo pendiente con la justicia, hacía años que lo había pagado. Y si alguien tenía asuntos pendientes con él, eran tan antiguos que ya se habían olvidado. Ni siquiera lo nombraban en los corrillos. Era un fantasma.

Juan no quería, ni por asomo, que por culpa de la inminente detención de su socio, toda una vida de trabajo y esfuerzo se viera truncada por un trato firmado hacía mucho tiempo, antes de que él llegara a la empresa. Su única posibilidad de salvación, no solo de él sino de todos los amigos que le rodeaban, pasaba por terminar con la repugnante vida de quien tenía la llave de su futuro. Esa noche no quería pensar, pues el raciocinio hubiera acabado con sus instintos y estos necesitaban de la locura transitoria para hacer lo que esa noche quería hacer. Su mente se había fijado una meta, un objetivo, y darle más vueltas era del todo innecesario y fútil, no serviría de nada.

Ya eran las once y tres minutos de la noche cuando el desesperado Juan Hidalgo sorteó la valla que rodeaba la casa de José Soriano Salazar. No tenía perros, pues los vecinos siempre se los envenenaban y el gitano había optado por prescindir de ellos. Tampoco había alarmas ni volumétricos, sabía que la policía nunca iría en su auxilio, y menos César Salamanca. El gitano vivía solo y a través de las cortinas de la habitación donde dormía, Juanito observó la figura alta y delgada del enérgico calé al que esa noche le rondaba la muerte. Con casi cincuenta años su rostro reflejaba las penurias de una vida marcada por el hambre y el odio. Tenía tantas arrugas como cargos de conciencia. Cuando era un chaval de trece años, una familia rival de Santa Susana había matado a sus padres, cosidos a cuchilladas. Después acabaron con sus cuatro hermanos y una hermana pequeña, de apenas diez meses, que dormía ajena a todo en una cuna que les había regalado una vecina. Para la niña, los gitanos rivales contrataron a dos marselleses que solamente vinieron al pueblo para cumplir ese encargo. El gitano creció con el rencor como compañero y con la venganza como porvenir. La muerte señaló su destino. Años más tarde ajustó las cuentas con los dos marselleses que le marcaron su vida. Los mató a tiros en su propio territorio. Quería que todos supieran quién era José Soriano Salazar y que no tenía miedo a nada... ni a nadie. A José Soriano le temían los gitanos y los payos. Dicen que hasta las almas en pena iban a su casa a rogarle compasión por sus familias.

Amasó una pequeña fortuna con el negocio de las drogas. Dejó dinero a infinidad de personas pudientes, cuando estos lo necesitaban, y no quiso que nadie supiese, jamás, que su corazón se había reblandecido con los años y que lloraba las noches de luna llena cuando el recuerdo de su familia inundaba sus pensamientos. Una vez le había dado una oportunidad a un hombre bueno, a Álvaro Alsina, que lo perdió todo en el juego. José Soriano no quería aprovecharse de las miserias de los demás, así que le ofreció una posibilidad, una sola. Pero no quería regalar nada. A él nadie le regaló su vida. Aquella noche sellaron un trato. «Si algún día eres como yo, entonces no tendrás nada», le dijo en aquella mesa carcomida por la podredumbre de las miserias humanas. Ese fue el pacto. Nacho Heredia, el abogado que también participaba de aquellos juegos de salón, que acabaron convirtiéndose en el juego de la vida, lo plasmó en un documento oficial, que al día siguiente registraría para darle valor legal. Nacho no tuvo remordimientos a la hora de sellar el acuerdo, el hígado que hacía falta para parar aquello no era suyo, se lo había «prestado» un anónimo de Brasil. José Soriano le dio una segunda oportunidad a Álvaro Alsina. Pero ahora esa oportunidad se desvanecía. Ahora ya era tarde. El flamante presidente de Safertine, que en el pasado llegó a tener el mundo a sus pies, en una semana no tendría nada. Ni honor, ni dinero, ni familia...

Nadie sabía que José Soriano Salazar no quería recibir la empresa para «quemarla». Había esperado mucho tiempo ese momento. La madurez de años de presidio, la sensatez de añadas en las calles de Santa Susana, la desdicha, todo eso le abrió los ojos. El gitano más odiado por las familias del innumerable número de drogadictos de la ciudad, quería redimirse. Pretendía cambiar su vida, ser un hombre honrado, de provecho, apreciado, un miembro distinguido de la sociedad que durante mucho tiempo quiso crucificarlo en las maderas de su casa y clavar las jeringuillas de todos los que murieron por sus drogas en los nervudos brazos de aquel gitano hijo de la desesperación.

Juanito esperó paciente a que el gitano se durmiera. La exasperación de Juan se transformó en cautela y su desespero en recato. Lo podía ver desde el jardín de la enorme casa. Siguió con la mirada cada movimiento que hacía. Lo vio salir del comedor y transitar por un largo pasillo hasta el cuarto de baño. Un momento después, en que ni siquiera se cepilló sus carcomidos dientes, salió en dirección a la cocina. Juan pudo distinguir la sombra de su figura, alargada como el ciprés de un cementerio, como la muerte que le esperaba en la habitación, vestida con la ropa de un hombre bueno, una persona que solo buscaba defender un futuro que tanto esfuerzo le había costado labrar. El yuppie que todo lo tenía, el guapo de ojos negros con la esclerótica muy blanca, blanca como la hoja del machete que empuñaba, blanca como la luna que iluminaba su rostro deformado por el miedo, blanca como el collar del cancerbero que guardaba el infierno, se encaminó hacia la habitación de matrimonio. Entró por el balcón que daba al jardín. La ventana se encontraba abierta. José Soriano Salazar encendió la luz de su mesita de noche, la última luz que veía. Extrajo un paquete de tabaco negro del primer cajón. La respiración de Juan era rápida, como su corazón, como la sangre que galopaba por sus inflamadas venas. Agarró el cuchillo con fuerza, con la misma fuerza que jugaba al *squash* los jueves por la tarde. Una vaporosa cortina de seda le separaba de su objetivo, del cuello de José Soriano, del gitano que había hipotecado su futuro el día que ganó aquella mano a Álvaro Alsina.

De repente un ruido, más bien un zumbido, como cuando se sopla a través de una cerbatana y surge de su extremo un dardo, sobresaltó a Juan Hidalgo. Se detuvo un instante en el trayecto que estaba a punto de recorrer, el último trecho de la vida del gitano drogadicto y traficante que cayó sobre la cama, como si estuviera muy cansado y no pudiera sostener su cuerpo durante el descenso hacia las sábanas blancas. Su robusta mano derecha se posó sobre el cuello, en un instante se tiñó de rojo, rojo sangre, rojo granate, rojo muerte. Juan miró perplejo, como si estuviera inmerso en un terrible sueño después de haber visto una película de zombis. El sonido de unos pasos corriendo le despertaron de su parálisis. Miró por la ventana de la habitación de José el gitano. Una sombra partía hacia el jardín por donde momentos antes había entrado él. Aunque no había cumplido el servicio militar, sabía que lo que acababa de matar al traficante de drogas era un disparo con un silenciador, como en las películas de cine negro. Juan tuvo entonces la intención de seguir al asesino, de correr tras él por la rosaleda de la casa.

«Lo alcanzaré enseguida», pensó sin que sus piernas respondieran a las constantes órdenes mandadas desde su compungido cerebro.

La mancha de sangre que brotaba del cuello de José Soriano se había convertido en un charco. Inundaba prácticamente toda la sábana, como un azucarillo mojado en el café que se empapa rápidamente. Juan salió presuroso de la casa, como si lo siguiera el diablo. Tiró el machete que aún sostenía en la mano sudorosa. Lo lanzó en el suelo del jardín. Recapacitó y lo recogió arrojándolo de nuevo, pero esta vez en el cubo de la basura que había fuera de la casa. Tenía que pensar rápido, el tiempo pasaba más veloz que sus pensamientos. No convencido de que ese fuese el mejor lugar para esconderlo, lo cogió nuevamente y lo echó en una rejilla del alcantarillado que se encontraba justo al cruzar la calle. La luna no alumbraba lo suficiente para ver, pero sí para ser visto.

Era la una de la madrugada del jueves, cuando Juan Hidalgo traspasó la puerta de su pequeño apartamento. Se quitó la ropa. La envolvió en bolsas de plástico y la tiró a la basura. Se metió en la ducha. No quería dejar ningún vestigio, ningún rastro que le pudiera incriminar en el asesinato de José Soriano Salazar. Lo vio morir pero no lo mató él, aunque se sentía tan culpable como si lo hubiera hecho.

—¿Y si no está muerto? —dijo en voz alta mientras se enjabonaba de forma enfermiza, frotando su cuerpo como si quisiera quitarse unas enganchadas sanguijuelas.

«¿Quién se me habrá adelantado?», exclamó para sus adentros y sin dejar de frotar su torso, cada vez más colorado por la acción de la esponja.

64

El inspector Eugenio Montoro Valverde solicitó al juzgado de lo penal número 1 de Santa Susana una orden de entrada y registro de la empresa Safertine, cuyo presidente era, hasta la fecha, Álvaro Alsina Clavero. No estaba probado aún que el señor Alsina fuera el autor material de la violación y asesinato de la adolescente Sandra López Ramírez. El trozo de la camisa con manchas de sangre no le vinculaba al crimen, ya que podía ser una prueba manipulada, y la hija de Álvaro, Irene, se había retractado, a última hora, de las declaraciones que había hecho en la comisaría de la policía municipal, en las cuales afirmó que su padre y Sandra se entendían y que los había pillado juntos en el comedor de su casa, descartando por tanto el móvil pasional. En la motivación presentada al juez para que autorizara el registro de la sede de Safertine, figuraba como motivo principal la búsqueda de un recibo que acreditaba que Álvaro Alsina había pagado una enorme cantidad de dinero a Ramón Berenguer Sarasola, el cual, y siempre según el jefe de la policía local, habría visto cómo Álvaro se citaba con Sandra López detrás de la casa de aquel, en el bosque de pinos, justo donde fue hallado el cadáver de la menor una semana después de su desaparición. Dicho desembolso sería una recompensa para Ramón Berenguer por retractarse de su declaración y no inculpar a Álvaro del asesinato. Según la investigación paralela del jefe de policía de Roquesas de Mar, Ramón entregó un documento firmado a Álvaro Alsina, por el cual se comprometía a no declarar contra él en el juicio oral por la violación y asesinato de Sandra. Encontrar ese escrito de puño y letra de Ramón confirmaría poca cosa, ya que podía ser falso y no necesariamente vinculante como prueba contra el presidente de Safertine, pero sería un paso más en la serie de argumentos que reunía la acusación contra Álvaro Alsina. Asimismo, en el mismo escrito se solicitaba la intervención de las cuentas del señor Alsina, para comprobar el pago de una cantidad aproximada de sesenta mil euros a Ramón Berenguer, pues al parecer el chico había visto, la noche que violaron y asesinaron a la menor, cómo esta se citaba con Álvaro detrás de su casa, en el bosque de pinos de la calle Reverendo Lewis Sinise, número 15. La justicia había movilizado todo su engranaje para acusar, o en cualquier caso, exculpar al presidente de Safertine, único sospechoso firme, hasta ese momento.

Los dos agentes de Madrid, acompañados de dos secretarias del juzgado de lo penal número 1 de Santa Susana, entraron en la sede central de Safertine, situada en la calle General Fuentes. Les abrió la puerta Antonio Álamo Caparrós, el contable de la empresa y hombre de confianza de Álvaro Alsina.

—¿Los libros? —preguntó Eugenio mientras una de las secretarias judiciales tomaba nota de todos los pasos que daban los agentes.

—Aquí los tiene todos, inspector —manifestó Antonio

Álamo mientras extraía seis libros con el logotipo de la empresa, de un armario que había en su despacho—. Aquí está el balance de cuentas de la empresa desde enero —afirmó abriendo el primer libro.

—¿Los van a inspeccionar ahora? —preguntó la secretaria judicial sin dejar de tomar nota.

—No —respondió tajante el experto agente de Madrid—. Nos llevaremos todo a la comisaría de Santa Susana y allí los inspeccionaremos con calma.

—Miró de reojo a su compañero—. También queremos registrar el despacho del señor Alsina Clavero —afirmó abriendo el libro correspondiente al mes de mayo.

—Me temo que no va a ser posible —intervino la secretaria judicial.

—¿Por qué? —preguntó Eugenio.

—La orden que ustedes solicitaron solamente les permite requisar los libros de cuentas y el traslado de los mismos hasta la sede del juzgado...

—Eso es lo que queremos —dijo.

—Sí, pero en ningún caso se los podrán llevar a la comisaría, como ha dicho usted, inspector —recriminó la funcionaria al veterano agente, que no salía de su asombro.

Eugenio Montoro miró de nuevo a su compañero, que había sido quien solicitara el auto al juez.

«Debí haber especificado que lo quería para registrar la oficina de Álvaro Alsina —pensó Santos mientras observaba a la secretaria judicial—. ¡Vaya con la tía! Y eso que parecía una mosquita muerta.» Los policía de Madrid se sorprendieron de la diligencia que mostraba la enviada del juzgado y de cómo aplicaba las leyes a rajatabla, pero contra eso no podían luchar, quisieran o no, el juzgado competente era quien mandaba en el registro.

Tras dudar unos instantes y buscar la mejor manera de

completar el registro, optaron por llevarse los libros de cuentas de Safertine al juzgado. Montoro y Santos quemaron un cartucho, constatar un pago millonario a Ramón Berenguer no demostraría nada y tampoco era buena idea solicitar otro registro, ya que seguramente sería rechazado por el juez al no tener pruebas suficientes como para violar el domicilio del presidente de Safertine. Los expertos de Madrid tampoco solicitaron pinchazos telefónicos porque estos tendrían que hacerse desde Santa Susana y tardarían un par de días en iniciarse y no disponían de tiempo, el crimen se tenía que resolver antes del fin de semana. Por otro lado, el que alguien afirmara por teléfono que había matado a la chica era del todo improbable. Así las cosas, no les quedó más remedio que escarbar en otro lugar para asegurarse una incriminación fiable contra Álvaro Alsina.

El siguiente registro se efectuaría en la casa del doctor Aquilino Matavacas Raposo. Los agentes de Madrid y las secretarias llegaron a la casa del médico en la calle Replaceta número 8 de Roquesas de Mar. Aquilino les abrió la puerta de su consulta.

—Buenos días —dijo a los policías, que exhibían una orden judicial en alto.

—Señor Matavacas —dijo Eugenio mostrando un oficio del juzgado en el que eran autorizados a llevarse los ordenadores de la casa del médico. Este asintió con la cabeza. Su expresión era de confusión—. Venimos a llevarnos su ordenador. Será trasladado a la sede del juzgado de lo penal número 1 de Santa Susana.

Cuando hubo terminado miró a las secretarias judiciales en señal de conformidad.

—De acuerdo —respondió el médico tras una pausa de incredulidad—, no tengo ningún inconveniente en colaborar con la ley —afirmó—. Pero ¿me pueden decir si estoy acusado de algo? —preguntó sin saber exactamente a qué se debía eso, pero sospechando que sería por las fotos de menores que almacenaba en su ordenador.

—¡Tenga! —expresó el inspector entregándole una copia de la orden judicial—. Aquí pone el motivo del registro y los derechos y deberes que tiene usted como registrado.

Las secretarias sonrieron por el juego de palabras del inspector.

Dos policías uniformados entraron entonces en la consulta del médico y desenchufaron el ordenador de sobremesa de su despacho, dejándolo, enseguida, en la puerta de la entrada. Después subieron los doce escalones de la escalera de caracol hasta la planta de arriba y se llevaron otro que tenía en su habitación. Los policías bajaron con la caja del ordenador.

—Solo hemos encontrado este —indicaron al inspector y dejándolo al lado del otro en la entrada de la vivienda.

—¿El portátil? —preguntó Eugenio.

—¿Perdón? —respondió Aquilino sin saber a qué se refería Montoro—, ¿qué portátil?

—Si mira la orden de entrada y registro, verá que especifica claramente que nos tenemos que llevar dos ordenadores de sobremesa y un portátil.

—Tiene razón —afirmó una de las secretarias, que había permanecido callada hasta entonces—. En caso de no hacernos entrega de ese ordenador, los agentes podrán registrar su domicilio hasta que lo encuentren.

Aquilino Matavacas Raposo hizo un minuto de silencio.

—Lo tengo en mi coche —afirmó finalmente—, no me acordaba de que lo dejé en el vehículo este fin de semana, aunque al final no lo he usado porque no he tenido que ir a los campamentos.

—¿Campamentos? —preguntó Eugenio.

—Sí, soy médico de los niños de las colonias de Roquesas de Mar; el fin de semana convivo con ellos por si hiciese falta mi atención médica —reveló sacando del cajón del recibidor las llaves de un coche.

Eugenio lo miró inquisidoramente.

—¿Me acompañan? —dijo Aquilino intentando esquivar las miradas del inspector.

Los dos policías de Madrid, las secretarias judiciales y los policías uniformados, cada uno de los cuales llevaba una caja de ordenador, salieron a la calle Replaceta. Encima de un paso cebra vieron aparcado el pequeño utilitario del médico, que lo señaló con la barbilla. Aquilino abrió el maletero del mismo y extrajo de su interior un ordenador portátil perfectamente guardado en su maletín. Los agentes siguieron con cautela los movimientos de sus manos mientras lo sacaba del coche.

—¿Nos permite? —preguntó un policía de uniforme.

—Adelante —dijo el médico.

Durante unos minutos registraron el interior del coche. Abrieron la guantera, levantaron las alfombrillas y corrieron los asientos hacia delante para cerciorarse de que no había nada debajo.

Aquilino, por su parte, hizo entrega del maletín, conteniendo el portátil, a uno de los policías que acababa de meter la caja del ordenador del despacho del médico en el furgón policial.

—¿Esto es lo que buscaban? —preguntó el doctor cerrando el maletero una vez que hubieron terminado los agentes.

—Sí, con eso hemos cumplido nuestra misión —respondió la secretaria judicial ante la mirada desconfiada de Eugenio Montoro, que no se acababa de fiar del doctor.

Los dos agentes de Santa Susana se fueron al juzgado, donde depositaron los tres ordenadores de Aquilino Raposo y los libros de cuentas de Álvaro Alsina. Los policías de Madrid, Eugenio Montoro y Santos Escobar, junto con las secretarias judiciales, se dirigieron andando por las estrechas calles de Roquesas de Mar hasta la casa de los López, los padres de Sandra. Era la tercera entrada y registro prevista para ese día. La lentitud de las actuaciones se debía a la poca práctica de las funcionarias para agilizar los trámites pertinentes; ese tipo de actuaciones no eran habituales en el pueblo. Desde el juzgado llamaron a los padres de Sandra y les preguntaron si tendrían algún inconveniente en que unos experimentados agentes inspeccionaran la habitación de la niña. No les podían obligar a ello y por tanto estaban en su derecho de negarse. Marcos y Lucía no pusieron ningún impedimento. Todo lo contrario, los padres de la chica solamente querían justicia y encontrar al culpable de tan horrendo crimen... y que pagara por ello.

65

La habitación de la muchacha estaba tal y como la había dejado ella misma la tarde del 4 de junio, cuando salió con una amiga a las fiestas del pueblo. Su madre no quiso tocar nada; quería conservar intacto el recuerdo de su hija. Encima de la cama tenía la muñeca de trapo que le había traído el ratoncito Pérez el día que mudó su primer diente. En la pared, el cuadro de los labios de Marilyn Monroe coloreados al estilo Andy Warhol. En la mesita de noche, el despertador con la figura del pájaro loco que repiqueteaba cada mañana a las ocho en punto para que se levantara y fuese al colegio. Cuatro folios con dibujos hechos cuando contaba diez años, coloreados con las acuarelas que le regaló su padre Marcos López. Las cortinas estaban echadas.

—Es para conservar el olor de mi hija —dijo Lucía antes de romper a llorar.

—¿Sabe usted si salía con algún chico? —preguntó el inspector mientras el oficial Santos miraba un teléfono móvil que había encima del tocador.

—Que nosotros sepamos no —respondió Marcos abrazando a su mujer—. Lo siento —se excusó—, no soportamos ver la habitación vacía.

—No se preocupe, nos hacemos cargo —repuso Eugenio—. No estaremos mucho rato. Solo buscamos encontrar al asesino de su hija —anunció torpemente.

—Sandra no salía con ningún chico —respondió Lucía a la pregunta del experimentado agente—, sus preferencias sexuales iban por otros derroteros —aseveró ante la callada mirada de su marido.

La mueca en la cara de todos la obligó a aclarar:

—Sí, así es, no me importa decirlo... a Sandra le gustaban las mujeres.

Los dos policías de Madrid y las secretarias judiciales guardaron silencio. El oficial Santos Escobar miró a su superior con un gesto de incomodidad y las enviadas del juzgado salieron al pasillo pensando que su trabajo había acabado.

—Entonces ¿no había ningún chico que le fuera detrás? —insistió el fogueado inspector de policía—. Aunque su hija tuviera una orientación sexual bien definida, no quita que algún compañero de clase o vecino del pueblo la pretendiera.

Lucía arrugó la frente.

—Tengo entendido que su hija era muy guapa —puntualizó Montoro.

«Como la madre», pensó.

—No lo sabemos, agente —respondió el padre y marido, observando al oficial que toqueteaba el móvil de su hija—. Es de Sandra —afirmó—, lo devolvió el jefe de la policía local junto con sus pertenencias halladas al lado de su cadáver.

Lucía volvió a sollozar.

—Lo siento —se disculpó.

—Es de tarjeta —observó Santos—. A través de la compañía telefónica podremos sacar las llamadas enviadas y las recibidas durante un periodo bastante amplio de tiempo.

—¿Está seguro de eso? —preguntó una de las secretarias judiciales.

—Sí. Las operadoras de telefonía tienen la obligación de almacenar en sus ordenadores las llamadas realizadas por sus abonados al menos durante seis meses. ¿Tienen algún inconveniente en que nos lo llevemos? —preguntó al matrimonio, que permanecía abrazado y desolado.

—Necesitan un mandamiento del juez —afirmó una secretaria.

—No es necesario si existe autorización expresa de los padres —dijo el policía, viendo que las enviadas del juzgado pondrían reparos.

Tanto Marcos como su mujer Lucía asintieron con la cabeza. En aquella habitación no había nada que permitiera avanzar en la investigación del asesinato de su hija, pero el teléfono podría apretar los pasos hacia su violador y asesino. Nunca hubieran pensado en esa posibilidad.

Se marcharon de casa de los López. Su trabajo allí había terminado, de momento. «¿Cómo pudieron dejar escapar una prueba tan importante como la del teléfono móvil?», pensó el inspector, afianzado en la idea de que el jefe de la policía local era un inútil. César Salamanca, lejos de ayudar en la búsqueda del asesino, lo que hacía era entorpecer. Era de vital importancia extraer las últimas llamadas que hizo y recibió Sandra, posiblemente habló con alguien antes de ser asesinada, una llamada de socorro, quién sabe. Eugenio llamaría al juez de Santa Susana y le solicitaría por escrito, como mandaba el protocolo, la intervención del teléfono móvil. En poco tiempo, según la celeridad de la compañía telefónica, tendrían el listado de llamadas, los números y hasta el tiempo de conversación. Posiblemente la resolución del caso se encontrara dentro de ese teléfono móvil. César Salamanca, el panzudo policía local, no habría pensado que eso se pudiera hacer y para Eugenio sería una buena muestra de destreza policial.

66

Los agentes llegaron a la casa de Hermann Baier en la calle Gibraltar. Las secretarias judiciales portaban en su mano la orden del juez que les autorizaba a registrar el domicilio del refugiado nazi. El inspector Montoro se puso en contacto con el director regional del CIN para solicitar permiso expreso y poder entrar en la morada de Tod, como era conocido Hermann en Alemania. Nada más lejos de los objetivos del inspector que provocar un conflicto de competencias con el servicio secreto. Advirtió en su llamada que se limitarían única y exclusivamente a buscar pruebas que pudieran relacionar al alemán con el asesinato de Sandra López. Nada más, le dijo a Segundo Lasheras.

La casa de Hermann Baier era lo más parecido a un museo. Al entrar, observaron una mecedora de madera vieja donde el alemán se balanceaba lentamente mientras miraba a través de la ventana las torretas de la plaza de Roquesas de Mar. Las estanterías estaban llenas de recuerdos: libros, juguetes de cuerda, figuras de porcelana, canastos de mimbre y albarelos de farmacia. Una radio antigua de madera con cuatro botones negros enormes modelo Askar. Un tocadiscos de la marca Crown con su tapa de plástico original. Una huevera blanca con decoración en oro. Justo antes de llamar y entrar en la casa, los agentes se habían percatado de que la puerta estaba abierta: el alemán no tenía miedo de los ladrones. Hacía tiempo que había dejado de asustarse por nada. Decían que la muerte le había visitado varias veces y que al llegar a su casa y observar la puerta abierta se marchaba despavorida al percatarse de que Hermann no le temía. Habladurías de los pueblos.

—Señor Hermann Baier —dijo Montoro mostrando el impreso donde figuraba estampado el sello del juzgado—, somos agentes de la policía judicial y venimos a registrar su domicilio.

Viendo que el alemán no contestaba, añadió:

—¿Tiene usted alguna cosa que pueda comprometerle?

Hermann se volvió de forma cachazuda, mirando con cautela a aquellos intrusos y, con una voz extrañamente clara para su edad, profirió:

—Hace tiempo que nada me compromete.

—¿Entonces no tiene ningún reparo en que registremos su domicilio? —preguntó Santos ante la atenta mirada de las secretarias del juzgado.

—Disculpe —interrumpió una de las enviadas del juez—, es necesario que entienda lo que vamos a hacer —recalcó mientras el anciano seguía meciéndose lentamente en el balancín.

Hubo un silencio y finalmente el alemán dijo:

—La entiendo perfectamente, joven.

Su vista vagó entre los agentes y las secretarias.

—Son ustedes muy guapas —afirmó, provocando la sonrisa de los policías de Madrid.

Los cuatro se dispusieron a abrir los cajones del comedor. Tuvieron sumo cuidado de no toquetear las antigüedades que inundaban la estancia. Las chicas subieron a la habitación de arriba, acompañadas por el oficial, mientras el inspector se quedó en la planta baja, revisando los armarios de la cocina. No había demasiado mobiliario, por lo que el registro duró unos minutos escasos. El alemán no dijo nada en ningún momento.

Santos bajó de la habitación de arriba con una caja de madera. Se la mostró a Hermann y le preguntó:

—¿Qué es esto?

Él siguió balanceándose en su mecedora ajeno al revuelo circundante.

—Si lo abre lo sabrá —retó al joven agente.

El oficial se dispuso a destapar la caja, cuando cayó en la cuenta de que Hermann había servido en la Gestapo. Se detuvo un instante y se dijo: «Este tío está zumbado», al darse cuenta de que era posible que la extraña arqueta contuviera una bomba de la Segunda Guerra Mundial. Miró al inspector buscando en sus ojos la aprobación para abrir la caja, pero Eugenio no era tan susceptible como él y solamente sospechó que aquello podía ser un joyero. Así que finalmente Santos optó por destapar la caja y los dos observaron embobados una Luger alemana en perfecto estado. La pistola estaba prácticamente nueva, incluso relucían sus cachas de nácar.

—Un modelo exclusivo, ¿eh? —comentó Eugenio ante el asombro de su ayudante.

—¿Entiende usted de armas, inspector? —preguntó Hermann mirando la caja que sostenía el oficial, ante la callada mirada de las secretarias del juzgado.

—Está prohibido tener armas en casa —afirmó una de ellas—. ¿No conoce usted las leyes? —interrogó mientras Hermann se levantaba de la mecedora y se dirigía hacia el oficial Santos, que aún sostenía la caja como si se tratara de una delicada copa de cristal que fuera a romperse nada más tocar el suelo.

—No es un arma —aseveró el alemán, sacando la Luger de su caja y exhibiéndola ante la desconfianza de todos y consiguiendo que Eugenio tocara con el codo su Glock 9 mm Parabellum. Este gesto le hizo sentirse más seguro—. Es una reliquia —explicó el alemán acariciando con el pulgar de la mano derecha las cachas de la pistola.

Los policías comprobaron que la antigualla estaba en perfecto estado y podía funcionar. Junto a la Luger había una caja de cincuenta cartuchos, una escobilla para su limpieza y un pin de la SS que los agentes observaron incrédulos. Santos, más experto en el manejo de las armas, confirmó que el arma mecanizaba perfectamente y que de tener el cargador con las balas en su interior hubiera funcionado sin problemas. A pesar de todo, todos convinieron que un arma de ese tipo no representaba ningún peligro.

—Si la ha tenido desde el año cuarenta y cinco sin usarla, ¿qué nos hace sospechar que la utilizará ahora? —planteó Eugenio en voz alta.

—Es verdad —corroboró Santos—. Que yo sepa, no hay ninguna denuncia donde esté implicada una Luger.

—Entonces ¿qué hacemos? —preguntó una de las secretarias al inspector.

Este miró a Hermann con cara de lástima y dijo:

—Pues nada, que guarde el arma en su sitio y aquí hemos terminado.

Enseguida se marcharon de la casa de Hermann Baier, el alemán refugiado de la Segunda Guerra Mundial que había dado con sus huesos en la hospitalaria Roquesas de Mar.

Hasta el momento los registros domiciliarios habían sido, aparentemente, del todo inútiles. No habían encontrado ningún indicio en contra de nadie, y mucho menos de Álvaro Alsina. Los policías de Madrid recapitularon todo lo que tenían hasta entonces. Hicieron un minucioso balance de las pruebas encontradas, las declaraciones recabadas y los registros domiciliarios efectuados en casa de los presuntos culpables. Era martes y no les quedaba mucho tiempo para conseguir un sospechoso, y el juez de lo penal estaba impaciente por iniciar el proceso más importante de toda la provincia.

67

Ya era casi mediodía cuando los agentes de Madrid y las agotadas secretarias del juzgado llegaron al albergue de los curas, donde vivía, comía y trabajaba Bartolo Alameda, el tonto del pueblo. El registro de su pequeña habitación lo había ordenado el juez al saber, a través de los comentarios de los vecinos, que Bartolo era un enfermo y que espiaba a las chicas en la playa y se masturbaba escondido entre las rocas del espigón del puerto. Solo fueron necesarias dos hojas de un informe rápidamente redactado para que el juez autorizara, sin dilaciones, el registro de la habitación de Bartolo. Los investigadores vinculaban la violación de Sandra con su sinvergonzonería, bien conocida por los vecinos de Roquesas, pero que según Eugenio Montoro bien podría haber dado un salto cualitativo y pasar de ser un mirón a autor de semejante crimen.

Los agentes pidieron permiso al cura, don Luis Semprún, un hombre bueno y lleno de energía que se desvivía por los más necesitados, como solía llamar a los pobres que no tenían hogar y que en el albergue de transeúntes de Roquesas de Mar encontraban un lugar donde pernoctar, unos días, hasta seguir su marcha al siguiente pueblo, donde seguro también les daría cobijo alguna persona de la talla de don Luis.

Los agentes se encontraron con una habitación perfectamente ordenada; la disciplina del albergue recordaba al rigor militar. Los clérigos no permitían el más ligero atisbo de desorganización y mucho menos de perturbación de la tranquilidad eclesiástica, tan querida por ellos. Los internados en el albergue debían respetar las más básicas normas de conducta e higiene personal y Bartolo Alameda era el ejemplo más gratificante de lo que una buena educación podía ejercer sobre una persona con las facultades psíquicas mermadas. Obediente y organizado, según las palabras del propio don Luis, nada hacía presagiar que Bartolo pudiese ser el cruel asesino que llevaba de cabeza a toda la policía. Los agentes de Madrid observaron la cama perfectamente hecha. Los zapatos alineados con la alfombra. Las puntas de la sábana en ángulo perfecto con las patas del lecho. La mesita de noche recogida y limpia de cualquier objeto puntiagudo con el que se pudiera lastimar. El joven permanecía de pie al lado de la puerta. No se perdía detalle de cualquier movimiento de los policías.

—Bartolo —dijo don Luis—, enseña tu armario a los señores.

El hábil cura evitó utilizar la palabra «policía», que tanto lo hubiera asustado.

Bartolo abrió el armario de madera de dos puertas y mostró el interior. Allí había dos camisas perfectamente planchadas y colgadas, unos pantalones de tergal fino, una chaquetilla de verano y tres camisetas blancas sin estampado alguno.

—Abre los cajones a los señores —indicó el cura hablando en tono pausado y tranquilizador.

Bartolo estiró el cajón superior del interior del armario, nervioso. En el mismo había dos calzoncillos blancos, una camiseta de tirantes y tres o cuatro pares de calcetines finos de color azul.

—¿Qué hay debajo? —preguntó el oficial Santos viendo asomar una punta negra bajo los calzoncillos impecablemente doblados.

Él no respondió.

—¿Qué es eso, Bartolo? —preguntó don Luis sumándose a la intriga ocasionada por un pequeño triángulo oscuro que asomaba entre la ropa interior del primer cajón.

Ante el silencio del interno, Santos alargó la mano y apartó uno de los calzoncillos, asomando bajo ellos una revista de alto contenido pornográfico.

Don Luis se irritó.

—Pero ¿qué es esto? —exclamó ante la imagen de una chica frente a un enorme pene.

Bartolo bajó la cabeza y sus ojos tropezaron con el suelo.

—¿No habíamos quedado en que estas cosas estaban prohibidas en el albergue? —preguntó a Bartolo, que seguía con la cabeza gacha.

Las enviadas del juzgado sonrieron mientras se miraban, hecho que hizo sonrojar al oficial Santos. La situación era incómoda. No era la primera vez que Bartolo Alameda traía revistas pornográficas a su cuarto. Se las facilitaba el viejo Ezequiel, el pescador que se había caído al agua ante la visión de la bella y escultural Sonia, hecho que los lugareños todavía recordaban entre risotadas. Ezequiel pensaba, es más, estaba convencido, de que no había nada malo en masturbarse: «Es algo natural», le dijo varias veces a un abstraído Bartolo con la intención de quitarle el hábito de hacerlo a escondidas mientras observaba a las chicas en la playa.

—Les ruego lo disculpen —solicitó avergonzado el cura ante la imagen impúdica de la revista—. Nos está costando mucho hacer de Bartolo un chico de provecho.

—No se preocupe, don Luis —lo tranquilizó Eugenio haciendo un gesto a su ayudante para que apartara la publicación de la vista de Bartolo, al cual se le había inflamado sobremanera un bulto a la altura de su cremallera.

Las chicas dejaron de reír percibiendo el estado de ansiedad creciente de Bartolo y los agentes revisaron, minuciosamente, todas las pertenencias que hallaron en la habitación. Vaciaron los cajones, cachearon las prendas, levantaron los cuadros de la pared y hasta la ropa que en ese momento vestía el chico fueron palpadas, superficialmente, en busca de alguna prueba que pudiera relacionarlo con Sandra.

Finalmente y al no hallar nada relevante, Eugenio optó por finalizar el registro.

—¿Qué ocurre? —preguntó Bartolo, más tranquilo al percibir en el rostro de los agentes la ausencia de agitación.

Don Luis le siseó para que callara.

—Deja, Bartolo —dijo—, están haciendo su trabajo.

—¿Ya? —preguntó una de las secretarias del juzgado.

—Ya —respondió Eugenio.

Salieron del albergue con la sensación de haber perdido el tiempo durante toda la mañana. Los policías no avanzaban nada en la investigación. Estaban en el mismo sitio que hacía tres días, cuando llegaron al pueblo. El tiempo apremiaba y no conseguían desenmascarar al asesino de Sandra López. Y cuanto más tiempo pasara, menos posibilidades tendrían de resolver el caso. Eran muchos los sospechosos del brutal crimen, pero resultaba muy difícil elegir uno como autor. Eugenio empezó a creer que el asesino, o los asesinos, eran del pueblo o de la vecina Santa Susana. Cabía la posibilidad, nada descartable, de que fuesen forasteros, gente de otro sitio y que nunca más volvieran al lugar del crimen. Pruebas, restos, hallazgos fútiles, envidias, celos... Era tal el amasijo de situaciones y líneas de investigación, que difícilmente po-

drían apuntar a alguien como autor. Aun así Eugenio albergaba la posibilidad, nada descabellada, de que un buen día,
no sabía cuándo, se acercara hasta la comisaría de Roquesas
alguien del pueblo y se confesara culpable del crimen. ¿Y por
qué pensaba eso? Porque sabía, a través de la experiencia de
sus años de carrera policial, que cuando un vecino del lugar,
alguien que convive con la gente del pueblo, hace algo así, es
tanta la desazón y zozobra que lo desconsuela que su única
escapatoria para salir del atolladero psicológico es entregar-
se a las autoridades. Pero también sabía el experimentado
agente que cuando son dos los autores de un crimen así,
siempre hay uno que acaba matando al otro para que no los
descubra.

Un coche de la policía dejó a las secretarias en la sede de
los juzgados de Santa Susana y acompañó a los inspectores
hasta el hotel Albatros. Era tarde y el cansancio se cebó en
todos. De nada servía seguir con las indagaciones ese día.

Miércoles 16 de junio

Álvaro Alsina

Un halo de luz entró por la rejilla de la persiana, perturbando el profundo sueño de Álvaro. Tenía los ojos pegados a causa de la conjuntivitis y la boca pastosa como si la tuviese llena de esparto, además de un intenso dolor de cabeza.

«Demasiados cubatas», pensó.

El reloj marcaba las siete y media.

«Buena hora», supuso mientras se levantaba para afeitarse y darse una buena ducha matinal.

Se vio a sí mismo delante del espejo del cuarto de baño de la habitación del hotel. Observó las arrugas de su rostro, las canas de su pelo castaño y ondulado, el brillo de sus ojos cansados, esa sombra de barba que tanto le disgustaba. Tenía la máquina de afeitar en la mano. La enchufó a la corriente eléctrica acordándose de las películas de cine negro americano donde el débil coprotagonista acababa con su vida sumergiéndose en la bañera y arrojando la tostadora, o algún otro electrodoméstico, en su interior, finalizando así, de una vez por todas, con una vida llena de desilusiones, desesperanzas y malos tragos. Miró la máquina de afeitar y se acordó del día en que se la regaló Rosa, cuando todavía eran una pareja feliz, cuando el amor inundaba cada uno de los poros de sus jóvenes pieles, cuando cualquier error era insignificante y los defectos se minimizaban hasta desaparecer. Mientras la máquina rasuraba su epidermis y aderezaba los pelos de su rostro, se planteó las buenas y malas acciones que había hecho durante su vida. Pensó en las infidelidades que tanto dolían a las mujeres que las padecían. En la despreocupación de sus hijos. En el exceso de tabaco. La ludopatía que había hecho llorar a su padre. El amor que pudo haber sido y nunca fue de Elvira Torres. Su reprimida bisexualidad que pugnaba por salir de dentro de su batallador ser. Y también rememoró, en esos momentos de balance de su vida, al gitano que quiso robarle su futuro.

«¿Maté a Sandra López?», se preguntó en voz baja, casi susurrando y mirándose fijamente al espejo.

No pudo evitar recordar aquellas angustiosas series de los años cincuenta donde un ventrílocuo cometía los crímenes y le echaba la culpa al muñeco que siempre le acompañaba.

«Lo llaman desdoblamiento de personalidad», meditó mientras se embadurnaba la cara con loción para después del afeitado.

Miró fijamente a la persona que había detrás del espejo. Clavó sus ojos en ella.

«¿Soy yo?», se preguntó intentando reconocer a aquel chico que jugaba en el garaje de la antigua fábrica de su padre y que soñaba con ser un poderoso hombre de negocios.

Dudas, dudas y más dudas, eso es lo que le trajo la muerte de Sandra López. Sus recuerdos le apresaban en el interior del cuarto de baño, donde la soledad contagiaba cada una de las evocaciones de su pasado más lejano y los fusionaba con las añoranzas de lo que siempre había querido ser y nunca fue. Sus manos palmoteaban cada una de las curvas de su tez y le despojaban de la vejez de su deslucido rostro ofreciendo el aspecto del pulcro y aseado ejecutivo. La imagen que todos sus convecinos siempre veían en él, pero que ahí, en el cuarto de baño, no podía ocultarse a sí mismo. Se encontraba solo. Abandonado. La inocencia era tan solo una palabra sin sentido. Se vio cercado por la policía y sabía, o eso creía él, que de no aparecer el asesino de Sandra, César Salamanca le lanzaría sin compasión las pocas flechas que aún tenía en su contra. Pero eso no era nada comparado con la angustia de saberse hundido, despojado de todo. En caso de que no le inculparan, por falta de pruebas, tendría que vérselas con la gente del pueblo, esos vecinos impacientes de ver postrado a uno de los suyos ante el infortunio. Álvaro sabía que su acusación la enarbolaba la envidia y que su culpabilidad pasaba por los celos de quienes, en algún momento, lo vieron como alguien a imitar. Y es que uno de los peores pecados capitales es querer que los demás sean como nosotros, más que ser nosotros como ellos.

La detención de Álvaro Alsina, de producirse, alegraría a más de un habitante del pueblo, lo que no ayudaba a demostrar la inocencia del poderoso presidente de Safertine. En los chismorreos, tan habituales, se hablaría sobre que eso era algo predecible. Alguno se atrevería a aventurar que lo había visto rodeado de jovencitas en las tardes soleadas de Roquesas de Mar. Alguna vieja aseguraría haber tenido que llamarle la atención cuando merodeaba a alguna de sus nietas. No tardaría en surgir algún ofendido de Safertine por un despido improcedente que encañonaría toda su ira contra el contrariado Álvaro, asegurando, seguro de ello, que el señor Alsina era un ser horrible, de carácter imposible y de trato inhumano hacia sus empleados. Sus enemigos se multiplicarían por doquier. Sus amigos le abandonarían a su suerte. Su familia esquivaría sus miradas. Sus hijos, su afecto...

Rosa Pérez

La mujer de Álvaro Alsina estaba arreglándose en el baño de la planta de arriba de la casa de la calle Reverendo Lewis Sinise, número 15. Estaba sola, como casi siempre. Se rasuraba sus largas y preciosas piernas con una máquina de depilar a la cera. Pensaba en todo lo que su esposo les había infringido a ella y sus hijos. En lo mal padre que fue y en lo pésimo marido. Un deplorable compañero. Lo de la infidelidad continuada con la criada lo había tolerado bastante bien; aunque a las mujeres les costaba soportar las infidelidades, consideradas como felonías de imposible redención. La estabilidad familiar primaba por encima del adulterio. Pero el que esté libre de culpa que lance la primera piedra. Y Rosa no pudo dejar de recordar aquellas cenas con los compañeros del hospital y que la hicieron acabar en casa del doctor Pedro Montero Fuentes, seis años mayor que ella; él tenía ahora cuarenta y cinco, pero con una vitalidad y energía fuera de lo común. Lo cierto es que estaba profundamente enamorada de Álvaro, el primer hombre de su vida que le aportó comprensión, estabilidad, ternura y dos maravillosos hijos, y no entendía por qué se había relacionado con Sandra López. Por qué cayó en los brazos de una muchacha de la misma edad que su propia hija; aunque era posible que dijera la verdad y que nunca hubiera tenido nada que ver con ella. De hecho, y lo recordaba perfectamente, nadie los vio nunca juntos, excepto el jefe de la policía local, pero la opinión de César Salamanca poco importaba ahora. A Rosa nunca le había gustado ese hombre, ni como policía ni como amigo.

Pensó que los cuarenta años de Álvaro no desecharían un yogur como Sandra, pero... «Del dicho al hecho hay mucho trecho», se dijo mientras se terminaba de vestir para ir a trabajar al hospital. No creía que su marido hubiese matado a la chica. Eso era, a fin de cuentas, lo importante. Su instinto le indicaba que Álvaro era inocente, que su marido sería incapaz de cometer una atrocidad así. Esa noche lo llamaría para intentar hablar con él, para arreglar las cosas, para decirle que era a quien más quería en este mundo, que creía ciegamente en su inocencia, dijeran lo que dijeran los agentes de Madrid, declararan lo que declararan los testigos en el juicio, pensaran lo que pensaran los vecinos del pueblo. Su esposo no era ningún asesino, de eso estaba completamente segura. Los celos y el despecho le habían hecho mentir y acusarlo de cosas horrendas. Lo quiso ver hundido, desprovisto de su invulnerabilidad. Ella sabía que la camisa que había entregado María Becerra al jefe de policía no era prueba suficiente para incriminar a Álvaro. Sabía, también, que aunque se hubiera acostado con Sandra, jamás le hubiera hecho daño. Y lo más importante: sabía, estaba segura, que de haber sido él el asesino, se lo habría dicho a ella.

Irene Alsina

La hija del matrimonio Alsina estaba en su habitación, en la planta superior de la casa. Se encontraba delante del tocador que le había regalado su padre al cumplir los quince años. Se miró en el espejo y se dijo:

—¡Ojalá fuera tan guapa como Sandra!

Meditó, mientras se peinaba su larga y lacia cabellera castaña, sobre la envidia que siempre había tenido de su amiga. Sandra López era increíblemente bella y se sentía a gusto cerca de ella. Siempre había querido acariciarla y besarla. Experimentaba una poderosa atracción hacia la joven. Le embelesaba su alegría, su optimismo, su desparpajo ante la vida. Nada le preocupaba a la bella Sandra. Su instinto era tal que cogía lo que le satisfacía sin ningún tipo de remordimiento.

Fue un golpe muy fuerte, para su cariño por ella, aquella noche que llegó a casa y oyó gemidos en el salón y luego vio a su padre dirigirse a la cocina, y pensó que era Sandra la que estaba con él. No lo pudo soportar. El dolor que sintió en ese momento se mezcló con los celos y la ira. Era una combinación explosiva ver juntas a las dos personas que más quería. Amándose y besándose. Queriéndose. Escuchó a Sandra gemir bajo el sudoroso cuerpo de su padre. Pero ahora sospechaba, ya más calmada con el paso del tiempo, que posiblemente no fuera Sandra López la que estaba aquella noche en su casa. Que su padre no mintió cuando le dijo que aquella mujer que estaba esa noche entre sus brazos era Sonia, la criada argentina. De todas formas, era mejor imaginar eso que aguantar la angustia de pensar que la chica que más había querido pudiera retozar en su casa con su propio padre. Sentimientos encontrados que por sí solos no le producían desazón, pero que sumados la sumían en una extraña desesperación difícil de explicar. De saber la relación de su padre con una extraña no le hubiera importado. Lo mismo de Sandra con un desconocido. Pero los dos juntos... eso era algo que nunca digeriría. Pero lo importante en ese momento era que Irene tenía una cosa clara: su padre no había matado a Sandra López. No sabía por qué, hay cosas inexplicables de los sentimientos humanos, pero estaba convencida de que él sería incapaz de matar a la chica.

Recapacitó en la soledad del cuarto de baño, el mejor lugar de la casa para pensar con calma, y se dio cuenta de que con su actitud enturbiaba la investigación y desviaba la atención sobre el verdadero culpable. Todos se habían centrado en Álvaro Alsina como actor principal de esa trama demencial y ya nadie se preguntaba si a Sandra podría haberla matado otra chica o una madre o un forastero o, incluso, algún chico de otra ciudad que esa noche se cruzara con ella en el bosque. Lo mejor sería sincerarse y contar todo lo que sabía y decir a todos con quién se había citado Sandra en el bosque aquella noche fatídica, pese al suplicio que eso le pudiera suponer y el perjuicio que causara a su otra gran amiga: Natalia Robles Carvajal.

Recompuso los hechos en su cabeza y los ordenó cronológicamente. Las dos amigas, Sandra y Natalia, habían quedado detrás de su casa, en el bosque de pinos, como habían hecho tantas otras veces. Aprovechando que regresaban de la fiesta mayor de Roquesas y que habían bebido unos cuantos cubatas de ron y que estaban excitadas y lujuriosas, se abrazaron besándose en la boca. Se acariciaron mientras se quitaban la ropa. Una vez desnudas, Sandra masturbó a Natalia y después esta la correspondió. Varias veces seguidas, ya que le habían dicho que podían alcanzar múltiples orgasmos a la vez. Irene, que no era partidaria de aquello, pese a que le gustaba, prefería decir que su amiga tenía un novio en el pueblo, aunque Sandra siempre le dijo que era pasajero. Leyó en un libro sobre sexualidad femenina que había muchas mujeres que tenían relaciones homosexuales de jóvenes y que de mayores podían ser perfectamente heterosexuales, aprendizaje que comentó en una ocasión a la propia Irene en un intento, fallido, de atraerla y mantener relaciones con ella sin el prejuicio que la hija de los Alsina siempre enarboló. La de veces que se había imaginado a sí misma con sus dos amigas a la vez. Pero cuando el jefe de la policía local la interrogó, fue fiel y le dijo que ella, Sandra López, había quedado aquella noche con un chico. Irene no traicionó la amistad de Sandra y Natalia. Lo hizo por Natalia, quien se lo había suplicado, y por Sandra, que yacía muerta.

Vistas las cosas así, pensó Irene, sería mejor reunirse con sus padres y con el jefe de policía y decirles que Sandra se había citado aquella noche con Natalia Robles y que habían hecho el amor en el bosque de pinos. Que no era la primera vez que lo hacían, ya que siempre se citaban allí para hacer el amor. Cuando terminaron, Natalia se marchó y Sandra, extenuada, se quedó sola descansando. Y tuvo que ser en ese momento cuando su asesino la encontró, la violó y la asesinó destrozándole la cara.

«¿Y tú no volviste al bosque después de dejarlas a ellas solas?», le preguntaría César Salamanca, seguramente. A lo que ella respondería: «No, no quise inmiscuirme en la relación entre ellas dos.» Respuesta esta que debía ensayar, pues sabía que era mentira... pues ella también quería a Sandra.

Javier Alsina

El hijo de los Alsina y hermano de Irene se encontraba en su cuarto, ajeno a los problemas de su hogar, al descalabro de la empresa de su familia, a la accidental separación de sus padres, a la muerte de Sandra, a la inminente detención, de encontrarse pruebas suficientes, de su padre. El muchacho sufría, pero por cosas bien distintas: sufría de amor. Sufría ya que no podía dejar de pensar en Sofía Escudero, *la Cíngara*. Desde que esta le contó que estaba embarazada de Ramón Berenguer, su amigo de quince años con el que salía los fines de semana y que al principio había rechazado la paternidad del niño y que ahora, por causas que no llegaba a entender, quería aceptar la relación con la Cíngara, desde entonces Javier estaba desconcertado. El hijo de los Alsina recordó su relación con Ramón. Rememoró que este provenía de una familia pudiente de Madrid y que venía, desde hacía tiempo, a pasar los fines de semana y estíos en Roquesas de Mar. Era muy atractivo para las mujeres, de hecho tenía un cierto aire a Brad Pitt. Un día coincidieron los dos con Sofía Escudero, la chica encargada de acompañar a Javier al colegio desde que este tenía siete años, y por la que Javier sentía una profunda atracción. Los dos jóvenes se gustaron nada más verse. Ramón y la Cíngara quedaban, desde entonces, en el bosque de pinos que había detrás de la calle Reverendo Lewis Sinise. Lo hacían en secreto porque el padre de Ramón, el señor Alberto Berenguer, no quería que su primogénito se relacionara con una chica como Sofía. Su apodo, la Cíngara, lo decía todo respecto a su forma de vestir, nada que ver con las buenas maneras de los ricos de la capital. Se citaban en el interior del boscaje, en una zona conocida como el polvorín, nomenclatura proveniente de polvo, y que era donde los jóvenes de Roquesas se encontraban para amarse. En esa zona había una ingente cantidad de preservativos esparcidos que nadie se encargaba de recoger. Sofía le contó a Javier que Ramón le había dicho que no quería que ella tuviera el niño, que si continuaba con el embarazo la repudiaría. Pero lo más importante para ella era llevar a término el embarazo y criar a su hijo, por eso le propuso a Javier hacerse cargo de la paternidad, y este, enamorado como estaba de la chica, aceptó sin pensárselo dos veces. Sin embargo, debido a los altibajos de los sentimientos humanos, su amigo Ramón cambió de repente de parecer y llamó a Sofía y le dijo que quería criar a su hijo. Le dijo que quería unir su vida a la de ella y que llevara el embarazo adelante, que lo harían los dos juntos y que la quería más que a nada en este mundo. Cuando se enteró, el corazón de Javier se rompió en mil pedazos. Pero las entrañas de un joven de quince años son más fuertes de lo que parece y el tiempo todo lo cura... a veces.

Juan Hidalgo

El director de Expert Consulting y socio de Álvaro, estaba en el cuarto de baño de su piso en pleno centro de Santa Susana. Mientras se afeitaba con cuchilla y sosteniendo un cigarrillo en sus labios, reflexionaba sobre el contrato que iban a sellar con el gobierno y que seguro hubiese supuesto el relanzamiento definitivo de Expert Consulting y Safertine. Era el empujón que necesitaban las dos empresas para hacerse un hueco en el mercado internacional. La alianza con el gobierno los hubiera hecho invulnerables y cualquier empresa de la competencia que se atreviera a enfrentarse a ellos saldría, seguro, malparada. No entendía, o no acababa de comprender muy bien, los motivos que esgrimía Álvaro para rechazar el acuerdo con la Administración. Ciertamente, el hecho de que la tarjeta de red no cumpliera las especificaciones establecidas era una pequeña traba para el acuerdo, pero no el impedimento definitivo del compromiso adquirido con sus futuros socios. El jefe de fabricación de Safertine aseguraba que el presidente Álvaro Alsina, siempre utilizando sus propias palabras, no quería bajo ningún concepto asociarse con ninguna corporación, lo que en cierta manera frenaba el acuerdo más importante de ambas empresas. Esos problemas pudieron venir, en parte, por la carencia de diálogo y por hablar a través de intermediarios que lo único que hacían era tergiversarlo todo. El arraigo en el pasado no tenía que ser un obstáculo para el progreso y el mejor negocio de su vida no se podía ir al traste por culpa de unos principios anticuados y obsoletos, una moralidad enfermiza y obstructora. Juan supuso que Álvaro no quería asociarse con la Administración por puros principios éticos heredados de la forma de pensar de su padre, don Enrique Alsina. Pero también creía, o estaba convencido, de que si viviera don Enrique, el trato no se hubiera firmado jamás. En cualquier caso, los negociadores del gobierno se echaron atrás horas antes de sellar el acuerdo, quizá, pensó Juan mientras terminaba de afeitarse, advertidos de que la empresa iba a pasar a manos del gitano José Soriano Salazar.

«Sería gracioso que el gobierno de la nación firmara un acuerdo con un gitano traficante de drogas», meditó Juanito dándose palmadas de loción para después del afeitado en la cara.

En cualquier caso el problema del gitano había quedado resuelto la misma noche del lunes, cuando alguien lo asesinó en su propia casa y casi delante de sus narices. Así que los negociadores, seguramente, habían optado por echarse atrás en la firma del contrato hasta que no se aclararan ciertos aspectos oscuros del entramado Safertine. El único que podía tener interés en acabar con la vida de José Soriano, desde luego, era Álvaro. Si era cierto que había matado a la chica, qué más le daría matar al gitano, se dijo Juan mientras terminaba de vestirse. Lo difícil en esos casos es la primera muerte, las otras son más sencillas. Él mismo, reflexionó, había ido la noche del lunes a casa de José Soriano con la firme convicción de acabar con su vida. Lo que nunca sabría es si hubiese sido capaz de hacerlo. Pero esa muerte había marcado un antes y un después en sus proyectos de futuro, ya que ahora no había ningún peligro de que la empresa pasara a manos del gitano.

Con todos esos pensamientos pululando por su cabeza, Juan se sintió mezquino, ya que le parecía increíble que en los albores del siglo XXI todavía se pudieran solucionar los problemas a base de sangre y muerte. Si alguien se lo hubiera propuesto, seguramente se podría haber buscado una solución legal que despojara de la herencia al gitano y que les hubiera permitido firmar el mejor contrato de su vida. Pero todo eso pasaba, irremediablemente, por la muerte de Sandra López. Un hecho que sería puntual y aislado en otra ciudad, en Roquesas de Mar conformaba un desbarajuste, más o menos orquestado, en las vidas de sus habitantes. La muerte de la muchacha beneficiaba a unos y perjudicaba a otros. Y él, sin quererlo, también se había sentido salpicado por ese suceso...

Diego Sánchez, el Dos Veces

El jefe de producción de Safertine, el apodado Dos Veces, estaba en su pequeño apartamento de Santa Susana. Solo, como siempre. Se acababa de duchar y afeitar y se había sentado en el váter, donde tapaba su prominente calva con un mechón de pelo sacado de la parte de atrás de la cabeza. Lo fijó con laca y se volvió a mirar en el espejo para ver, con deleite, cómo su cabeza ya no relucía por la ausencia de cabello. Era un engaño, porque el verse así le ofrecía a él mismo un aspecto que no se correspondía con la realidad.

Pensó que don Enrique Alsina Martínez, el padre de Álvaro y fundador de la empresa a la que había dedicado todos los años laborales de su vida, no aprobaría la asociación de Safertine con otra compañía; aunque esta fuese estatal, aunque fuese el mejor contrato del mundo, aunque les hiciera ricos. Don Enrique jamás de los jamases se asociaría con alguien. Y es que el viejo, aunque era un lince para los negocios, también era un hombre de principios blindados y chapados a la antigua. Para él la prosperidad no pasaba por asociarse con alguien, sino por seguir fiel a los orígenes de su empresa. Y como todo en esta vida tenía una finalidad, Diego había creído que su paso por Safertine y su amistad con don Enrique le conferirían la capacidad de inmiscuirse en los asuntos de la empresa y guardar fidelidad a su patrón y amigo, aunque este ya no estuviera. En esos momentos dudaba y no sabía si había hecho bien en manipular la frecuencia de transmisión de datos para bloquear la firma con la Administración. Conocía los detalles del convenio y sabía, de sobras, que ese fallo haría que los negociadores aplazaran la firma hasta que no se solucionara. El asunto se le había escapado de las manos y ahora no solo no se iba a llevar a cabo el contrato, sino que Álvaro Alsina pensaba que era una treta de Juan Hidalgo para apoderarse de la empresa. Por su acción los había enfrentado. Pero ese enfrentamiento, creía Diego, era un mal menor si al final no se sellaba el acuerdo, como él esperaba que ocurriera y como de hecho acababa de ocurrir.

Llevaba treinta años trabajando para la familia Alsina y sus principios morales y éticos le obligaban a comunicar lo sucedido al presidente Álvaro, pero de hacerlo posiblemente supondría su inmediato despido de la compañía, con el consiguiente desprestigio que ello supondría. No podía permitir de ninguna manera que tantos años dedicados a la empresa se fueran por el alcantarillado de la ética, esa misma moral que ahora le injería un extraño dolor interno. Él solamente ansiaba respetar los principios de la fundación de Safertine, por lealtad al padre de Álvaro Alsina. Sabía que había ido demasiado lejos y puesto en peligro la integridad de una buena persona. Pero ahora, desde luego, no podía echarse atrás. Desconocía por qué la Administración se había retirado, en el último momento, del acuerdo con la empresa, pero sospechaba que podía haberse debido a las desavenencias entre el director de Expert Consulting y el presidente de Safertine.

«Los representantes del gobierno se habrán enterado de eso —pensó—, y buscarán una empresa más seria para que fabrique las tarjetas de red.»

Entonces se volvió y vio la imagen de un hombre maduro, avejentado y calvo reflejada en el espejo del cuarto de baño.

La agente Silvia Corral

Silvia estaba en la Dirección General de Seguridad, la oficina del servicio secreto regional de Santa Susana. El CIN (Centro de Inteligencia Nacional) la había infiltrado como secretaria de dirección de Álvaro Alsina Clavero, para espiar la supuesta fabricación y venta de dispositivos informáticos a organizaciones de terrorismo integrista islámico. Las sospechas del gobierno se basaban en la denuncia del alcalde de Roquesas, don Bruno Marín Escarmeta, que a través de un exhaustivo informe del jefe de la policía municipal, César Salamanca, habían sido alertados de los oscuros negocios a los que se dedicaba la empresa de Álvaro Alsina, buscando nuevas vías de financiación de su maltrecha economía, según un documento del banco de Santa Susana firmado por el propio director Cándido Fernández Romero, el cual ponía de manifiesto las penurias económicas por las que pasaba el presidente de Safertine.

Silvia estaba con el adjunto del director, Segundo Lasheras, entregando un elaborado informe sobre la paralización del contrato con la Administración a causa de unos errores en la fabricación de la tarjeta de red. En dicho dosier quedaba claramente reflejada la intención de Álvaro Alsina de vender unos componentes informáticos a la Administración central del estado, como eran las tarjetas de red, los cuales, y sin que lo supiera el gobierno, cederían datos importantes para la seguridad nacional, de la ubicación exacta de objetivos terroristas como: bancos, empresas de seguridad, comisarías, juzgados, trenes, autobuses, etc. Toda esa información, y los mecanismos de protección que el gobierno hubiera tomado, viajarían a través de la Red hasta los ordenadores de los terroristas, utilizando para ello las tarjetas de Safertine, gracias a la manipulación a que habían sido sometidas.

La agente Silvia Corral avisaba en su informe que no se atrevía a asegurar que el presidente de la compañía, Álvaro Alsina, estuviera al corriente de ese acto de traición a su país y que era posible que alguna persona de su empresa hubiera ordenado las alteraciones de la tarjeta. En el comunicado a sus superiores reflejaba el nombre de Diego Sánchez, jefe de producción de Safertine y encargado de la fabricación y supervisión de las tarjetas, y el de Juan Hidalgo Santamaría.

Cuando Silvia quiso decirle al director del CIN que Álvaro era inocente de la violación y asesinato de Sandra, este la hizo callar y le dijo:

—Eso no nos concierne a nosotros.

El abogado Nacho Heredia

Era un abogado de renombre nacional que había aparecido, en diferentes ocasiones, como contertulio en numerosos programas de radio; famoso por ser uno de los letrados más conocedores de la jurisprudencia y entresijos del Código Penal. Ahora estaba sentado en el aeropuerto leyendo unos artículos sobre recursos administrativos de empresas. No descansaba ni en los viajes. A las siete y cuarenta y cinco salía el avión que le llevaría a Córdoba, donde tenía que defender a un personaje importante de la televisión. Aceptó el caso porque le supondría un ingreso sustancial de dinero. Mientras esperaba leía las notas tomadas el día que había hablado con esa persona. Peinaba con la mano su desarreglada barba y por unos instantes pasaron por su mente los recuerdos de la noche en que Álvaro Alsina había firmado aquel contrato con el gitano José Soriano Salazar. Se acordó del caso y de que ya no era necesario defenderlo del asesinato de una jovencita del pueblo, al menos de momento. Cogió las primeras hojas de su libreta donde tenía los apuntes referentes a la defensa de Álvaro Alsina. Las miró y las arrojó troceadas a una papelera.

El cirujano Pedro Montero

El eminente cirujano del hospital San Ignacio de Santa Susana se encontraba en esos momentos conduciendo su Chrysler Voyager. Viajaba a Madrid para asistir a un simposio sobre medicina cardiovascular. Mientras escuchaba un compact disc de Alan Parsons pensó en Rosa Pérez y las muchas cosas que tenían en común. Era, desde luego, una mujer estupenda y esperaba ansioso el momento definitivo en que se divorciara de su marido y así poder juntarse con ella, para siempre. Rosa le había dicho, en varias ocasiones, que tuviera paciencia.

«Falta poco para que estemos juntos», le había dicho en la última conversación telefónica.

Cuando todo eso terminase hablaría seriamente con ella y juntos solucionarían el tema de Sandra López. Ahora lo único que importaba era el amor que se profesaban y salir de ese atolladero de la mejor manera posible. Veía a Álvaro Alsina, como no podía ser de otra forma, como un enemigo a batir, como un estorbo en la consecución de sus fines. Pero unos valores perfectamente consolidados le hacían, también, sentir pena por Álvaro y saber que en cualquier momento estaría dispuesto a ayudarlo en lo que estuviera en su mano. Mientras las líneas de la carretera se metían debajo del coche, Pedro recordaba la tarde en que la hija de los López había ido a verlo a su consulta.

«Las mujeres no nos entienden», reflexionó sobre el enfoque que le daban los hombres a las relaciones sexuales y el mito generado en su entorno. Y ciertamente el hombre siempre está dispuesto a tener relaciones sexuales, según dicen los manuales feministas.

Pedro Montero no sabía si aquel día en su consulta había hecho bien, si se había comportado debidamente al aceptar, de forma impulsiva, la relación sexual con la menor Sandra López. El caso es que no pudo evitarlo; lo que más miedo le daba era despertarse un día, dentro de muchos años, y exclamar: «¡Qué tonto fui de no haberme tirado a aquella chica!»

Era de lo que tenían miedo los hombres: pasar media vida planeando lo que harían la segunda mitad de su existencia y pasar la segunda mitad arrepintiéndose de lo que no hicieron la primera.

Se había sentido afortunado de que Sandra le escogiera a él como hombre para mantener una relación sexual. La chica necesitaba averiguar si su lesbianismo era circunstancial o si realmente le gustaban las mujeres. No se lo explicó ella, pero él pudo entender que esa atracción que Sandra sentía hacia Natalia podía deberse a una seducción puntual y que Sandra quería comprobar si también le gustaban los hombres. En cualquier caso, aquel día, él se había considerado el hombre más afortunado del mundo. Pero aquello, posiblemente, había sido el motivo que llevó a Rosa a acabar con la vida de Sandra. El motivo más antiguo del mundo y que había provocado la mayoría de los asesinatos de la historia de la humanidad: los celos...

Luis Aguilar

El arquitecto del ayuntamiento de Santa Susana y amigo de Cándido estaba sentado en la cama de su apartamento. No dejaba de pensar en Álvaro Alsina y en sus intensos ojos negros, en su revitalizadora energía interior, su callada melancolía y sus fervientes principios morales. Se había enamorado de él, de su sinceridad, sencillez y humildad a pesar de ser un hombre poderoso, presidente de una de las compañías más boyantes de Santa Susana. Las personas sensibles no necesitan demasiado tiempo para conocerse entre sí. Le habían bastado unas horas con Álvaro para darse cuenta de que era el amor de su vida.

«Es evidente que su mujer no le entiende», pensó Luis y se tumbó en la cama.

Álvaro era una persona tan complicada que ni su familia, ni sus amigos, ni su socio, ni nadie de Roquesas de Mar había sabido entender la magnitud de su espléndida personalidad.

Cuando Cándido, el director del banco de Santa Susana, le dijo en una conversación telefónica que Álvaro era sospechoso del asesinato de Sandra López, la respuesta de Luis fue tajante: «Álvaro nunca pudo haber matado a esa chica.»

La doctora Elvira

Elvira Torres Bello, doctora del hospital San Ignacio de Santa Susana y amante de Álvaro Alsina, estaba en el cuarto de baño del piso que compartía con su madre en Roquesas de Mar. Era, a pesar de todo, íntima amiga de Rosa desde la adolescencia. Estudiaron juntas, empezaron a salir con chicos al mismo tiempo y ahora trabajaban en el hospital San Ignacio, pero en diferente planta. De treinta y nueve años y muy delgada, apenas cincuenta y tres kilos, medía un metro setenta. No era una mujer hermosa, pero su excelente figura y sobrada simpatía hacían que las personas que la conocían la encontraran atractiva. Tenía el pelo largo y rizado, los ojos negros y la nariz perfecta; un pelín puntiaguda, pero radiante. Había conocido a Álvaro el día que este empezó a salir con Rosa; los tres casi se conocieron al mismo tiempo. Ellas dos estaban en el Cafetín, un bar emblemático de Roquesas de Mar, y que aún funcionaba pero con otros dueños. Elvi, como la llamaban sus amigos, se enamoró perdidamente de Álvaro Alsina, pero fue Rosa quien llenó su corazón. Desde entonces no dejaba de suspirar por él y le recorría la espalda un cosquilleo intenso cuando se encontraban. Le hubiera gustado hacer más el amor y hablar menos, pero la relación entre los dos era imposible, así que solo se acostaron juntos unas pocas veces y la mayoría de las ocasiones se dedicaron a hablar, hablar y hablar. Había muchas cosas que decir y abundantes consejos que repartir, sobre todo de ella hacia Álvaro, una persona muy sensible, pero incomprendida por todos los que le rodeaban. Ahora se veía a sí misma como una traidora por no haberle prestado el apoyo necesario al amor de su vida, pero ¿qué podía hacer? Álvaro no le pertenecía a ella, estaba casado y eso, para una mujer como Elvira, era sagrado. Además, su mujer y ella eran amigas y compañeras de trabajo, lo que por sí solo ya era motivo suficiente para no seguir adelante con esa relación.

La joven doctora esperaba que todo se arreglara convenientemente y disipar, de una vez por todas, sus dudas acerca de la culpabilidad de Álvaro en el asesinato de Sandra López. Algo difícil, porque, aunque no quisiera reconocerlo públicamente, ella sí que creía que la persona que más había querido nunca podía haber sido capaz de matar a la chica. Y eso marcaría un antes y un después en su relación con Álvaro, ya que la culpabilidad o la inocencia, en ese caso, era más una percepción que una causa judicial, y Elvira sabía que en el supuesto de que no condenaran a Álvaro y no encontraran a un culpable, ella siempre pensaría que él había sido el asesino.

El director del banco

Cándido Fernández Romero estaba sentado cómodamente en la cocina de su casa. Desayunaba un par de huevos pasados por agua, seis minutos, como debía ser. Una tostada con mantequilla y mermelada de melocotón, un vaso de zumo de naranja y un café. Se consideraba un buen amigo de Álvaro Alsina y también lo había sido de su padre, don Enrique Alsina Martínez. En tiempos había hecho préstamos para su empresa, en las épocas más bajas, cuando los negocios del chip no eran tan florecientes como ahora.

La única preocupación de Cándido en ese momento era acabar de desayunar para poder encender un cigarrillo rubio. Pensaba en todos los jovencitos que había costeado a cambio de unas apasionantes relaciones con ellos y no se sentía culpable. La felicidad pasaba precisamente por eso: por la ausencia de remordimientos. Le gustaría ser un bello adolescente, como ellos, para poder relacionarse sin utilizar su poder y su dinero. Que esos chicos lo desearan tanto, o más, como él los anhelaba a ellos. Por eso odiaba a Álvaro Alsina, por su belleza, por la facilidad con que encandilaba a las mujeres y a los hombres. Hasta su amigo Luis Aguilar, el arquitecto del ayuntamiento, se había enamorado del presidente de Safertine nada más verlo.

«Así es Álvaro», meditó mientras sorbía una taza caliente de café y sacaba un cigarrillo.

Le sabía mal haber facilitado el informe de las cuentas de la empresa de Álvaro al servicio secreto nacional. Pero ellos lo solicitaron por el conducto reglamentario, mediante una orden judicial, y él no se pudo negar; aunque, posiblemente, lo hubiera entregado de todas formas. Tampoco, a pesar de haberlo pensado, trató de adornarlo quitándole hierro a ciertos aspectos de los préstamos para reflotar la empresa; al contrario, había anotado cualquier cosa que supusiera un descalabro para Álvaro. ¿Y por qué lo hizo? Pues porque en el fondo lo odiaba, y lo odiaba porque lo envidiaba. Y la envidia, como siempre, es la que saca lo peor de cada uno de nosotros.

Dio una calada al cigarrillo y se dispuso a vestirse para ir a la oficina. No sentía remordimientos, creía que había hecho lo correcto, pero aun así le sabía mal el varapalo propinado a Álvaro gracias a él. Aunque, se dijo, si tuviera que hacerlo otra vez... pues lo haría.

El cubano

Pablo Marín, camarero del restaurante Chef Adolfo y conocido de Cándido Fernández Romero, estaba en la cama durmiendo. Vivía en un apartamento, de alquiler, en Santa Susana. Tenía veintiocho años y era cubano de origen. Pelo negro, corto y rizado, moreno, ojos negros, nariz chata y complexión atlética. Cuando llegó de Camagüey, hacía seis años, contaba entonces veintidós, no tenía trabajo y por lo tanto no había forma de legalizar su situación y conseguir el permiso de residencia. Empezó a currar en un chiringuito de Roquesas de Mar muy frecuentado por Cándido Fernández, director del banco de Santa Susana, y allí se conocieron. Los días de pocos clientes aprovechaban para conversar, los dos eran buenos parlanchines. Se explicaron su vida. Se hicieron amigos. Conectaron y terminaron siendo amantes. Él buscaba estabilidad, trabajo y dinero. Cándido, por el contrario, quería satisfacer sus más bajos instintos sexuales, era una persona promiscua al que su profesión, estatus y entorno familiar le obligaban a guardar las apariencias. El director del banco de Santa Susana se pirraba por los jovencitos musculosos y con fuertes nalgas, a los que poder besar y acariciar y que estos a su vez lo poseyeran a él de forma enérgica y autoritaria. La edad y el aspecto físico de Cándido hacían que únicamente pudiera mantener este tipo de relaciones con personas necesitadas a los que la compensación económica fuera suficiente para acceder a sus deseos más abyectos. En ese sentido, Cándido compraba su felicidad...

Sandra López Ramírez

Había sido la preciosa jovencita de dieciséis años que con su desaparición había sumido al pueblo de Roquesas de Mar en un hervidero de emociones contrastadas. La chica de larga cabellera y sonrisa cautivadora se encontraba encerrada en un pequeño zulo construido en el sótano de la casa de enfrente de los Alsina, en la rotonda inacabada de la calle Reverendo Lewis Sinise. La niña apenas comía. Delgada, desnutrida y anémica, no podía pedir ayuda, puesto que una cinta de celofán le tapaba la boca y unas cuerdas de nailon la tenían inmovilizada por completo. Las muñecas le sangraban. Su captor solamente le destapaba los labios para darle de comer... y en ocasiones para besarla. No podía vomitar de asco porque se ahogaría en su propio vómito. Su secuestrador era una persona repelente, asquerosa y repulsiva y en alguna de las ocasiones que lo tuvo cerca, con su aliento sobre su cara, pensó en morderle la lengua y arrancársela de cuajo. Sabía de sobra que no saldría viva de ese lugar, el hecho de conocerlo complicaba las cosas, pero aun así no quería morir y su instinto de supervivencia era superior a todas las penurias. El tiempo, en ese caso, jugaba a su favor. Debía mantenerse con vida. Esperaba impaciente el milagro que la sacara de esa pesadilla. Su secuestrador venía a darle de comer por las noches, pasadas las doce, cuando no había nadie en la calle Reverendo Lewis Sinise. No entendía por qué la había escogido a ella, nunca pensó que rechazar las insinuaciones de una persona tan repugnante le haría llegar a esos extremos. De saberlo, lo habría denunciado en su momento...

El parecido físico con Sonia García, la sirvienta argentina de los Alsina, hizo que confundieran su cadáver con el de Sandra y pensaran que el cuerpo aparecido en el bosque y enterrado el jueves, era el de ella. Pero Sandra estaba en el sótano de la casa de enfrente y no podía pensar con claridad. El hastío de ese encierro mermaba sus facultades cognitivas hasta el punto de sumirla en una espiral de locura. Recordaba aquellos secuestrados por el terrorismo. Pensaba en que de un momento a otro estallaría el doble techo y entrarían una docena de agentes vestidos de negro, con cascos iluminados con linternas y esgrimiendo fusiles de asalto. Ansiaba el instante que acabara su encierro y pudiera volver con su amiga Natalia Robles. Cuando llegara esa ocasión no sería tan mentecata y amaría a su amiga sin importarle lo que pensaran los vecinos de Roquesas de Mar y sus mentes retrógradas y ancladas en el pasado.

Todos esos pensamientos la mantenían cuerda. En alguna ocasión afloró el instinto de venganza y se imaginó a sí misma clavando innumerables puñaladas en el torso de su secuestrador, pero desechaba esos proyectos en el mismo momento que se veía a ella misma convertida en él. Prefería atisbar, aunque fuera levemente, la posibilidad de retomar su vida en el punto donde la dejó, allí, al lado de Natalia. Repetía su nombre mentalmente en las oscuras noches del sótano. Natalia, Natalia, Natalia... decía hasta que el sueño la vencía.

Sofía Escudero

La ex canguro de los Alsina estaba sentada en casa de su madre, comiéndose las uñas, como siempre hacía. El embarazo no le dejaba conciliar el sueño y, como ya era acostumbrado en ella, pasaba las noches en vela. El padre del hijo que llevaba en su seno se había desentendido de su descendiente, todo por culpa del progenitor de este. Alberto Berenguer no aprobaba, de ninguna de las maneras, que su hijo se relacionara con una chica que apenas tenía futuro. Pero ella no quería perder al bebé. Y es que por primera vez, en muchos años, le ocurría algo maravilloso.

«Javier es un buen chico», se dijo pensando en él.

Así fue como se decidió a llamar a su padre, Álvaro Alsina, y contarle que estaba embarazada de su hijo, en un intento de apremiar una boda entre los dos.

«Es una familia bien acomodada y no harán preguntas», meditó Sofía, sabedora de que así forzaría un casamiento que la familia Alsina propondría para salvaguardar el honor de la familia.

El futuro de su hijo pasaba por posicionarlo convenientemente en un buen lugar de la sociedad de Roquesas de Mar, y la opción de casarse con Javier y dotar a ese niño y a ella misma de la seguridad que daba el dinero, fue lo que la decidió a contárselo al señor Alsina. Pero cuando ya había concebido todos sus planes, le sorprendió que Ramón Berenguer cambiara de parecer, en el último momento, y decidiera aceptar la paternidad. Pero no hizo preguntas. Aunque la duda la corroyó por dentro y su corazón se debatía entre los dos, tampoco le pareció mala idea organizar su vida con Ramón, pero en el fondo sabía que Javier la quería de verdad y que Ramón... bueno, de él no se podía fiar.

María Becerra

La fiel y leal sirvienta de los Alsina estaba en el bar Catia, sola. En esos momentos pensaba en la envidia que albergaba hacia Rosa Pérez, la mujer de Álvaro Alsina. Era una mujer perfecta, el ideal que siempre le hubiera gustado ser a ella misma. No soportaba, sobre todo, los arrumacos que le hacía a su marido, ni su sonrisa de felicidad, ni el dinero que tenía y la poca preocupación por los gastos. La envidia la corroía por dentro y en un arrebato de odio le había contado cosas terribles a Álvaro sobre ella. Lo había hecho para romper el matrimonio, para terminar con una relación que ella despreciaba. Pero ahora, en la soledad del bar Catia, se daba cuenta de que era una persona mala, una desdichada que solo buscaba hacer daño. No era feliz con eso. Pensaba en que no debía haber entregado la camisa rota, del señor Alsina, al jefe de la policía local y decirle que había llegado así a casa el día que desapareció Sandra López. Pero ahora ya estaba hecho el daño. Veía difícil enmendar el perjuicio al que había sometido a Álvaro. Solo le quedaba una solución: despedirse de la casa de los Alsina y dejar una nota manuscrita explicándolo todo. Le diría a Rosa que su marido era lo mejor que le había pasado nunca, que él la quería. Y le diría a su marido lo afortunado que era de tener una mujer como Rosa. Luego se marcharía y nunca más regresaría a Roquesas de Mar. Nunca. Había caído en una de las bajezas más graves a las que una persona puede llegar: la mentira. Incluso había intentado ligar con Álvaro queriendo perjudicar a Rosa. El resquemor la había hecho cometer infamias, y eso es algo que se lleva dentro y de lo que nunca nos podemos desprender...

Marcos López

El padre de Sandra estaba sentado en el váter de su casa de Roquesas de Mar. Ojeaba una revista del corazón de las que su mujer dejaba en el bidé. Lamentaba no haber prestado la suficiente atención a su hija. Quizá no le había hecho caso cuando se acercó a él con los problemas típicos de una muchacha de su edad. Quizá no la había escuchado cuando ella quería contarle algo. Quizá las cosas serían distintas ahora, pero eso nunca lo sabría. Pensaba en la ironía del destino, cuando perdieron el hijo que esperaban en aquel infortunado accidente y Sandra llenó el hueco.

Y ahora, ese mismo destino es el que les arrebataba a su hija. Marcos no era una persona vengativa ni rencorosa y creía que descubrir al asesino de su hija no le iba a devolver la vida a ella, pero sí evitaría más crímenes de ese tipo. Con Sandra enterrada y su mujer recomponiéndose lentamente, lo más importarte era mirar hacia delante.

Lucía Ramírez

La madre de Sandra estaba sentada en el tocador de la habitación de matrimonio. Se peinaba de forma impulsiva, pues eso la tranquilizaba. Como buena madre, pensaba que tenía toda la culpa de la muerte de su hija.

«No tenía que haber sido tan estricta con su educación y dejar que fluyera su verdadera personalidad», recapacitaba mientras se miraba en el espejo y veía, en su rostro, el parecido con Sandra. «¡Qué tontería!, si ni siquiera era hija mía.»

Lucía no sabía que los niños acaban pareciéndose a sus padres, aunque no sean biológicamente descendientes de ellos. Era como si la naturaleza se esforzara en dotar a los vástagos de cualidades afines con sus progenitores. La herencia genética se autotroquela de forma automática para reforzar los lazos familiares. Desde que Lucía se enteró de la relación que mantenía su hija con Natalia Robles, no había hecho más que recriminar la actitud de Sandra.

«Qué dirán los vecinos si se enteran», le decía constantemente.

La niña, que no quería desagradar a su madre, habría optado por marcharse de casa, por lo menos eso es lo que pensaba Lucía. La culpabilidad hacía mella de tal forma que le removía las entrañas, causándole un sentimiento de angustia que solamente podía subsanar cepillando, de manera impulsiva, su pelo corto y lacónico.

—Mamá, ¿por qué no te dejas crecer el cabello? —le había preguntado en una ocasión Sandra cuando tenía once años, mientras acariciaba los tobillos de su madre sentada en el suelo y ella veía la televisión.

—Porque las mujeres mayores debemos llevar el pelo corto, es más acorde a nuestra edad —respondió Lucía toqueteando los mechones de Sandra.

—Tú no eres mayor, mamá —replicó su hija, que seguía frotando sus largos y finos dedos por los tobillos de su madre.

Lucía acabó echándose a llorar con esos recuerdos...

Natalia Robles

La amante de Sandra se encontraba en la vivienda que tenían alquilada sus padres en Roquesas de Mar. Era una casa antigua, de pueblo, pero bien arreglada y perfectamente habitable. Se encontraba en el cuarto de baño, frente al espejo, observándose y pensando en todo lo ocurrido esos últimos días, en lo curiosa que era la gente de las poblaciones pequeñas. En cuán desconfiados, incrédulos y llenos de prejuicios eran, anclados en el pasado. La mentalidad abierta de Natalia no encajaba con la mentalidad arbitraria de Roquesas. Aún recordaba, por lo reciente de su pérdida, a Sandra López. Había estado profundamente enamorada de ella.

—Cuando tenga dieciocho años me iré a vivir contigo a

Madrid —le había dicho Sandra en una ocasión mientras se abrazaban después de una tarde de sexo.

Natalia sonrió y hasta llegó a sonrojarse levemente.

—Allí la gente es más abierta y no se preocupa de lo que hacen los demás —afirmó Sandra sin dejar de besuquearle el cuello.

Natalia se acordaba, en la soledad de su agonía frente al espejo, de esos programas de televisión donde los famosos sacaban los trapos sucios y vendían «exclusivas», como las llamaban ellos, al mejor postor.

«La gente de Madrid será más abierta, pero bien que se preocupan de la vida de los demás en la televisión», reflexionó mientras el espejo reflejaba su mirada triste.

Porque en Madrid, que era una ciudad gigantesca y vanguardia de la mentalidad abierta, también debían de hacerse eco de los chascarrillos y por eso los exportaban a través de la televisión. Natalia supo entonces que su tendencia sexual nunca encajaría en ningún lugar y que siempre sería atormentada por su amor hacia las mujeres, y se arrepintió de haber mentido para protegerse, cuando tenía que haber sido más valiente y contarle al jefe de la policía local qué había sucedido aquella noche y que ella había sido la última amante de Sandra antes de morir. Pero ahora que ella estaba muerta no convenía remover su recuerdo. En unas semanas, a lo sumo un par de meses, todos se habrían olvidado de ese suceso y de que la muerte había visitado Roquesas de Mar para llevarse a una de sus vecinas, quizá la más emblemática, la más guapa, la jovencita que a nadie dejaba impasible.

De repente, y sumida en los recuerdos, Natalia tuvo la imperiosa necesidad de llorar. Y así lo hizo...

Sonia García

La sirvienta argentina de los Alsina, antecesora de María Becerra Valbuena en las tareas del hogar, yacía muerta y enterrada. El cadáver fue encontrado en el bosque de pinos detrás de la calle Reverendo Lewis Sinise. La similitud física entre ella y Sandra López hizo que confundieran sus cuerpos. La desfiguración de la cara impidió reconocer que no se trataba de la hija de los López, sino de la joven que servía en casa del matrimonio Alsina y que había desaparecido de un día para el otro; aunque en ningún momento fue buscada por ello, ya que lo hizo por voluntad propia. La semejanza entre ella y Sandra fue la causante de que Irene Alsina, la hija de Álvaro y Rosa, la confundiera aquella noche que retozaba en el salón de su casa y pensara que su padre estaba haciendo el amor con la amiga desaparecida.

Sonia García se fue a Madrid cuando se despidió del servicio de los Alsina, la relación con Álvaro había llegado a un punto insostenible. Nada más llegar a la capital se empleó en un bar de copas, donde estuvo trabajando felizmente hasta que alguien se interpuso en su vida. Un día coincidió con César Salamanca, que había ido a la capital a gestionar unos documentos para construir una casa en Roquesas de Mar, en la calle Reverendo Lewis Sinise, número 16. Aquella mañana, César se dedicó a pedir que le devolvieran favores. Un amigo suyo trabajaba en el ayuntamiento, así que consiguió manipular los documentos para acceder al permiso de obra y edificar justo delante de los Alsina. César era un hombre envidioso, terriblemente resentido, y quería vivir donde lo hacía Álvaro, amigo de la infancia y persona que odiaba con increíble animadversión. Con las gestiones bien atadas y con el permiso de obra en el bolsillo, César lo celebró en un bar, que la casualidad quiso que fuera donde trabajaba Sonia. Al verla en aquel garito se le iluminó el cielo y pensó en poseer a la mujer que Álvaro amaba. Aún no le había terminado de llenar su copa cuando la calenturienta mente de César atisbó el triunfo de enamorar a la enamorada de Álvaro. Para él eso era todo un trofeo. Ella lo reconoció enseguida, puesto que había coincidido con él en varias ocasiones en casa de Álvaro. La primera pregunta de Sonia fue una daga clavada en el alma de César:

—¿Cómo está Álvaro? —le preguntó.

César arrugó la frente, pero enseguida se recompuso, evitando reflejar todo el odio que su corazón expelía a borbotones. La engañó, le dijo que era el propio Álvaro quien le había enviado a Madrid a buscarla. Que Álvaro la echaba de menos y que no podía vivir sin ella. Que su vida se había transformado en un calvario desde su ausencia. Sonia lloró y las lágrimas humedecieron su rostro sin que perdiera, en ningún momento, la belleza de sus ojos. En apenas una hora Sonia estaba convencida de que Álvaro anhelaba reencontrarse con ella y César, diabólico, planeó una cita con Álvaro en el bosque de pinos de Roquesas de Mar. Le aseguró que Álvaro estaría allí, que quería hablar con ella, que se había separado de su mujer y quería empezar una nueva vida a su lado. También le dijo que era importante esconderse para que nadie la viera llegar, que el pueblo era un hervidero de cotillas y que la mejor manera de formalizar su relación pasaba por ocultarse los primeros días, para lo que César ofreció su casa. La argentina accedió ilusionada, creyó las palabras de César puesto que sabía que Álvaro y él eran muy amigos, y pensó que su enamorado había enviado al jefe de la policía local para hablar con ella, para pedirle perdón a través de él y para decirle que todo se arreglaría.

—¿Y por qué en el bosque de pinos de Roquesas y no aquí, en Madrid? —preguntó Sonia en un momento de duda.

César le dijo que era una cuestión sentimental, que Álvaro sentía un especial apego hacia ese bosque y que le era imposible ausentarse de Roquesas el tiempo suficiente como para hablar con ella, ya que estaba inmerso en un contrato muy importante de su empresa. Sonia lo creyó, pues sabía lo del contrato de Safertine, y le pareció muy romántica la idea de citarse con Álvaro en el bosque.

Pero cuando llegó al bosque de Roquesas de Mar, no fue su galán quien la esperaba. Esa mañana estuvo en casa de César. Deambulaba de un lado para otro, nerviosa, y no veía llegar el momento de encontrarse con Álvaro en el bosque. César la miraba impasible, con fijación enfermiza. Sonia se dio cuenta de ello y en algún momento tuvo miedo y hasta se sintió recelosa. Así que al principio no le extrañó ver a César en el bosque.

—¿Y Álvaro? —le preguntó.

El iracundo barrigón no pudo soportar el rechazo de la bella Sonia. Esta se dio cuenta de que Álvaro no vendría allí, que todo había sido un engaño del jefe de policía. Una mirada a sus ojos fue suficiente para entenderlo todo. Quiso gritar, quiso huir mientras gritaba. Se acordó del punzón de plástico duro que llevaba en su bolso y que le había regalado un amigo, experto en artes marciales, para defenderse en caso de que intentaran asaltarla. Lo extrajo pero no pudo llegar a utilizarlo, se le resbaló de las manos antes de poder clavarlo en el asqueroso cuerpo de César, aunque le rozó la espalda produciéndole un pequeño corte que apenas sirvió para detenerlo, al contrario, lo encolerizó más. César le asestó un sinfín de pedradas en su encantador rostro, deformándola de tal manera que sería imposible reconocerla. Los huesos de Sonia crujían y lanzaron regueros de sangre a la tierra del bosque.

Después, cuando ya era un cadáver, la violó. La bella Sonia, la esplendorosa mujer que había hecho caer de su barcaza a Ezequiel una mañana de verano mientras mostraba su impresionante cuerpo tostado por el sol, terminaba su existencia en el mugriento bosque de pinos de la urbanización con más *glamour* de Roquesas de Mar.

José Soriano

El gitano que un día soñó con convertirse en un hombre honrado, heredar la empresa de la familia Alsina y sacarla adelante con el único esfuerzo de su capacidad de trabajo, yacía enterrado en el cementerio de Roquesas de Mar, junto a sus padres, asesinados por un indeseable que maldijo el destino de José y lo transformó en el monstruo en que llegó a convertirse. Pocos fueron al entierro. Ni siquiera se investigó su muerte. ¿A quién le importaba que muriera un traficante de drogas? Lo último que vio José Soriano antes de morir fue el rostro del jefe de la policía local apuntándolo con un rifle y el reflejo de la mirilla en medio de unos ojos sedientos de venganza. Solamente él era conocedor de la culpabilidad de César Salamanca en la muerte del arquitecto Rodolfo Lázaro. Se llevó su secreto a la tumba, a pesar de que el gitano había jurado que no se lo diría a nadie y que el jefe de policía le había amenazado con matarlo si lo hacía, pero César no se fio de la palabra de un traficante de drogas y decidió acabar con su agridulce vida antes de que este lo delatara.

César Salamanca

El jefe de la policía municipal estaba en el comedor de su casa en la calle Tibieza. Miraba obcecado los planos de la vivienda que estaba construyendo delante del hogar de los Alsina, en el número 16 de la calle Reverendo Lewis Sinise. Mientras ojeaba la distribución de los muebles recordó a su esposa, Almudena Santiago Pemán.

«Qué buena mujer», pensó rememorando una noche invernal de tres años atrás.

Las cosas no iban bien en la casa. Hacía ya unos meses que Almudena se había enterado de que César había sido el autor material del asesinato del ilustre arquitecto don Rodolfo Lázaro Fábregas. Lo supo en el hogar de los Salmerón, unos vecinos del pueblo que tenían el mismo apellido la mujer y el marido. Margarita Salmerón era aficionada al Tarot, echaba las cartas a todos los residentes del municipio sin pedir nada a cambio y con tan buena fortuna que acertaba cualquier consulta que le hicieran.

—¿Qué ves en las cartas, Margarita? —le preguntó Almudena.

—Nada, mujer, tampoco hay que creer en todo lo que dicen los arcanos.

Al final le reveló todo lo que las cartas decían y ella decidió contárselo a César. Así que el día que le dijo a su marido que las cartas habían revelado que él había matado al arquitecto, César lo negó todo y le dijo que ella y su amiga estaban locas.

—Pero ¡es que te vas a creer todo lo que te diga esa lunática!

Pero el Tarot no solo dijo que César había matado al arquitecto Rodolfo, sino que además detalló punto por punto cómo había llevado a cabo el asesinato. A medida que se lo explicaba Almudena, los ojos de César enrojecían.

Finalmente Almudena lo creyó y pensó que su marido era inocente. Pero aquello corrompía por dentro a César y se hizo una pregunta que no supo contestar:

«¿Y si se lo cuentan a alguien?» Margarita Salmerón, la amiga *tarotista* de Almudena, y su marido murieron un domingo cuando venían de la casa de la sierra. El coche chocó contra un camión que pinchó y había aparcado en la cuneta para cambiar la rueda. Fue un suceso que conmocionó a los habitantes de Roquesas, puesto que los Salmerón eran muy queridos por todos.

A las dos semanas de la tragedia, César cayó en la cuenta de que ahora solo su mujer sabía que él había matado a Rodolfo. Así pues, una gélida noche de un miércoles de noviembre llegó a casa. Su mujer, Almudena, estaba durmiendo.

«Parece un ángel», se dijo mientras la oía roncar.

Apagó la estufa. El gas silbó, sigilosamente, mientras surgía de la vieja catalítica. Treinta y seis años tenía Almudena cuando Aquilino, el médico del pueblo, certificó su muerte.

«Muerte dulce», dijo tras observar que la llama de la calefacción se había extinguido al mismo tiempo que la vida de la mujer de César Salamanca.

Lo de Sonia García fue más sencillo. Matar es como ganar dinero, lo difícil es empezar. Al igual que conseguir el primer millón es lo más dificultoso, el primer muerto es el más laborioso, después de eso todo viene rodado. Ya había acabado con la vida del arquitecto de Roquesas de Mar y la de su propia mujer, Almudena. Y no le fue demasiado complicado golpear el rostro de la sirvienta argentina de los Alsina. Al parecer, algún hado maligno le protegía, puesto que César nunca sospechó que confundirían el cuerpo de Sonia con el de Sandra. Le vino todo rodado. La chica seguía atrapada en el sótano de la casa que se estaba construyendo en la calle

Reverendo Lewis Sinise y podía ir a verla, casi a diario, sin que nadie del pueblo sospechara, ni por asomo, que ella estaba allí.

Llenó de ropa una vieja maleta heredada de su padre, Ernesto Salamanca Cabrero, un buen hombre que no había hecho daño a nadie, excepto a sí mismo. César había planeado marcharse a Brasil, tenía dinero suficiente como para vivir allí toda la vida a cuerpo de rey.

Había dejado la puerta de la calle abierta, la misma calle donde había vivido el arquitecto más famoso que tuvo nunca Roquesas de Mar, Rodolfo Lázaro. El mismo que murió ahogado en un pozo medieval y que el propio César Salamanca se encargó de evitar que emergiera, pisando con su bota la cabeza para que no pudiera salir del foso de lodo y oyendo cómo se le llenaban los pulmones de barro hasta morir.

«Solamente queda una cosa por hacer», planeó mientras ataba la maleta con unos viejos cinturones.

Cogió un cuchillo de veinte centímetros de hoja que guardaba en el primer cajón de la mesita de noche y lo introdujo dentro de una bolsa de plástico, junto al punzón con el que Sonia García había intentado defenderse la noche que la mató y que aún estaba manchado de sangre reseca de la espalda de César. Tuvo mucha suerte de que se lo entregara el capataz de las obras de su casa. La pistola la dejó en casa, ya que sabía que le pondrían problemas para viajar con ella a un país extranjero.

«Sandra no merece morir, es demasiado bella para eso —meditó el maniaco demente que había representado la ley en Roquesas durante años—. Por eso no la he matado, quería conservarla en exclusiva para mí.»

Mientras preparaba la bolsa, César empezó a pensar en voz alta.

—Sonia era una puta que solamente buscaba follar —dijo mientras terminaba de cerrar la maleta—. José Soriano Salazar era un gitano que no merecía vivir, no cuando su vida miserable quería cambiarla por la de un empresario honorable.

Fue cerrando los cajones de la cómoda y recogiendo las prendas de vestir que no se iba a llevar y guardándolas en el armario y la mesita de noche.

—Y Almudena... —continuó razonando mientras se le saltaba una lágrima que limpió, rápidamente, con el dedo índice de su mano derecha—. Almudena no merecía vivir en este mundo lleno de envidia, por eso murió durmiendo, sin sufrir.

Luego sollozó unos instantes y salió de la casa presuroso.

—Solamente me queda una cosa por enmendar —dijo mientras se dirigía a la calle Gibraltar con su coche.

Allí, en su casa, estaba sentado en una vieja mecedora de madera restallada el nazi refugiado de la Segunda Guerra Mundial, el hombre que hubiera cambiado su vida por todos aquellos inocentes que perecieron en aquella barbarie que nunca debió ocurrir, en aquel horror que fue su juventud como comandante de la Gestapo.

César Salamanca quería hacerle pagar todas las veces que había sacado a su padre del bar Oasis. Todas aquellas noches que los clientes del tugurio se rieron a costa del Gordito, un hombre que no tuvo la suerte de la familia Alsina, unos ricachones que no conocían la mediocridad, la pobreza, la tristeza, el desamparo. Ni la suerte de la familia Pérez, con una hija guapísima que se casó con Álvaro Alsina, un hombre pudiente que no conocía, de memoria, el dinero que contenían sus innumerables cuentas corrientes. Ni la fortuna de Pedro Montero, un eminente cirujano rodeado de bellas mujeres a las que seducía con solo mirarlas. Ni el éxito de Juan Hidalgo Santamaría, *Juanito* para los amigos: joven, guapo, rico. Ni la dicha de la familia López, felices y con una hija encantadora...

El resentido César Salamanca entró en la casa de Hermann Baier. El alemán estaba de espaldas a la puerta. La mecedora no se movía.

«¡El muy cabrón está durmiendo!», pensó mientras se acercaba, sigiloso, y sacaba el enorme cuchillo de la bolsa de plástico, dispuesto a rebanarle el cuello antes de irse a Brasil. El mismo cuchillo con que había amenazado a la joven Sandra mientras la violaba, el mismo con el que cortaba las cuerdas y la mordaza de su boca...

... pero en ese momento el nazi se levantó de su balancín y con un movimiento impensable para alguien de su edad extrajo la Luger del bolsillo de su bata, para vaciar sus ocho balas en el cuerpo del desconcertado César Salamanca. El asombro se dibujó en sus ojos.

El jefe de policía se quedó inmóvil. El alemán apuntó directamente al estómago, sabía que aún tardaría unos segundos en morir. Su camisa se tiñó de granate y en apenas un momento toda su ropa tenía el mismo color. El cuchillo se le cayó al suelo y él echó la mano atrás buscando el arma. No la llevaba, la había dejado en su casa. Herman Baier se acercó a él. Sus ojos se le clavaron como si fuese a llevarse su alma. Aún sostenía la Luger, pero había vaciado todas las balas en el cuerpo del jefe de policía.

—Maldito nazi —susurró César.

Lo último que pasó por su mente fue la imagen de Álvaro Alsina Clavero, la persona que más había odiado y a la que había querido encerrar en la cárcel por el asesinato de Sandra López. Se acordó de la frase que le había dicho un magistrado de la Audiencia Provincial de Santa Susana, una frase que hizo suya en el intento de hundir en la miseria al altivo presidente de Safertine:

«No hay nada peor para un ser humano que ser condenado por un delito que no ha cometido.»

El sonido de su cabeza golpeando el suelo lo sumió en el más oscuro de los silencios. Oyó los pasos de Hermann alejándose y su mente se desvaneció... para siempre.

De su cuerpo surgía a borbotones un manantial de sangre que lo empapó por completo. Hermann se sentó en su mecedora y ni siquiera se inmutó cuando el cañón ardiendo del arma le quemó los dedos.

Bienvenidos a Roquesas de Mar

El equipo forense, llegado desde Madrid, verificó que el cadáver hallado en el bosque de pinos la noche del 4 de junio no era el de la joven Sandra López Ramírez. Sus padres recordaron que de pequeña había sufrido un accidente en Madrid con fractura del fémur. La copia de las placas que le hicieron entonces confirmaron que el cuerpo exhumado no pertenecía a la hija de los López. Álvaro Alsina guardaba una radiografía de la boca de la sirvienta argentina, de unos implantes que le había costeado en una clínica dental de Ciudad Motera, una localidad limítrofe de la provincia. Gracias a ellos se pudo certificar que el cadáver encontrado pertenecía a Sonia García, la antecesora de María en las tareas del hogar de los Alsina.

El conductor de la excavadora que derribó la casa ilegal construida en el número 16 de la calle Reverendo Lewis Sinise oyó el grito de una chica pidiendo auxilio. Llamó al capataz de la obra y entre todos los trabajadores levantaron los cascotes del sótano de la vivienda ilícita de César Salamanca Trellez. Sandra López se encontraba deshidratada, hambrienta, herida y con signos de lipotimia. Estaba tumbada en el suelo y a su lado había un agujero de prácticamente su tamaño. En su mano sostenía una linterna apagada y dentro del agujero había un pico y una pala. El hedor era irrespirable y la habitación estaba repleta de heces y orín. La chica hizo acopio de todas las fuerzas que pudo reunir y chilló, aulló como nunca antes en un intento de salvar su débil vida de la pala de la excavadora. Los obreros se quedaron mudos cuando la vieron. Estaba completamente desnuda y sus ojos parecía que fuesen a salirse de las órbitas. La abrigaron con una chaqueta y dieron aviso a los equipos de emergencia.

Agentes de la Unidad Especial Antiterrorista detuvieron al director de Expert Consulting. Los informes aportados por la agente Silvia Corral Díaz y las investigaciones posteriores llevadas a cabo por la Brigada Central de Información, demostraban que Juan Hidalgo Santamaría vendía componentes informáticos a organizaciones integristas. No se le pudo acusar de un delito contra la seguridad nacional porque la compraventa de las tarjetas de red alteradas para utilizarse como hardware espía había sido un cebo puesto por el propio servicio secreto; ningún juez autorizaría esa detención. Quedó claro, también, que Álvaro Alsina, presidente de Safertine, no tenía responsabilidad alguna en las acciones delictivas de su socio.

El listado de las llamadas efectuadas por Sandra López la noche que la secuestraron no dejaba lugar a dudas. La chica había estado haciendo el amor con su amiga Natalia Robles. Habían permanecido en el bosque de pinos hasta bien pasadas las cuatro de la madrugada. Natalia se fue porque Sandra le pidió que la dejara sola, tenía muchas cosas que pensar y quería descansar de la noche de juerga, del exceso de alcohol y las horas de pasión desenfrenada con su amiga. Se quedó sola en el bosque, tumbada en el húmedo suelo. Se empezó a encontrar indispuesta. La cabeza le dolía tanto que parecía a punto de estallarle. Asustada, cogió su móvil y marcó el número de la policía local. César Salamanca respondió enseguida, esa noche estaba de guardia él solo y acudió a la llamada como el eficiente policía que era. Al llegar al lugar donde estaba Sandra López, no se creyó lo que vio, la chica yacía medio desnuda en el suelo del bosque. Aprovechó su desvalimiento y la violó repetidas veces. Besó todo su cuerpo mientras su mente enferma pensaba que era una pena que aquello acabara así, que no pudiera disfrutar más de aquella dulce jovencita. Así que le amordazó la boca, le ató las manos a la espalda y la llevó al número 16 de la calle Reverendo Lewis Sinise, donde reposaban los restos mortales de Sonia García, la argentina que César había matado hacía dos días y cuyo cuerpo empezaba a descomponerse por el calor del sótano. Se sintió dichoso de poseer a las dos mujeres que más había querido Álvaro. El jefe de policía tenía previsto sepultar el cadáver de la anterior sirvienta de los Alsina en la casa que se estaba construyendo frente a la vivienda de Álvaro. Pero al tener a Sandra cambió de planes y el cuerpo de la argentina lo trasladó al lugar de donde había traído a Sandra. Recopiló los objetos personales de la hija de los López y los dejó al lado del cuerpo sin vida de Sonia García. Le destrozó el rostro. Primero con un martillo, luego con una piedra. La golpeó hasta que le empezaron a fallar las fuerzas, no quería que pudieran reconocer su cara.

Los agentes de Madrid escucharon la llamada que hizo Sandra a las cuatro y media de la madrugada del 4 de junio pidiendo ayuda al jefe de policía local. Oyeron atónitos la cinta sacada de las grabaciones de la compañía telefónica y desde allí telefonearon al equipo de intervención policial de Santa Susana para que se dirigieran, sin perder tiempo, a la sede de la policía municipal de Roquesas de Mar. Las instrucciones eran bien claras: detener a César Salamanca Trellez como autor de un delito continuado de violación y varios delitos de asesinato.

Los agentes especiales que llegaron a casa de César solo pudieron constatar que este se había marchado.

Horas más tarde hallaron su cuerpo sin vida en la casa de Hermann Baier. El nazi aún sostenía en una delgada mano la Luger, sentado en su mecedora, tocándose con la mano libre la herida que le hiciera aquella joven polaca en el campo de Majdanek.

El juez dictaminó defensa propia en favor del alemán, aunque fue juzgado por un delito de tenencia ilícita de armas. No entró en prisión al ser mayor de setenta años.

Meses más tarde moría de un ataque al corazón en su casa de la calle Gibraltar.

El inspector Eugenio Montoro y el oficial Santos Escobar abandonaron Roquesas una semana después. Estuvieron todo ese tiempo tomando declaraciones y elaborando el atestado policial. Las declaraciones eran muchas. La comisaría de Santa Susana les prestó un coche para que se desplazaran hasta Madrid. Al final de la avenida principal, en la prolongación de la calle Reverendo Lewis Sinise, pudieron ver cómo unos obreros clavaban en el suelo un letrero. Al pasar por delante, leyeron en letras bien grandes la inscripción:

BIENVENIDOS A ROQUESAS DE MAR

OTROS TÍTULOS DE LA COLECCIÓN

La Comisaría Norte

JOSÉ LUIS ROMERO

El subcomisario Sebastián Orozco es trasladado a la Comisaría Norte, la más espartana de la ciudad, enclavada en los restos de un antiguo manicomio y en un barrio conflictivo de Barcelona. Orozco, cuyo horizonte más próximo es la jubilación, se ve forzado a aceptar el nuevo destino. Nada más poner los pies allí un agente es asesinado de forma brutal. Las pesquisas conducen a un callejón sin salida y a la desmoralización de sus hombre.

De la mano del protagonista, una especie de gurú, indagaremos en la naturaleza de los policías como personas y como profesionales, hombres y mujeres corrientes, con sus preocupaciones, sus virtudes y sus vicios.

El final del ave Fénix

MARTA QUEROL

Las vidas de dos niños se cruzan por un instante durante la guerra española. Nada tienen en común, salvo la falta de cariño que los rodea y que marca su carácter. Y nada hace presagiar un futuro en común.

Pero en la edad adulta, Carlos y Elena se reencuentran y comienza entre ellos una relación tormentosa. Juntos luchan por construir la vida que ambicionan, pero un entorno plagado de intrigas, pasiones y la mentalidad imperante en la época, se empeña en impedírselo. En un mundo hecho por y para los hombres, la batalla no está equilibrada, y Elena debe luchar contra su propia familia incluso.

Marta Querol describe con precisión un mundo de negocios, celos y convencionalismos sociales en esta emocionante historia, retrato fiel de nuestro pasado más cercano.